「十二五」国家重点图书出版规划项目

近代卷

杨联芬 主编

郭预衡 郭英德 总主编

中國散文通史

时代出版传媒股份有限公司
安徽教育出版社

图书在版编目（CIP）数据

中国散文通史. 近代卷 / 杨联芬主编. —合肥：安徽教育出版社，2012.12

ISBN 978-7-5336-7193-8

Ⅰ.①中… Ⅱ.①杨… Ⅲ.①散文－文学史－中国－近代 Ⅳ.①I207.6

中国版本图书馆CIP数据核字（2012）第283877号

书名：中国散文通史·近代卷　　　　　　　　主编：杨联芬

出 版 人：朱智润　　策划统筹：张丹飞　张 利　　责任编辑：王 骏
版式设计：朱 锦　　装帧设计：张鑫坤　　　　　　技术编辑：王 琳

出版发行：时代出版传媒股份有限公司　　http://www.press-mart.com
　　　　　安徽教育出版社　　http://www.ahep.com.cn
　　　　　（合肥市繁华大道西路398号，邮编：230601）
　　　　　营销部电话：(0551)63683010，63683011，63683015
排　　版：安徽创艺彩色制版有限责任公司
印　　刷：安徽新华印刷股份有限公司　　电话：(0551)65859480
（如发现印装质量问题，影响阅读，请与印刷厂商联系调换）

开本：720×1010　1/16　　印张：18　　字数：270千字
版次：2013年1月第1版　　　2013年1月第1次印刷

ISBN 978-7-5336-7193-8　　本卷定价：112.00元（全套定价：1490.00元）

版权所有，侵权必究

目 录

绪 论 …………………………………………………………… 001

第一章 忧国感时：经世之文 …………………………………… 005
第一节 龚自珍：伤时骂坐，经世之魂 ……………………… 007
第二节 魏源：学务有用，不托空谈 ………………………… 018
第三节 包世臣：审时度势，深切著明 ……………………… 027
第四节 汤鹏：意气蹈厉，震烁奇特 ………………………… 033

第二章 开眼世界：散文新体 …………………………………… 039
第一节 冯桂芬：抗论当世，消弭时灾 ……………………… 039
第二节 王韬：报章文体的开创者 …………………………… 047
第三节 郑观应、马建忠：时务切要之言 …………………… 057

第三章 桐城派的中兴 …………………………………………… 067
第一节 嘉道之际：桐城古文薪火相承 ……………………… 067
第二节 湘乡之兴：曾国藩 …………………………………… 080
第三节 曾门四弟子：桐城湘乡派中坚 ……………………… 088
第四节 其他作家：吴敏树 …………………………………… 110

第四章 古文的余响 ……………………………………………… 127
第一节 沈曾植、马其昶 ……………………………………… 127
第二节 晚期桐城派：姚氏兄弟 ……………………………… 137
第三节 林纾与严复 …………………………………………… 148
第四节 陈三立、陈衍与唐才常 ……………………………… 165

第五章　别立新宗，百家杂说 …… 175
　　第一节　章炳麟的魏晋文 …… 175
　　第二节　王闿运、刘师培等的骈文 …… 186
　　第三节　俞樾与八股时文 …… 196
　　第四节　郭嵩焘、李慈铭的日记杂说 …… 204
　　第五节　章士钊的政论文 …… 215

第六章　维新派与新文体 …… 223
　　第一节　康有为：文章非末事，中有济世策 …… 224
　　第二节　谭嗣同：文章无古今，功夫在熔铸 …… 238
　　第三节　梁启超：养淋漓之元气，开文章之新体 …… 247

第七章　清末民初革命派的散文 …… 259
　　第一节　革命派与宣传文 …… 260
　　第二节　革命派的女权言说 …… 267

参考文献 …… 278

后　记 …… 284

绪　论

"五四"以来的文学,常被指其与社会变革联系太紧,因而削弱了其文学性。但事实上,中国现代文学的实用目的论倾向,早在19世纪中后期文人散文"经世致用"之风衍生时,已见端倪。

本来,关怀现实、兼善天下,是中国士大夫精神传统中与"内圣"相平行的另一半(所谓"外王")。然有清三百年,伴随康乾盛世而来的文化绥靖政策及文字狱,使清代士大夫匡济天下的思想激情与创造活力,被成功转移到治史、考据等纯学术领域,清代学术遂呈一时之盛况,而知识分子也逐渐安于退守书斋、皓首穷经的学者生活。

这个状况的打破,自龚自珍、魏源始。而龚自珍、魏源的出现,时势使然。

嘉、道之际,中国乱象丛生,外忧不断;道、咸以降,更是内乱频仍,国势危殆。"清政既渐陵夷衰微矣,举国方沉酣太平,而彼辈若不胜其危忧,恒相与指画天地,规天下大计。"(梁启超《清代学术概论》)龚自珍、魏源力倡今文经学,试图扭转"万马齐喑"的学界风气。他们借《春秋》公羊说,"讥切时政,诋排专制"。龚自珍竭力为改革正名,说"一祖之法无不敝,千夫之议无不靡"(龚自珍《乙丙之际著议第七》);"法无不改,势无不积,事例无不变迁,风气无不易移"(《上大学士书》,《定庵文集补编》);晚清倡导新学的启蒙论者,大都受其影响。同期包世臣、汤鹏等,也排斥空疏之言,关注国计民生;他们的散文,与龚、魏文章一起,使一种经世致用的为文之风,吹进学界文坛。正如梁启超所言:"嘉道以还,积威日弛,人心已渐获解放,而当文恬武嬉既极,稍有识者,咸知大乱之将至。追寻根源,归咎于学非所用。"(梁启超《清代学术概论》)因而,走出书斋,直面现实,成为近代散文创作的主要特征。

继龚、魏之后,在散文写作上继续追求经世之道,而在体式上更加不拘一格的,有冯桂芬、王韬、郑观应、马建忠等。冯桂芬可谓晚清奇人,他精熟汉代经学、宋明理学和小学等正统学术,同时却对经济杂学及社会实践怀有浓厚的兴趣;他博览群书,通晓"西人格致之学"(如天文、地理、水利、军事等),曾经在测绘、计量、漕运等方面做过实际有益的工作。他的"杂家"学问和实践能力,对社会变革的热切关注,以及对政治弊病的深刻针砭,都体现在他著名的政论文集《校邠庐抗议》中。冯桂芬生前不允刊行此书,他辞世后《校邠庐抗议》才得以刊行,而其影响却从19世纪六七十年代,一直持续到戊戌变法之际。他的"制洋器"、"采西学"主张,相对于魏源的"师夷长技以制夷",进了一步;他关于吏制、科举及教育、赋税、水利、军事等方面的改革建言,也极大地启迪了时人。王韬曾受雇于英国传教士达十年之久,游历过英、法、苏格兰及日本,既有英国治下香港生活的经验,又是报人,故对天下大势、世事变迁,往往独具只眼。他将其所见所感,"达之于日报"(王韬《弢园文录外编·自序》),后辑为《弢园文录外编》凡8册共12卷。《弢园文录外编》大量介绍西方政治制度和历史知识,每有深刻新鲜的见解;而它通俗晓畅的文风,以及对文章的独特见解,不啻贡献了一种新的散文体式和新的散文观念——"文章所贵,在乎纪事述情,自抒胸臆,俾使人人知其命意之所在,而一如我怀之所欲吐,斯即佳文"。王韬的游记散文,更是别开生面,向封闭的中国读者,展示西方的政治、文化、风习。马建忠出生于传教士之家,又经常襄助朝官,出入于外交场合,他的散文,往往提供一个更具体的经济制度层面的"富国""富民"之方。他对西方商业和税收制度的推介,与郑观应《盛世危言》对商业的推崇,都成为当时新进而有冲击力的言论,动摇着传统中国的价值观。郑观应认为洋务运动不能仅仅着眼"西技",更要引进"西体"的意见,更是率先触及了政治体制问题,振聋发聩。这些以社会实用为目的的散文创作,因突破古文局限,而对康有为、梁启超等有直接影响。

此期间,继承古文传统并对桐城派散文有所发展的,是咸丰、同治年间曾国藩一派所带来的古文"中兴"。

桐城派散文,形成于康、乾盛世,产生了方苞、姚鼐等大家,是清代文学成就最大的门类之一。但桐城古文在嘉、道以后逐渐衰落,"其敝至于浅弱不振,为有识者所讥"(黎庶昌《续古文辞类纂叙》)。然而谁也没有料到,到道光末年,桐城古文在曾国藩的影响下,竟又梅开二度,重振芳华。曾国藩既推崇姚鼐,也推崇方苞,却并不死守桐城家法;他在延续桐城派的义理、考据、辞章之外,加上"经济"一条,强调对现实的关注;他的文章,也以经世为要,"使古文有了致用之道"(季镇淮《近代散文的发展》,《来之文录续编》),桐城古文遂重新焕发魅力。曾国藩"平生好雄奇瑰玮之文"(《续古文辞类纂》卷十一《与吴南屏与篠岑论文派书》),在散文的范畴和理论上,对桐城古文都有所发展;而其本人的人格魅力,以及善于招贤纳才,终至在其门下形成桐城之"湘乡派",张裕钊、黎庶昌、吴汝纶、薛福成等杰出散文家均为其门人。这一时期,在古文创作上颇有成就的,还有一位特立独行的散文家吴敏树,吴文章漂亮,接近桐城派,却坚辞入曾幕府,并在身后一直寂寞。

清末散文大家,还有集清学之大成的沈增植,桐城古文传承者姚氏兄弟、马其昶、林纾,特立独行的同光体诗人陈三立、陈衍,以及以先秦诸子文体翻译西方学术思想的严复。此外,推崇魏晋、鄙薄唐宋的章炳麟,以骈体文名世的王闿运、刘师培,以及以著八股时文见称的俞樾,也都各以其飞扬的文采呈现个性。郭嵩焘记载西方见闻的《使西日记》,与李慈铭良莠杂陈的《越缦堂日记》,则折射出晚清散文的丰富面向。

19世纪末,伴随中国政治军事的严重危机,思想界维新变法思潮兴起,康有为、梁启超、谭嗣同等脱颖而出。"有为、启超皆抱启蒙期'致用'的观念,借经术以文饰其政论,颇失'为经学而治经学'之本意,故其业不昌,而转成为欧西思想输入之导引。"(梁启超《清代学术概论》)维新派所倡导的新文体,超越了冯桂芬、王韬等的"中国中心"意识,大张旗鼓倡导学习西方,他们的文章,成为近代思想启蒙中最富现代性的文本。康有为的大量奏议、上书,列举弊端,倡言政体改革,皆慷慨陈词,逻辑谨严。如果说康有为的文章,在晚清上层影响甚大,那么戊戌变法失败之后,梁启超发表于《新民丛报》上的大量散文,讨论国情民心,批判专制文化,解剖国民心理,其饱满的激情,酣畅的语言,极富感染力。其文章"平易畅达,时杂以俚语韵语及外国语法,纵笔所至不检束"的风格,则影响了年轻的一代人——这些人后来成为五四新文化运动的中坚。

20世纪初,革命派开始成长。他们的文章,尽管完全抛开古文传统,然从另一方面讲,则无疑将嘉道以来逐渐形成的散文"经世致用"之道,推到了极端,文章的政治功利目的更加直接,语言艺术的讲究,也退而忽略不计。为启迪和动员社会更广泛的阶层,白话文也随白话报刊而开始风行。

一部近代散文史,大致呈现了中国鸦片战争以来知识分子思索中国前途时,由"开放"到"西化",由"改良"到"革命",由"器物"到"精神"的现代性追求的完整轨迹。同时,散文的观念、语言和形式,也随之逐步变化。其中所包含的文学观念的检讨与转变,散文文体的发展与局限,也延续到下一个阶段即"五四"及其后的现代文学中。

第一章　　忧国感时:经世之文

清嘉庆、道光年间,康乾盛世已经结束,内忧外患纷至沓来。而历来肩荷"匡济天下"重任的中国士子阶层,却处于"工骚墨之士,以农桑为俗务,而不知俗学之病人更甚于俗吏;托玄虚之理,以政事为粗才,而不知腐儒之无用亦同于异端"①的状态。古文经学的末流已经完全抛弃了对儒家经典中大问题的思考,而忙于考据小学,"但求名物,不论圣道"②,与社会政治严重脱离。众多的学子,墨守程朱,却又仅仅将其当做官方科举考试的敲门砖,"其沾沾而谈程朱者,不为势利之徒,即为陋儒"③。因此,一部分士人率先觉醒,"相与指天画地,规天下大计"④,力图重新整合"学"与"治",重振儒家传统中的"外王"之议,挽狂澜于既倒。

同时,在汉学内部,思想体系也在发生动摇。清代汉学家的出色工作反而史无前例地威胁到了古文经书的正统地位。比如阎若璩对《尚书》所作的词源学分析,使古文《尚书》为伪书的说法在几百年中被当做定论(此说直到近年郭店竹简的出土才遭到有力的质疑)。随着古文经典的地位遭到威胁,今文经学从汉末沉寂之后第一次得到了人们的认可。庄存与以《春秋正辞》第一个对古文经学发难,成为清代今文经学的首倡者。此后,庄存与传刘逢禄,刘逢禄传魏源、龚自珍,再经廖平传康有为、梁启超,

---

① 魏源:《默觚下·治篇一》,《魏源集》上册,中华书局1976年版,第36~37页。
② 阮元:《拟国史儒林传序》,《研经室集》第一集卷二,中华书局1993年版。
③ 萧一山:《清代通史》卷中,中华书局1984年版,第781页。
④ 梁启超:《清代学术概论》,《饮冰室合集》专集第三册,中华书局1989年版,据上海中华书局1936年版影印。

今文经学逐渐成为清代末期的显学。

而"(仁宗)尽失两朝(雍正、乾隆)钳制之意,历二十年之久,后生新进,顾忌渐忘,稍稍有所撰述。虽未必即时刊行,然能动撰述之兴,即其生机已露也"①。清朝末期,积威日弛,其控制力的减弱,也为学术思想的松动变革提供了机会。

正是在这样的情况下,龚自珍、魏源、包世臣、汤鹏等人乘时而起,提出:"一代之治,即一代之学也……是道也,是学也,是治也,则一而已矣"②,并以讲"改制"、倡"变异"为特点的今文经学与现实政治相结合,接续儒家思想中的"经世"传统,提出了"经世致用"的主张。他们力图以此来扭转学风,解决社会实际问题,重建西汉今文学家所憧憬的太平之世。

"经世致用"指的是"学问所当讲求者,在改良社会增进其幸福,所谓'国计民生'者是也"。龚魏等人以今文经学为思想资源,以"经世致用"为指导原则,创作出了一批将经术、政事、文章结合在一起的"经世文"。"经世文"从内容到形式都突破了桐城义法的束缚,带有鲜明的近代色彩。

---

① 孟森:《明清史讲义》下册,中华书局1981年版,第614~615页。
② 龚自珍:《乙丙之际著议第六》,《龚自珍全集》,上海古籍出版社1999年版。

第一节　龚自珍：伤时骂坐，经世之魂

龚自珍(1792—1841)，字璱人，一名易简，字伯定，更名巩祚，号定庵，又号羽琌山民，浙江仁和人。"于经通《公羊春秋》，于史长西北舆地。其文以六书小学为入门，以周、秦诸子吉金乐石为崖郭，以朝章国故世情民隐为质干"(魏源《定庵文录叙》)，是中国近代杰出的启蒙思想家、文学家和诗人，一生诗文甚丰，后人辑有《龚自珍全集》传世。

龚自珍出生于三代仕宦的书香门第。祖父龚禔身著有《吟䁖山房诗》。父亲龚丽正，著有《国语注补》、《三礼图考》、《两汉书质疑》、《楚辞名物考》等书。母亲段驯，是清代大学者段玉裁之女，善诗词，著有《绿华吟榭诗草》。龚自珍十二岁，从学于外祖父段玉裁，接受考据学训练。然而，世事危殆，龚自珍遂慨然有澄清天下之志。二十八岁时，随刘逢禄习今文经学，思想、学术轨迹发生巨变，"从君烧尽虫鱼学，甘作东京卖饼家"(《杂诗，己卯之春徂夏在京师作，得十有四首》)。今文经学的学习，为他以后提出"经世致用"的主张，成长为开一代风气的思想家和散文家奠定了基础。

龚自珍为文，能在"避席畏闻文字狱，著书都为稻粱谋"(《咏史》)的社会环境下，以经术作政论，大胆表达自己的看法与思考。他主张作文也要"经世致用"，并用这种思想来对抗当时严重的拟古主义和形式主义。他年轻时撰写的《明良论》、《乙丙之际著议》等文，就是"讥切时政，诋排专制"(梁启超《清代学术概论》)的代表：

> 士皆知有耻，则国家永无耻矣；士不知耻，为国之大耻。历览近代之士，自其敷奏之日，始进之年，而耻已存者寡矣！官益久，则气愈偷；望愈崇，则谄愈固；地益近，则媚亦益工。至身为三公，为六卿，非不崇高也，而其于古者大臣巍然岸然师傅自处之风，匪但目未睹，耳

未闻,梦寐亦未之及。臣节之盛,扫地尽矣。非由他,由于无以作朝廷之气故也。

何以作之气?曰:以教之耻为先。《礼·中庸》篇曰:"敬大臣则不眩"。郭隗说燕王曰:"帝者与师处,王者与友处,伯者与臣处,亡者与役处。凭几其杖,倾盼指使,则徒隶之人至。恣睢奋击,呴籍叱咄,则厮役之人至。"贾谊谏汉文帝曰:"主上之遇大臣如遇犬马,彼将犬马自为也,如遇官徒,彼将官徒自为也。"凡兹三训,炳若日星,皆圣哲之危言,古今之至诚也。(《明良论·二》)

《明良论》是龚自珍于1813年前后写成的一组政论文,共有四篇。

1813年,直隶、河南、山东等地发生民变,皇室危殆。嘉庆皇帝震怒,连发谕旨骂朝臣"寡廉鲜耻",推卸责任。《明良论·二》针对的就是这一事件。龚自珍认为"国之大耻"源于"士不知耻",而"士不知耻"源于没有"教之耻",没有"教之耻"是因为君主不能"敬大臣"。作者开篇就直奔主题,层层剖析出问题的根本所在,气势逼人。龚自珍指出,君不敬臣,则臣权不重,臣节不威,而臣"权不重则气不振,气不振则偷,偷则弊"(《明良论·四》):

窥今政要之官,知车马、服饰、言词捷给而已,外此非所知也。清暇之官,知作书法、赓诗而已,外此非所问也。堂陛之言,探喜怒以为之节,蒙色笑,获燕闲之赏,则扬扬然以喜,出夸其门生、妻子。小不霁,则头抢地而去,别求夫可以受眷之法。彼其心岂真敬畏哉?问以大臣应如是乎?则其可耻之言曰:我辈只能如是而已。至其居心又可得而言,务车马、捷给者,不甚读书,曰:我早晚值公所,已贤矣,已劳矣。作书、赋诗者,稍读书,莫知大义,以为苟安其位一日,则一日荣;疾病归田里,又以科名长其子孙,志愿毕矣。且愿其子孙世世以退缩为老成,国事我家何知焉?嗟乎哉!如是而封疆万万之一有缓急,则纷纷鸠燕逝而已,伏栋下求俱压焉者鲜矣。(《明良论·二》)

因此,龚自珍认为只有回到"帝者与师处,王者与友处"的君臣关系,才可能养臣气、养臣节,实现君主所希望的"臣报君以节"的理想状态,才能真正做到不辱国家、不辱社稷。同时,龚自珍认为官场"累日以为劳,计岁以为阶"的升迁制度,也造成了晚清官僚体制因循尸玩的风气:

> 今之士进身之日,或年二十至四十不等,依中计之,以三十为断。翰林至荣之选也,然自庶吉士至尚书,大抵须三十年或三十五年;至大学士又十年而弱。非翰林出身,例不得至大学士。而凡满洲、汉人之仕宦者,大抵由其始宦之日,凡三十五年而至一品,急速亦三十年。贤智者终不得越,而愚不肖者亦得以驯而到。此今日用人论资格之大略也。夫自三十进身,以至于为宰辅、为一品大臣,其齿发固已老矣,精神固已惫矣,虽有耆寿之德,老成之典型,亦足以示新进;然而因阅历而审顾,因审顾而退葸,因退葸而尸玩,仕久而恋其籍,年高而顾其子孙,偈然终日,不肯自请去。或有故而去矣,而英奇未尽之士,亦卒不得起而相代。(《明良论·三》)

朝廷中为宰辅、为一品大臣的都是齿发已老、精神已惫的人,因恋其籍,或顾其子孙而审顾、退葸、尸玩,故其然也。段玉裁这样评价这四篇文章:"四论皆古方也,而中今病。"文章探讨的是实际政治中的问题,与嘉、道以来空无一物的文章迥然不同。

龚自珍在对现实积弊进行分析、抨击的基础上,以"今文经学"为旗帜,提出了"改革"、"更法"的主张:"一祖之法无不弊,千夫之议无不靡。与其赠来者以劲改革,孰若自改革?抑思我祖所以兴,岂非革前代之败耶?前代所以兴,又非革前代之败耶?"(《乙丙之际著议第七》)同时,他又在一系列的文章中对具体的问题发表了自己的看法。如在《西域置行省议》中,龚自珍主张移民到新疆,以巩固西部的边防,开发西部经济。在《送钦差大臣侯官林公序》中,龚自珍支持林则徐查禁鸦片,并建议他加强军事设施,做好抗击英国侵略者的准备。林则徐在回信中评论说:"责难陈义之高,非谋识宏远者不能言,而非关注深切者,不肯言也。"

龚自珍的政论文常常气势恢宏,这源于他对当时社会危机的深刻体会与力挽危局的急迫心情。他从《公羊传》"三世三统"的历史哲学体系出发,认识到自己所处的时代已经是"衰世"——"凭君且莫登高望,忽忽中原暮霭生"(《杂诗,己卯自春徂夏》),"日之将夕,悲风骤至"(《尊隐》),"履霜之屦,寒于坚冰;未雨之鸟,戚于飘摇;痹癆之疾,殆于痈疽;将萎之华,惨于槁木"(《乙丙之际著议第九》)。国内的矛盾日益尖锐,"自京师始,概乎四方,大抵富户变贫户,贫户变饿户","各省大局,岌岌乎皆不可以支月日,奚暇问年岁"(《西域置行省议》)。同时,列强的侵略更是造成了严重的民族危机,"近惟英夷,实乃巨诈,拒之则叩关,狎之则蠹国"(《阮尚书年谱第一序》)。正因身处这样的时代,作为具有"兼济天下"理想的中国传统知识分子,龚自珍才能在大厦将倾的局势下,以急迫的心情,写出这些现实性强且气势恢宏的文章:

> 夫有人必有胸肝,有胸肝则必有耳目,有耳目则必有上下百年之见闻,有见闻则必有考订同异之事,有考订同异之事,则或胸以为是,胸以为非,有是非,则必有感慨激奋。感慨激奋而居上位,有其力,则所是者依,所非者去;感慨激奋而居下位,无其力,则探吾之是非,而昌昌大言之。如此,法改胡所弊?势积胡所重?风气疑易胡所惩?事例变迁胡所惧?中书仕内阁,糜七品之俸,于今五年,所见所闻,胸弗谓是;同列八九十辈安之,而中书一人,胸弗谓是;大庭广众,苟且安之,梦觉独居,胸弗谓是;入东华门,坐值房,昏然安之,步出东华门,神明湛然,胸弗谓是;同列八九十辈,疑中书有痼疾,弗辩也,然胸弗谓是。如衔鱼乙以为茹,如藉猥栗以为坐,细者五十余条,大者六事,兹条上六事,愿中堂淬砺聪明,焕发神采,赐毕观览。(《上大学士书》)

文章从辨析人的思想认识入手,连用五个"胸弗谓是",表达了作者对当时官僚体制昏庸腐朽与因循守旧的控诉。

龚自珍以"经世致用"为目的,在写作政论文时,针对现实问题有感而发。他的政论文,无定式,继承了先秦诸子散文的气势,以及明中叶以来的个性解放思潮,针对桐城派散文,提出写文章不应该局限于人为的义法与家数,应该"率是以言,续是以言,勤勤恳恳,以毕所欲言,其胸臆涤除余事之甘苦与其名,而专一以言"(《绩溪胡户部文集叙》)。龚自珍为文常常信笔直书,有一种笃定的胸襟与气度,实非斤斤于结构与辞藻的桐城派古文可比。

除政论文外,龚自珍的记叙文也写得很有特色。他的记叙文可分为记人和记行两类。他的记人文章,常常以几个突出的事例,表现人物兀傲不群的个性。这类作品以《吴之癯》、《王仲瞿墓表铭》和《杭大宗逸事状》为代表。

乾隆癸未岁,杭州杭大宗以翰林保举御史,例试保和殿。大宗下笔为五千言。其一条云:我朝一统久矣,朝廷用人,宜泯满、汉之见。是日旨交刑部,部议拟死。上博询廷臣,侍郎观保奏曰:是狂生,当其为诸生时,放言高论久矣。上意解,赦归里。

大宗原疏留禁中,当日不发抄,又不自存集中,今世无见者。越七十年,大宗外孙之孙丁大,抱大宗手墨三十余纸,鬻于京师市,有茧纸淡墨一纸半,乃此疏也。大略引孟轲、齐宣王问答语,用己意,反复说之。此稿流落琉璃厂肆间。

乙酉岁,纯皇帝南巡。大宗迎驾。召见,问汝何以为活?对曰:臣世骏开旧货摊。上曰:何谓开旧货摊?对曰:买破铜烂铁,陈于地卖之。上大笑,手书"买卖破铜烂铁"六大字赐之。

癸巳岁,纯皇帝南巡。大宗迎驾。名上,上顾左右曰:"杭世骏尚未死么?"大宗返舍,是夕卒。

大宗自丙戌迄庚寅,主讲扬州安定书院,课诸生肄四《通》。杜氏《通典》、马氏《文献通考》、郑氏《通志》,世称"三通"。大宗加司马光《通鉴》云。

大宗著《道古堂集》,海内学士见之矣,世无知其善画者。龚自珍得其墨画十五叶。雍正乙卯岁,自杭州如福州纪程之所为也。叶系以诗,或纪程,纪月日琐语,语汗漫而瑰丽,画萧寥而粗辣,诗平澹而屈强。同里后学龚自珍谨状。

  同里张熷南漪、王曾祥麟征,皆为杭大宗状。此第三状。详略互有出入。自记。(《杭大宗逸事状》)

  《杭大宗逸事状》是龚自珍文章中最惊心动魄的一篇。作者似乎只是简单地罗列了杭大宗的几件"逸事",且语调平淡,读者很容易一扫而过,然而在熟读几遍之后,文章背后的血痕就会渐渐隐现出来。杭大宗不屈的气节,以及乾隆皇帝的阴险与褊狭就会渐渐明晰。大宗以直言敢谏得罪了皇帝,故而"旨"交刑部,而一班廷臣震慑于皇帝的威严,对他的判决也是"部议拟死"。然而,此次殿试是为保举"御史"而设,"御史主言朝廷是非、百姓疾苦,及天下所不便事者也"(《干禄新书自序》),如果有人在考试中就因为直言敢谏而获死罪,就会有碍皇帝的英名。于是,在皇帝"博询廷臣"时,才有大臣体味上意,以"是狂生"为之开脱。"狂生"说的自然是疯话,所以皇帝不必再震怒于一个"狂生"的言辞。而皇帝也顺势"意解",最后杭大宗被"赦归里"。然而,"归里"后的大宗似乎并没有什么感恩的心情,反而在乾隆皇帝南巡时,以"屈强"的姿态出现在皇帝的面前。而皇帝的一幅字"买卖破铜烂铁",就等于为大宗下了永世不得翻身的圣旨。即使这样,大宗仍然再次要求出现在皇帝的面前,表露出永不服输的姿态。所以就有了"上顾左右曰:'杭世骏尚未死么?'大宗返舍,是夕卒"。鲁迅先生说的字缝里写的都是"吃人",也许很适合用作此篇的评语吧。而同是被讥为"狂生"的作者,在写作《杭大宗逸事状》时的心情实在是值得玩味。龚自珍曾在《干禄新书自序》中提到自己:"龚自珍中礼部试,殿上三试,三不及格,不入翰林。考军机处不入直,考差未尝乘轺车。"评者曰:"定公不善馆阁书,以是不能入翰林,乃作《干禄新书》以刺执政。凡其女、其媳、其妾、其宠婢,悉令学馆阁书。语人曰:'我家妇人无一不可入翰林者。'"[1]作者无疑非常推崇杭大宗。他的胆识、学识、人格与才华,作者在文章中都作了不动声色的赞扬——"汗漫而瑰丽"、"萧寥而粗辣"、"平澹而屈强"。然而,这样的人才却生前死后一片寥

---

[1] 杨家骆主编《龚定庵全集类编》,台湾世界书局1973年版,第22页。

落。兔死狐悲,无过于是。

龚自珍所描写的人物常常带有自己的身影,如《吴之癯》中的"癯",多忧世事,好言人过,讥讽京师郎曹"柔而愎";责"王公大人之清正而俭者","神不旺,不如昔之言行多瑕疵者"。在《王仲瞿墓表铭》中他称赞王仲瞿"其为人也中身,沉沉芳逸,怀思恻悱;其为文也,一往三复,情繁而声长;其为学也,溺于史,人所不经意,累累心口间",而"其一切奇怪不可迩之状,皆贫病怨恨,不得已诈而遁焉者也"。笔调平淡,却内含深意。

龚自珍的游记文字也很有特色。他的记行之文,常常用细腻的笔触描绘山川美景,有的还加入了丰富的现实内容:

> 居礼曹,客有过者曰:"卿知今日之扬州乎?读鲍照《芜城赋》则遇之矣。"余悲其言。
>
> 明年,乞假南游。抵扬州,属有告籴谋,舍舟而馆。
>
> 既宿,循馆之东墙,步游得小桥。俯溪,溪声欢。过桥,遇女墙啮。可登者登之,扬州三十里,首尾屈折高下见。晓雨沐屋,瓦鳞鳞然,无零甓断甓。心已疑礼曹过客,言不实矣。
>
> 入市,求熟肉,市声欢。得肉,馆人以酒一瓶、虾一筐馈。醉而歌,歌宋元长短言乐府,俯窗呜呜,惊对岸女夜起,乃止。
>
> 客有请吊蜀岗者。舟甚捷,帘幕皆文绣,疑舟窗蠡縠也。审视,玻璃五色具。舟人时时指两岸曰:"某园故址也","某家酒肆故址也",约八九处。其实独倚虹园圮无存。曩所信宿之西园,门在,题榜在,尚可识。其可登临者尚八九处。阜有桂,水有芙蕖菱芡。是居扬州城外西北隅,最高秀。南览江,北览淮。江淮数十州县治,无如此冶华也。忆京师言,知有极不然者。
>
> 归馆,邵之士皆知余至,则大欢。有以经义请质难者,有发史事见问者,有就询京师近事者,有呈所业,若文、若诗、若笔、若长短言、若杂著、若丛书,乞为叙、为题辞者。有状其先世事行,乞为铭者,有求书册子、书扇者,填委塞户牖,居然嘉庆中故态。谁得曰今非承平时耶?惟窗外船过,夜无笙琶声,即有之,声不能彻旦。然而女子有

以桅子华发为贽求书者,爰以书画环(王真)互通问,凡三人。凄馨哀艳之气缭绕于桥亭舰舫间,虽澹定,是夕魂摇摇不自持。余既信信,挐流风,捕余韵,乌睹所谓风噪雨啸,魑狱悲、鬼神泣者。嘉庆末,尝于此和友人宋翔凤侧艳诗,闻宋君病,存亡弗可知。又问其所谓赋诗者,不可见,引为恨。

卧而思之,余齿垂五十年,今昔之慨,自然之运。古之美人名士,富贵寿考者几人哉?此岂关扬州之盛衰,而独置感慨于江介也哉?抑余赋侧艳,则老矣;甄综人物,搜辑文献,仍以自任,固未老也。天地有四时,莫病于酷暑,而莫善于初秋。澄汰其蒸缛淫蒸,而与之为萧疏澹荡。泠然瑟然,而不遽使人有苍莽狄寥之悲者,初秋也。令扬州,其初秋也欤?予之身世,虽乞籴,自信不遽死,其尚犹丁初秋也欤?作《己亥六月重过扬州记》。

作者遇扬州于初秋之日,虽然"居然嘉庆中故态。谁得曰今非承平时耶?"但是,"惟窗外船过,夜无笙琶声,即有之,声不能彻旦"也。今日的扬州,依旧小桥流水,桂藕菱芡,可是满目的故园旧址,"凄馨哀艳之气缭绕于桥亭舰舫间",还是使作者魂摇摇不能自持。在扬州表面的"承平"气氛中,作者感受到了一种"萧疏澹荡"、"泠然瑟然"的衰暮气氛。初秋虽然"不遽使人有苍莽狄寥之悲",然而离此境毕竟不远了。而"齿垂五十"的作者,写作此篇之时,正是仓皇逃离京城之后,念及自身与国家,淡淡的哀愁不由得弥散于全篇之中。

龚自珍的杂文小品,形式多样,内容广泛,语含"酸辣"。他曾作过一组讽刺性的寓言小品:《捕蜮第一》、《捕熊羆鸱鸮豺狼第二》和《捕狗蝇蚂蚁蚤蟹蚊虻第三》。在这组文章中,作者以各种动物为喻,描写了专制制度下三种小人的行径与嘴脸。这些坏人"布满人宇",在"人不能见"之处"含沙射人影",使受迫害者"告诉无所"。文章告诉人们要洗亮眼睛,认清这些坏人,并表达了作者要与之抗争到底的不屈意志。

龚自珍既庐墓圣居,于彼郊野,魂飞飞以朝征,魄凄凄而夕处。

百虫谋之,曰余可供侮。厥族有大有小,布满人宇。予告诉无所,发书占之曰:可以术捕。禁制百虫,非网非罟。予尝韪夫猎者之弹,亦起于古之行孝者。魑魅山林,则职畀禹。予禁制汝虫,皆法则上古。叩山川丘坟,而天神来下。山川之祇问曰:今者有蜮,蜮一名射工,是性善忌,人衣裳略有文采者辄忌,不忌缞绖。能含沙射人影,人不能见,必反书之名字而后噬。捕之如何?法用蔽影草七茎,自障蔽,则蜮不见人影。又用方诸取月中水洗眼,着纯墨衣,则人反见蜮,可趋入蜮群。趋入蜮群,则蜮眩瞀。乃祝曰:射工!射工!汝反吾名,以害吾躬;吾名甚正,汝不得反攻。射工!射工!速入吾胃中。如是四遍,蜮死,烹其肝。大吉。述《捕蜮第一》。

"美服患人指,高明逼神恶"(张九龄《感遇》)。龚自珍一生追求个性解放,却在专制制度的打压下,郁郁不得志。对于自己的境遇,他也曾奋起反抗——"有四不畏:大言不畏,细言不畏,浮言不畏,挟言不畏"(《平均篇》),但有时又不得不"哀"之,"忍"之:

> 有植焉,在天地间,不能以名,强名之曰忍。是能华而香不外出,氤氲沉沉,以返乎其根。为之哀曰:云猗霞猗,天女所怜猗。而投之人间猗,飘摇猗,悲风飓猗,惨怛猗,阴气戕猗,凄心魂猗,郁猗块猗,又孔之(风京)猗。何以宠之。棘十重猗,春不得抽蘖,夏殒妍猗,蹇以盘猗,毒霾霾猗。蛇虺所蟠猗,心苦猗,不可以传猗。材孔清猗,性孔灵猗,悦不可以名猗,哀此忍树猗,毋久闭汝香猗,行归而乡猗,云霞之乐长猗。(《哀忍之华》)

龚自珍少负才气。他二十七岁中举后,却五次会试不第,直到三十八岁才考中了进士。由于他狂放自傲,多有伤时骂座之言,所以常常被视为"言多奇僻"的"狂士",人们甚至称他为"龚呆子","一山突起丘陵妒,万籁无言帝坐灵"(《夜坐》)。连他的外祖父也略带谴责地说,希望他成为"名儒"、"名臣",而非"名士"。由于经常得罪一些达官显宦,所以龚自珍一直仕途不顺、屈居下僚,无法施展其承肩天下的壮志,"纵使文章惊海内,纸上苍生而已"(《金缕曲·癸酉秋出都述怀有赋》)。这种经历使他格外关注专制制度下的人材问题。他认为,社会的变革、国家的强盛,其"所恃者,人材必不绝于世而已"(《上大学士书》)。所以,他大声疾呼"我劝天公重抖擞,不拘一格降人材"(《己亥杂诗》十六)。然而,在专制制度"督之、缚之,以至于戮之"的迫害下,大量的人材被"斫直、删密、锄正"(《病梅馆记》)——"戮其能忧心、能愤心、能思虑心、能作为心、能有廉耻心、能无渣滓心"。国家处于"左无才相,右无才史,阃无才将,庠序无才士,陇无才民,廛无才工,衢无才商"的境地,从而造成了"起视其世,乱亦竟不远矣"(《乙丙之际著议第九》)的局面。

龚自珍一生追求个性解放,论人、论事也以此为标准,"天地之间,几案之侧,方何必皆中圭,圆何必皆中璧,斜何必皆中弦,直何必皆中墨"(《定庵八箴·削成箴》)。在散文创作中,他也反对因循守旧。在《定庵八箴·文体箴》中,他说:"乌乎,予欲慕古人之能创兮,予命弗丁其时;予欲因今人之所因兮,予疦然而耻之……虽天地之久定位,亦心审而后许其然,苟心察而弗许,我安能领彼久定之云。"

龚自珍的散文,常常表面不动声色,内里却暗含着丰富的感情。他在文学创作中提倡"尊情",在《宥情》一文中,通过甲、乙、丙、丁、戊的反复辩难,指出"情"是使人区别于铁牛、土狗、木偶、玉龙的标志。他说:"我论文章恕中晚,略工感慨是名家"(《歌筵有乞书扇者》)。在《长短言自序》中,龚自珍更是鲜明地表达了自己"尊情"的态度:"情之为物也,亦尝有意于锄之矣。锄之不能,而反宥之;宥之不已,而反尊之。龚子之为长短言何为者耶?其殆尊情者耶?"

龚自珍一生怀抱"兼济天下"的责任感,关心国计民生。他能以踏实、平和、理性的心态来对待现实问题,所以其议论常能切中肯綮。然而,狂放的个性又使他的文章常常带有一种震撼人心的力量与气势。同时,一生的郁郁不得志,使他的文章于狂放之中夹杂着沉郁与顿挫。因此,在龚自珍的散文中,我们到处可以看见他狂傲的个性、抑郁的情怀、自由的精神,深刻的思想,以及对国家民族前途的担心与热忱。他的政治理想、道德理想与美学理想,他的人格魅力与思想魅力,他对社会问题的理性判断与深刻分析,他对现实的不满与抨击,他对个性自由、人格解放的憧憬,与他沉郁不得志的感慨,全都在他的散文中得到了充分体现。

  风格的多变也影响到了龚自珍散文中的语言。他的文章语言,有的平直,有的瑰丽,有的简洁,有的铺张,有的骈散兼用,有的生硬晦涩。龚自珍论诗主张"完",即"诗与人为一,人外无诗,诗外无人"(《书汤海秋诗集后》)。这个特点也贯穿在他的文章中——即"人"与"文"的和谐统一。正是其人生、人性、人格与学养的丰富多彩,才造就了龚自珍文章丰富而独特的艺术魅力,所谓"读其言,百忧之所窟,众香之所宅"(《吴之癯》)。

  尽管龚自珍的散文文体多变,风格多样,语言丰富,但是,贯穿于其中的始终是他"经世致用"的理念。除了那些对政治问题发表看法的政论文,他的记叙文和杂文小品也都从不同的角度表达着作者对社会生活的观察,对各种人物命运的关注,对人才问题的思考,无不透露出他的"经世"情怀。梁启超在《清代学术概论》中对龚自珍作了很高的评价:"晚清思想之解放,自珍确与有功焉。光绪间所谓新学家者,大率人人皆经过崇拜龚氏之一时期。"

第二节 魏源：学务有用，不托空谈

魏源(1794—1857)，原名远达，字默深、墨生，又字汉士，号良图，晚年学佛，法名承贯，湖南邵阳县金潭(今隆回县金潭乡)人。有《诗古微》、《书古微》、《老子本义》、《论语孟子类编》、《默觚》、《元史新编》、《明代食兵二政录》及《净土四经》等多种经学、史学、文学、佛学著作存世。后人辑有《魏源全集》。

魏源自幼颖异好学，曾入岳麓书院学习。清嘉庆十九年(1814)，魏源随父入京。在那里，他开始追随今文经学家刘逢禄学习《公羊春秋》，并结交了龚自珍、林则徐、姚莹等一批亦师亦友的文化名流。

清道光二年(1822)魏源中举。此后，入江苏布政使贺长龄幕，并应贺氏要求，着手编辑《皇朝经世文编》。魏源以"存乎实用"为标准，从清初至道光朝六百多位作者的奏议、文集和方志等文献资料中选择出有关清朝政治、经济、社会等领域的文章一百二十卷，一百多万字。由于《皇朝经世文编》以"经世致用"为标准，所选文章都是对社会实际问题的讨论。所以，此书辑成刻印后，在全国流传极广。

1840年，鸦片战争爆发，魏源的注意力从对内改革转移到了对外抵御殖民入侵。他还一度应钦差大臣裕谦的聘请，入浙江参赞军务。鸦片战争失败后，他感愤时事，以官方和私人著作为基础，完成了《圣武记》十四卷，记述了清朝各个时期的主要军事战役三十多个。魏源写《圣武记》的目的，一方面是想以清初的武功来激励民众保卫家国，另一方面，他也希望通过对历次战役的描述，来分析清朝在政治体制，特别是军事体制中的问题，为它在鸦片战争中的失败找到原因。

此后，魏源又在林则徐的嘱托下，编辑完成了《海国图志》一书。《海国图志》以林氏主持编译的《四洲志》为基础，参以古今中外各种史志、著述，介绍了英、法、俄、美等几十个国家的情况。魏源还在书中重点表达了自己主张学习国外先进文化,以求民族自强的思想。然而不幸的是,这本书并没有在国内产生很大的影响,反而是流传到日本后,备受重视,为日本近代学习西方文化作出了贡献。

魏源为学为文均以"经世"为目的。在世运潜替的时代,这实是有为而作:

> 荆楚以南,有积感之民焉,距生于乾隆征楚苗之前一岁,中更嘉庆征教匪、征海寇之岁,迄十八载,畿辅靖贼之岁,始贡京师,又迄道光征回疆之岁,始筮京师。京师,掌故海也。得借观史馆秘阁官书,及士大夫私家著述、故老传说。于是我生以后数大事,及我生以前上迄国初数十大事,磊落乎耳目,磅礴乎胸臆。因以溯洄于民力物力之盛衰,人材风俗进退消息之本末。晚侨江、淮,海警沓至,忾然触其中之所积,乃尽发其楔藏,排比经纬,驰骋往复,先取其涉兵事及所论议若干篇,为十有四卷,统四十余万言,告成于海夷就款江宁之月。(《圣武记·叙》)

征战连年,内外交困,然晚清之危局,更有前代之所无者:

> 黄河无事,岁修数百万,有事塞决千百万,无一岁不虞河患,无一岁不筹河费,此前代所无也;夷烟蔓宇内,货币漏海外,漕鹾以此日敝,官民以此日困,此前代所无也;士之穷而在下者,自科举则以声音诂训相高,达而在上者,翰林则以书艺工敏,部曹则以胥史案例为才,举天下人才进出于无用之意图,此前代所无也。(《明代食兵二政录叙》)

正是在这种天下日贫,大厦将倾的情况下,有志者"积感"而起,思有所作为。而第一步,正是扭转学风。魏源以"经"为张目,祖述了儒家的"经世"理想,对空疏之学风痛加指责:

《易》十三卦述古圣人制作,首以田渔、耒耜、市易,且舟车致远以通之,击柝弧矢以卫之;禹平水土,即制贡赋而奋武卫;《洪范》八政,始食货而终宾师;无非以足食足兵为治天下之具。……王道至纤至悉,井牧、徭役、兵赋,皆性命之精微流行其间。使其口心性,躬礼义,动言万物一体,而民瘼之不求,吏治之不习,国计边防之不问;一旦与人家国,上不足制国用,外不足靖疆圉,下不足苏民困,举平日胞与民物之空谈,至此无一事可效诸民物,天下亦安用此无用之王道哉?(《默觚下·治篇一》)

并在"一代之治,即一代之学"的思想指导下,提倡"实学",完成了《皇朝经世文编》的编辑工作。魏源所作的《皇朝经世文编·叙》就是一篇提倡经世思想的公开宣言:

事必本夫心。玺一也,文见于朱者千万如一,有玺籀篆而朱鸟迹者乎?有朱籀篆而玺鸟迹者乎?然无星之秤不可以程物,故轻重生权衡,非权衡生轻重。善言心者,必有验于事矣。

法必本夫人。转五寸之毂,引重致千里;莫御之,跬步不前。然恃目巧,师意匠,般、尔不能闭造而出合。善言人者,必有资于法矣。

今必本夫古。轩、挠上之甲子,千岁可坐致焉。然昨岁之历,今岁而不可用。高、曾器物,不如祖、父之适宜。时愈近,势愈切。圣人乘之,神明生焉,经纬起焉。善言古者,必有验于今矣。

物必本夫我。然两物相摩而精出焉,两心相质而疑难形焉,两疑相难而易简出焉。《诗》曰:"秩秩大猷,圣人莫之。他人有心,予忖度之。"又曰:"周爱咨度","周爱咨谋"。古人不敢自恃其心也如是。古之善入乎人人之心,又善出乎人人之心以自恢其心也如是。切焉劚焉,委焉输焉。善言我者,必有乘于物矣。(《皇朝经世文编·叙》)

魏源在此总结了编选《皇朝经世文编》的几条原则:一、"事必本夫心",然"善言心者,必有验于事矣";二、"法必本夫人",然"善言人者,必有资于法矣";三、"今必本夫古",然"善言古者,必有验于今矣";四、"物必本夫我",然"善言我者,必有乘于物矣"。也就是说,他编选的文章都是"验于事"、"资于法"、"验于今"、"乘于物"的。"事"、"法"、"今"、"物",四点的提出,很好地概括了他"经世致用"思想的着重点,并为后世讲求"经世致用"者指明了方向。

以"经世"为原则,魏源写作了大量关乎实用的文章,如《淮北票盐志略》、《上陆制府论下河水利书》、《钱漕更弊议》、《畿辅河渠议》、《筹漕篇》三篇、《军储篇》三篇及《酬海篇》四篇等。其中,《筹漕篇·上》,倡议漕粮海运,"客"提出数种解决方案,魏源一一驳斥之,在反复辩难达六次以后,"客"不得不问道:"然则海运其可行乎?"魏源的回答是:

> 曰:天下,势而已矣。国朝都海,与前代都河、都汴异,江、浙滨海,与他省远海者异,是之谓地势。元、明海道官开之,本朝海道商开之,海人习海,犹河人习河,是之谓事势。河运通则渎以为常,河运梗则海以为变,是之谓时势。因势之法如何?道不待访也,舟不更造也,丁不再募、费不别筹也。因商道为运道,因商舟为运舟,因商估为运丁,因漕费为海运费,其道一出于因,语祥贺方伯复魏制府书中。其大旨曰:海运之利有三:曰国计,曰民生,曰海商。所不利者亦有三:曰海关税侩,曰通州仓胥,曰屯丁水手。而此三者之人所挟海为难者亦有三:曰风涛,曰盗贼,曰飘湿。此三难者,但以商运为海运一言廓之而有余,故曰:为千金之裘,毋与狐谋其皮;筑数版之室,毋于道谋其疑。众人以讻讻败事,圣人以讻讻决机,苟非其人,法不虚创,功不虚施。时乎,时乎! 智者争之。(《筹漕篇·上》)

漕运问题是清代政治中的一个重要问题。时至嘉庆、道光朝,历年积弊层层累积,已经到了无官不贪、无处不弊的程度。"上既出百万漕项,下复出百余万帮费"(《清史稿》卷一百二十二《食货三》),朝廷与民众俱受拖累,而改革漕弊,又因牵扯利益人群过多而常常失败。道光五年(1825),运河河道淤浅,漕船无法到达京师,清政府被迫重提漕运改革。魏源此文因时而作,指出:地势、事势、时势都已具备,变漕运为海运此其时也。魏源于文中指陈各种解决方案的弊端,条理清晰,言简意赅,最终推出了商船海运的解决方案,论述有理有力,让读者折服。

面对清末危机重重的现实,魏源也同龚自珍一样异常重视人材问题。他在《圣武记·叙》中说:

> 今夫财用不足,国非贫,人材不竞之谓贫;令不行于海外,国非羸,令不行于境内之谓羸。故先王不患财用而惟亟人材,不忧不遑志于四夷,而忧不遑志于四境。官无不材,则国桢富;境无废令,则国柄强。桢富柄强,则以之诘奸,奸不处;以之治财,财不蠹;以之蒐器,器不窳;以之练士,士无虚伍。如是,何患于四夷,何忧乎御侮! 斯之谓折冲于尊俎。
>
> ……
>
> 《记》曰:"物耻足以振之,国耻足以兴之。"故昔帝王处蒙业久安之世,当涣汗大号之日,必麓然以军令饬天下之人心,皇然以军食延天下之人材。人材进则军政修,人心肃则国威遒,一喜四海春,一怒四海秋。五官强,五兵昌,禁止令行,四夷来王,是之谓战胜于庙堂。(《圣武记·叙》)

魏源认为培养和招揽人材才是"战胜于庙堂"的根本方法。然而,在严重的社会危机中,朝廷取士的制度却弊病百出:"书小楷,诗八韵,将相文武此中进。"(《都中吟》)以空疏无用之学取士,必然会造成朝野上下"以持禄养骄为镇静,以深虑远计为狂愚,以繁文缛节为足辅太平,以科条律例为足剔奸蠹",从而使各级吏治"无职不旷,无事不蛊"(《默觚下·治篇十一》)。比及遇事,则互相推诿,使国家无可用之材。因此,魏源在《寰海后十章·其一》中指出"筹饷筹兵贵用才",在《海国图志·筹海篇》中也指出"器利不如人和"。鸦片战争后,在一片对"船坚炮利"的欣羡声中,魏源抛弃器用之识,认为人材匮乏才是当时的主要问题,其识见可谓高出众人一头。

魏源散文中还有一类说理性的小品，以《默觚》（又称《古微堂内集》）上下篇为代表。《默觚》中的文章并非写就于一时一地，它们似乎是作者有关经学、政治、教育、文化、经济等问题的心得札记。《默觚》分为上篇《学篇》和下篇《治篇》两部分。《学篇》十四篇，《治篇》十六篇。每篇下又分为若干条，每条讨论一个问题。魏源许多精辟的见解就被记录在这些条目里。例如著名的《变古愈尽　便民愈甚》(《默觚下·治篇五》)条：

租庸调变而两税，两税变而条编。变古愈尽，便民愈甚，虽圣王复作，必不舍条编而复两税，舍两税而复租庸调也。乡举里选变而门望，门望变而考试；丁庸变而差役，差役变而雇役，虽圣王复作，必不舍科举而复选举，舍雇役而为差役也。兵甲变而府兵，府兵变而彍骑，而营伍，虽圣王复作，必不舍营伍而复为屯田为府兵也。天下事，人情所不便者，变可复；人情所群便者，变则不可复。江河百源，一趋于海，反江河之水而复归之山，得乎？履不必同，期于适足；治不必同，期于利民。是以忠、质、文异尚，子、丑、寅异建，五帝不袭礼，三王不沿乐，况郡县之世而谈封建，阡陌之世而谈井田，笞杖之世而谈肉刑哉！"礼，时为大，顺次之，体次之，宜次之。"《周颂·勺篇》，美成王能酌先祖之道以养天下也。《诗》曰："物其有矣，维其时矣。"

《左传·昭公七年》曰："政，不可不慎也。务三而已：一曰择人，二曰因民，三曰从时。"此条即是魏源关于"因民"的论述。魏源通过列举租税、选举、劳役、兵事等随着历史变迁而发生变化的制度，来说明朝廷的治理政策也应该因时而变的道理，所谓"履不必同，期于适足；治不必同，期于利民"者是也。文章仅三百余字，却写得条清理顺，论述有理有据，让人印象深刻。

又如《知行条》(《默觚上·学篇二》)：

"及之而后知，履之而后坚"，乌有不行而能知者乎？繙"十四经"之编，无所触发，闻师友一言而终身服膺者，今人益于古人也；耳聒义方之灌,若罔闻知,睹一行之善而中心惕然者,身教亲于言教也。批五岳之图,以为知山,不如樵夫之一足;谈沧溟之广,以为知海,不如估客之一瞥;疏八珍之谱,以为知味,不如庖丁之一啜。《诗》曰:"如彼行迈,则靡所臻。"

"行"与"知"的关系一直是中国哲学史上长期争论不休的问题。魏源在这不到两百字的短文中,连用三个譬喻,首尾两处引用,表达了以"及之"、"履之"为基础的"行在知前"、"不行不知"的观点。考虑到当时学者空谈性理,只求知不求行的学风,魏源的"知行论"实是与其经世思想相一致。

魏源写作这类说理小品时善用事实与譬喻,如"读父书者不可与言兵,守陈案者不可与言律,好剿袭者不可与言文"(《默觚下·治篇五》),这是在说明"变古通今"的意义。又如,"不乱离,不知太平之难;不疾痛,不知无病之福"(《默觚上·学篇七》),这是在说明"治"、"乱"、"安"、"危"的关系。另外,他还善于使用对举法,在对比中来强调自己的观点,如《默觚上·学篇二》:"敏者与鲁者共学,敏不获而鲁反获之,敏者日鲁,鲁者日敏。岂天人之相易耶?"用"敏者日鲁"与"鲁者日敏"的对比来说明后天学习的重要性。又如"执古以绳今,是为诬今;执今以律古,是为诬古。诬今不可以为治,诬古不可以语学"(《默觚下·治篇五》),这是在说明"古"、"今"不可以互绳的道理。魏源这些说理性的小品文,写得清爽干净,持之有故,言之成理,短小精悍,论证清晰,具有非常强的可读性。

在魏源的散文中,其记人之文常常写得声情并茂,感人至深。如屡被学者推崇的《太子太保两江总督陶文毅公神道碑铭》一文,以天子在陶澍去世后的态度开篇——"天子震悼,诏以公任事勇敢不避嫌怨,堪式百辟,加太子太保,入祀贤良祠。子谥文毅,并允淮北士民之请建专祠海州。明年又特允入江苏名宦祠,不交部议",先声夺人,让读者对陶澍一生的行略极为期待。然而接下来,作者并未就写陶澍的言行,而是先描摹了一番"百执事拱手受成",因循苟且、尸禄保身的积习:"渐摩既久,以推诿为明哲,以因袭为老成,以奉行虚文故事为得体。恶肩荷,恶更张,恶综核。"正是在这样的对比之下,陶公不任独、不任同、力排众议,坚持改革的形象才

更为突显:

> 方公初议海运,则南漕北仓挠之;议裁蹉费,则富商蠹吏挠之;议截粮私,则长芦总漕挠之;议改票盐,则坝夫岸吏挠之。群议沸腾,奏牍盈尺,使公之仔肩稍不力,天子之倚任稍不坚,必不能其善后。

陶澍是中国近代历史上的一位名臣。他深受传统经世学风的影响,以济人利物为志,主张"有实学,斯有实行,斯有实用"(《钟山书院课艺序》)。在巡抚和总督任上,敢于任事,大力整顿吏治,兴修水利,改革盐政和漕运,禁鸦片,倡文教,是一位实学实行的"经世"典范。魏源做他的幕僚达十四年之久,两人友谊极深。魏源对陶澍这位不畏阻挠、立志改革的人物充满了崇敬之情:"他人得其一皆足名世,而于公则为绪余。"

魏源自己不以文人自居,故其文章不以辞采见长。但是其"经世之文"大多从实际问题入手,条理清晰,气势宏大、沉稳平实,其议论常常能层层深入,分析也鞭辟入里,所以仍然有很强的可读性。与龚自珍相比,魏源的政论文更多地注重讨论实际问题,并提出具体的改革方案与措施。这些特点,都与他一生提倡"经世致用"有关。从文学的艺术性上来说,魏源的散文洗尽铅华,返璞归真,清朗平实。其文章多为感时之作,却少有激愤之言,蓄之厚重,而又不轻泻,所以写得沉稳凝练。

魏源对后世的主要影响,集中在《皇朝经世文编》、《圣武记》和《海国图志》这三部著作上。可以说,这是他"经世"思想的三面旗帜。《皇朝经世文编》以文选的形式,宣传了"经世"思想,"数十年来风行海内,凡讲求经济者,无不奉此书为矩蠖,几于家有其书"①。可以说,《皇朝经世文编》为转变清末空疏的学风,开创实学、实用的学术新风起到了巨大的推动作用。如果说魏源在编辑写作《皇朝经世文编》、《圣武记》时,还只是将眼光停留在中华民族内部优秀的文化思想上,那么编辑《海国图志》时的魏源,已经把目光投向了外部的广大世界。"师夷长技以制夷"的提出,表明魏

---

① 俞樾:《皇朝经世文续编·序》,《皇朝经世文续编》,台北文海出版社1972年影印本。

源已经意识到了吸取异质的西方文化的重要性。"经世致用"借由魏源的眼光转向了更为广大的天地。近代中国向西方学习的历程从此开始,中国文化也开始了新一轮的整合与重建。梁启超在《清代学术概论》中评论道:"今文学之健者,必推龚、魏。龚、魏之时,清政府渐陵夷衰微矣,举国方沉酣太平,而彼辈若不胜其忧危,恒相与指天画地,规天下大计。""源有《元史》,有《海国图志》,治域外地理者,源实为先驱。故后之治今文学者,喜以经术作政论,则龚、魏之遗风也。"

第三节　包世臣：审时度势,深切著明

包世臣(1775—1855),又名世绳,字慎伯,号倦翁,又号小倦游阁外史。安徽泾县人。少家贫,随父读书,"自十二三岁即慨然有志于用世"(《中衢一勺·与秦学士书》)①。十八岁时,读《日知录》,十分仰慕顾炎武的为人及其经世思想,从而坚定了为天下家国谋利之决心。二十二岁以后,世臣负笈出游,了解了当时各地吏治废弛、民气郁结的情况。他先后撰成了《筹河刍言》、《郡县农政》、《直隶水道记》等文,对当时的农政、漕运、水利等问题发表看法,"究心于当世之务,名动公卿",然"十三次赴春官竟不遇。每礼部揭晓时,辄闻榜下人云:'安徽包君被放,登第人可想,吾辈亦足自豪'"(胡朴安《包世臣传》)。三十四岁中举后,仍以游幕为生。到六十四岁时,才得以出任新喻县令,然不久即去官。晚年寓居于南京。《清史稿·文苑传》中有他的记载:"少工辞章,有经济大略,专喜言兵","世臣精悍有口辩,以布衣遨游公卿间。东南大吏每遇兵、荒、河、漕、盐诸巨政,无不屈节咨询,世臣亦慷慨言之。"包世臣生前刊刻的著作有《安吴四种》:即谈河工水利的《中衢一勺》,谈文章、论书法的《艺舟双楫》,谈诗、词、赋的《管情三义》以及讨论农、礼、刑、兵的《齐民四术》。

包世臣少年食贫居贱,对下层生活有深切的了解,他在《乙巳杂诗》中写道:"晨出望墟落,抵暮无炊烟。长夏既不雨,秋末已严寒。质卖亦略尽,流亡日以繁。灾情既不达,谁贳下忙钱?哀哉鞭挞余,舍命自投渊。""近者农民之苦剧矣!为其上者,莫不以渔夺牟侵为务,则以不知稼穑之艰难,而各急子孙之计故也。"(《齐民四术·叙》)正是在对现实生活的深刻了解下,他作出了社会"殆将有变"的预言:"世臣生乾隆中,比及成童,

---

① 本节中有关包世臣的作品及评论,均见黄山书社1991年出版的《包世臣全集》,《小倦游阁集·说储》及台北文海出版社1968年影印的《近代中国史料丛刊》第三十辑《安吴四种》。

见百为废弛,贿赂公行,吏治污而民气郁,殆将有变。"(《再与杨季子书》)为此,他"则心求所以振起而补救之者"(《读亭林遗书》)。而这正是他接受今文经学,提倡"经世"之风,写作"经世"之文的原因。

包世臣在《再与杨季子书》一文中说,自己一生为学均以解决实际问题为目的,"思将禁暴除乱,于是学兵家;又见民生日蹙,一被水旱,则道殣相望,思所以劝农厚生,于是学农家。又见齐民踬步即陷非辜,而奸民趋死如骛,而常得自全,思所以饬邪禁非,于是学法家。既已求三家之学于古,而饥驱奔走数十年,验之人情地势,殊不相远,斟古酌今,恒与当事论说所宜"。

故其论文,也从"经世"出发,认为文风与民俗和政治之间有密切的关系,他说:"观其文以知俗,推其俗以知治。"(《扬州府志艺文类》)因此,他极力反对当时在文坛占统治地位的时文与桐城派古文。他批评时文"代人立言",不能像古文一样出于己意(《或问》),又批评桐城派古文以"义法"、"文统"束缚了古文的真面目、真性情。他说:"近世治古文者,一若非言道则无以自尊其文。"(《艺舟双楫·与杨季子论文书》)包世臣认为文学应该"言必有物"(《扬州府志艺文类》),这与桐城派所讲的脱离了"事"与"礼"的"有物"不同。包世臣所讲的"有物",是"经世致用",是"礼、乐、兵、刑、工"。所以,他认为"古文一道,本无定法,惟以达意能成体势为主而已"(《齐民四术·再答王亮生书》),"夫事无大小,苟能明其始卒,究其义类,皆足以成至文"(《与杨季子论文书》)。因此,他的文章不求华丽,不求虚玄,以能"达意"为旨:

> 拟对曰:"君子必审时势以备不虞,度形势以制卒发。自教匪跳梁,东抵黄、罗,北越陈、邓,西出没秦、蜀。楚北被蹒者三载,民力凋散,物价过倍。其邻境颍、亳,地产火药,家备器械,民劲悍,多盐徒硝贩,为匪案所由起。六、霍环裹万山,产茶炭,夙为逋盗薮。地名白莲团者,人虑不亿,官不得诘,居民时相惊恐。南阳、汝宁,焚掠之后,流亡初集,薰莸杂处。且楚、豫所团乡勇,以匪既西窜,给粮难遍,罢者十七,约众四五十万,收缴兵械,多所藏逸。应募时本不业无籍之流,

聚而别之以头目,教以击刺之方,习其凶残之性;罢则无所为生,辗转流散。以上诸事,皆可深虑。目下楚北虽为稍安,然不败之地,所当预立。今秋蒲圻告警,虽即日平复,歼其渠魁,亦可以验民心之不固矣。"(《策对》)

此文以"审时势以备不虞"为目的,分析了诸多不安的因素:"民力凋敝",易生变;其邻境"地产火药,家备器械,民劲悍",易促变;"六、霍环裹万山"中,已生变;而流散乡勇,以其凶残而无根,更易成为变数。因此,包世臣试图劝说地方大吏不要被眼前"稍安"的局势所迷惑,而是应该"预立""不败之地"。包世臣洞悉势态,故其文章分析形势,均是有据而言,且论说条理清晰,文辞平实简洁,这正是包世臣为文的特点。

世臣注重观察实际生活中的问题,又能悉心访问,"游楚、蜀、江、浙、燕、齐、鲁、豫,所至之处,博访周咨。遇宿士方闻质疑求是,于樵夫渔师舟子舆人罪隶退卒,邂逅之间亦必导之使言,是者识之,否者置之,于是悉知水陆之险易,物力之丰耗,官场之情伪,穷惨之疾苦"(胡朴安《包世臣传》),故其文章常有对当时生活状态的记述:如在《安吴四种》卷26中谈到"近日洋布大行,价才当梭布三之一。吾村专以纺织为业,近闻已无纱可纺。松、太布市,消减大半。去年棉花客大都折本,则木棉亦不可恃……"可见洋货对中国市场的冲击,已经引起了包世臣深深的忧虑。又如,他对清朝司法审判中的"市法鬻狱"的情况也进行了抨击。"江浙各州县均有积案千数,远至十余年,近者亦三五年"(《齐民四术·刑一上》)。同时,司法审判官吏"不问事理之虚实,唯以周旋寅谊为心"(《齐民四术·书三案始末》),致使百姓经常"废时失业,横贷利债,甚至变产典田,鬻妻卖子,疾苦壅蔽,非言可悉"(《齐民四术·刑一上》)。他还注意到农村的粮食生产已经不再依赖于技术的革新:"凡治田不论水旱,加粪一遍,则溢谷二斗;加做一工,亦溢谷二斗"(《齐民四术·庚辰杂著二》)。正是基于对现实的深切体会,包世臣运用政论文,提出了许多治理改革的措施,如他所著的《说储》,即是"以郡县至为枢要,详说保甲、学政、戎政、课税、农政五事"(《安吴四种总目叙》),为统治者开列出了一整套的改革方案:

> 设审官院,择大臣一人为院卿,正二品;辖学士四人,正五品。主选举,诏内外郡县,不拘现任、故宦、儒生、幕客、农民、吏卒皆许言事。其有经国远虑,封疆大计,水利屯田,劝农练兵,以及吏治利弊,律意轻重,或即一郡一邑当兴当除,各就素习确见,缮书条例。
>
> ……
>
> 罢捐职、捐监。郡县每岁举孝弟者,赐级视贡士,力田至五十以上未尝与争斗、抗欠、狱讼者,赐级视生员……
>
> 其礼部会试,布政司乡试,郡县小试,仍举行。惟罢八股,以明经术、策时务二事应之……(《说储》)

刘师培对此文的评价是:"至其篇中多改制之言,……吾观此书精义,大抵在于重官权,达民情二端,其说多出于昆山顾氏,行之于今,颇与泰西宪政之制相合。当嘉、道之世,中国之局方守其老洫不化,而先生已先见及此,仁和龚氏之外,一人而已"(刘师培《说储跋》)。《说储》为包世臣年轻时所作。此后,他更多地注重对具体的问题的探讨,如其经世文中讨论最多的是财政问题,他说自己平生所学大半在此:"如节工费、裁陋规、兴屯田、尽地力,在在皆言利也。"(《答族子孟开书》)他认为一个国家"财匮则威不行,威沮则德不立"(《说储上篇序目》)。因此,他对许多现实问题的看法、判断与解决,均是从"财政"的角度出发。如他对漕运问题的探讨:

> 南粮三四百万石,连樯五千余艘,截黄达卫,以行一线。运河之间,层层倒闸,节节挽纤,合计修堤防、设官吏、造船只、廪丁舵,每漕一石抵都,常二三倍于东南之市价。(《中衢一勺·庚辰杂著四》)

他提出的解决方案,一是在京畿地区靠近水源的地方种植水稻,免除部分漕粮北运的压力,节省开支。二是利用商船,走海路,北运漕粮,可免除中间官吏的盘剥,利国利民。第二种方案,最终在经世派官吏和文士的共同努力下付诸实施。可见其政论文是有为而作,切中时弊的,并且"要于必可举行,以无误于后世"(《读亭林遗书》)。

除政论文外,包世臣还写作了大量的寿序与墓铭。其记人文字常能以一点为中心展开,人物特点非常鲜明。如《金孺人五十寿序》:

> 壬戌,庶常君成进士,未几染疫殁于都下。凶问至,母氏恐重伤大父意,含哀茹苦而已。然自此督书兄弟尤严切,诲子曰:"《礼》有之,寡妇之子,非有见焉则弗与友,谓其长于妇人之手,必失教无足交也。汝兄弟能继先人之业,成未竟之志,使吾不负话言者,则庶几不负未亡人矣。"大父尝以语乡人曰:"二孙幼而失怙,吾不忍过督责之,然心惧其无成。今日,母明大义如是,异日当可望立树也。"

金孺人教子的情节,通过两段话表现出来,一出于己,一出于人。下段,作者又通过自己的观察——"观庶仲之笃学恂恂,而节母之能教子,可知也"——再次印证了前面的记述,一位深明大义的寡母形象就跃然纸上了。

又如《徐宫保六十寿序》一文,开头一段以辨析养生之术入手:"养生家之言曰:'无扰尔精,无劳而(尔)行。'而夫子则谓'仁者寿'。又曰:'仁者先难'。又'仁者必有勇'。夫有勇者先难之实也。既勇于治难,则精不能不扰,形不能不劳,与养生之术相反,而顾以寿归之,何耶?"作者给出的答案是,仁者爱人,则必劳心劳力以求人得蒙其爱,然亦得心安。故"心安则气直,气直则神和,而荣辱不能必其喜怒,燥湿不能改其舒惨,不求寿而寿自至矣"。下段,作者笔锋一转,开始历数徐公的丰功伟业,最后总结道:

> 是故公以身上纾宸廑,下慰待哺,身之劳也既极,心之安也亦至。节次筹定大议,鸿猷懋建,将乐水顺轨而土献实,使淮、扬生灵得以优游寿宇,自生自植,可不谓先难有勇者乎? 精虽日扰,形虽日劳,而实公之所以能寿斯民以求寿于天者矣。

以结语统合第一段议论与第二段记叙，文气贯通，轻灵不落俗套。既叙其伟业，又以"仁"字归之，可谓善于颂"寿"者也。

包世臣在《艺舟双楫》卷三《赵平湖政书五篇叙》中言："士无专事，凡民事皆士事也。"故其为文，以说"事"为主旨，其所达之意，不是抽象的孔孟程朱之道，而是"皆经世之言，有关国计民生，不为空疏无用之学"（丁晏《石亭记事·包倦翁〈安吴四种〉书后》）也。据《三续疑年录》记载，世臣八十一岁而卒（胡朴安《包世臣传》），如以《徐宫保六十寿序》一文来自比附，其高寿也应是世臣一生忧国忧民，指天画地的奖赏。

第四节 汤鹏：意气蹈厉，震烁奇特

汤鹏(1801—1844)，字海秋，自号浮邱子，湖南益阳人。刻苦好学，善时文，道光三年(1823)，"年甫二十，成进士。所为制艺，列书肆中，满街士人模拟，相接得科第"。汤鹏少年登科，负气自喜，"意气蹈厉，谓天下事无不可为者……于是勇言事，未逾月，三上章。最后以言宗室尚书叱辱满司官事，言过当，且在已奉旨处分后，罢御史"(梅曾亮《户部郎中汤君墓志铭》)①。汤鹏"见其言不用，乃大著书，欲有所暴白于天下。为《浮邱子》九十一篇，篇数千言，通论治道，《学术明林》十六卷，指陈前代得失；《七经补疏》明经义；《止信笔初稿》杂记见闻事实"(姚莹《汤海秋传》)。另有《海秋诗集》一部。汤鹏卒于道光二十四年(1844)七月九日，年四十四岁。曾国藩挽联云："著述成二十万言，才未尽也；得谤遍九州四海，名亦随之。"

汤鹏曾因"文章震烁"而入选军机章京，后又补户部主事，转贵州司郎中，擢山东道监察御史等职。汤鹏于军机处任职时，得见天下奏章，又久居曹司，习吏事，故负才气而慨然有肩荷一世之志。汤鹏"以为事无论利钝成败，有所为，当震爆人耳目。苟不得施于事而著之言，使吾书出，而人以为古尝有是言，虽工弗贵也"(梅曾亮《户部郎中汤君墓志铭》)。

故其论文，反对当时将为政与修身，以及修身与文艺分而为二的风气，主张将为政、修身、文艺合而为一。他说"汉以后作者，或专工文辞，而义理、时务不足；或精义理、明时务，而辞陋弱"，他认为只有唐陆宣公和宋朱子二人能够兼"义理"、"时务"、"文辞"为一，并且表明自己"欲奄有古人，而以二公为归"的愿望(姚莹《汤海秋传》)。汤鹏改桐城派的"义理"、"考据"、"辞章"为"义理"、"时务"、"文辞"，可见其转变学风与文风的意图。

汤鹏的"经世之文"多集中于《浮邱子》中。《浮邱子》一书以《则古》开

---

① 以下所引汤鹏作品及评论，均见岳麓书社1987年出版的《浮邱子》一书。

篇,"是故事莫详于古先,制莫陋于晚近,习莫积于婨谩,心莫敬于学问;我则首之以《则古》上、中、下"(《树文》)。《则古》三篇,开宗明义,表明了作者"居今稽古"的政治理想:

> 君子纳之于轨物,然后能裁之于义理;裁之于义理,然后能详之于体段;详之于体段,然后能鸿之于作用。君子曷施而每进益上如此也?《说命》之言曰:"王!人求多闻,时惟建事,学于古训乃有获。事不师古,以克永世,匪说攸闻。"《毕命》之言曰:"惟德惟义,时乃大训。不由古训,于何其训?"是故君子必于古乎索之。曷索之?曰:于古载籍乎索之,于古师表乎索之,于古臣佐乎索之,与古气数乎索之,于古符验乎索之,于古趣尚乎索之,则可谓居今稽古也已。(《则古·上》)

> 是故言损益,祖伯益;言刚柔,祖皋陶;言性习,祖伊尹;言知行,祖傅说;言休咎,祖《洪范》;言敬怠,祖丹书;言贵贱,祖《旅獒》;言劳逸,祖《无逸》。以此格君,何君不圣!以此济世,何世不昌!以此植物,何物不禄!以此感神,何神不降!(《则古·中》)

汤鹏以"古"为理想,他认为只有不断地"学"与"问",才能回到"古"道,"於乎!君臣上下之交,丁宁告诫之要,其唯则古乎!其唯则古乎!君子而不则古,则大远于学问之意。君子而大远于学问之意,则不知所以为家国天下"(《则古·下》)。其实同其他经世派一样,汤鹏对"古"的推崇,实是以"古"来刺"今","以复古为解放"——训"古"是为了求"变"。他总结时弊,开列出"为天下国家者"的十种弊病:"或好察而反障,或好断而反璕,或好勤而反堕,或好强而反降,或好恭而反侮,或好俭而反剥,或好谨而反匮,或好厚而反贼,或好深而反泻,或好安而反颠"(《十蔽》)。并在此基础上,在《尚变》一文中具体提出了"变革"的理想:

> 浮邱子曰:事有积之已久则弊,而守之以固则枯;坏之已甚则匮,而处之已暗则愚。振之以大声疾呼则訾其激,而荒之以流心佚志则

厚其羞;料之以深识蚕计则嫌其噪,而巫之以颓光倒景则郁其忱。无以,则尚变乎!

孔子曰:"齐一变,至于鲁。鲁一变,至于道。"孟子曰:"由今之道,无变今之俗,虽与之天下,不能一朝居也。"荀子曰:"国乱而治之者,非案乱而治之之谓也,去乱而被之以治。人汙而修之者,非案汙而修之之谓也,去汙而易之以修。"董子曰:"琴瑟不调,甚者必改而更张之,乃可鼓也。为政而不行,甚者必变而更化之,乃可理也。"是故君子不能毋尚变。

在陈述完自己"尚变"的主张,并引"经"以张目后,汤鹏从为君、为臣之道开始,连陈四十条应变之处,剖析了专制制度末世的衰败症状,阐述了变革的必要。文章最后,他再次引"经"之意,以述"尚变"之旨:

《诗》曰:"茀厥丰草,种之黄茂。"《书》曰:"若颠木之有繇蘖。"循乎《诗》之言,丰草不去而不可以稼也,犹之乎弊政不变而不可以国也。循乎《书》之言,颠木虽甚而可以蘖也,犹之乎弊政虽甚而可以变也。噫!变之时义大矣哉!

援引经书之意,以为"变革"张目,是清末经世派为文的特点。汤鹏在《浮邱子》一书中,更是将这一特点发挥到极致。在《浮邱子》的九十一篇作品中,其文章结构极其相似:先是以"浮邱子曰"开篇,陈述作者在该文中的主要观点,接着就援引经义,以为己证,然后才展开论述,最后再以经义收束。

汤鹏在《浮邱子》中开列的救世之方有很多,如他注意到大臣权不重,而威亦不重的情况,他说:

尔乃臣毋过庳而下同于犬马之贱,毋当其以犬马为使焉,自一情。及其起而相责,乃不犬马之功用焉,又一情也。而优其体统使不亵,耸其骨干使不刓,作其廉耻使不垢,恤其劳苦使不困,是为变徒隶

其臣、指为咳唾之概,而觥觥乎其光大之。(《尚变》)

这与龚自珍在《明良论·二》中,以"君主敬大臣"来救"士不知耻"之弊,是相同的。又如他对人材问题的讨论:

> 且夫治其一念,所以治天下也。去怠从敬,所以治其一念也。是故为君者不可以不敬天;知敬天,则毋敢骜;毋敢骜,则爱材必矣。为相者不可以不敬人;知敬人,则毋敢眈,毋敢眈,则爱材必矣。为师者不可以不敬道;知敬道,则毋敢峭;毋敢峭,则爱材必矣。为友者不可以不敬义;知敬义,则毋敢媚;毋敢媚,则爱材必矣。是故三代已上,有圣君焉,天下之材訢訢如也。三代已降,无圣君焉,有贤君焉,则天下之材不枯;无贤君焉,有贤相焉,则天下之材不枯;无贤相焉,有贤师、友焉,则天下之材不枯;有贤师、友焉,又有贤君、相焉,则天下之材大不枯;无贤君、相焉,有无贤师、友焉,则天下之材乃大枯矣。孟子曰:"苟得其养,无物不长;苟失其养,无物不消。"而况于材乎?(《原爱》)

汤鹏也认为对人材的培养,应从"君"、"相"、"师"、"友"做起。只要君"知敬天"、相"知敬人"、师"知敬道"、友"知敬义",就可以使人材不枯于世。

然而,对具体问题的讨论与解决,并非汤鹏为文的特长。汤鹏的经世之文,多为高屋建瓴之作,所谓:"其指务在剖析天人王霸,发抒体用本末,原于经训,证于史策,切于家国天下,施于无穷。其心务在琢磨主术臣道,护持国势民风。"(《树文》)因而,其经世之文常言一而举数端,条陈缕析,如前面提到的《尚变》一文中开列了四十条应变之事,又如《左评》一文中列"所谓非其为治者"三十条,以求为学者、为政者、为君主者、为臣子者……加以注意和更改:

> 所谓非其为治者:夫读书谈道,所以治用也;而称必典册,举必儒

行,挽叔季而敦古处,破姗笑而含至乐者,谓之腐……重义轻利,所以正国也;而秉道要,薄心计,不肯锱铢金縠钱帛以自损其气象之重者,谓之粗。刱利驱害,所以为民也;而涕泣请命,激于颜色,热于肺腑,而日夜无能休息于手足,兼人所难而毋惮其劳,赴人所先而毋嫌其捷者,谓之扰……高明所以近阳也,而磊磊落落,无所芥蒂于胸而意念皆令人晓,无所关楗于口而事皆可对人陈说者,谓之疏……刚毅所以卫道也,而挺挺大节,不与谣俗低印曲折,而气足以树其骨,骨足以胜其肉者,谓之乖……信赏必罚,所以砥砺策力也;而事非为己,破格廷争,发其私曲,以去其赏罚之不然,而援据彝典,以就其赏罚之然者,谓之僭……绳愆纠缪,所以匡君之不逮也;而排阊阖而贡其忱,中膏肓而药其败,献箴铭而时其戒者,谓之谤。

文辞慷慨激昂,蓬勃有力。于其所议论之弊病,毫不容情,指出其貌"谈道"而实"腐",貌"轻利"而实"粗",貌"为民"而实"扰",貌"磊落"而实"疏",貌"卫道"而实"乖",貌"信赏必罚"而实"僭",貌"绳愆纠缪"而实"谤"……一气开列三十处"非其为治者",故其为文有"韩悍庄夸,孙卿之酝。麋义斗文,百合愈奋"之誉,而其为人有"喙刚如铁,锋校所值,人谁女容"①之忧。

汤鹏经世之文的特异之处,正是在于其汪洋恣肆的风格,无人可望其项背。其文辞之汗漫纵横,排比往复,远过于龚文,如《三要》一文的开篇:

浮邱子曰:凡为天下国家者,诚为要,夸为末;大为要,细为末;简为要,繁为末。雕雕焉其致饰也,瞄瞄焉其有以自媚也,喋喋焉其辩博也,觥觥焉其内不怍也,沈沈焉其以施于四远也,裔裔焉其为群迹所践也,洒洒焉其意流而风遽也。宴宴焉其狃于常而忽于骤也,浮浮焉其未有以信其中之所蓄也。嘻!何其夸也!硁硁兮其小也,朘朘兮其烦猥而自扰也,姁姁兮其外周容以为好也,扃扃兮其好察也,究

---

① 曾国藩:《祭汤海秋文》,《曾文正公全集》,长沙传忠书局光绪二年刻本。

究兮取憎恶与其下也,铮铮狡狡兮其未有以大过于渠也,徊徊徨徨兮夫乃自智其愚也。嘻!何其细也!琐琐乎其态也,陆陆乎其赴事会也,讦讦乎其少可而多怪也,累累乎其绪理而愈棼也,隆隆乎其止而未能也,屑屑乎其晨夜之劳、百举而十弗成、十举而一弗成也,蠢蠢乎其婢直而绳绳乎其积留也,匈匈乎其动扰而墨墨乎其郁忧也。嘻!何其繁也!

汤鹏为文逞才为多,这大概是他于"义理"、"经世"之外,也注重"文辞"的原因吧。

汤鹏对《浮邱子》一书甚是自诩,"每遇人,辄曰:'能过我一阅《浮邱子》乎?'其自喜如此。"(梅曾亮《户部郎中汤君墓志铭》)《浮邱子》的结构为"立一意为干,而分数支,支之中又有支焉,则支复为干;支干相演,以递于无穷"(梅曾亮《户部郎中汤君墓志铭》)。其文章也属于这种层递结构,如水波荡漾,汪洋浩瀚。其文辞,"时而云垂海立,时而月皎风疏,时而玉佩华绅,时而斜簪散髻,连抃旁魄,无有端崖"(熊少牧《浮邱子·序》)。汤鹏以其独特的经世之文,为晚清的经世文学增添了一抹鲜异的色彩。

第二章　开眼世界：散文新体

第一节　冯桂芬：抗论当世，消弭时灾

近代以来,龚自珍、魏源为代表的经世学人用散文抨击时弊、倡言变革,将文章引上"经世致用"的道路,使近代散文的发展进入新的时期。承之而起的是冯桂芬、王韬、马建忠、郑观应等所创作的时务类文章,标志着散文发展的第二个阶段。这类文章切中时弊,有观点,有感情,文辞通俗简要,适应报刊刊登,是一种内容革新,形式通俗的新文体。

冯桂芬(1809—1874),字林一,号景庭。江苏吴县人。1840年中进士,被授翰林院编修。1845年因母丧南归,太平军爆发时曾举办团练,参加上海的镇压太平军活动。晚年寓居苏州木渎镇,编纂《苏州府志》,主讲苏州正谊书院。冯桂芬虽然出仕时间较短,但务实能干,是洋务派的得力干将,如《清史稿》本传云其"性恬淡,服官仅十年,然家居遇事奋发,不避劳怨"。左宗棠给他写传,说:"使君于大臣论荐时,遽膺重寄,固宜大有设施,然时会未值,议论或足以害,其成未可知也。观君所为,如雷霆之乘风载响,霖雨之因云洒润也,事成而神功亦敛如此。语曰:识时务者在于俊杰,谅哉!"(《显志堂集·左宗棠序》)肯定冯桂芬的事功业绩,赞誉其远见卓识。冯桂芬学识广博,"经史而外,天文、舆地、算学、小学、水利、农田,无不精究,而尤谙于历代掌故,公于文无所不长,诗、古文辞、骈体制艺,无

不卓然自成一家言,而尤达于经世之学"(《显志堂集·吴大澂序》),体现出传统治学中的优秀一面。他著有《说文解字段注考证》、《使粤行记》、《两淮盐法志》、《显志堂集》、《梦奈诗存》、《西算新法直解》等,散文成就主要体现于《校邠庐抗议》。

冯桂芬是林则徐、魏源之后重要的经世派学人,他的写作以经世致用自期,不刻意雕琢文辞。在翰林院编修期间,他出任广西乡试主考,曾路过湖南境内的祁阳浯溪。浯溪风景优美,留有很多唐代文学家元结就任时的石刻吟咏,冯桂芬以其中诗作问随从人员,大家皆"群诧以为谁何",他借此抒发感慨:"士则贵自立而已,文章功业无所表见于世,而妄思附青云以自显,庸讵可得耶?"批评那些不务现实、凌虚蹈空之作。

冯桂芬对文的看法,见于《复庄卫生书》一文,云:

> 蒙读书为文三四十年,所作实不少,而才力苶靡不能振,天实限之,亦何敢侈口论文?顾独不信义法之说。窃谓文者,所以载道也。道非必"天命"、"率性"之谓,举凡典章、制度、名物、象数,无一非道之所寄,即无不可著之于文,有能理而董之,阐而明之,探其奥赜,发其精英,斯谓之佳文。

> 故长于经济者,论事之文必佳,宣公奏议,未必不胜韩、柳;长于考据者,论古之文必佳,贵与考序,未必不胜欧、苏。文之佳者,随其平、奇、浓、淡、短、长、高、下,而无不佳。自然有节奏,有步骤,反正相得,左右咸宜,不烦绳削而自合,称心而言,不必有义法也;文成法立,不必无义法也。

> 反是言之,魏叔子为昭代名家,而序梅氏《历算全书》,不知所云;梅伯言亦近时能手,而序郝氏《尔雅义疏》,开口便错。无他,强以所不知,困于所不能也。以彼其文,岂不周规折矩,尺步绳趋?佳乎?否乎?惟碑版之作,前贤成式俱在,身处后代,不宜偭规矩而改错,故金石不妨言例,而他文不可言义法。於乎!诂经者以例说《春秋》,而《春秋》晦,必非游、夏一堂之论也;为政者以例治天下,而天下乱,必非唐、虞、三代之法也;操觚者以义法为古文,而古文卑,必非先秦两

汉之作也。

瞽论如是,藉求是正,如有以发我矇固,所愿闻耳。执事躬仪黼黻,王路驰驱,际兹国步艰难,方当拨乱反正,别有经天纬地之大文,为同谱光荣,又岂仅区区翰墨为勋绩邪!（《显志堂集》卷五）

庄卫生,名受祺,道光进士,官至浙江布政使,他写信给冯桂芬探讨文章的写作。在这封复信中,冯桂芬就散文的写作提出了大胆的革新主张,对改革当时文风有促进作用,有近代散文变革文论第一篇之称。文章首先对桐城文派的"义法"限制提出批评,主张扩大写作内容,提出了散文发展的时代命题。鸦片战争后中国社会剧烈变化,桐城古文日益暴露出空疏浮泛的弊端,更多的人要求摆脱传统古文束缚,表述新的思想内容。冯桂芬认为文章之"道"应该包括制度名物,扩大了书写范围。而且,文章的形式技法也应有所变化,冯桂芬说:"称心而言,不必有文法也",主张打破形式上种种框框和樊囿,解放文章的书写范式。这些主张促使文章向表达现实靠近,加强了散文的时代性。

冯桂芬的《校邠庐抗议》正是明确地贯彻了这种散文主张,体现了新的一代文风。《校邠庐抗议》全书共四十二篇,有公黜陟、汰冗员、许自陈、省则例、易胥吏、变捐例、兴水利、壹权量、折南漕、利淮盐、崇节俭、筹国用、复陈诗、变科举、广取士、减兵额、严盗课、制洋器、采西学等问题,在政治、经济、文化、军事、外交、教育诸多问题上,均有变革性建议。其涉论之广泛,洞察之深切令人叹服。这部充满社会批判性和理论变革性的巨著,也以强烈的革新面貌冲击了散文的写作。

书名"抗议",出自《后汉书·赵壹传》"下则抗论当世,消弭时灾"语,取其位卑言高之意,也指明了对时政的针砭。书中所论吏治人事、人才选拔和水利、盐铁、税赋等问题,涉及敏感的利害关系,冯桂芬都不惮避嫌,大胆论政,显示出"慷慨激烈,直任不辞"的可贵品性。而更有价值的是那些变革维新的思想,如《制洋器论》所论:

居今日而言攘夷,试问其何以攘之?所谓不用者,亦实见其不足用,非迂阔之论也。夫世变代嬗,质趋文,拙趋巧,其势然也。时宪之历,钟表、枪炮之器,皆西法也。居今日而据六历以颁朔,修刻漏以稽时,挟弩矢以临戎,曰"吾不用夷礼也",可乎？且用其器,非用其礼也,用之乃所以攘之也。以经费言之,军械之价常十倍,然利钝所分,胜败系之,固当别论。轮船亦然。然彼船一年而一运,此船一年而一二十运,移往时盐船、粮船费用改造轮船,即百船已不止千船之用。无事可以运盐转粟,有事可以调兵赴援,呼应奔走无不捷,岂特十倍之利哉？

或曰,购船雇人何如？曰,不可。能造、能修、能用,则我之利器也；不能造、不能修、不能用,则仍人之利器也。利器在人手,以之转漕,而一日可令我饥饿；以之运盐,一日可令我食淡；以之涉江海,一日可令我覆溺。仓卒有隙,幡然倒戈,舟中敌国,遂为实事。而购值不赀,岁修不赀,犒赏不赀,使令之不便,驾驭之不易,其小焉者也。是尚未如借兵雇船之为愈也。借兵雇船皆暂也,非常也。目前固无隙,故可暂也,日后岂能必无隙？故不可常也。终以自造、自修、自用之为无弊也。夫而后内可以荡乎区宇,夫而后外可以雄长瀛寰,夫而后可以复本有之强,夫而后可以雪从前之耻,夫而后完然为广运万里地球中第一大国,而正本清源之治,久安长治之规,可从容议也。

夫穷兵黩武,非圣人之道,原不必尤而效之。但使我有隐然之威,战可必克也,不战亦可屈人也,而我中华始可以自立于天下。不然者,有可自强之道,暴弃之而不知惜；有可雪耻之道,隐忍之而不知所为计。亦不独俄、英、法、米之为虑也,我中华且将为天下万国所鱼肉,何以堪之？此贾生之所为痛哭流涕者也。(《校邠庐抗议》)

《校邠庐抗议》写成于1861年。在经历了两次鸦片战争后,一部分有识之士开始警醒,而更多的人仍妄自尊大,梦想着天朝之尊。冯桂芬是有识之士中的佼佼者,他不但清醒地觉悟到危机的紧迫性,并提出了系统的理论主张。他提出了著名的"四不如"论,指出,当时的中国不如俄、英、法、美诸国,"所谓不如,实不如也。忌嫉之无益,文饰之不能,勉强之无庸。"相对于当时社会中虚矫之风,这种自觉的反省,是一种可贵的品性。他认为,一个落后的国家,通过发奋自强,是可以取得成功的。但以中国的国情,制造洋器在技术和人才等都有多种不足,故社会上又有一种购买洋器的观点。针对所有这些虚妄不实的看法,冯桂芬明确提出要自主制造洋器。他不止是分析了简单购买的不便,更是从发展趋势论证制造洋器的必要性,从中国"目前固无隙,故可暂也,日后岂能必无隙",冯桂芬批评那些权宜之举的短视,认为制造洋器是自强之本,倘若自己不能"自强","徒逞谲诡,适足取败而已"。

　　文章组织自然,逻辑严密。从面对强敌,"何以攘之"的问题入手,提出制造洋器的论点。他用简洁的断句来论证,用排偶的句式来强化。如"利器在人手,以之转漕,而一日可令我饥饿;以之运盐,一日可令我食淡;以之涉江海,一日可令我覆溺",真切地说明了仰仗于人的弊端。他还正反对照地说明:"借兵、雇船皆暂也,非常也。"最后引出"终以自造"为无弊的论点,把问题讲得十分妥帖。冯桂芬反对"不考古事,不采旧闻,不达人情物理,或任性,或恃才"的虚言大论,议论说明往往言简而意赅,却令人深思,回味不尽。

　　诚如人们评论他的《制洋器议》"是今日第一要策,亦是今日第一至文"。论策而成为"至文",《抗议》之所以在散文史上留下地位,这首先在于它面对现实,表达时代的思想主题。《抗议》完成的这一年,是社会观念的新陈代谢,比1840年后的二十年内更加明显和迅速的时代,这时期引进西学和倡导变法渐渐成为思想界的主流,冯桂芬此时写成他的系统性变法著作,成为中国近代资产阶级改良主义思潮的最初表现。《抗议》是关系国计民生的实用之文。全书大多一事一议,贴合时事要政,完全是有感而发,有的放矢,并无凌虚踏空之论,是一部主题明确、论证充分的政论文集。冯桂芬自叙写作:"桂芬读书十年,在外涉猎于艰难情伪者三十年,间有私议,不能无参以杂家,佐以私臆,甚且羼以夷说。"(《校邠庐抗议·自序》)这表明,冯桂芬从患难多故的社会现实寻找文章的主题,三十年的人生经历和见解体会形成了他深厚的写作根基,从"言有物"来说,这些文章关系着社会治乱、国计民生,非但与桐城古文大相径庭,与经古文派的专事考据也完全不同。而且,冯桂芬所依托的不仅仅是孔孟儒学,更有"杂家"、"私臆",甚至"夷说"。立足现实和思想解放,冯桂芬的文章切合了时代的变化,反映出新的内容。晚清著名启蒙思想家王韬对此深为欣赏,在光绪二十三年(1897年)校印本的跋文中,他评论道:"上下数千年,深明世故,洞烛物情,补偏救敝,能痛抉其症结所在,不拘于先法,不胶于成见,准古酌今,舍短取长,知西学之可行,不惜仿效;治中法之已敝,不惮变更。事事皆折衷至当,绝无虚骄之气行其间,坐而言者可起而行。"以为是"今时有用之书"(《校邠庐抗议·跋》)。

《校邠庐抗议》在时代认识、世界观念等方面都表现出新的姿态,体现出西学对中国知识分子的最初影响,首先是一种新的世界观:

> 顾今之天下,非三代之天下比矣。《周髀算经》有四极、四和与半年为昼、半年为夜等说,后人不得其解。《周礼》、《职方》疏神农以上有大九州,后世德薄,止治神州。神州者,东南一川也。邹衍谈天,中国名曰赤县神州,中国外如赤县神州者九,当时疑为荒唐之言。顾氏炎武不知西海,夫西洋即西海,彼时已习于人口。《职方外纪》等书已入中国,顾氏或未见,或见之而不信,皆未可知。今则地球九万里,莫非舟车所通,人力所到,周髀、礼疏、邹衍所称,一一实其地,据西人舆图所列,不下百国。(《校邠庐抗议·采西学议》)

中华民族在几千年相对独立的文明发展中,形成了极为封闭的世界观念,连清初的大儒顾炎武亦"不知西海"。鸦片战争后,"数千年未有之变局"成为晚清有识之士对中国处境的共同认识,自1860年到1898年,这一话题不断被阐释和强调,李鸿章、丁日昌、王韬、曾纪泽、薛福成、张之洞,包括康有为、梁启超等都曾加以申述,而冯桂芬为其先声。虽然冯桂芬还是借助了传统的思想资源,但视角已全然不同,经书和西学并列成为理论论据。

在文章的形式技法上,《抗议》显示出灵活议政的风格,诚如他所说"称心而言,不必有义法也"。《抗议》四十二篇,各篇形制不一,有话则长,

无话则短,但都结构简洁清晰,具有很强的逻辑性。如他的《采西学议》:

> 夫学问者,经济所从出也。太史公论治曰"法后王",为其近己而俗变相类,议卑而易行也。愚以为在今日又宜曰"鉴诸国"。诸国同时并域,独能自致富强,岂非相类而易行之尤大彰明较著者?如以中国伦常名教为原本,辅以诸国富强之术,不更善之善者哉?且通市二十年来,彼酋之习我语言文字者甚多。其尤者能读我经史,于我朝章、吏治、舆地、民情类能言之。而我都护以下之与彼国,则懵然无所知。相形之下,能无愧乎?于是乎不得不寄耳目于蠢愚谬妄之通事,词气轻重缓急,转辗传述,失其本指,几何不以小嫌酿大衅?夫驭夷为今天下第一要政,乃以枢纽付之若辈,无怪彼己之不知,情伪之不识,议和议战,讫不得其要领。此国家之隐忧也。
>
> 此议行,则习其语言文字者必多,多则必有正人君子通达治体者出其中,然后得其要领而驭之。绥靖边陲,道又在是。

历来变法革新者都要以现实社会为标的,传统的变法思想中,荀子、韩非子提出"法后王",是从时间维度接近现实;而冯桂芬的"鉴诸国",则是一种空间意识,他说"诸国同时并域",当然更应该,也更适合借鉴学习。这种变革思想打破了传统的纵向式思维,开辟了一种新的变法维度,表现出相当开放、平等的世界观念。因此,他顺理成章地提出,只要是"法"是"善"的,其有用、有效,都可以拿来为我所用。他所说的"以中国伦常名教为原本,辅以诸国富强之术",常常被视为洋务派"中体西用"的理论渊源,有人据此批评他改革的局限性。其实,在那个环境中,冯桂芬的核心指向,在于提倡学习西学知识,他希望有"正人君子通达治体者"去掌握和领悟西学,有了高层次人才去努力学习西学,难道会仅止步于低层的器物制造?

冯桂芬用散文阐述变革主张,张大变法精神,冲破古文束缚,表现向新文体的过渡。充沛的感情也是他散文的重要特征。冯桂芬"登第后服官不及十年,即引疾归,徜徉山水,萧然自然,俭约廉静",个性超然淡泊,写作《抗议》时又以触犯时忌而格外谨慎收敛,然而,深广的忧愤、热情的期待还是使他的文章感情充沛,愤激之情如潜水暗流,时见文中。如他强烈感受到中国的落后,由承认落后,到奋起直追,这种心路的历程在《抗议》中有所流露:"彼人非魋首重瞳之奇,我人非僬侥三尺之弱,人奚不如?且中华扶舆灵秀,磅礴而郁积,巢、燧、羲、轩数神圣,前民利用所创始。诸夷晚出,何尝不窃我绪余,人又奚不如?"他总结道:"则非天赋人以不如也,人自不如耳。天赋人以不如,可耻也,可耻而无可为也。人自不如,尤可耻也,然可耻而有为也。"(《校邠庐抗议·制洋器论》)字里行间,弥漫着励精图治的奋斗精神,由此,自强成为这一时期民族情感的最强音。

冯桂芬有翰林身份,在当时的风气下写过不少应酬性文字,大多数都没有什么文学价值。但也有一些文章,体现出他恬淡的性情、包容的襟怀,如《耕渔轩记》:

> 不佞退自循省,遭际盛时,备员禁近,所遇视耕渔子为优,乃一第卅年,毫末无所表见,触忤权要,横被中伤,壮不如人,老矣何为。比者载辞征召,退拥皋比,深惧德薄学浅,无足矜式闾里。闻耕渔子之风,一瓣心香于是乎在。若仅侈湖山之美,纵登赏之快,不特耕渔子所不许,并背乎设善堂之本意矣。(《显志堂集》卷三)

"耕渔轩"位于苏州市西南的光福岛,冯桂芬的母亲安葬于此,他曾在这里筹资设立善堂,安置贫困,后来又购得当地徐氏旧屋十余间,修葺后取名"耕渔轩"。耕渔轩本来是徐氏先祖徐良夫的宅名,徐良夫在元明间与名士杨铁崖、高季迪往来,其名声本"视诸公为亚",而冯桂芬认为"铁崖诸人之立言,广孝之立功,不如良夫之立德"。他在文章中表明要为承耕渔子一瓣心香,实为自己个性和情怀的表述,表达了真实的感情。

第二节　王韬:报章文体的开创者

王韬(1828－1897),原名畹,字利宾,号兰卿,江苏苏州府甫里(今苏州甪直镇)人。十八岁考中秀才,改名为王瀚,字懒今。1849 年,因家贫衣食不周,"不得已橐笔沪上",受雇于英国传教士麦都思的墨海书馆,长达十三年。1862 年,因被清廷通缉,避居香港,改名韬,字仲弢,号紫诠,又号天南遁叟,在香港协助英人理雅各翻译中国经书。1867 冬至 1870 年,"西儒理雅各招往泰西佐译经籍",游览了法、英、苏格兰等国,广泛了解西方政治、经济、文化、风俗民情,眼界大为开阔。1874 年,在香港集资创办《循环日报》,针砭时弊,呼吁变法自强,成为中国人办报的先驱者。1879 年,前往日本,与黄遵宪结识,又广泛与日本名流交往,"唱和诸作,颇有豪气"。1884 年返回上海,次年任上海格致书院院长,1897 年因病去世。王韬一生用名众多,有仲弢、甫里逸民、淞北逸民、欧西富公、弢园老民、蘅华馆主等,足迹遍天下,经历丰富,是与传统士子不同的新型知识分子。他著述甚多,除办报外,有《蘅华馆诗录》、《眉珠庵词钞》、《弢园文录外编》、《弢园尺牍》、《西学原始考》、《瀛壖杂志》、《淞滨琐话》、《漫游随录图记》、《淞隐漫录》、《遁窟谰言》等四十余种。

王韬一生,著作等身,然其用力最勤、成就最大的,在于散文。他的散文开创了一种新的报章文体,对晚清乃至五四以后的文学解放都有深远的影响。1874 年,王韬购置机器,自办《循环日报》,更是大力撰写论说文,宣传变法维新,以报刊启迪民众。王韬主持《循环日报》十年,他将这十年的报刊政论编辑整理,编成《弢园文录外编》出版,影响极大。在近代报刊史上,王韬的《循环日报》被认为是中国人办的第一份政论性日报,他也被认为是中国第一位报刊文作家。

报章文体的形成,不仅在于报纸载体在形式上质与量的不同,也在于所反映内容质与量的不同。内容的不同,主要在新的时代思想。以当时的文坛正宗桐城古文来说,它以程朱理学为"道统",以"韩柳欧苏"为"文统","非阐道翼教有关人伦风化不苟作",传统的伦理思想是其重要的表现内容;而报章文体的兴起,是在近代维新启蒙的刺激下,以表达新思想、新现象为宗旨,迥然不同的思想宗旨是报章文体别树一帜的重要原因。王韬深受西方文化的熏陶,又亲自游历西欧和日本,他的思想和见解远远高出当时的国人,甚至高于较为开明的洋务派。他创办《循环日报》,积极宣传变法自强,介绍新知新学,作为一位具有维新思想的宣传家,他在报中撰写政论文章,促进了报章文体的形成,取得了较高的成就。

王韬自叙其写作:"知文章所贵在乎纪事述情,自抒胸臆,俾人人知其命意之所在,而一如我怀之所欲吐,斯即佳文。至其工拙,抑末也。"(《弢园文录外编·自序》)他以为,只要明白表露宗旨和情怀,就是好文章,他声称"古文辞之门径,则茫然未有所知",纵笔为文,不加约束。王韬以冲决罗网,开创新风的勇猛姿态,力图开创一种抒写自如,平易畅达,切实有用的文章范式,故而对"今世之文"展开批判,要求打破"有家法、有师承,有门户,有蹊径,其措辞命意,具有所专注"的清规戒律,实现了文章的解放。这些散文为晚清模拟成风、内容空疏、形式僵化的文坛吹入了新的空气。

变法自强是王韬政论文章的主旋律。他意识到中国所处的民族危机,指出西方国家"航海东来,聚之于一中国之中,此固古今之创事,天地之变局。诸国既恃其长,自远而至,挟其所有,以傲我之所无,日从而张其炫耀,肆其欺凌,相轧以相倾,则我又焉能不思变计哉"(《弢园文录外编·变法上》),从形势所迫,指出中国之"法"不能不变。自龚自珍、魏源等经世派以来,学人对中国面临的危机与"变局"已有预见,王韬则更清晰、紧迫地强调这种危机是"处四千年来未有之变局"。他分析欧洲诸国"由西而东,其来也渐,其志也坚,其势力又当全盛之际"(《弢园尺牍·与周弢甫徵君》),在这种情况下,再"执春秋内、中国外四夷之例,以为荒服之外无非藩属,悉我仆臣",而提出"徒戎攘夷","此真迂儒不通事变者也"(《弢园尺牍·答包苓洲明经》)。因此,王韬提出要学习西方,要实行变法:

> 呜呼！至今日而欲办天下事，必自欧洲始。以欧洲诸大国为富强之纲领、制作之枢纽，舍此，无以师其长而成一变之道。中西同有舟，而彼则以轮船；中西同有车，而彼则以火车；中西同有驿递，而彼则以电音；中西同有火器，而彼之枪炮独精；中西同有备御，而彼之炮台、水雷独擅其胜；中西同有陆兵水师，而彼之兵法独长。其他则彼之所考察，为我之所未知；彼之所讲求，为我之所不及，如是者直不可以偻指数。设我中国至此时而不一变，安能埒于欧洲诸大国，而与之比权量力也哉？（《弢园文录外编·变法中》）

王韬以事实为例证，举舟、车、邮递、武器、军事等当时中国显现的弱势逐一铺叙说明，对比鲜明，有贾谊《过秦论》之风。文章句式排比，文意对照，既有强烈的说服力，又充满情感，感染力很强。接着以"变之之道奈何"引出后文："取士之法宜变"、"练兵之法宜变"、"学校之虚文宜变"、"律例之繁文宜变"，条分缕析，明白清楚。

王韬以日本明治维新为例，证明变法的效验：

> 日本，海东之一小国耳，一旦勃然有志振兴，顿革平昔因循之弊，其国中一切制度，概法乎泰西，仿效取则，惟恐其入之不深。数年之间，竟能自造船舶，自制枪炮；练兵，训士，开矿，铸钱，并其冠裳、文字、屋宇之制，无不改而从之。民间如有不愿从者，亦听焉。彼以为为此非独厚于泰西也，师其所长而掩其所短，亦欲求立乎泰西诸大国之间，而与之较长絜短，而无所馁也。否则，行舟于海，彼则用轮，而我则用帆，迟速不同矣；行兵于行阵，彼以训练节制之师，我以跳荡拍张、漫无纪律之士当之，乌有不败者哉！此强弱不同也；彼则出地宝，扩财源，而我任听其然，不知搜取，徒知征之于民而已，此贫富之不同也。故日本乃亟思变计也，然则，我中国曷不反其道而行之哉？（《弢园文录外编·变法自强下》）

王韬于1879年前后曾游历日本，明治维新后日本社会的变化和发展留给他以深刻的印象,也引起了他的思考。在这篇文章中,他展示了革新带给日本的进步,并说明日本国内对待变革的不同态度,以此激发中国改革维新。日本一贯被国人视为"蕞尔小国",直至1894年甲午战争中国的惨败,才举国震撼,顿生变革之意。王韬能在十几年前就注意到日本的崛起,可谓先知先觉者,这当然得益于他游历日本的经历。

同样是提倡变法,学习西学,王韬和其他维新改良者有所不同。比如冯桂芬讲求务实、可操作性,王韬侧重于宣传,他要在社会上广泛传播新的思想,形成变革的风气。他的文章大多发表在报刊中,读者对象的转变,对文体的改革有着极为重要的意义。以少数的知识精英为读者对象,其文体必然地趋于古和雅,以普通的民众为读者对象,其文体必然趋于今和俗。为了启迪民智、介绍新知而选择"报馆文章",必须适应一般读者而不是文坛领袖与八股藩篱,报刊文章之纪事述情、自抒胸臆,文字力求浅近。王韬的写作,将生涩难懂的文言,改变为流畅浅显的文言,深入浅出,通俗易懂,形式短小精悍,适宜报刊发表。他的文章,以数百字论说一个主题,比如,他提出"重民"主张,由于内容稍多,则分为上、中、下三篇论之。每章各有重点。上篇联系古今中外,阐释重民的意义;中篇说明中国处置联络民众的不得当;下篇则以西方国家为借鉴,介绍了民主议会制度之联络民众。凡举一题,皆以提倡呼吁、阐释不足、提供借鉴为要点,向国人宣传了"变法自强"的思想,广泛介绍了西方的新事物、新思想,引起了广大读者的注意,也给人以知识和启迪。正如《申报》论他的文章:"飞毫濡墨,挥洒淋漓,据案伸笺,风流蕴藉……留心世事,博通中外之典章;肆力陈编,宏备古今之渊鉴。"(《申报》,1872年5月8日)戈公振也曾评论说:"《弢园文录外编》,即集该报论说精华成之。其学识之渊博,眼光之远大,一时无两。"①

王韬的报章文体形成于他在香港办报期间,时代的动荡提供了较为开放的言论环境,如他所言:"方今言路宏开,禁网疏阔,故言之无所忌讳,知我罪我亦弗计也。"(《弢园文录外编·重刻〈弢园尺牍〉自序》)他具有豪

---

① 戈公振:《中国报学史》,上海古籍出版社2003年版,第153页。

放的性格,面对时艰,他自称"蒿目伤心,无可下手,每酒酣耳热,抵掌雄谈,往往声震四壁,或慷慨激昂,泣数行下,不知者笑为狂,生弗顾也"(《弢园文录外编·弢园老民自传》),王韬的狂是先知者不被理解的孤独,他的文章都渗透着浩荡奇怀,其挥毫为文,"辄直抒胸臆,不假修饰,不善作谦词,亦不喜为谀语,少即好纵横辩论,留心当世之务。每及时事,往往愤懑郁勃,必尽倾吐而后快,甚至于太息泣下,辄亦不自知其所以然"(《弢园文录外编·重刻〈弢园尺牍〉自序》)。惟其如此,他的文章有先秦纵横家之遗风,读之令人感奋不已。

王韬为黄遵宪的《日本杂事诗》所作的序文,概括精当,论旨遥深,是一篇佳作:

> 海外诸邦,与我国通问最早者,莫如日本。秦汉间方士恒谓海上有三神山,可望不可即。而徐福竟得先至其境。宜乎后来接踵往者众矣,然卒不一闻也。隋唐之际,彼国人士往来中土者,率学成艺精而后去。奇编异帙,不惜重价购求,我之所无,往往为彼之所有。明代通商以来,往者皆贾人子,硕望名流,从未一至。彼中书籍,谈我国之土风俗尚,物产民情,山川之诡异,政事之沿革,有如烛照犀燃。而我中国文士所撰述,上至正史,下至稗官,往往语焉不详,袭谬承讹,未衷诸实。窃叹好事者之难其人也。
>
> 咸丰年间,日本定与美利间国通商。泰西诸邦,先后麇至。不数年而日人崇尚西学,仿效西法,丕然一变积习。我中朝素为同文之国,且相距非遥。商贾之操贸迁术前往者,实繁有徒。卫商睦邻,宜简重臣。用以熟炽外情,宣扬国威。
>
> ……
>
> 今公度出其嘉猷硕画以佐两星使,于遗大投艰之中而有雍容揖让之休,其风度端凝,洵乎不可及也。又以政事之暇,问俗采风,著《日本杂事诗》二卷,都一百五十四首。叙述风土,纪载方言,错综事迹,慨感古今。或一诗但纪一事,或数事合为一诗,皆足以资考证。大抵意主纪事,不在修词,其间寓劝惩,明美刺,具存微旨,而采据浩

博,搜辑详明,方诸古人,实未多让。如阮阅之知郴州,曾极之宦金陵,许尚之居华亭,信孺之官南海,皆以一方事实,托诸咏吟。顾体例虽同,而意趣则异。此则扬子云之所未详,周孝侯之所未纪。奇搜《山海》以外,事系秦汉而还,仙岛神州,多编日记;殊方异俗,咸入风谣。举凡胜迹之显湮,人事之变易,物类之美恶,岁时之送迎,亦并纤悉靡遗焉,洵足为巨观矣。(《弢园文录外编·〈日本杂事诗〉序》)

黄遵宪,字公度,别号人境庐主人,近代著名诗人和维新改良家。1877年他出任驻日使馆参赞,在此期间,他亲自体验并研究了明治维新后日本的社会变革,写成《日本杂事诗》,从名胜古迹到人民习俗,政治的沿革,历史的演变,无不加以记载。王韬游历日本时与他结识并成为挚友。1880年初,《日本杂事诗》初刊本问世不久后,王韬写下这篇序文,是介绍《日本杂事诗》最早也十分重要的文章。王韬从中日文化交流以及借鉴日本,实行维新改良方面肯定黄遵宪著书的意义,立论高屋建瓴。围绕这一主旨,王韬叙述黄遵宪在中日文化交流中的意义,肯定此书所记事迹"皆足以资考证",是一本"有用之书",与黄遵宪《日本杂事诗·凡例》中云"凡牵涉西法尤加详备,期有用也"的宗旨息息相通。文章"纪事、述情"相结合,在叙述著书内容后,辅之以自己的议论和感慨,两者交融,使序文很好地表现出原著的意义。如首段叙述了中日之间的文化交往,慨叹明代以来中国不了解日本的国情,"窃叹好事者之难其人也",从大的历史背景指出黄著的价值所在。

王韬悉心探讨西学,尤其重视西方政治历史的沿革,以期对中国有所借鉴。他至少有九部西方历史研究著作,影响最大的是《普法战纪》。1870年,普法战争爆发,原本弱小的普鲁士所向披靡,直入法国都城之下,貌似强大的法国数月间彻底崩溃。战争的结果使不久前还叹服法国"宫室之雄丽,廛市之殷阗,人民之富庶,兵甲之强盛"的王韬深为错愕,他写作了《普法战纪》。为揭示著书的旨意,王韬曾为此写三篇序,"前序"、"后序"和下文所引的"代序",其主旨略如下:

> 国家之兴，虽曰天命，岂非人事哉？是不徒在土宇之广，甲兵之强，士民之众也，在乎得人而已……普之于法，其始大小强弱迥不相侔。普中欧洲而立国，西有法而东有俄，皆强邻也。曩者为法所制，几于一步不可复西。一旦发奋为雄，摧陷剔攘，飙驰电扫，鸿功骏烈，前无往古，后无来今。呜呼！岂不伟哉！然而普在此时，地不加广，民不加众，徒以区区义愤，联络南北日耳曼诸邦，同心并力西向以与法争。兵锋既交，所至辄捷，几于战无不胜，攻无不取。于是普强法弱，遂为欧洲大局之所关。而揆其所以致此者，则由乎有俾斯麦以为之相，世子郡王以为之将，毛奇以为之谋主，栾尚书以为之转运，士颠密士、福坚士、田蛮雕、飞窝得以为之折冲行陈。或拔诸侪人之中，或擢自百僚之下，或即收之于宗潢骨肉间，故能左右辅弼若心膂，前后驱使如指臂，臣民戮力，士卒效命，以兴此小邦普。呜呼！谓非得人之效哉！
>
> 是故，有国家者得人则兴，失人则亡。得人则弱可以为强，小可以为大，振兴之机捷于影响。（《弢园文录外编·〈普法战纪〉代序》）

《普法战纪》初版于1873年，是王韬为回应时事撰述的当代国际战争史。他自叙此书"岂独志普、法哉？欧洲全局之枢机总括于此矣"（《普法战纪前序》），目的是"默验其盛衰强弱之故"《普法战纪后序》。而在《代序》中，他进一步揭示说，国家兴亡，在于得人，盛衰之势随时可转，诚有"熟刺外事，宣扬国威"的寓意。《普法战纪》的文字朴实、清新、明快，他曾说："著书在通时适用而已，文词其末也。晚近文人，动矜奥博，而宣尼辞达之旨亡。著书之意亦晦。"这篇序文也一如此例，采用通俗流畅、浅显易懂的文言文，典故较少，语意显豁，体现出散文社会化、通俗化的趋势。

王韬的游记散文。王韬于1867年、1879年先后出游欧洲和日本，《漫游随录》和《扶桑游记》是他两次出游的实录。王韬自称："余之至泰西也，不啻为前路之导，捷足之登。"这并不是夸张，他在苏格兰居留期间，才有中国第一个派往西方的外交使团。作为较早游历欧洲的中国人，此次欧洲之行有深远的意义，他的记录和感受也成为重要的历史资料。他写道:"即抵法埠马赛里,眼界顿开,几若别一世宙"(《漫游随录》),放眼看世界的旅程真正开始。

> 越两日,抵马赛里,法国海口大市集也,至此始知海外阛阓之盛,屋宇之华。格局堂皇,楼台金碧,皆七八层。画槛雕阑,疑在霄汉;齐云落星,无足炫耀。街衢宽广,车流水,马游龙,往来如织。灯火密于星辰,无异焰摩天上。寓舍供奉之奢,陈设之丽,殆所未有。出外已预备马车,俱有定价,无多索也。偕夏文环游市廛一周,觉货物殷阗,人民众庶,商贾骈蕃,即在法国中亦可屈一指。偶入一馆沽饮,见馆中趋承奔走者,皆十六七岁丽姝,貌比花嫣,眼同波媚。见余自中华至,咸来问讯。因余衣服丽都,啧啧称羡,几欲解而观之。须臾,一女子捧银盘至,中贮晶杯八,所盛红酒,色若琥珀。余曰:"此所谓'葡萄美酒夜光杯'也。"女子举以饮余,一吸而尽。余曰:"此彼姝之所以饷客者,然酬酢之礼不可缺也。"亦呼馆人具酒如前。女子饮量甚豪,一馨数爵。(《漫游随录·至此始知海外之盛》)

这里生动展示了初至国外的惊奇感。时过境迁,我们或许不再动心于他笔下的都市繁华与异域风情,但惊诧的感受尚生动如许。由于写作内容的变化,王韬的游记与中国传统的游记有所变化。中国古典游记多以山水为主,写景状物,清幽空灵,间有感想,亦多忧思寂寞之情。王韬的游记则广泛记载异国风光、风土民情、繁华都市、人文艺术、科学技术、政治制度等,包罗万象,洋洋大观。这些游记长于描写,绘声绘色,使人如临其境,如:

> 杜拉在苏格兰之北境,其地万山环合,苍翠万状,冈阜蜿蜒,树木丛茂,于夏为尤宜。时当中国五月下旬,节逾小暑,而气候清和,犹如首夏,早晚尚可着棉衣。地距北极三十度许,每至春杪夏中,彻夜光明,为日舒长,正若小年。
>
> 去杜拉十二里许,有囿曰"伦伯灵",名胜所在。译以华语为"行

雷桥",谓桥下泉水之喧有若雷耳。境既幽邃,候亦凉爽。每至夏日,都人士女,命侪携侣,联袂往游,借以逭炎暑而消长日。围旁客舍数椽,可供游人小憩;或呼酒肴,咄嗟立办。(《漫游随录·游苏格兰》)

在这些文字中,王韬有意采用平淡朴素的文风,使异国旖旎的风光亲切自然,令人神往。而作者那漂泊他乡,"尚戴头颅思报国,犹余肝胆肯输人",傺侘不遇的忧思也在驰骋山水中淡化了。

王韬在香港期间,名声传布于日本,锐意求新的日本人士对王韬大有好感,他居留日本期间,广泛结交文化学术界朋友,他的《扶桑游记》逐日记载了这一中日文化交流盛事。但追求改革、呼吁富强始终是王韬思想的核心,因此,他对日本维新事业的评价也是值得重视的,其写"招魂社":

道经苔香园,见树木郁蔚,苍翠如幄。园之中,聚石为台,如浮屠状,上燃明灯,光烛遐迩,过此则"招魂社"矣。乃东国维新之际,义士捐躯而殉国难者,诏筑社坛于东、西两京,称曰"招魂社"。岁设祭者三:一为伏见开战日;二为上野(上野在东京,积土成阜,地势高耸,屯兵据险,可以制敌,今废为公园)接战日;三为会津城陷日;后加鹿儿岛勘定日为四。盖鹿儿岛之叛,西乡隆盛实为倡首,势甚披猖。日廷兴师伐之,血战八月。死于是役者,前后万余人,亦并祀于此。每逢设祭之日,角牴竞马,烟火杂沓,鱼龙曼衍,极为热闹。此亦足以见日廷恤典之攸隆,而民生忠义之气奋发而不能自己也。其地芳草芊绵,绿荫披拂。祠中有屹然矗立者,则记事碑也。鹿儿岛人好勇善战,向来宣力于国家;乃一旦谋叛,身膺显戮,前日殊勋,付之流水,此无他,不明顺逆也。以西乡赫赫之功而不终,可胜叹哉!(《漫游随录·扶桑游记·招魂社》)

肯定维新志士以身殉国的精神和日本民众对他们的纪念与尊重,而对于阻挠变法的西乡隆盛提出了批评。

王韬个性豪放,正如其《奉顾涤庵师》所云:"志锐气壮,自以为可奋迅云霄,凌躐堂奥",又以承续江南"风流前辈"自许,带有一种落拓不羁的"名士气"。在近代的过渡时期,他的审美与情趣也就别有一种情态,观其《言志》篇:

> 岁序将阑,酒边无事,戏与二三良友,各言其志。
>
> 淞北玉魫生曰:余于帖括一道素非所嗜,功名之念久如槁木死灰矣,思欲学道,窃未能焉。生平有愿颇奢,欲偿未得;然所愿与人不同,请为略陈之。
>
> "娶一旧家女郎,容不必艳,而自有一种妩媚,不胜顾影自怜之态,性情尤须和婉,明慧柔顺而不妒,居家无疾言遽色。女红细巧,烹饪精洁,倘能作诗作字更佳。薄能饮酒,粗解音律,每值花晨月夕,啜茗相对,茶香入牖,炉篆萦帘,时与鬓影萧疏相间,是亦闺中之乐事,而人生之一快也。若夫涂脂抹粉者流,非余所好。穷措大拥一黄脸婆子,自称好色,亦堪笑死。"(《弢园文录外编·言志》)

在抵掌雄谈、倡言洋务的《弢园文录外编》中,这是一篇少有的闲情逸致之作。这里的"志"不关以天下为己任的大志,而是生活的情趣与理想,文章以色、住、食、衣四事,作了依次描述。就其对"色"的要求,并不要如何美艳,只要一点妩媚的情态即可。其他如性情和婉、女红精巧等,仍是传统妇德的应有之义,"薄能饮酒,粗解音律"的含义更堪玩味,有一点韵味、淡淡而来,显出王韬名士之"雅"。

第三节　郑观应、马建忠：时务切要之言

马建忠(1845－1900)，字眉叔，江苏丹徒(今镇江)人。他出生于世代信奉天主教的家庭，七岁入法国天主教徐汇公学，学习法文和拉丁文，因此，"善古文辞，尤精欧文，英、法现行文字以至希腊、拉丁古文，无不兼通"。1870年开始随李鸿章襄办洋务，1877年，受李鸿章保举，往法国留学，同时兼驻法公使郭嵩焘的翻译。1880年回国后，曾出使南洋各国，参与平定朝鲜内乱，在中法战争期间受命办理上海轮船招商局，1891年后闲居沪上，著《马氏文通》和编撰关于格物学问的《艺学统纂》。1900年9月3日，在赶译俄国急电后溘然逝世。他著有《法国海军职要》、《适可斋记言记行》、《马氏文通》等。《马氏文通》是第一部中国人编写的汉语语法书。

人们多以"近代思想前驱者"和"过渡型时期的悲剧人物"来评价马建忠的历史意义，他掌握多种西方语言文字，系统学习过西方政治、经济、外交等知识，在此方面，只有后来的严复可以与之相颉颃。由于历史机缘，马建忠生前并未发挥出相应的影响力，然而，作为早期维新思想家的杰出代表，马建忠介绍西学，倡言改革，以质胜文，体现了这一时期散文的创作成就。

由于独特的求学经历，马建忠少年时在徐汇公学就获得了一些"民主"与"科学"的启蒙，这使他对西学少了一些抵制。1860年后，因避乱太平军，他随全家辗转迁往上海，发现"独洋人以师舟于数万里外载一旅之师北上，款成，全师屯上海，民与安焉，若罔知有变故也者。而我朝士夫被此莫大之耻，专务掩匿覆盖，以绝口不谈海外事为高"(《适可斋记言·自记》)。"庚申之变"激发了马建忠的民族危机意识，他对国内士大夫一味自我欺骗、自我蒙蔽产生不满，"决然舍其所学，而学所谓洋务者"。自此而始，马建忠逐步突破了传统的知识体系和思想范畴，随着他走出国门，

接受系统的西学知识,更将中国的维新思想推向新的高度。

在法国期间,马建忠亲自感受到西方国家的政治制度、文化艺术以及军事制造的发展,他将这种感受和认识记录下来,加以总结和概括反馈到国内,如《上李伯相言出洋工课书》:

> 窃念忠此次来欧一载有余。初到之时,以为欧洲各国富强,专在制造之精,兵纪之严。及披其律例,考其文事,而知其讲富者,以护商会为本。求强者,以得民心为要。护商会而赋税可加,则盖藏自足。得民心则忠爱倍切,而敌忾可期。他如学校建而智士日多,议院立而下情可达。其制造军旅水师诸大端,皆其未焉者也。于是以为各国之政,尽善尽美矣。及入政治院听讲,又与其士大夫反复质证,而后知尽信书不如无书之论为不谬也。英之有君主,又有上下议院,似乎政皆出此矣。不知君主徒事签押,上下议院徒托空谈,而政柄操之首相与二三枢密大臣。遇有难事,则以议院为借口。美之监国,由民自举,似乎公而无私矣。乃每逢选举之时,贿赂公行。更一监国则更一番人物。凡所官者,皆其党羽。欲望其治,得乎?法为民主之国,似乎入官者不由世族矣,不知互为朋比。除智能杰出之士,如点耶诸君,苟非族类而欲得一优差,补一美缺,戛戛乎其难之。诸如此类,不胜枚举。忠自维于各国政事,未能窥其底蕴,而已得其梗概。思汇为一编,名曰《闻政》,取其不徒得之口诵,兼资耳闻以为进益也。西人以利为先,首曰开财源,二曰厚民生,三曰裕国用,四曰端吏治,五曰广言路,六曰严考试,七曰讲军政,而终之以联邦交焉。现已稍有所集。但自恨少无所学,涉猎不广。每有辞不达意之苦。然忠惟自录其所闻,以上无负中堂栽培之意,下无忘西学根本之论,敢云立说也哉!(《适可斋记言》卷二)

李鸿章对马建忠有提携之遇,又执掌大权,左右中国政局,马建忠以上书论策的形式向他汇报,除礼仪外,也使自己所得以影响李鸿章的形式迅速在国内发生影响。书信主要分四部分,第一部分讲述留学巴黎政治学院考试的八条对策;第二部分讲考取政治、文辞学科学位,名扬法国;第三部分讲游览法国"炫奇会"的观感;这里所引是第四部分,饱含着他对中国富强之策的思考。马建忠青少年读书学习之际,正值国内洋务思想发展,他接受了初步的变革思想,而随着他对西方国家的富强事实的耳闻目睹,他的思想又有了新的蜕变。他认为洋务派所见仅为表象,欧洲各国"讲富者以护商会为本",其他如建学校、设议院、制造军旅,皆其末端。他以专业的角度,逐一论述,条分缕析,清楚明白。而书生本色、意气风发仍流露于字里行间。

1890年,马建忠写成《富民说》,全面阐述重商富民思想,兹节录开始两节:

> 治国以富强为本,而求强以致富为先。上溯康、乾之际,税厘不征而度支充,海市有禁而阛阓足。乃军兴以来,海关厘金岁入多至二千余万,商贾互市岁至二万万,然户库形支绌,闾阎鲜盖藏。前后百余年间,上与下贫富情形,何若是迥异哉?昔也,以中国之人运中国之货,以通中国之财。即上有所需,亦不过求之境内,是无异取之中府而藏之外府,循环周复而财不外散。今也不然,中外通商而后,彼易我银之货,岁益增;我易彼银之货,岁益减;而各直省之购炮械、购船只,又有加无已。于是进口货之银,浮于出口货之银,岁不下三千万。积三十年输彼之银,奚啻亿万。宝藏未开,矿山久闭,如是银曷不罄,民曷不贫哉?
>
> 然通商非中国独也。宇内五大洲,国百数,自朝鲜立约,而闭关绝使者,无其国矣。若英、若美、若法、若俄、若德、若英属印度,无不以通商致富。尝居其邦,而考其求富之源,一以通商为准。通商而出口货溢于进口者,利;通商而出口货等于进口货者,亦利;通商而进口货溢于出口者,不利。彼英、美各国,皆通商而进出口货不能两盈,故开矿以取天地自然之利,以补进出口货之亏。至地利不足偿,乃不惮远涉重洋,叩关约款,以取偿于我华民,然则天下之大计可知矣。欲中国之富,莫若使出口货多,进口货少。出口货多,则已散之财可复

聚;进口货少,则未散之财不复散。其或散而未易聚也,莫若采取矿山自有之财。采取矿山自有之财,则工役之散不出中国,宝藏之聚无待外求,而权百货进出之盈虚,自无不足矣。(《适可斋记言·富民说》)

《富民说》全文近七千字,就通商富民的种种举措详加阐释,是马建忠维新思想的重要文献。他开宗明义地指出:"治国以富强为本,而求强以致富为先",提出鲜明的"富民"论点。围绕这一论点,文章展开论证,他以中国自康乾年间至今百余年的贫富迥异的事实相对比,说明在中外通商的国际形势下,闭关禁商只能导致银尽民贫。他还指出通商是国际形势的趋向。英、美、法、俄、德,甚至英属之印度,"无不以通商致富"。而朝鲜采取闭关绝使,"无其国矣",又是对比论证,事实充分,作者的论点不言自明。马建忠突破了中国根深蒂固的小农经济闭关自守和自给自足的思想,带来新的理论资源。文章以对比和事实例证来说明,文风朴实、论证有力。

翻译是马建忠重要的事业成就。从1870年参加李鸿章幕府、1877年留学法国担任使馆翻译,到赶译一份俄国专电后离世,马建忠一生都与翻译结缘。在长期的实践中,他形成了对学习西方语言文字,中西文化交流的观点。《拟设翻译书院议》集中阐释他的翻译观:

夫译之为事难矣,译之将奈何?其平日冥心钩考,必先将所译者与所以译者两国之文字深嗜笃好,字栉句比,以考彼此文字孳生之源,同异之故,所有相当之实义,委曲推究。务审其音声之高下,析其字句之繁简,尽其文体之变态,及其义理精深奥折之所由然。夫如是,则一书到手,经营反复,确知其意旨之所在,而又摹写其神情,仿佛其语气,然后心悟神解,振笔而书,译成之文,适如其所译而止,而曾无毫发出入于其间。夫而后能使阅者所得之益,与观原文无异,是则为病善译也已。今之译者,大抵于外国之语言或稍涉其藩篱,而其文字之微辞奥旨,与夫各国所谓古文词者,率茫然而未识其名称,或仅通外国文字言语,而汉文则粗陋鄙俚,未窥门径。使之从事译书,阅者展卷未终,俗恶之气触人欲呕。又或转请西人之稍通华语者为之口述,而旁听者乃为仿佛摹写,其词中所欲达之意,其未能达者,则又参以己意而武断其间。盖通洋文者不达汉文,通汉文者又不达洋文,亦何怪夫所译之书皆驳杂迁讹,为天下识者所鄙夷而讪笑也。

夫中国于应译之书,既未全译,所译一二种又皆驳杂迁讹,而欲求一精通洋语、洋文,兼擅华文,而造其堂奥,足当译书之任者,横览中西,同心盖寡。则译书之不容少缓,所译书之才不得不及时造就也,不待言矣。(《适可斋记言·拟设翻译书院议》)

马建忠将翻译放在了国家大政方针的高度,他说,不知外国之"情伪"、"虚实",是中国备受欺凌的重要原因,则译书为当今急务。他提出,了解外国,知己知彼,可使中国"战胜于庙堂",为此,中国必须设立系统的翻译机构,以全面了解外国政治典章、风习俗尚。他提出了一种"善译"的翻译理论,在翻译之前,先要透彻了解原文,达到"心悟神解",然后下笔,忠实地表达原意;译文还要能表达原文的神情,模拟原文的语气,以使有如阅读原文的效果。这是一种忠实于原文的直译观。基于此,他批评了"今之译者"的几种陋习,或西文不通,或汉文不通,难得两者兼顾,以至翻译的书"驳杂迁讹"。他还设想翻译书院要培养全面的翻译人才,凡一切国外时政、经济、外交书籍"无不具载",以至外洋学馆应读之书都悉数翻译。同时,翻译院设立书楼,新出图书随时添购,紧跟国际学问前沿。

在近代启蒙维新思想家中,马建忠有独特的风格,这缘于他接受过系统的语言学知识,对中西语言文字的领悟非同一般。他少年时便感到"上海所译书观之,未足餍意",及至亲历国外,益加不满国内"尽失面目"、"割裂重复"的西学翻译。尊重西学原意、忠实本真面目,是马建忠启蒙思想中最为突出之处。他之所以积十年之力,勤求探讨,著作《马氏文通》,即有此意。

马建忠曾拟"上下中外之古今,贯穿驰骋,究其兴衰之所以,成一家之言,举以问世"(《适可斋记言·自序》),虽有志未逮,但就他留下的《记言》、《记行》来看,还是体现了当时维新思想所达到的高度。梁启超对此评价道:

"君书未获见,所见者两种,《适可斋记言》《适可斋记行》,非君特撰之书也。然每发一论,动为数十年以前谈洋务者所不能言;每建一议,皆为数十年以后治中国者所不能易。嗟夫!使向前而用其言,宁有今日!使今日而用其言,宁有将来!"(《适可斋记言记行·序》)时人对其推崇可见一斑。马建忠主张写文章"务求其辞之达,而理之举",又要避免"壅滞艰涩之弊",他的文章文笔流畅、条理清晰、论述透辟,是一种新的散文文风。

郑观应(1842—1922),本名官应,字正翔,号陶斋,别号杞忧生、慕雍山人、待鹤山人。广东香山(今中山)人。历任太古洋行轮船公司总理、上海机器织布局总办、上海电报局总办、轮船招商局帮办、汉阳铁厂总办、广东商办粤汉铁路有限公司总办等,近代上海商界著名人物,洋务派的骨干。他著有《救时揭要》、《易言》、《盛世危言》、《盛世危言后编》、《罗浮待鹤山人诗草》、《南游日记》、《西行日记》等,今人夏东元辑为《郑观应集》。

郑观应出生于近代西方思想较为活跃的广东香山,耳濡目染,他较早就放弃科举,开始学习西方语言文字。日后长期经商于沪上,与西方文化接触日深,思想由此蜕变,成为维新改良一派。他写文章,注意联系社会现实,有感而发,充满时代性,如《求救猪仔论》:

> 吾闻拐徒与洋人串通,约有数万,专投人之所好。或诱以娼赌,或假以银钱,一入其饵,不拘多寡,偶不及偿,即拘而赴诸海外。或潜匿四方,黑夜中于僻静码头,如粤省怡和街闸外之处,声呼过海,成载被擒,售于洋船。或灯后往来之人,竟被布袋笼套,拉牵而去者,不知几许。相率被骗而登由省往澳之士迫轮船,日当数百人。而拐徒之行踪诡秘,大胆无忌。为民上者,竟置若罔闻。(《救时揭要·求救猪仔论》)

这是郑观应早期的文章。当时澳门设有"猪仔馆",专门从事拐卖华人到海外做苦工,其名曰招工,民间则俗称"买猪仔"。郑观应有感于海外华工的悲惨境遇,作文揭露其拐卖伎俩,刊登于报章,以警醒世人。就"猪仔"问题,他还有系列文章,如《澳门猪仔论》《续澳门猪仔论》《论禁止贩人为奴》等,类同于现代的新闻报道,关注一种社会问题,持续报道,以期引起当政者的重视。这些文章多刊载于上海《申报》及香港《循环日报》,诚如时人所评:"崇论宏议,震古烁今,又复抉摘隐微,切中时弊。""知作者下笔时,已有万千苦恼苍生环而待命。"①关注现实和民生,体现民族主义和人道主义,适应报刊刊载需要,是他这一时期文章的主要特征。

郑观应经营商业,客游四方,尤其常居商旅萃集的上海,他自觉时代的不同:"夫寰海既同,重译四至,缔构交错,日引月长,欲事无杂,不可得也。"而"异族狎居,尊闻狃习……欲言无庞,不可得也"。在西人渐至、西学渐至的环境下,郑观应以为"莫如自强为先",对中国社会生出诸多补偏救弊的见解。对于中国的风俗习尚,他也有了新的认识,《论虚费》就是针对粤东"媚神而佞佛"习俗的批评:

> 嗟乎! 财源易竭,物力维艰。挥霍于乐岁,必至不足于凶年;消耗于妄费,必至有缺于正供。奈何将有用之财,而佐此无益之举也。夫消灾莫如种福,娱神曷若济人? 倘能移此巨资,广行善举;或开义塾,教育孤寒;或积义仓,备赈荒歉;或设医局,以活贫病;或立善堂,以栖老弱;或收埋骸骨,泽被黄泉;或抚恤孤嫠,名完清节。造无疆之德业,惜有用之锱铢,岂不善哉!(《易言·论虚费》)

《易言》中文章多一事一议,"其词畅而不繁,其意显而不晦,据事胪陈直而无隐,同条共贯切而不浮"(《易言·王韬序》),文风朴实,说理透彻。这里的认识或许尚未达到五四时期鲁迅国民批判的高度,但郑观应指出佞神的虚妄,击中要害,毕竟发出了抗议的声音,透露出近代资产阶级民主、理性的思想。

郑观应最重要的维新主张见于《盛世危言》。戊戌变法期间,这部书

---

① 《救时揭要·序》,按:下文凡引郑观应文集的文字均出自《郑观应集》,夏东元辑,上海人民出版社1982年版。

曾与冯桂芬的《校邠庐抗议》一起被推荐给光绪皇帝阅览,并刻印广为传阅。他的著书旨意和文章观念,由《盛世危言初刊自序》中可略略见之:

> 蒙向与中外达人哲士游,每于耳酣酒热之余,侧闻绪论,多关安危大计。且时阅中外日报所论安内攘外之道,有触于怀,随笔札记。历年既久,积若干篇。犹虑择焉不精,语焉未详,待质高明以定去取。而朋好见辄持去,猥付报馆及《中西闻见录》中。曾将全作邮寄香港,就正王紫诠广文,不料竟为付梓。旋闻朝鲜、日本,亦经重刊。窃惧丑不自匿,僭且招尤,复倩沈谷人太史、谢绥之直刺将原稿三十六篇删并二十篇,仍其名曰:《易言》,改杞忧生为慕雍山人,意期再见雍熙之世。迄今十有九年,时势又变,屏藩尽撤,强邻日逼,西藏、朝鲜危同累卵,而我国工艺之精,商务之盛,瞠乎后于日本,感激时事,耿耿不能下脐。自顾年老才庸,粗知易理,亦急拟独善潜修,韬光养晦,爰检旧箧,将先后所论洋务五十七篇……先后参定,付诸手民,定名曰《盛世危言》。

作者写作的动机源自深刻的危机意识,论述内容关系国计民生的安危,作为清末新兴的民族资产阶级的一员,郑观应的忧患与心声都体现了这一时期散文的时代特点。《盛世危言》的核心主张是"富强救国"。他说:"欲攘外,亟须自强;欲自强,必先致富;欲致富,必首在振工商,必先讲求学校,速立宪法,尊重道德,改良政治。"(《盛世危言后编·自序》)如他论"学校":

> 学校者,造就人才之地,治天下之大本也。古者家有塾,党有庠,州有序,国有学。比年入学,中年考校,一年视离经辨志,三年视敬业乐群,五年视博习亲师,七年视论学取友,谓之小成。九年知类通达,强立不反,谓之大成。故其时博学者多,成材者众也。比及后世,学校之制废,人各延师,以课其子弟。穷民无力者,荒嬉坐废,莫辨之无,竟罔知天地古今为何物,而蔑伦悖理之事,时见于通都大邑,此皆

学校不讲之故也。

今泰西诸国犹有古风,礼失而求诸野,其信然欤!迹其学校规制,大略相同,而德国尤为明备。学之大小各有次第,乡塾散置民间,为贫家子弟而设,由地方官集资经理。无论贵贱男女,自五岁后皆须入学。不入学者,罪其父母。(《盛世危言·学校上》)

在清末维新派的主张中,"广学校以造人才"是共识,郑观应的论述则更为深广。他将学校置于"治天下之大本"的地位,突破学校仅培养专门人才的限制,使之具有普及教育、提高国民素质的功能。所以,郑观应所提倡的是全民普及、体制完备的现代教育理念。作者又留心考察西方国家的教育,他举体制最为完备的德国为例,以作为典范。由于具备了中西文化的比较视野,对比写照也成为他文章最经常的思路。

又有《议院》篇,兹开头云:

议院者,公议政事之院也。集众思,广众益,用人行政,一秉至公,法诚良,意诚美矣。无议院,则君民之间,势多隔阂,志必乖违。力以权分,权分而力弱。虽立乎万国公法之中,必至有公不公,法不法,环起交攻之势。故欲藉公法以维大局,必先设议院以固民心。

泰西各国,咸设议院。每有举措,询谋佥同:民以为不便者不必行,民以为不可者不得强。朝野上下,同德同心。此所以交际邻封,有我薄人,无人薄我,人第见其士马之强壮,船炮之坚利,器用之新奇,用以雄视宇内,不知其折冲御侮,合众志以成城,制治固有本也。(《盛世危言·议院上》)

1894年后,郑观应又补写《议院》下篇,开头云:

或谓:"议政院宜西不宜中,宜古不宜今。"此不识大局,不深知中外利弊者之言耳。余尝阅万国史鉴,考究各国得失盛衰,而深思其故。盖五大洲有君主之国,有民主之国,有君民共主之国。君主者权偏于上,民主者权偏于下,君民共主者,权得其平。凡事虽由上下院议定,仍奏其君裁夺。君谓然,即签名准行。君谓否,则发下再议。其立法之善,思虑之密,要皆由于上下相权,轻重得平,乃克臻此。此制既立,实合亿万人为一心矣。试观英国弹丸之地,女主当国,用人行政,皆恃上下院议员经理。比年得人土地已二十倍其本国。议院之明效大验有如此者。(《盛世危言·议院下》)

议院"集众思、广众益",从权力制衡的原则看,它可以制君权,申民权,有"固民心"的作用。随着对西方国富民强事实认识的深入,西方的民主制度也得到中国开明士绅的认可。而守旧派却认为中国不宜有议院,针对这种观念,郑观应理直气壮地加以驳斥。他立论每举泰西各国,体现出当时西学东渐的思潮,而文中的新学、新名词,也使散文突破了传统窠臼。

郑观应提出的"商战"论也颇有影响。他从商业发展的角度来分析西方入侵,认为他们的目的是把中国变成"取材之地、牟利之场","兵战"不过是"商战"的辅助。商战比兵战的手法更为隐秘,危害更大,所谓"兵之并吞祸人易觉,商之掊克敌国无形",而"我之商一日不兴,由彼之贪谋亦一日不辍",因此他主张"西人以商为战……彼既以商来,我亦当以商往",一言断之,即"习兵战不如习商战",将自强之道归结于振兴商务。《盛世危言》贯穿着"富强救国"的主题,对政治、经济、军事、外交、文化诸方面的改革提出了切实可行的方案,给甲午战败以后沮丧、迷茫的晚清政府开出了一帖拯危于安的良药。张之洞论《盛世危言》说:"论时务之书虽多,究不及此书之统筹全局、择精语详。""上而以此辅世,可谓良药之方;下而以此储才,可作金针之度。"

作为清末经世派的洋务之士,郑观应深恨虚言大论,说"论事者动发大言,自谓出于义愤,不知适以长庸臣之怠傲,蔽志士之聪明"。针对士大夫往往"视危为安,视弱为强,文武骄惰,莫由觉悟"的现实,大声疾呼,"以期天下人共知疾源所在,毋讳疾而忌医",共同挽救时局。他的文章语言质朴,感染力强,以充实有效的思想内容革新了散文的写作。

第三章 桐城派的中兴

第一节 嘉道之际：桐城古文薪火相承

一、梅曾亮："当道光之季，最名能古文"①

梅曾亮(1786—1856)，原名曾荫，字伯言，又字葛君，江苏上元(今南京)人。祖籍安徽宣城，其祖梅文鼎为著名数学家，其父梅冲饱学诗书，为嘉庆五年(1800)举人，母侯芝曾改订弹词《再生缘》。梅曾亮好诗文，十六岁入尊经书院，十八岁入钟山书院，两年后正式拜入姚门，最为姚鼐称赏，后致力于古文，与管同、方东树、姚椿、毛岳生等文学之士交好。嘉庆二十五年(1820年)中举，道光二年(1822年)中进士，因父母年迈而侍亲于家，讲学于各书院，后曾入邓廷桢及陶澍幕。道光十四年(1834年)授户部郎中，在京师度过近二十年的官宦生涯，以嗜学笃古，善为古文辞而闻名京师。道光二十九年(1849年)辞官南归，主讲扬州梅花书院，从事著述。咸丰六年(1856年)卒于清江，年七十一岁。著有《柏枧山房文集》及《文续集》、《柏枧山房诗集》及《诗续集》、《骈体文钞》等，另编有《古文词略》二

---

① 吴汝纶：《孔叙仲文集序》，转引自《柏枧山房诗文集》，上海古籍出版社2005年版，第702页。

十四卷。

在桐城派的发展演变过程中,梅曾亮起着承上启下的重要作用。"姚门四杰"中他年纪略小,在传播和发展桐城文方面却功劳最大,"地位是仅次于方苞、姚鼐"①的桐城派一代宗师。在道光中后期桐城古文家名望高者相继谢世的情况下,梅曾亮因久居京城,广结文士,遍纳门徒,成为弘扬桐城派散文创作方法和理论的核心人物。事实上,古文创作也形成以梅氏为中心的桐城文派的繁荣。"至道光中叶以后,姚传弟子,仅梅伯言郎中一人。同时号为古文者,群尊郎中为师,姚氏之薪火,于是烈焉。"②桐城派势力因梅曾亮而扩大到全国范围,如江西吴嘉宾,浙江邵懿辰,湖南吴敏树、孙鼎臣、曾国藩,广西王拯、朱琦、龙启瑞等都深受梅曾亮桐城文法的影响。

梅曾亮的古文创作成就为同时期作家所公认。方东树论其古文创作云:"读书深,胸襟高,故识解超而观理微,论事核,至其笔力,高简醇古,独得古人行文笔势妙处。此数者,北宋而后,元明以来,诸家所不见。为之不已,虽未敢许其必能祧宋,然能必其与宋大家并立不朽。"(《柏枧山房文集后序》)说出了梅曾亮散文创作的主要特色,即继承了桐城文章笔力"高简醇古"的长处,加之文思能"识解超而观理微,论事核"。

梅曾亮有识见,又善于观察,故其论说文紧随时代,富有变革精神。其《臣事论》指斥吏治的腐败:

> 天下之患,非事势之盘根错节之为患也,非法令不素具之为患也,非财不足之为患也;居官者有不事事之心,而以其位为寄,汲汲然去之,是之为大患。

并提出"法之加必自贵者始"及"任重而责之者厚","任轻而责之者薄"的吏治理想。这些论说,层层推进,深刻透彻,寄寓着对现实的洞察和

---

① 吴孟复:《桐城文派述论》,安徽教育出版社1992年版,第120页。
② 李祥:《论桐城派》,《国粹学报》第49期。

关切。在方法上,该文善用比较和推演,继承古代史论散文的优点。

《观渔》则通过对鱼与渔者处境的具体而微的观察而引发出关于人生的深刻道理,文笔简淡古朴,颇有庄子寓言的韵味:

> 渔于池者,沉其网而左右縻之。网之缘,出水可寸许;缘愈狭,鱼之跃者愈多。有入者,有出者,有屡跃而不出者,皆经其缘而见之。安知夫鱼之跃之出者,不自以为得耶?又安知夫跃而不出与跃而反入者,不自咎其跃之不善耶?而渔者观之,忽不加得失于其心。嗟夫!人知鱼之无所逃于池也。其鱼之跃者,可悲也;然则人之跃者,何也?

梅曾亮的传记文亦能"因时",即便"事之至微,物之极小"也力图反映出"朝野之风俗好尚"等时代面貌和精神。如其《原任予告大学士戴公神道碑》,全文历述了戴某一生所历官职,无一语涉政绩,评语曰:"吐词流音,朗润畅远,识者皆知为承平公辅气象。"就极其含蓄地讽刺了其时官场只打官腔而无所作为的风尚。他的作品富有时代特色并凸现出其时的特定氛围,如《上某公书》是针对林则徐被贬的感言;《与陆立夫书》总结并提出了抵御英军炮火战的方法;还有纪念抗英烈士的《王刚节公家传》、《正气阁记》等文章,都具有史料的价值。如《王刚节公家传》记载:

> 公众且尽,所亲率及身荡杀数十百人,贼至益众,挥短兵陷阵死。是役也,贼可三万,我兵计五千。公檄请益兵,大府不应。战且五、六日,势足以待救,亦坐不救。

他不只就事论事,并善于把握和总结事实背后深刻的社会道理。"势足以待救,亦坐不救"一语感慨良深,呼应了开篇:"英夷扰海疆,广东福建死事数人;惟浙江定海陷,王刚节公与两总兵皆力战,以无救遂败,人尤惜之!"其文风格高古简重,令人对其事肃然起敬。

梅曾亮的写景文曲折多变且讲究辞采,隽永醇美。他以观察敏锐见长,善于捕捉形象,并且细腻地加以刻画,且比拟精当,这是他的文章多姿多彩的一个重要原因。如《钵山余霞阁记》从余霞阁位置入手,以鸟瞰式的全景描绘,抓住景色瞬息万变特有的动态,寥寥数语,却曲折有致、形象鲜明地刻画出登山俯视南京的图景,笔墨精洁而不乏辞采:

> 俯视,花木皆环拱升降,草径曲折可念;行人若飞鸟度柯叶上。西面城,淮水萦之。江自西而东,青黄分明,界划天地。又若大圆镜,平置林表,莫愁湖也。其东南万屋沉沉,炊烟如人立,各有所企,微风绕之,左引右挹,绵绵缗缗。上浮市声,近寂而远闻。

此外,特别值得注意的是,他的语言能够糅合骈散,善于在古文中增加辞采。他常提及"少喜骈体之文",且坚信其"非无可观"(《复陈伯游书》),"文贵者辞达耳,苟叙事明,述意畅,则单行与排偶一也"(《马韦伯骈体文叙》)。而传统的桐城文排斥骈俪,重白描而崇尚简淡,因而显得词采贫乏、朴寡无味,在写景时,尤其难以传达景物千姿万态的风貌。梅曾亮《吴淞口验功记》有言:"水光纳天,积蓊云卷,龟鱼舒波,望舒永归。千帆怒张,如马纵野,农利普存,歌谣载途。"语言瑰丽,辞采纷呈,如诗般优美。而且此段文字音节紧凑,符合他读诵与行文相通的理想,是承继姚鼐"因声相求"说并加以钻研和发挥的结果。总之,梅曾亮在写景文方面对桐城文有所突破。

梅曾亮发展了桐城派的文气说,他强调行文的一气呵成,气脉流畅,同时又主张"文气贵直而其体贵屈。不直则无以畅其机,不屈则无以达其情,故善为诗文者主乎达而已矣。"(《舒伯鲁集序》)文章在主题鲜明、一气呵成的同时,要善于曲折尽意,不能一味直露,这样才能表达精深的思想,丰富的内容,才能准确与完备,收到良好的效果。如《舒伯鲁集序》一文论述了两人师徒之谊,并论及文章"气直体屈"的道理,然后转入舒伯鲁高才早死的问题:

> 即其所成就论,谓已古人夐绝之境乎?未能也。然就所以至者,以决其他日所必至者,非古人夐绝之境,固无以位之……曾涤生侍郎

> 语余曰："伯鲁，奇才也，然好作悲语，不称其年，恐非福，宜有以戒之。"余愀然，幸其言之不验。今竟验矣，可惜也夫！

结尾处的委婉很有余味，不直说曾国藩(涤生)之言"竟验"，而插入曾经"幸之不验"，使文辞曲折跌宕，感情也随之起伏不平。特别是在评价舒伯鲁时，从对"已至"的不满足，和持之有据的"所以至"之情由，推论其"所必至"的境界，没有拔高对象，而赏识和惋惜之情溢于言表。这段文字文词宛转，既没有浮词滥采也不伤直露，而是曲折往复，一唱三叹，有分寸地传达出他对这位青年才俊能力的把握。语言艺术极其精妙，令人玩味不已。

综观梅曾亮的散文，以情真为底蕴也是其成功的重要原因。他比较了今古散文创作："古人之作肖乎我，今人之作肖乎人；古人之作生乎情，今人之作生乎学。"(《杂说》)所以，他的文学观念中，古就是真的具体表现，意在强调文章要表现个人的"性情之真"。他在《周石生授经图记》描写了一段独具特色的母子情：

> 曾亮年十三四，家大人方试礼部，留京师，每从塾归，则吾母课诵，必问所习者师讲解否？能记忆否？背师作游弄否？自塾归适他所否？

一位望子成龙、爱子心切的母亲形象宛然在目，特别体现出这位母亲素有文化修养的个性特点，与此同时，作者对母亲课诵时谆谆教诲的怀念和感激之情也蕴涵其中。又如《艾方来家传》写日常生活、真人真情，深得归有光小品笔法：

> 姑病痹，夫妇以竹榻载母，舁游邻家，街市皆骇笑，母则大乐。园中实一果、甲一菜，栏中增牛犊、豚子，必使姑得观，以为快。

事皆琐细而人物的独特风貌宛然眼前。

刘声木《桐城文学渊源考》对梅曾亮的散文成就有很具体而全面的评

论:"其为文,义法一本之桐城,稍参以归有光,精悍简质,清夷往复,独深于感情,实有精到处,能窥昌黎门径。其胜处最在能穷尽笔势之妙,磬控综送,无不如志。其修词愈于方、姚诸公,而一意专精于是,气体理实不能穷极广大精微之致,然顿挫峭折,矫然自异,足以自树一帜。"他不仅指出了梅曾亮散文的门径,而且指出其长处在笔势、修词和深于感情,同时也指出了其在"气体理"方面的不足。一般而言,梅曾亮被认为是姚鼐衣钵中地位最高、声誉最隆、影响最广、创作成就最大的桐城派一代宗师。

二、姚莹:沉郁顿挫,文如其人

姚莹(1785—1853),字石甫,号明叔,晚号展和,因以十幸名斋,又自号幸翁。安徽桐城人,曾祖姚范,从祖姚鼐,系姚鼐高第弟子,善诗文。嘉庆十三年(1808年)考中进士,此后曾游幕广东,在福建、江苏任州县地方官。1837年升任台湾道。鸦片战争期间,英军侵犯台湾,姚莹和总兵达洪阿率领台湾军民奋勇抵抗,屡次击退英舰的进攻。中英《南京条约》签订以后,遭主和派诬陷,以"冒功"罪被革职,解系刑部狱,后贬官四川、西藏。1851年,被任命为广西按察使,去镇压太平军,兵败后转至湖南,不久病死。著作有《东溟文集》及《后集》,《后湘诗集》及《二集》、《续集》、《识小录》、《东槎纪略》、《寸阴丛录》、《康輶纪行》等,后辑为《中复堂全集》。

姚莹"弱冠慨然有任天下之志"[①],《清儒学案·惜抱学案》评价姚莹以"志在经世"见著,姚莹为学为文也重在"实"和"用"。方东树曾称:"石甫平居以贾谊、王文成自比其学,体用兼备,不为空谈,故其文皆自抒心得,不假依傍。"(方东树《石甫文钞题辞》)不仅指出其文章独特之处在于"体用兼备",而且点出了其"学"之脉络,即心仪贾谊和王阳明为代表的兼取立德、立功、立言即并举功业、气节、文章的理想。道光年间,他在京师与龚自珍、魏源、林则徐等结识,提倡经世致用,鼓励学习西方,形成一股

---

① 姚濬昌:《重刊中复堂集后序》,《中复堂全集》,同治六年(1867)刻本。

进步思潮。姚莹一生沉浮宦海,求政为实,"治事自朝入夜,常不解衣而卧,心神沉瘁,气血为之虚耗"(《东溟文集》卷四,《谢周漳州书》)。他体察民情和社会实际,颇有政色,治绩显著,保卫台湾,战功赫赫;他博洽多闻,考察边疆异域,并广积材料,以备国用,如《识小录》对西北地理和蒙古民情记载详细,《东槎纪略》则详细记录了台湾的地理历史、民俗风情、军事守备等,《康輶纪行》据实考察了西藏山川形势民情利弊等,他还留心外国事务,对国际形势以及喇嘛教、天主教等问题都有所探讨,并建议清政府加强沿海和边疆防务。姚莹提出为学的要义有四个方面:义理、经济、文章、多闻。可以说,姚莹在一定程度上将经世之文和学者之文融入了桐城派古文中。姚莹的文章包括论辨、序跋、赠序、书信、记传、杂文等,此外,阐释性理及读书笔记、见闻丛录等也很有特色。

姚莹文章最大的特色是追求"为文"与"为人"的高度一致,"举声音笑貌、性情心术、经济学问、志趣识见乃至家声境遇,靡不悉载以出"(方东树《石甫文钞题辞》)。他特别强调"所以为文"和"所以为人",反映出一种强烈的人本的文学观。他甚至认为文人之品行比作文的方法更重要。因此,他非常重视作家自身的思想道德学识胸怀等个人修养:

> 文章者去其浮率平直之病,而有沉郁顿挫之妙,然后可以不朽。《楚辞》《史记》、李杜诗、韩文是也。嗟乎,此数公者,非有其仁孝忠义之怀,浩然充塞两间之气,上下古今穷情尽态之识,博览考究山川人物典章之学,而又身历困穷险阻惊奇之境,其文章亦乌能若是也哉!今不知数公之所以为人,而惟求数公之所以为文,此所以数公之后罕有及数公者也。

这篇《文贵沉郁顿挫》的短文中作者连用生动形象的比喻,对这四个字分别作了阐释,如"沉者,如物落水,必须到底,方著痛痒"、"郁者,如物蟠结胸中,展转萦遏,不能宣畅"等,并指出"沉郁顿挫"的反面是"浮率平直",然后举沉郁顿挫之典型,如李杜诗、韩文等,进而指向其"所以为文",进而是"所以为人"。论说清晰明辨,行文环环相扣。

《通论》、《再复座师赵笛楼先生书》等议论文都体现了姚莹擅长于论政议事中,掺进个体的遭遇感慨的特色,切愤深忧,激昂豪宕,文笔骏利而富于感情。又《再与方植之书》:

> 然举世获罪,独台湾屡邀上赏,已犯独醒之戒;镇、道受赏,督、抚无功,又有以小加大之嫌。况以英夷之强黠,不能得志于台湾,更为肤愬之辞,恫喝诸帅,逐镇、道以逞所欲,江南闽中,弹章相继。大府衔命,渡台逮问,成见早定,不容剖陈。当此之时,夷为原告,大臣靡然从风,断非口舌能争之事,镇、道身为大员,断无哓哓申辩之理,自当委曲以全大局。至于台之兵民,何所恃者,镇、道在也。镇、道得罪,谁敢上抗大府,外结怨于凶夷乎?委员迫取结状,多方恐吓,不得不遵,于是镇、道冒功之案成矣。

文章于叙事中议论风生,分寸感很强,慷慨激昂而又气盛言宜,绵里藏针,外表是委婉如实的叙述,内里却揭露得深刻无情,督抚的嫉贤妒能,英军的奸黠无耻以及当道者的昏聩庸弱,都毕露无遗。音调铿锵有序,文气畅行无阻,而又波澜起伏,沉郁顿挫。沉郁顿挫的文风也的确与他自身境遇的困厄有关,他曾以苏轼自喻:

> 仆虽不能奇,若其穷困,有甚于子瞻者。……仆虽蒙知一二巨公,而名不挂于朝端,一第放归,久之乃得外授,又见恶于上官,既罢斥废弃,复阴摧阻之,几不能容,谁知之而谁白之者?无家可归,老父殁于海外,孺母旅寓福州,浮寄一身,渡海依人存活。其穷如是,视子瞻当日如何哉?(《复光律原书》,《东溟文后集》卷八)

因此他特别强调个人"身历困穷险阻惊奇之境"对于文章境界高下的作用,并称"不穷不奇,不奇不可以大而久"。(《答张亨甫书》,《东溟文外集》卷二)

姚莹的文章除强调人的因素外,还特别突出实学。他以议论见长,从经世致用和学问实际出发而创作,即便不是刻意为文,由学识胸襟自然流露而得的文章也风格独具。在姚莹的创作观念中,非常重视文章在内容层面之意义:

> 文之至者,皆深明于天人事物之理,与夫古今学术人才政治是非得失之故,宏通精实,蓄之既深且久,然后提要钩元,无所不当。此古大家之文,所以异于世俗浮浅之作也。(《再与梅伯言书》,《东溟文后集》卷八)

他的文章确实得益于他从政和寻求强调经世致用之道的收获。汪廷珍《东溟文集题辞》对姚莹议论文艺术的分析更为直截了当,认为一则因其"激昂慷慨",如"贾太傅流涕之书";二则"博辩宏通",仿佛出自"苏学士淋漓之手";三是"心平论笃","兼汉宋之长而通其邮";四又"气盛言宜","得马韩之神而无其迹"。

姚莹的记体文以《噶玛兰台异记》、《游榄山记》、《粤东学使后园记》等为代表,往往涉事成文且有古有今,纵横开阖,文势尤酣畅回环,也奇丽豪宕,颇为可观。前者记述了道光元年(1821年)噶玛兰台(今台湾宜兰)遭受台风风灾,并由此引发一系列问题,及其最终解决的情况,叙述非常简洁。接着却用三倍于此的篇幅叙述了台湾开辟的历史并剖析了灾害的原因及将来的对策。《游榄山记》,榄山在今广东香山县,作者在游记文中反映了清乾隆嘉庆年间东南沿海海盗猖獗的情况及他对海盗被招降后隐患的忧虑。《粤东学使后园记》以粤东学使后园为中心,叙述了此地史迹,并借此说古讽今,境界开阔。在写景时,作者也极尽刻画之能事,善用铺陈,笔法细密,句法整饬。

> 方春夏之交,宿雨初霁,缓步其中。修竹(女便)娟,新篁微脱,鸟声格磔,榕荫参天,小桥斜拂水面,曲栏半毁,风吹衣影,欹侧桥下,如行镜中。过桥一亭,环水而峙,窗牖洞开,绿光四入倒地,上下合碧。及夫落日乍昏,沉烟初起,倦禽争树,落叶时飞。少焉,月出玲珑,透

檐穿树,蒙眬翳密,夜景苍然,俯临深池,幽泂不测。

姚莹的写情文,朴实无华而又感情浓烈。如《祭兄伯符文》把其兄为人诚笃、早熟、厚道、慈爱、可敬可亲的形象刻画得感人肺腑。而作者以"惟兄是活"、"惟兄是依"、"惟兄是恤"三个排比句,把他对兄的眷恋感激之情,以及祭祀时的痛惜之情,表达得真诚、恳切、浓烈、沉郁。雅洁、质朴,在平实的叙事议论中渗透作者沉郁的感情,是姚莹为文的主要艺术特色。文章在深刻的思想内涵和透辟的认识功能之外,犹有艺术魅力和个人风格特色,给人以经久耐读、其味隽永的艺术感受。

总体而言,姚莹的文章不如方苞、姚鼐及梅曾亮等桐城大家精彩,但也独具特色,并影响了桐城文经世致用的转向,正如方宗诚《桐城文录序》所言,"文事虽未精,而有实用……桐城之文,自石甫先生后,学者务为经济之学"。

三、方东树及其他姚门弟子

方东树(1772—1851),字植之,晚年自号仪卫老人,桐城人。父方绩,博学工文词,师事刘大櫆、姚鼐,诗文为姚鼐等所重,喜校勘群书,著有《经史剳记》、《屈子正音》、《诗文钞》等。方东树有文学天赋,十一岁时仿效南朝梁诗人范云作《慎火树诗》,名动乡里。他好学不止,兴趣广泛,如诗文、训诂、义理,以至佛学、道教无所不闻。乾隆五十八年(1793),方东树赴江宁钟山书院,投姚鼐门下,随侍讲席最久。同年入县学补弟子生员,逾数年补增广生,自弱冠之年起,先后应乡试十次,屡不第,道光七年(1827)始不复应。迫于生计,方东树四方奔走,转徙庐州、亳州、宿松等地讲学游幕,时应人邀请编纂或校正文集、府志。嘉庆二十四年(1819)三月,方东树入两广总督阮元幕,助修《广东通志》,曾执教廉州海门书院,主韶州韶阳书院,后复入阮元幕中,至道光六年(1826)离粤返皖,期间著成《汉学商兑》、《书林扬觯》等。又历主庐州庐阳书院、亳州柳湖书院、宿松松滋书院,道光十三年(1833),赴江苏武进县姚莹任所,编校姚范《援鹑堂笔记》。道光十七年(1837),应约赴粤入两广总督邓廷桢幕,其间撰成诗论《昭昧詹言》,三年后,返乡授徒课孙。咸丰元年(1851),应弟子唐治请,出任祁门东山书院山长,旋卒于书院。方东树一生著书讲学,门生众多,如戴存庄、方宗诚等,为建立与光大桐城门户贡献良多。其著作还有《仪卫轩诗文集》、《仪卫轩全集》等,由方宗诚编辑为《桐城方植之先生遗书》。

方东树在道咸之际桐城派的传播中不以古文创作的实践见著,而以推演和发展文章学的理论和从思想上维护桐城派的地位功高。方东树与汉学家的论争最为人注目,《汉学商兑》是针对汉学家江藩《汉学师承记》和《宋学渊源记》强调汉宋分野并将桐城、阳湖诸家排斥在"国朝宋学"之外的发愤之作,一方面极力维护程朱理学,一方面揭露指陈汉学弊端。方东树《昭昧詹言跋》又以佛教中教与乘的关系为喻区分汉学和宋学为两种认知途径,"释氏有教、乘两门。教者,讲经家也。教固不如乘之超诣,然大乘之人,未有不通教者。在吾儒,若汉人训诂,教也;宋儒发明义理,身体而力行,乘也。"除学问方法上的分歧外,方东树更从文章的角度批判了汉学家,"汉学家论文每日土苴韩欧,俯视韩欧……及观其自为,及所推崇诸家,类如屠酤计帐"。站在古文家的立场上,他清理了理学家述学之文和政治家经世之文,及经学家考据之文,视其与古文家之文有根本的区别。

作为一个深谙文学创作规律、诗文并擅的著名作家,方东树对诗法、文法都作了深入系统的研究,提出了不少精辟独到的见解,并著成《昭昧詹言》一书。他在总结"学诗之法"时提出六种方法,即创意、造言、选字、隶事、文法、章法。旨在"避凡俗浅近习熟迂腐常谈",避熟字、熟典,要创意,须造言,翻新致用;而文法和章法则讲究以断为贵,气势峥嵘,起承转合,横截纵通。这是桐城派古文义法之所寄,是其诗歌学、文章学的精髓。尤其是通变和陈言务去,是诗文创作的积极因素。在《答叶溥求论古文书》一文中,他集中谈了古文学习问题。他提醒学文者要"有本",指向作者经世治民的政治才干和道德功业;并认为"文章之道,必师古人",但又"不可袭乎古人",要有自己的创造,要"善因善创"。

方东树为文不囿于桐城派"雅洁"之尚,而以博大精深、才雄气盛见长。方东树好深湛之思,言必有物,博辩醇茂,洋洋洒洒,"无不尽之意,无不达之词"(《仪卫轩文集·自序》,同治六年(1867)刻本)。如长逾万言的《病榻罪言》痛斥时弊,建言献策,议论雄健,说理透辟。他擅长说理论辨,随事阐发,纵横开阖,理直气壮,如《切问斋文钞》乃尽情发挥,纵笔所至,无所拘束。"罄抒心得,如万斛泉源不择地而出,或前人所未言而不能无待于后人之推阐,或后人所欲言而不能自达其意者,悉为疏通而曲畅之"(方宗诚《桐城文录序》),其至不顾文重义复,因而多洋洋大观之长文。以《答叶溥求论古文书》为例:

> 道德以为体,圣贤以为宗,经史以为质,兵刑政要以为用,人事之阴阳、善恶、穷通、常变、悲愉、歌泣,凌杂深賾,以为之施;天地之风云、日星、河岳、草木、禽兽、虫鱼、花石之糕框、夷险、清明、黪露、奇丽、诡谲,一切可喜可骇之状,以为之情。及其营之于口,而书之于纸也,创意造言,导气扶理,雄深骏远,瑰奇宏杰,蟠空直达,无一字不自己出,而后吾之心胸面目、声音笑貌,若与古人偕,出没隐见于前。而又惧其似也,而力避之;恶其露液,而力覆之;嫌其费也,而力损之。质而不俚,疏而不放,密而不僿。阴阳蔽亏,天机阖开,端倪万变,不可方物……

其他如《答友人书》、《答人论文书》、《书惜抱先生墓志后》以及一些文序、诗序等,也都持之有据,言之成理。在《仪卫轩文集·自序》中他说:"昔人论文章不关世教,虽工无益。故吾为文务尽其事之理,而足乎人之心。"他也承认文章在精工的同时要经世致用,因而在言有序之外,注重言有物,抒情言志,这样才能打动人心。由于他过分追求"浩博无不尽之言",有些篇什不免庞杂拖沓,不够凝练,缺少简洁含蓄之美。对文章的缺点他很自知"仆之文粗而犷气未除"。然而,他善因善创,能自开大,亦不失成一家之言。

"姚门四杰"中管同古文造诣很高,可惜死得早。管同(1780—1831),

江苏上元(今南京市)人,嘉庆初年入钟山书院随姚鼐学古文,诗文俱佳,深得姚鼐赏识。成年后为生计奔波于私塾、书院和幕府中,道光五年(1825),年四十六,乡试中举。次年入安徽巡抚邓廷桢幕,课其子,六年后卒于随邓子入京途中,年仅五十二岁。有《因寄轩文集》。管同推崇阳刚之美,在文学史上是以古文创作著名。管同在艺术上突出的特点是将诗歌的创作方法和骈文句式引入散文创作,善于用简洁凝练和流丽可爱的语言描绘或清幽淡远或波澜壮阔的境界。如《登扫叶楼记》:

> 是楼起于岑山之巅,土石秀洁而旁多大树。山风西来,落木齐下,堆黄叠青,艳若绮绣。及其上登则近接城市,远把江岛,烟村云舍,沙鸟风砜,幽旷瑰奇,毕呈于几席,虽向之所谓奇胜,何以如此!

语言凝练,笔致简质,色彩明丽,描绘清晰,意境旷远。不仅道出了扫叶楼的位置、环境,更将楼上风景、绚烂秋色呈之眼前。笔法依楼之势渐上,文章一起一顿,如拾级而上般平易,而又善于捕捉惊艳之美示人。文章骈散相间,音韵和谐,又有旋律感和音乐美。叙述部分善用散体,而描写则以整齐的四字排偶句叩动人心。又如"登石头,历钟阜,南极芙蓉天阙诸峰,而北攀燕子矶以俯观江流之猛壮",整齐的骈体句式穿插在散文中,使其与散文相映成趣。文章颇具钟灵毓秀之美,并有情志之流动。

管同也善以细节和环境刻画来烘托人物形象。如《亡妹圹碣》写年幼的妹妹"每当食,母烹饪,则妹执薪坐灶下,俟饭熟乃起;食毕辄手携针线相随坐闺闼,而时出笑言以悦母",娓娓道来,一往情深。管同的寓言小品文写得也不错,如《记蝎》、《记鸽》、《灵芝记》、《饿乡记》等。史论文和政论文代表作品,有《拟言风俗书》、《拟筹积贮书》等。管同的诗文创作为时人所推赏,姚鼐对此赞不绝口。刘声木《桐城渊源考》称赞其文,"雄深宏达,简严精邃,曲当法度"、"理精词洁,奇气盘郁而深稳"。管同散文的特点和成就,特别是对丰富桐城派的创作技法,矫正桐城派的枯弱文风方面所起的重要作用都很引人注目。

第二节 湘乡之兴:曾国藩

曾国藩(1811—1872),原名子城,字伯涵,号涤生,湖南湘乡人。曾国藩天资颖慧,意志坚强,家庭教育严格,六岁入私塾读书,两年内读完"五经",学业大进。道光十年(1830),至衡阳汪觉庵所设唐氏家塾读书学文,次年回本县涟滨书院,师从刘元堂习诗作文,深得欣赏,被视为大器之才。道光十三年(1833)中榜,次年入省城岳麓书院求学问经,得名师欧阳坦斋赏识,诗文学业大进。道光十八年(1838),中进士,入翰林,道光二十七年(1847),迁升为内阁学士兼礼部侍郎,道光二十九年改授礼部右侍郎,此后四年分别兼任兵部、工部、刑部、吏部等五部侍郎。京师为官期间,曾国藩致力于经世义理之学与桐城古文,与桐城派古文家梅曾亮等交往密切。咸丰二年(1852),丁母忧回籍。太平军入湘,曾氏奉命以侍郎身份在湘帮办团练,后扩编为湘军,长期与太平军作战。咸丰十年(1860)授两江总督,钦差大臣;同治三年(1864)七月,破天京,加太子太保,封一等侯爵。此后致力于洋务运动,1872年病逝,著有《曾文正公全集》。

曾国藩的一生功绩卓著,有"中兴第一名臣"之誉,且博览群书,著述等身,被视为"桐城古文的中兴大将"①,体现了中国士大夫理想的人生范式——立功、立德、立言。黎庶昌在《续古文辞类纂》中论述桐城派的源流时说:"……至湘乡曾文正公出,扩姚氏而大之,并功、德、言为一涂,挈揽众长,轹归(有光)掩方(苞),跨越百世,将遂席两汉而还之三代,使司马迁、班固、韩愈、欧阳修之文绝而复归,岂非豪杰之士,大雅不群者哉!盖自欧阳氏以来,一人而已。"作为曾氏门生,黎庶昌这段话不免有过誉之嫌,但曾国藩在桐城派流变史上"变化以臻其大"的作用是颇为中允的。

---

① 胡适:《五十年来中国之文学》,《胡适古典文学研究论集》,上海古籍出版社1988年版,第88、89页。

桐城派在姚鼐之后虽继续发展,但缺乏辉煌的亮点,而曾国藩以政治家的高瞻远瞩和文学家的雄才大略为桐城派增添了一抹金色的光芒。

曾国藩清醒地认识到"文章与世变相因"(《欧阳生文集序》),因而明确提出"因时"、"救世"等文学主张,努力开辟文学新局面。在文学方面,曾国藩意识到桐城古文显露出"有物之言则少"的"空疏"、"琐屑"之流弊;而政治家的敏感也使他意识到内忧外患、矛盾纷繁的社会现实呼唤救世除弊,振兴图存的文章而不是空洞的教条,烦琐的考证,或无关痛痒的呻吟。于是,他接过姚莹提倡"经济"大旗,主张"有义理之学,有词章之学,有经济之学,有考据之学","此四者缺一不可"(《求阙斋日记类钞》),并进而将之与孔门的德行、文章、言语、政事四科联系起来,以增加其权威性:"义理者,在孔门为德行之科,今世目为宋学者也。考据者,在孔门为文学之科,今世目为汉学者也。辞章者,在孔门为言语之科,从古艺文及今世制义诗赋皆是也。经济者,在孔门为政事之科,前代典礼政书及当世掌故皆是也。"(《劝学篇·示直隶士子》)义理为体,经济为用,再加上考据多闻,文章的内容充实而且显豁晓畅,才能更好地发挥其社会作用。

某种程度上,曾国藩的文学观带有功利主义的色彩,但他强调古文要引导社会人心,需理学之"道",现实的内容外,还要有文采、有艺术性,"言之不文,行而不远",因而他反对"尊道贬文",主张"文道俱至"。他在《致刘孟容》书中如是说:

> 即书籍而言道,则道犹人心所载之理也,文字犹人身之血气也。血气诚不可以名理矣,然舍血气则性情胡以附丽乎?今世雕虫小夫,即溺于声律缋藻之末,而稍知道者,又谓读圣贤书当明其道,不当究其文字。是犹论观人者当观其心所载之理,不当观其耳目言动血气之末也,不亦诬乎?舍血气无以见心理,则知舍文字无以窥圣人之道矣……于诸儒崇道贬文之说,尤不敢雷同而苟随。

他甚至也发现将"道"与"文"分离以凸现"文"之特性的途径。"仆尝谓古文之道,无施不可,但不可说理耳。"(《覆吴南屏书》),这是尊重古文特性的论调,因而有"道与文竟不能离而为二"之说,并指出:"望溪所以不得入古人之阃奥者,正为两下兼顾,以至无可怡悦。"(《与刘霞仙书》)文与道的关系是桐城古文一个重要的问题,且绕不开方苞,后期桐城派一方面不废义理,一方面提升了辞章的独立特性,这是桐城派以古文名家后巩固古文艺术性的努力。

曾国藩虽然从姚鼐那里得到了古文创作灵感,但对于桐城"义法",他破多于立。他指出缺乏独创、一味摹拟,是"法"产生的根源,颇中桐城派形式主义弊病的要害。

> 窃闻古之文,初无所谓法也。《易》、《书》、《诗》、《仪礼》、《春秋》诸经,其体势声色曾无一字相袭,即周秦诸子,亦各自成体。持此衡彼,画然若金玉与卉木之不同类,是乌有所谓法者。后人本不能文,强取古人所造而摹拟之,于是有合有离,而法不法名焉。若其不俟摹拟,人心各具自然之文,约有二端:曰理曰情。二者人人之所固有。就吾所知之理而笔诸书而传诸世,称吾爱恶悲愉之情而缀辞以达之,若剖肺肝而陈简策,斯皆自然之文。性情敦厚者类能为之,而浅深工拙则相去十百千万而未始有极。自群经而外,百家著述,率有偏胜:以理胜者,多阐幽造极之语,而其弊或激宕失中;以情胜者,多悱恻感人之言,而其弊常丰缛而寡实。(《湖南文徵序》)

他曾指出"震川自然神妙,而未能精与谨细者也。望溪精与谨细,而未能自然神妙者也。"(《求阙斋日记类钞》二卷下)而提倡自然之文,显然是对桐城文的不满和反拨,特别针对其拘束谨慎和以法相师等方面。

曾国藩的文集中以寿序墓志文居多,虽然不乏应酬应景之作,但也常能"韵语深厚",如《祭汤海秋文》、《送郭筠仙南归序》、《母弟温甫哀辞》、《船山遗书序》等。曾国藩曾将《左传》、《庄子》、《史记》、《汉书》与韩愈、柳宗元、欧阳修、曾巩奉为文章的最高典范。特别是韩愈,他爱不释手,常从韩文中寻觅创造的路径,而从韩愈的墓志中他发现了"行文无常态、金石无定例",也就是不拘一格,方能显现特立独出。以《邵君墓志铭》为例:

> 城有时而为湖,海有时而成田。物固有非常之变,乌可以常理测彼昊天?善不必福久矣,曾不自夫子而始然。愍东南之大戾,仁圣与蝼蚁而同捐。著述荡其荡尽,仅吊煨烬之残卷。文之精者不复存,存者又未必果传。独其耿耿不磨之志,与日月而长悬。魂无远而不之,魄则依妻子以全。庶上为神祇所许,而下为百世学者所怜!

音韵铿锵有声,朗朗上口,句法散中见整,疏密错综,而感情沉郁,气势顿挫,将永逝之恨写得荡气回肠,令人为去者惋惜不已。在墓志铭中感慨物理和人生,将对对象具体的感情深沉地置于整个宇宙空间中,可谓不落窠臼,洵为不凡之作。

曾国藩古文的特色在于气势之盛和"阳刚之美",并以此特出于桐城一脉中。为补救桐城文的"雅洁",刘大櫆曾强调"雄逸"之美,姚鼐则提出"阳刚"与"阴柔"的风格论。曾国藩接受了姚鼐的风格理论:"吾尝取姚姬传先生之说,文章之道分阳刚之美、阴柔之美。大抵阳刚者气势浩瀚,阴柔者韵味深美:浩瀚者喷薄而出之,深美者吞吐而出之。"(《求阙斋日记类钞》)并且特别推崇文章的"阳刚"之美,尤重光明伟岸、气势恢弘之作:

> 文章之道,以气象光明俊伟为最难而可贵。如久雨初晴,登高山而望旷野;如楼俯大江,独坐明窗净几之下,而可以远眺;如英雄侠士,裼裘而来,绝无龌龊猥鄙之态。此三者皆光明俊伟之象。文中有此气象者,大抵得于天授,不尽关乎学术。(《求阙斋读书录》卷十,《阳明文集·王守仁申明赏罚以厉人心疏》)

这段文字描写光明俊伟的文章境界,其描绘本身也给人光明俊伟的感受,文中所蕴藉的气韵非常生动,而且辞采错综,意象纷呈,虽然不是特意为文,却矫然自异,这正体现了曾国藩文章之好尚和其与众不同处,即气盛且辞丰,瑰伟飞腾。

关于曾国藩文章之善于行气,他自己曾称"为文全在气盛","奇辞大

句,须得瑰伟飞腾之气驱之以行",可见他很讲究文章中的气势流转——"行气"。以《欧阳生文集序》为例:

> 自洪杨倡乱,东南荼毒。石城钟山,昔时姚先生撰杖都讲之所,今为犬羊窟宅,深固而不可拔。桐城沦为异域,既克而复失。戴钧衡全家殉难,身亦呕血而死矣。余来建昌,问新城、南丰,兵燹之余,百物荡尽,田荒不治,蓬蒿没人,二三文士,转徙无所;而广西用兵九载,群盗犹汹汹,骤不可爬梳。龙君翰臣又物故。独吾乡稍安,二三君子尚得优游文学,曲折以求合桐城之辙。而舒焘前卒,欧阳生亦以瘵死。老者牵于人事,或遭乱不得竟其学;少者或中道夭殂,四方多故,求如姚先生之聪明早达,太平寿考,从容以跻于古之作者,卒不可得,然则业之成否,又得谓之非命也耶?

这段文字一气呵成,势不可断,正气浩然,遒劲有力。文中所述桐城文章家在太平天国时期的遭遇,感情沉郁深厚,叙事曲折而致、言之有序,议论自然而发、持之有度,的确是文章家难得之境,即便当事人未必言之如此沉痛。之所以如此,与曾国藩个人的人生境界和器识有关,曾氏个性强而气势壮,身为重臣而关乎细民,眼界与器识自然与众不同。

曾国藩在文章中对骈文特别是汉赋的借用很值得注意。如上文四字句和六字句的运用就很突出,"兵燹之余,百物荡尽,田荒不治,蓬蒿没人,二三文士,转徙无所"之句更是整饬工整,流丽可爱,加上"昔时"与"今","舒焘"与"欧阳生","老者"与"少者"等对照的运用,使得文章气势连贯、瑰伟飞腾。在语言运用上,曾国藩突破方苞等古文家排斥六朝藻丽俳语、汉赋板重字法的做法,而主张调和骈散,"古文之道,与骈体相通"(《求阙斋日记类钞·文艺》)。在《送周荇农南归序》中论道:

> 自汉以来,为文者莫善于司马迁,迁之文其积句也皆奇,而义必相辅,气不孤伸,彼有偶焉者存焉。其他善者,班固则毗于用偶,韩愈则毗于用奇,蔡邕、范蔚宗以下,如潘、陆、沈、任等比,亦皆师班氏者

也。茅坤所称八家皆师韩氏者也。传相祖述,源远而流益分,判然若黑白之不类。于是刺议互兴,尊丹者非素……

虽站在古文家的立场上,他的论说却很有分寸,至于文中所揭示和行文所体现出的"义必相辅,气不孤伸"更被钱基博指认为"国藩法脉"。"它不像骈文的字字句句相偶,那样,就不免纤巧拘束;但也不像方、姚古文那样多用单音词,句皆散行,气取舒畅,那又不免枯窘柔弱,两者气势皆往往不盛。"(刘孟复《桐城文派述论》)曾国藩推崇的"义必相辅,气不孤伸"就是调节奇偶之间,以取气势之盛的一种途径。他吸纳汉赋和六朝骈丽文之长,特别提倡学习汉赋词采的富赡和气魄的宏伟,在造句选字上,也与传统桐城古文有所区别。对此,吴汝纶总结道:"桐城诸老,气清体洁,海内所宗,独雄奇瑰玮之境尚少。盖韩公得扬、马之长,字字造出奇崛。欧阳公变为平易,而奇崛乃在平易之中。后儒但能平易,不能奇崛,则才气薄弱,不能复振,此一失也。曾文正公出而矫之,以汉赋之气运之,而文体一变,故卓然为一代大家。"

曾国藩不满于桐城古文规模狭小的文章,其文章布局重在气势宏大,有腾挪变化,注重表现重大社会内容和宽广博大的襟怀。这也是其文章具阳刚之美的一个重要因素。曾国藩在文章的内容要素上强调"经世致用",使文章内容更为充实,这样的确容易表现气度恢弘,文势豪迈之美。同时在文章的形式要素上,他很注重文章整体的布局谋篇。如《敬呈圣德三端预防流弊疏》针对皇帝"敬慎"、"好古"、"广大"三种"美德",辨析利弊,劝其言当谨,其行当慎,"防琐碎之风"、"杜文饰之风"、"折人主骄佚之萌",是一个十分尖锐的问题。他旁征博引,上下左右,委婉曲折地举事例以说服统治者。如说及广西用兵:

> 其大者在位置人才,其次在审度地利,又其次在慎重军需。今发往广西人员不好为多,而位置之际未尽妥善。姚莹年近七十,曾立勋名,宜稍加以威望,令其参赞幕府,若泛泛差遣委用,则不能收其全力……夫知之而不用,与不知同。用之而不尽,与不用同。

转而论及道光以来人才荐举：

> 自道光中叶以来，朝士风气专尚浮华，小楷则工益求工，试律则巧益求巧。翰、詹最优之途，莫如两书房行走，而保荐之时，但求工于小楷者。阁部最优之途，莫如军机处行走，而保送之时，但取工于小楷者。衡文取士，大典也，考差者亦但论小楷、试律，而不复计文义之浅深。故臣常谓欲人才振兴，必使士大夫考古来之成败，讨国朝之掌故，而力杜小楷、试律工巧之风，乃可以崇实黜浮。

腾挪跳荡，而又义理相辅、文气通贯。曾国藩以雄才大略和学问博洽，及魄力宏大、识见超卓，驾驭古文时能够化柔为刚，雄厉喷薄，以特有的刚毅雄健文风，给平易且陈陈相因以致文弊道丧的桐城派注入了新的生机与活力。

曾国藩所创"雄奇瑰玮之文"是对桐城古文的矫正，这也是各家别列"湘乡派"的缘故。胡适在《五十年来中国之文学》一书中提出"桐城——湘乡派"的说法，李祥《论桐城派》一文正式提出湘乡自为一派的命题，"文正之文，虽从姬传入手，后益探源扬、马，专宗退之，奇偶错综，而偶多于奇，复字单义，杂厕相间，厚集其气，使光彩炳焕，而戛焉有声。此又文正自为一派，可名为湘乡派，而桐城久在祧列。"钱基博《现代中国文学史》据此又扩充了曾国藩文章和为人的特色，"湘乡曾国藩以雄直之气，宏通之识，发为文章，而又据高位，自称私淑于桐城，而欲少矫其懦缓之失，故其持论以光气为主，以音响为辅"云云。可见，湘乡派与桐城派主要的区别在于文章气势、音响，特别奇偶错综，并用单字复词上。推其原因主要在于其对以杨雄、司马相如等为代表的"汉赋气体"的借用。对此，钱基博进一步探寻了二者的途径："大抵方、姚之文，由欧阳修、归有光以学史公（司马迁），摈绝班固，而欲洁其辞、渊其味，其声色格律，务以简淡寂寞为归。而曾、吴所作，则学韩愈、王安石以窥史公，旁及班固，而务茂其气、伟其辞、其句调声响，必叶铿锵鼓舞之节。此曾、吴之所以不同方、姚也。然曾国藩矫为雄而厉之已甚,又好袭成语,时有脱支失节之处,所幸气足以载其辞。"可见,湘乡派与桐城派的差异的确是存在的。而推崇汉魏文章的章炳麟甚至将湘乡派置于桐城派和阳湖派之上,亦可见曾国藩和湘乡派的特色:"善叙行事,能为碑版、碑传,韵语深厚,上攀班固、韩愈之伦,如曾国藩、张裕钊,斯其选也。规法宋人,而能止节淫滥,时以大言自卫,亦不敢过其情,如姚鼐、梅曾亮,斯其次也。闻见杂博、喜自恣肆,其言近于纵横,视王安石不足,而拟苏洵为有余,如恽敬辈,又其次也……"(章太炎《校文士》)

  曾国藩不能专心于文,学问根底不够深厚,为文蕴藉不足,是他作为文章家的缺陷。对此他深以为憾:"学未成而官已达,从此与簿书为缘,素植不讲……然使我有暇读书,以视数子或不多让。"①对自己的许多文章,他不愿示人,以免"彰其陋",可见,他对自己在文章方面既有的成就是不满足的。但作为开湘乡一派的大手笔,"国藩文章诚有绝诣,不仅为有清一代之大文学家,亦千古有数之大文学家也"。虽非定论,而自为一家,亦堪称近代散文史上一个重要的坐标。

---

① 转引自江世荣编《曾国藩未刊信稿·附录二》,中华书局1959年版,第384页。

第三节 曾门四弟子:桐城湘乡派中坚

一、张裕钊:文人本色,变而后大

张裕钊(1823—1894)字廉卿,号濂亭,湖北武昌人。道光丙午举人,官内阁中书。两年后辞官南归,先后主讲武昌勺庭书院、金陵凤池、江汉书院和经心书院、襄阳鹿门书院,又主持保定莲池书院,声望日益高隆。但他的生活境遇却极为困顿蹇塞,晚年为长子迎养于西安。将卒,自营生圹于终南山宋儒张载墓侧,以见其志。出身于书香世家的张裕钊,少时即文采出众,被乡里称为"文曲星"。他早登科第,又受到曾国藩赏识,本可以仕途无量,然而张氏不乐举业,为官又淡泊名利,当"四方人士走求官"于曾门时,他独超然局外,未尝稍有沾润。在相从曾国藩数十年间,他捐弃华丽荣乐之娱,穷毕生之力,苦形瘁神,独以治文事为乐。张裕钊曾东游日本,在此期间搜罗古籍,多得唐宋善本,藏书数十万卷,著作有《濂亭文集》、《遗文》等。

张裕钊论学为桐城文人本色,首重宋学,然亦不废汉学。他主张"学问之道,义理而已,其次若考据、词章,皆学者不可不究心"(《复查冀甫书》,《濂亭文集》卷四)。裕钊曾校刊《史记》,考订《国语》、《国策》,著有《今文尚书考证》、《左氏服贾注考证》等,旁涉经史杂家。门人查燕绪称其"沉潜乎许、郑之训诂,程朱之义理,以究其微,故其义粹以深,而必规乎道之大"(《濂亭文集后跋》,《濂亭文集》),不是毫无根据的颂词。张舜徽称其:"裕钊与吴汝纶,并以能为古文辞,雄于晚清。吴之才健,而裕钊则以意度胜。文章尔雅,训辞深厚,非偶然也。"(《清人文集别录》下册)他固以学问植其根基,并非徒为文章耳。

裕钊师事曾国藩,与吴汝纶、黎庶昌、薛福成并称"曾门四弟子",四人之中,张裕钊最恪守桐城家法,《清史稿》云:"(曾)国藩为文,益闳以汉赋之气体,尤善裕钊之文,尝曰:'吾门人可期有成者,惟张、吴两生。'谓裕钊及吴汝纶也。"张裕钊自幼即笃信桐城文章,云:"少时治文事,则笃嗜桐城方氏、姚氏之说,常诵习其文。私常怪雍、乾以来,百有余年,天下文章,乃罕与桐城俪者。"(《吴育泉暨马太宜人六十寿序》,《濂亭文集》卷三)他论文亦不出桐城诸法,以为"姚氏暨诸家因声求气之说,为不可易也"。但他对文章深具体悟,终不甘因袭,将桐城文法中有关声、气的论述表达得更为融通圆满,提出:"欲学古人之文,其始在因声以求气,得其气,则意与辞往往因之而并显,而法不外是也。是故挈其一而其余可以绪引也,盖曰意、曰辞、曰气、曰法之数者,非判然自为一事,常乘乎其机,而混同以凝于一,惟其妙之一出于自然而已。自然者,无意于是而莫不备至,动皆中乎其节。"(《答吴挚甫书》,《濂亭文集》卷四)以自然的境界来超越文章中所谓"意"、"辞"、"气"要素,秉承桐城"义法"的同时又有所突破,体现出张氏文章融会无间的境界。

张裕钊所作《送吴筱轩军门序》(《濂亭文集》卷二),即这样一篇辞意自然的佳文:

> 天下之患,莫大乎任事者好为虚伪,而士大夫喜以智能名位相矜。自夷务兴,内自京师,外至沿海之地,纷纷藉藉,译语言文字,制火器,修轮舟,筑炮垒,历十有余年,糜帑金数千万,一旦有事,责其效,而茫如捕风。不实之痼,至于如此。海外诸国,结盟约,通互市,帆樯错于江海。中外交际,纠纷错杂,阗咽胶轕,国家宿为怀柔包荒,以示广大。虽元臣上公,忍辱含诟,一务屈已。而公卿将相大臣,彼此之间,上下之际,一语言之违,一酬酢之失,刻绳互竞,愤恨懫忮,莫肯先下,置国之恤,而以胜为贤。挞于室而谇于室,忘其大耻而修其小忿,何其不心竞者欤?国之所以无强,外侮之所以日至,其不以此欤?今公之所称,故乃一反是,异乎今之君子者矣!中丞周公,故与裕钊旧也,裕钊夙知之。其执诚与谦,宜亦与公同。二公协恭同德,揭志以辑东土,裕钊拚首而眂成功之有日也。

公行矣！公之往，其驻师必于登州。吾闻登州城闉之上，有蓬莱阁焉，自昔海右雄特胜处也。异日者，公与周公大功告成，海隅清晏，裕钊虽老矣，犹思褰裳往从二公，晏集于斯阁，称述今日之言，而券其信。俾倪东海之上，凭栏而举一觞。虽二公，其亦韪裕钊为知言乎？其为乐岂有极乎？

此文写作于光绪六年，当时清政府与俄国交涉，浙江提督吴长庆受命辅助办理军务，裕钊作序送行。曾国藩晚年与左宗棠交恶，伊犁之争起于左宗棠，湘、淮两军难免互为讥诮，老友的出行不免触动他内心的忧虑，他作文以示宽慰。其云："裕钊废于时久矣，自度其才不足拯当今之难，退自伏于山泽之间。然区区之隐，则未能一日以忘斯世。"(《赠吴清卿庶常序》,《濂亭文集》卷二）由于作者胸中蕴涵愤世忧国之情，临别之际，以国为大的宽广胸怀取代了个人间的恩怨挟仇，这使文章气势浩然，语句亦连贯而下而无枝蔓之感。这正体现文章立意自然，故辞能达其意，气能举其辞，符合了他作文的理想。

另一篇送行序文则体现出不同的风格与情感特征，《送黎莼斋使英吉利序》(《濂亭文集》卷二）云：

泰西人故擅巧思，执坚忍，自结约以来，数十年之间，益镌凿幽渺，智力锋起角出，日新无穷。其创造舆舟、兵械、火器，暨诸机器之工，研极日星、纬曜、水火金木土石，声光、气化之学。上薄九天，下缒九幽，剥剔造化，震骇神鬼，申法警备，确若金石。发号施令，疾驰若神。又以其舟车之力，穷极六合四远，五大洲之地，无所不洞豁。徜徉四达，竞相师放，精能傲诡，甚盛益兴，天地剖泮以来所未尝有也……

迩者一二远识之士，稍知二者之弊，议欲得俊异志节之彦，相与精求海国之要务，以筹边事。盖强本折冲、尊主庇民之计，诚莫先乎此。而朝廷方简重臣，通使诸外国，使迤逦中外，益通达无阻。于是黎君莼斋，自州牧授三等参赞大臣，从使英吉利。将行，问赠言于裕钊。夫驭国之道,柔远之方,必得其要,必得其情。得其要,得其情,而吾之所以应之者,乃知所设施。且即吾所为,乘时顺天,承敝易变,使民不倦者,神而明之,利而用之,亦可以得其道矣。莼斋之贤,其必能心喻乎此,以俟异时受任国家之重,而副海内之望也。它日归,吾将从而讯之。

两序写作时面临的是同样的社会危机,前文所述为国家内务,后者为外交,如果说抨击时弊、愤世忧国还是散文的传统题材,而后篇描述新兴的泰西文明及国人之应对,则为散文的新章。况且,用古文表达新事物亦是一大难题,张裕钊的这篇序言展示出古文的适用性及魅力,他不但准确地说明泰西在技术上的优长,而且还形象地传达出中国人在面对这些事物时的震动和惊异。对那个时代社会所发生的变化,张裕钊的古文作了概括又典型的记录。两序的结尾也值得深味。前序由于针对的是士大夫内心的精神世界,张裕钊还充满了道德的信仰与自信,所以他以畅想他日"海内清晏"后,与友朋相与登高览胜,抒发幽情。而送黎莼斋出使英吉利,张裕钊反复叮嘱其要了解外情、通达"柔远"要素,即办理外交的规则,并鼓励好友不负众望,殷切寄托之意,溢于言表。

张裕钊文集中人物传记众多,皆能生动传神,颇得桐城真传。如《唐端甫墓志铭》(《濂亭文集》卷六):

端甫奔走流离,田宅财务扫地划绝,所购书亦荡尽,端甫又善病,既经丧乱,志意萧然,与少年时复绝矣。然端甫故处之恬如,好读书如其故,所诣日以邃。性静正,不以喜怒随人。与人相对,或移晷无一语。独善食酒,引满连数十不乱。酒后辄面赭,乃颇振厉,谈噱亦时为感慨不平之鸣。其介特故内函,罕有知者。

写寻常一士人,其性情跃然纸上,他恬静,恬静中复有愤激,评价白描传神,韵味极胜,确足以上承姚鼐而下开马其昶。而写文人之间的相交、相知的默契,亦极生命之乐:

子偲既好游,而东南故多佳山水,又儒彦胜流,往往而聚,乃日从诸人士饮酒谈咏,所至忘归。同治七年冬,余与子偲自金陵偕送文正公于邢上,返过维扬,登焦山,道丹徒,至吴门,并舟行者累月,日日接膝谈语,十事而合者七八。余寻别子偲,赴杭州。明年,复来吴,与子偲益买舟,遍览灵岩石栖石壁之胜,观梅于邓尉。越日,至天平山,谋且上其颠。子偲苦足力乏,坐寺中待余。余乃独从一小童,攀藤葛,凌怪石,陟绝顶,以望太湖。既下,子偲迎余而笑,相诧以为极一时之乐。距今忽忽四五年,日月梦想,屡欲寻旧游不复果,而子偲则且卒矣。(《莫子偲墓志铭》,《濂亭文集》卷六)

文人笔下,友情的题材常写常新,而在墓志铭这类文体中加入此段描写,则显出作者用意,亦符合桐城古文以细节、琐事点化人物性情的传统。这一笔法虽不为张裕钊所新创,但艺术上的秉承,使其成为桐城余绪赖以不坠的重要人物。

张裕钊的山水游记亦有独到之处,如《游虞山记》(《濂亭文集》卷八):

虞山尻尾,东入常熟城。出城迤西,绵二十里,四面皆广野,山亘其中。其最胜为拂水岩,巨石高数十尺,层积骈叠,若累芝菌,若重钜盘为台,色苍碧丹赭斑驳,晃耀溢目。有二石中分曰剑门,骈擘屹立,诡异殆不可状。踞岩俯视,平畴广衍数万顷,澄湖奔溪,纵横荡潏其间,绣画天施。南望毗陵、震泽,连山青翠相属,厥高巉云,雨气日光,参错出诸峰上,水阴上薄,荡摩阖开,变灭无瞬息定。其外苍烟渺蔼围绕,光色纯天,决眦穷睇,神与极驰。岩之麓为拂水山庄旧址,钱牧斋之所尝居也。嗟乎!以兹丘之胜,钱氏惘不能藏于此终焉。余与易州乃乐而不能去云。

岩阿为维摩寺,经乱,泰半毁矣。出寺西行,少折,逾领而北,云海豁开,杳若天外,而狼山忽焉在前。余指易州,一昔游其上也。又西下为三峰寺,所在室宇,每每可憩息。临望多古树,有罗汉松一株,剥脱拳秃,类数百年物。寺僧具果酒笋面,饷余两人,已日昃矣。循山北过安福寺,唐人常建诗所谓"破山寺"者也,幽邃称建诗语。寺多木樨花,由寺以往,芳馥载途。

张裕钊论文,主张"文章之道,莫要于雅健",在承继桐城文风的基础上,亦受益于曾氏论文。但正如《答吴挚甫书与吴汝纶》信中论:"阁下苦中气弱,讽诵久则不足载其辞。裕钊尔岁亦病此。往在江宁闻方存之云:长老所传刘海峰绝丰伟,日取古人之文纵声读之。姚惜抱则患气羸,然亦不废哦诵,但抑其声使之下耳。是或亦一道乎?裕钊比所遇多乖舛,又迫忧患,于此事恐终无所就。"(《濂亭文集》卷四)诚如张裕钊所意识到的,在国运困厄、自己又身世飘零之景况下,欲以气势雄奇之文,实为缘木求鱼之举。因此,此篇游记只能在雅洁上胜,其文境不免萧瑟矣。

有人于张文评价颇高,云"于国朝诸名家外,能自辟蹊径,为百年来一大家。虽张、吴并称,实则张之才识尤为超卓,意量尤为博大,汝纶亦推崇无异言"[①]。虽不能称百年来,至少在他的时代,张裕钊还是达到了极高的古文造诣。

二、吴汝纶:治经治学,才健意精

吴汝纶(1840—1903),字挚甫,安徽桐城人。同治四年进士,官内阁中书。因文章得曾国藩欣赏,被延请入幕府,后又为李鸿章幕僚,"世传曾李奏议,多出先生手"。先后出任过深州、冀州知州,光绪十五年,向李鸿章请辞冀州任,开始主讲保定的莲池书院,前后达十余年。光绪二十七年,被聘为京师大学堂总教习,未就任前赴日本考察教育学制。光绪二十九年,积劳成疾,病卒于家。吴汝纶一生著述丰富,旁涉经史杂家,主要有《易说》、《尚书故》、《夏小正私笺》、《文集》、《诗集》、《日记》、《尺牍》、《群书

---

① 刘声木:《桐城文学渊源考》,黄山书社1989年版,第285页。

点勘》、《文选》、《古诗选》、《太史公所录左氏义》、《韵学》、《古文辞类纂校勘记》、《写定尚书》、《深州风土记》、《东游丛录》等，后统辑为《桐城吴先生全书》。

吴汝纶居官清正廉洁，为官几年，"未尝增置一金之产"，对民事亦格外尽心，自称"以此疲于奔命，真有目不暇给之势"。勤政之余，吴汝纶不忘提倡文事，在任深州知府时，他亲自登堂授课，以致人们"忘其吏，推为大师"。然吴汝纶不乐仕进，"时时萌退志，无意进取"，光绪十五年，终于辞去冀州知州，就任莲池书院山长一职。主讲莲池书院是吴汝纶重要的人生经历，他在此尽心宣扬文教，四方学子皆来书院求学，甚至"西国名士，日本儒者，每过保定，必谒吴先生，进有所叩，退无不欣然推服"（姚永概《吴挚甫先生行状》）。在桐城文派后期，于传播桐城文法、培植古文人才上，吴汝纶有重要的贡献。

吴汝纶"为教一主乎文。以为文者天地之至精至粹……为学由训诂以通文辞，无古今，无中外，惟是之求。自群经子史周秦故籍以下，逮近世方、姚诸文集，无不博求慎取，穷其源而竟其委"（《清史稿·文苑传》）。但治经论学之文，并不为他自己所看重。他引《答黎莼斋》信札为《易说》序言，云："近十年来自揣不能为文，乃遁而说经，成书、易二种"，又云"所以晓晓者，要令故人知我无志于文，乃别出他途以自溷耳"。（《易说·尺牍摘记》，《桐城吴先生全书》）其答柯凤荪亦云："初为此书时，乃深不满江、孙、段、王诸人，戏欲与之争胜，并非志在释经，故即用诸公著述题材。"（《易说·尺牍摘记》，《桐城吴先生全书》）表明之所以著述，实为意气之争，并非志向所在，预言说："异日风气变迁，此等固亦不贵。"（《答柯凤荪》，《桐城吴先生全书·尺牍一》）

吴汝纶认为："说经不易成佳文，道贵正，而文必以奇胜。经则义疏之流畅、训诂之繁琐、考证之该博，皆于文体有妨，故善为文者尤慎于此。"（《与姚仲实》，《桐城吴先生全书·尺牍一》）吴汝纶对文章有一种神秘的信仰，以为文章之道，无迹可求，他说："文之精微，父不能喻之子，兄不能喻之弟，但以俟知者乎？此扬雄氏所以有待于后世之子云也。公此编自谓失之高古，夫高古何失，世无知言，君子则大声不入里耳，自其宜矣。"

(《记古文四象后》,《桐城吴先生全书·文集四》)吴氏对文章的态度影响到他对近代翻译文体的认识,为严复的《天演论》所作序言是突出的体现:

> 抑汝纶之深有取于是书,则又以严子之雄于文,以为赫胥氏之旨趣得严子而益明。自吾国之译西书,未有能及严子者也。凡吾圣贤之教,上者道胜而文至,其次道稍卑矣,而文犹足以久。独文之不足,斯其道不能以徒存。
>
> 今议者谓西人之学,多吾所未闻,欲瀹民智,莫善于译书。吾则以谓今西书之流入吾国,适当吾文学靡敝之时,士大夫相称尚以为学者,时文耳、公牍耳、说部耳。舍此三者,几无所为书。而是三者,固不足于文学之事。今西书虽多新学,顾吾之士以其时文、公牍、说部之词译而传之,有识者方鄙夷而不顾,民智之瀹何由?此无他,文不足焉故也。文如几道,可与言译书矣。(《天演论·序》)

从文章的角度,吴汝纶认为译文必须古雅,合乎为文之道,才能使文字负载的道义广为传布,并有长久的价值。故此,他批评了当时的译文风气,以为那些都是以"时文、公牍、说部"之词,为"有识者鄙夷而不顾",对严复的翻译则给予高度评价,"严子乃欲进之以可久之词,与晚周诸子相上下之书"。吴汝纶以其文坛地位和声望,对《天演论》的传播起到巨大的促进作用。吴汝纶还进而提倡:"窃谓各关道当聘精通西学能作华语之洋人一名,更请中国文学最高者一人,使其两人同翻洋书,则通微合莫之学,辅以雄俊典雅之词,冀学士大夫争先快睹,近可转移一时之风气,远可垂之后代,成一家之言。"(《答薛叔耘》,《桐城吴先生全书·尺牍一》)虽然他仍然固守古文之道,但毕竟对新思潮表现出积极的接纳态度,显示出桐城古文在晚清的新变因素。

吴汝纶论文,前后有所变化。当曾国藩之际,曾氏提倡雄奇瑰玮之文,以救桐城文空懦之弊,吴汝纶受其影响,一度认为:"桐城诸老,气清体洁,海内所宗,独雄奇瑰玮之气尚少。盖韩公得扬、马之长,字字造出奇崛,欧阳公变为平易,而奇崛乃在平易之中。后儒者但能平易,不能奇崛,则才气薄弱,不能复振,此一失也。"(《与吴仲实书》,《桐城吴先生全书·尺牍一》)但吴汝纶著籍桐城,向以恢复桐城固有文风为己任,对湘乡派作家"颇杂公牍、笔记题材"不满,因而后期论文,明确倡导桐城三祖的基本文风,其中尤推崇"醇厚"、"笃实"的文章风格。他有论桐城先祖方苞、刘大櫆的文字,云:"然而资力所进,于闳肆之文,尚可一二几其仿佛,至醇厚。则非极深邃之功,必不可到。然则望溪于海峰,断可识已。"更明确指出:"夫文章之道,绚烂之后,归于老确。望溪老确矣,海峰犹绚烂也。意望溪初必能为海峰之闳肆,其后学愈精,才愈老,而气愈厚,遂成望溪之文。海峰亦欲为望溪之醇厚,然其学不如望溪之粹,其才其气不如望溪之能敛,故遂成为海峰之文。"(《与杨伯衡论方、刘二集书》,《桐城吴先生全书·尺牍一》)有恢复桐城家法,维持桐城文风不坠之意。

吴汝纶自作之文,亦有"深邃古懿"的气象,他的学生贺涛评价说:"三十年前,先生固尝以新学倡天下矣,近更旁搜广取,穷险阐幽,大畅阙旨,而文益博奥醇懿。"如《江安傅君墓表》(《桐城吴先生全书·文集三》):

> 往余从曾文正公客金陵,闻江安傅君好聚书,书多旧本精椠,遂与往还。得异书,辄从君借校。是时,江表新脱寇乱,书多散亡,人持书入市,量衡而求售,价轻贱如鸡毛,比行者掉头不顾。君职事冗,俸入薄,独节缩他用,有赢剩尽斥以买书,不少吝,以故藏书至富。入则窟处书中;出则所至以车若船载书自随。于是金陵朋游中拥书多者,自莫征君子偲外,众辄推傅氏。

> 其后余宦游畿甸,而君远涉关陇,从左文襄公军,不相见者数年。及再见君天津,则君已老颓,书故在,方僦居斗室,室无内主,聚从子若诸孙六七学童,蓬头敝跣,啸歌讽咏其中。人书杂糅。时余至,则相从考问章句,余故心异之,以为天津嚣市中无有也。未几,则闻君向所聚五六学童连岁收科第以去;又久之,则皆以文学有名公卿间。盖今贵州学使翰林编修曰增湉者,君冢孙;戊戌庶常曰增湘者,君第三孙也,而君第二孙增浚,从子世钰亦皆孝廉,有声,傅氏骎骎鼎贵矣。向忆僦屋天津时,蓬头敝跣若翁旁,岂知其后各腾达如此!或

曰：君所聚书，留贻子若孙固宜有是，或曰：君之留贻，郁且厚，不专在书。

钱基博云："自曾国藩倡为以汉赋气体为文，力追韩昌黎雄奇瑰伟之境，欲以矫桐城缓懦之失；特是冗字缛句，时伤堆砌；所幸气沉而力猛，掉运自如，故不觉耳。桐城吴汝纶、武昌张裕钊衍其绪。而裕钊笔遒而气未雄，汝纶则气恢而力未浑，然造语洁适，特为简练，不如国藩之缛也……"此篇文字雅洁、笔意简练，重现桐城文风。

吴汝纶文集中各类人物传记有较大比重，显示了在记人、叙事方面的古文成就，如《张蓟云墓碣铭》(《桐城吴先生全书·文集一》)写一个奇侠之士令人可佩的气概：

比试，所为文皆刺取司马相如、扬雄辞赋中奇字，览者至不可句，学使果大惊，弟之，冠其曹，逐为选拔贡生。刘公迁帅陕西，以君偕往，君故人涪州周蔼龄为汉中守，会回逆围汉中数月，守援绝，力战以死。君闻即提卒三百，跸汉中，闯贼垒求得守尸积骸中，保持大哭，挈其遗孤女以出葬丧。还军，即坐上数刘中丞不救汉中围，致国家失奇节士。中丞忿上穴两土，君即夜办装，迟明披衣上道，西还入剑阁。

又有《弓斐安墓表》(《桐城吴先生全书·文集二》)云：

善构造，构造室堂门塾以楹计，前后累数百。法皆自定，欂栌枅桷瓴甓之属，先事商功度用，调度既具，召匠机赋之役，不失尺寸累黍，尤善为田，田高下燥湿瘠沃，时其稼种所宜，而进退增损之。每岁初，行视原野，归则告诫田者：某所宜麦，某所宜稷黍，某所宜菽、宜麻、宜薯蓣、吉贝；谷，某种宜植，某种宜稚，如其教则熟，不则多秕不入。虽沮洳泽卤不易治之田，君一教相度，审所宜树，无不倍收，其精如此。

盖古昔治生之学，作室稽田二端要矣。周初犹矜重之。后世以为劳，又贱，弃不习。习此者，大抵蠢愚椎鲁无闻识之民，先后辈口相传,以故法二三千年来,不闻有变往制开新利者。匠氏成屋,千室一法耳。吾喜与西国人往来,见其室图,百数十法,随所择用,不颟颟故常也……

今国家方议变法,变法莫急于治生,恨学未易明耳。君生不闻西学,而所得辄暗与之同,则天与优也。假令君明习西国筑室治田治之术,于以倡导,间左研悦致行之,其于尊生强本,岂小补也哉?君尝自憾废学,以君之能,视世之呷唔文术以求举选,拾残遗,盗朽蠹,以矜高曹辈者,其得失何如也?

在《送张廉卿序》中,吴汝纶说明君子著书撰述之道,为"不枉实以诙人",因此,吴汝纶文集中,虽多为墓志铭、哀诔、赠序、传记等,但均较强地反映了作者的情感和爱憎,并寄托了"以能济时变为归宿"的愿望。此文写一普通劳动者,不但表扬了他善于创新的精神,并在变法的背景下,以其为对比,嘲讽了顽固守旧的所谓"士君子"者流。文章因为忠于社会现实,摆脱了桐城古文的空虚之病。

文学史家钱基博云:"曾门弟子著籍甚众,独武昌张裕钊、桐城吴汝纶号称能传其学。吴之才雄,而张则以意度胜,故所为文章,宏中肆外,无有桐城家言寒涩枯窘之病。"①以之概言吴汝纶的文章,不失为贴切之语。

三、黎庶昌:书写异邦,别开生面

黎庶昌(1837—1897),字莼斋,贵州遵义人。黎庶昌少年跟从伯父黎雪楼学习,亦问学于贵州先贤郑珍、莫友芝两先生。同治初,应诏上书,论时事至万言,由是知名。后以知县发往安庆大营,在曾国藩处用差。1876年随郭嵩焘出使英国,调充参赞;1877年改任驻德使馆参赞,随刘锡鸿赴柏林;1878年奉调赴巴黎,任驻法使馆参赞;1880年,任驻日斯尼亚(即西

---

① 钱基博:《现代中国文学史》,上海书店出版社2004年版,第29页。

班牙)参赞,在马德里居住一年多,1881年7月回国就任出使日本大臣。1891年,出任川东道。黎庶昌仕途没有大的发展,"自出幕府,浮沉州县者近十年,充出使英、法、西班牙三国参赞又五六年,颇以未尽所用郁郁不乐。"1897年因病去世。著作主要有《拙尊园丛稿》、《丁亥入都纪程》、《西洋杂志》,编有《续古文辞类纂》、《古逸丛书》等。

黎庶昌论文,于尊桐城之外,尤推重曾国藩的文章之道。曾国藩选编《经史百家杂钞》,以补救"桐城"论文狭隘之弊,黎庶昌亦编《续古文辞类纂》,明揭曾氏之说:

> 至湘乡曾文正公出,扩姚氏而大之,并功、德、言为一途,挈揽众长,铄归掩方,跨越百氏……今所论纂,其品藻次第,一以昔闻诸曾氏者述而录之……将尽取儒者之多识、格物、博物、训诂,一内诸雄奇万变之中,以矫桐城末流虚车之饰。(《拙尊园丛稿》卷二内编)

桐城散文延续至道光末年,已逾百年,呈现出残弱不振的衰颓之气,黎庶昌认为,"至曾文正公始变化以臻于大",他继承曾国藩的论文思想,欲以"多识"、"格物"、"博物"、"训诂"的现实关注来拯救古文空疏之弊。更主张将《庄子》、《楚辞》、《文选》、《史记》、《汉书》、《通鉴》、《通典》、《文献通考》等书列为"亚经",以为读书作文应举"文字之渊源、经世之大法"、通"王朝邦国旧典"、"观后世帝王因袭之迹",因此,求实、致用是黎庶昌论文的起点。贵州是偏僻之地,直到咸同之际才有所谓"莫(子偲)郑(珍)之学",黎庶昌跟从他们学习,得识读书门径。黎氏虽生长边陲,却心怀天下,二十六岁时,他以廪贡生身份只身行万里至京师,连呈《上穆宗毅皇帝书》、《上穆宗毅皇帝第二书》,大讲求贤之道,亦以"奇才异能"自许,可见黎庶昌为人,志在用世。正如他自叙身世所说:"庶昌方十七八岁时,读古人之书,即知慕古人之为,思以瑰伟奇特之行震乎一世。故年二十六而应诏上书言事,颇自傅于苏子瞻陈同甫一流。"(《答李勉林观察书》,《拙尊园丛稿》卷二内编)故薛福成称其"意气往迈,若视奇绩伟勋可捩契至"者。

黎庶昌亦以斯文自任,说:"今天下似亦考据将衰之时也,救敝之术,莫若古文,斯文废兴,盖有天命。仆既自勖勉,亦以进于阁下,愿负荷无忽。"(《答赵仲莹书》,《拙尊园丛稿》卷二内编)黎氏之文,初为世称者,为《上穆宗毅皇帝书》(《拙尊园丛稿》卷一前编),云:

> 臣观今日大势,犹贾生所谓病胂四肢不能运用,窃恐日削月弱,痿瘁不起之症深中膏肓,一旦元气厥绝,而国有不济之患矣。贤才者,国之元气也,人无元气则亡,国无元气则灭。乃者陛下亦尝汲汲以求贤为事矣,然而一岁以来,奇材异能之特进者谁也？鸿识博学之顾问者谁也？山林隐逸之辟召者谁也？末僚下位之汲引者谁也？公卿大臣之荐剡者又谁也？

桐城后人穆欣二十年后读到此文,尚激赏不已,评曰:"当时利病洞见,症结条分缕析……今又二十余年,默观大事改更,复有与条陈合者。"并将之与"贾太傅之陈政事疏、诸葛武侯之隆中对、范文正之与宰相书"(《上穆宗皇帝书》,《拙尊园丛稿》卷一前编)等相比拟。黎庶昌满怀救世之志,亦有勇气付诸实践,故充满了年青人桀骜不驯的勇气。文章以排贯而下的一系列质问,是他刚直的个性,亦是一派书生意气。其他如《敬陈管见摺》等,引古证今,层层剖析,能对社会弊病加以透彻分析。

黎庶昌的人物记传很有特色,往往于文中寄托寓意,如《书高松保郎断腕事》(《拙尊园丛稿》卷五余编):

> 士人者一旦触某藩侯怒,事莫解,无人敢居间。当是时,藩法严而狱甚急,非自杀不得明。于是保郎慷慨矢誓曰:"此吾报知己之日也！吾闻古有借躯报仇者,今将断腕以白某某氏之冤,不犹愈乎？"……保郎于是拔刀断其左腕,血淋漓,盛以锦函,使人驰报之某藩侯,曰:"保郎再拜献腕藩侯阁下:谨以赎某某氏之罪。阁下幸而加怜而垂察焉,保郎死骨不腐矣！"某藩侯大惊,亦心义保郎所为也,乃谢其使者,卒赦士人得不死,而保郎亦以治痊。列藩士闻之,皆曰:"保郎,奇男子也。行虽不轨于正,然绝一腕以存骨肉之交,使其处君

臣父子间,脱遇不幸,杀身以成仁,固优为之矣!"

　　保郎既已断腕,益思以身济人,创立宏通社,辟西教。游说至尾张,又为忌者所陷。其妻千代病,以书抵尾张,慰保郎,词多哀婉,竟死。列藩士复闻而悲之。保郎今为爱生馆主,专以良药救世。余见之东京,盖煦然儒人也。终身不言某藩侯,故人不能举其名氏。余奇其事,书告世之传游侠者。

　　自《史记》列《游侠传》,记诵豪侠奇士便成为我国传记散文的传统之一。此篇写日本的一位奇侠,虽是异国他人,但黎庶昌为其心动,欣赏他的勇于行动以及杀身成仁的精神。从文章看,黎庶昌还注意到保郎"辟西教"的行为,日本自明治之后,在社会文化上迅速西化,保郎此举正是为挽救和保护日本传统文化,或许这也恰中黎庶昌内心的隐痛。在记录这段事实时,黎庶昌巧妙地以其妻子千代为之哀伤"竟死"的情景,反衬了保郎行为的悲壮,极有感染力。同时,由于黎庶昌游历日本,为中国的传记新添了异国的奇侠题材,亦是对桐城古文的贡献。

　　当然,他最突出的散文成就还在记游之类。他早期曾有一篇写家乡景物的:

　　时方春也,梅梨桃李怒花,麦秀陵陂,生气盎勃。夏至时,鸟变声于众绿阴中,子规莺燕,旦暮互啼,欣然有会于耳。蚕事毕,人家插秧行水,被蓑戴笠,叱犊饷耕,妇子嬉于陇亩。秋稼既成,当七八月之交,而黄云布野,蚱蜢如繁星,农夫腰镰刈获,趁新月荷担归,笑语乐丰。岁及冬尽,百物腓残,云水寥落,独余山松庭桂不改故容,使可悦目而怡性。(《夷牢亭图记》)

　　因为浓郁的思乡情感,这篇记游写得得心应手,婉转流畅,描绘出一幅优美动人的田园风情图景。更值得注意的是他出使国外后所作的系列记游散文《西洋杂志》,以古文描绘异国风俗,亦可绘声绘色,形神兼备:

> 斗牛之戏,惟日斯巴尼亚有之,为国俗之一大端。距马得利二里许,山冈略平处,有房杰然特出,斗牛场也。圆埔四周,而空其中央,径八九丈,外为走廊,内列坐,可容一万数千人……
>
> 中四月初一日,予买票往观……始开门,纵牛入。骑马者二人,手持木杆,上安铁锤,先入以待。所踏脚镫,系铁鞋如斗形,牛不能伤。又有数人,各持黄里红布一幅,长约六尺,宽约四尺,诱张于前。牛望见红布,即追而触……角入马腹,肚肠立出。若迫近人身,则以铁锤锤之。再诱再触,凡三四触,而人马俱倒于地;马无不死者,而人大率无恙。
>
> 俟斗伤两马后,即易以人,诱法如前。牛有时不触,或逐急,其人即弃红布于地,而跃出围外。有持双箭者,箭皆以五彩布剪绫裹束,捷出牛之左右,插入脊背隆起处。箭有倒钩,即悬挂于脊上,血出淋漓。如是者三,插入六箭。再易一人,用剑刺之。其人右手持剑,左手持红布一幅,且诱且刺。剑从脊背刺入心腹,牛即倒地。大众拍手欢呼,亦有掷帽于围内以贺者。(《斗牛之戏》)

为国人介绍西班牙著名的斗牛场景,黎庶昌应该是第一人。在简短描绘了雄伟壮观的斗牛场后,他将笔触转向斗牛的全过程,虽纯用白描手法,然而斗牛的惊心动魄在细节的铺叙中不言自明。这正是桐城古文在记述事物上的特长,不以议论抒情取胜,却在文字的细微处蕴涵情感的爱憎。

黎庶昌描写外国的风俗,并不仅是猎奇和肤浅的游乐。生活于长期闭锁的中国,初次出访的黎庶昌乍然面对缤纷复杂的异国风情,难免目不暇接,但他往往能选择出其有代表性或具有一定文化内涵的事物加以描绘,这与黎庶昌的文化修养和识见有关。在描绘斗牛之后,他追溯这一现象的渊源,"观其房式,正与罗马斗兽处废址如一,闻罗马古时,以罪人与各种猛兽徒搏,此只用牛,则习俗由来已久矣。"虽然他认为斗牛很残忍,但源出于西班牙的历史风俗,也就事或有征了。

他还描绘了摩纳哥的赌博业:

> 是夜至马纳哥。马纳哥以赌为国。法富人不郎氏建赌庭于山巅,壮丽无比。闻每岁赌项出入约十四五兆,纳八十万佛朗于邦君。远方游人来此赴赌者,取保而后入。予与眉叔开其庭,阍者问:"欲与赌乎?"答曰:"非也,行客过此,欲进内一观耳。"阍者以告总办,授两绿票,遂入至赌场。厅长十馀丈,现设长桌三,环坐数层,冬日则增桌至七。桌上皆画斜格,中设圆转盘,盘中有球。每次由赌官转盘,视球之所落,以定胜负。金钱之声,铿锵盈耳,堆积者以万计,胜者用象牙长柄小爪爬之,真是见所未见。(《西洋游记第四》)

在中国,赌博一向以恶习而被禁止,黎庶昌在国外却见到了一个"以赌为国"的国家,他自然充满好奇,于是有了这次探奇之旅。他是和那个写了中国第一部语法书《马氏文通》的作者一起去的,当然他也要表明自己仅仅只是观看。此篇在二百字左右的短文里,将摩纳哥国家的赌城风俗、赌场的设施、规制及其兴盛等描写清晰明确,显示出古文简洁的优势。

引起黎庶昌关注的,还有法国的油画艺术,他写道:

> 一画女子衣白纱,斜坐树下,手持日照,旁有白鹅求食;萍花满地,蕉绿掩映其间,清气袭人衣袂。一画垂髫女子六七人,裸浴溪涧中;若闻林中飒然有声,一女子持白纱掩覆其体;一女子一手掩额,偷目窥视,余作惊怖之状。一画命妇赴茶会归,与夫反目,掷花把于地,掩袂而泣;花皆缤纷四落,散满坐榻;其夫以手支颐,作无主状。(《巴黎油画院》)

与薛福成记《巴黎普法战争》的油画相比,西方油画有着与中国绘画迥然不同的艺术风格,这一定是让黎庶昌印象深刻的,因此,他仔细观察每一幅画的画面,用活泼的笔调加以描述,还补充了自己对画面的理解,传达出对西方人文艺术的欣赏和接受。

黎庶昌还擅长游记,试看《卜来敦记》(《拙尊园丛稿》卷五余编之内):

  方其风日晴和，天水相际，邦人士女联袂嬉游，衣裙杂袭，都丽如云。时或一二小艇棹漾于空碧之中，而豪华巨家则又鲜车怒马并辔争驰，以相遨放。迨夫暮色苍然，灯火灿列，音乐作于水上，与风潮相吞吐，夷犹要眇，飘飘乎有遗世之意矣。

  予至伦敦之次月，富绅阿什伯里导往游焉，即叹为绝特殊胜，自是屡游不厌。再逾年而之他邦，多涉名迹，而卜来敦未尝一日去诸怀，其移人若此。

  英之为国，号为盛强杰大，议者徒知其船坚炮巨，逐利若驰，故尝得志海内，而不知其国中之优游暇豫乃有如是之一境也。

  出使西洋国家的人，基本都会描写所到之处，而且观察到许多景致是特意建造的，如黎庶昌写"为国人游息之所"。这确实与中国不同。有趣的是，他们在这里往往感觉到一种超然世外的愉悦，如黎庶昌所写"飘飘乎有遗世之意"，这恐怕是暂时逃脱了忧国伤怀吧。文章结尾处，黎庶昌感慨中华帝国之民一直认为西方只是船坚炮利，西人唯利是求，而事实却呈现出"国中之优游暇豫乃有如是之一境"，这真正触动了国人如黎庶昌的心怀。

  吴汝纶曾论黎庶昌的文章说："今得全集，则佳篇至多，其体制博大，动中自然，在曾门中已能自树一帜，非廉卿所能掩蔽。某尤服余编内外，以为尊著极盛之旨，非他家所有，曾张深于文事，而耳目不逮郭薛，长于议论，经涉殊域矣。"(《答黎莼斋》，《桐城吴先生全书·尺牍一》)便是指出了游历海外、视野拓宽对黎庶昌作文的裨益。

四、薛福成：感时忧国，匡世俊才

  薛福成(1838—1894)，字叔耘，号庸庵，江苏无锡人，出身于书香世家。1865年，因《上曾侯相书》得入曾幕。1876年起开始辅助北洋大臣李鸿章办理洋务,在曾、李幕中凡二十年。1884年首次出仕,任浙江宁绍道台,后升湖南按察使。尚未到任,朝廷转派为英国兼法、意、比四国的使臣,1890年1月出使西欧四国。1894年7月期满回上海,在欧洲共计四年半时间。由于劳累与旅途颠沛,归国不久即感染时疫去世。逝世后两年,朝廷宣付"国史馆立传,以彰劳勚"。已刊刻著作集为《庸庵全集十种》,包括《庸庵文编》、《庸庵文续编》、《庸庵文外编》、《庸庵海外文编》、《筹洋刍议》、《浙东筹防录》、《出使公牍》、《出使日记》、《日记续刻》,另有杂著《庸庵笔记》等。

"曾门四弟子"中,薛福成在政事中最有作为。他卓越的识见和能力,为时论所赞许,丁宝桢称其"体国之忱,匡时之略,应机之繁,料敌之明,超越寻常万万"。黎庶昌撰《庸庵文编·序》,亦称其"叔耘既佐治久,闻见出于人",且"不屑为无本之学",因此,他的文章多为议论时政的"经世之文"。如《庸庵文编》所载,"策治平者六,筹海防者十,叙练兵者一,论治河者一,议铁路者一,议援越南者四,论传教者一,论援朝鲜者一,论海防总司者一,书僧忠亲王、曾文正、胡文忠、程忠烈遗事者十"。仅就篇目而言,已足见其文章旨趣之一斑。其《庸庵海外文编》亦如此,陈先淞云:"是编之文,以交涉洋务,筹议时政者为多,观其谋虑深远,隐然以天下为己任,可以知公之志矣。"指出薛福成文章的经世之意。

这固然与薛福成少年志向有关,他自述说:"往在十二三岁时,强寇窃发岭外,慨然欲为经世之学,以备国家一日之用。"为了实现匡时济世的功业理想,薛福成致力于"考之二千年成败兴坏之局,用兵战阵变化曲折之机,旁及天文、阴阳、奇门、卜筮之崖略,九州厄塞山川险要之统纪,靡不切究"(《上曾侯相书》,《庸庵文外编》卷二)。故曾国藩一见之下,便称许其"有论事才",企望他"锲而不舍",以将来"成一家言"。在曾幕时,曾国藩不断"以兵事、饷事、吏事、文事四端加以训勉僚属,实已囊括世务,无所不赅"(《叙曾文正公幕府宾僚》,《庸庵文编》卷四),使他在政务和文章方面得到全面的锻炼和发展,以至李鸿章曾誉其为"不可多得之才"。这些经历使薛福成对光绪初年的社会有切实的体会,他发而为文,不再是"药方只贩古时丹"的空谈,而是思想深刻,有直接的现实指导意义的时政策略。

因此，黎庶昌说："并世不乏才人学人，若论经世之文，当于作者首屈一指。"(《书合肥伯相李公用沪平吴》文后评语，《庸庵文续编》卷下)萧敬甫也说："作者本以经世议论之作为最长。"(《书剧寇石达开就擒事》文后评语，《庸庵文续编》卷下)

这些文章之中，《筹洋刍议》最为著名。"筹洋"者，筹划洋务也，共十四篇，写于光绪五年(1879)。作者忧于列强之患，从内政、外交、军事、工商等方面提出自己应对主张，其中《变法》篇作为核心的观点，体现了《筹洋杂议》的精华。在这一篇中，他首先从神农、皇帝到商周治国，降至"环大地九万里，罔不通使互市"的历史发展概况说起，辨明了"变"是经常的、难以逆转的，然后发表了"宜变古以就今"的主张。他写道：

> 若夫西洋诸国，恃智力以相竞，我中国与之并峙，商政矿务宜筹也，不变则彼富而我贫；考工制器宜精也，不变则彼巧而我拙；火轮舟车电报宜兴也，不变则彼捷而我迟；约章之利弊、使才之优绌、兵制阵法之变化宜讲也，不变则彼协而我孤，彼坚而我脆……既厕身于邻敌之间，则富强之术，有所不能废。(《筹洋刍议·变法》)

薛福成还针对当时人们"用夷变夏"的忧虑，提出"夫欲胜人，必尽知其法而后能变，变而后能胜，非兀然端坐而可以胜人者也"。在证明变法之必需时，薛福成以对比之法多方列举，反复阐明，最后再辅以中国的现状，读之使人悚然心动，有所启发。其论说环环相扣，透彻而缜密，突破了古文不宜说理的限制。在文章风格上，薛福成采撷多种排比、博喻等修辞手法，承继先秦诸子纵横雄辩的文章气势，又饱含激越奔放之感情，文章给人以酣畅淋漓之感，有别于一般政论文枯燥干涩的面目。恰如黎庶昌所云："辞笔醇雅有法度，不规规于桐城论文，气息与子固(按：曾巩)、颖滨(按：苏辙)为近。"(黎庶昌《庸庵文编·序》)

主张变法及向西洋学习的薛福成，在出使西欧之后，见解与文章又有大变。他致力于考察西洋诸国的人情物理，观感亦多，故发为文章，通达事理。如他写关于西方税收的体验和观察：

> 英吉利三岛及法、德等国,皆不过中国两行省地耳,然其岁出岁入之款,大都在白金四五万万两以外,不啻六七倍于中国。盖诸国之取诸民也,百余倍于中国矣。其在民家,畜一狗马也有税,置一器具也有税,佩一环钏也有税,而田产房屋更无论焉。于商,则既税之于货物,又税之于市廛,又税之于契票,而舟车之过关津者更无论焉。关税有值百取四十取六十者,甚有值百取二百者。征敛若此,民必不堪命矣,而民不甚以为病者,何也?以其取之于民而仍用之于民也。(《西洋诸国为民理财说》,《庸庵海外文编》卷三)

认为西方的税收是为民理财,并在题目中点明,薛福成对西法的意向已有所透露。为了具体说服读者,他首先列举西方诸国税收之繁,取身边琐事娓娓叙来,使人具体可感,接着提出"民不甚以为病者"的论题,进而得出结论:"以其取之于民而仍用之于民也",使易于对税收有抵触情绪的国人能够心悦诚服地接受作者的观点,不但体现薛福成见解之警醒洞彻,又见出文章构思之妙。

同时,他的眼界开阔,胸襟亦为之一变。他撰文如下:

> 昔宰孔讥齐侯"不务德而勤远略"……数十年来,中国"不勤远略"之名,闻于外洋各国,莫不欲夺我所不争,乘我不备,侯暇伺隙,事端遂百出而不穷。夫惟"不勤远略",是故香港、西贡、小吕宋、葛罗巴等处,各有数十万之华民,而不能设一领事……夫惟"不惟远略",是故商务则无一船越新嘉坡而西、越小吕宋而南者,而兵船游历,亦不逾此。出使大臣,或憭然于条约之利病,而不知久远之计。(《论不勤远略之误》,《庸庵海外文编》卷三)

相对于当时人们普遍的"内中国而外夷狄"的狭隘之见,这是一种主张向外看、主张走向世界的开放的观点,为当时少数有识之士才能达到的思想境界。薛福成自叙写作经历云:"比出使泰西,闻见恢奇,稍有论述,直抒胸臆,大较指陈时务,振笔疾书者为多。"(《庸庵文外编·自序》)这种开放务实的精神不但为当时洋务派在理论上所能达到的最高水平,而且为桐城文章增添了前所未有的活力和意义,如人所称"遇事立应,略无窒碍,发为文章,渊邕精美,不徒为高论,皆切于当世之用,而料事罔弗效"(陈先淞《庸庵海外文编·跋》),代表了那个阶段古文的新价值。

薛福成复杂多样的生活经历,也给他带来许多新鲜的生活和体验,他以古文家的文笔加以描绘,文辞优美而雅洁,展现了桐城文章的新发展。曾入选中学语文课本的《观巴黎油画记》,最为大家所熟悉:

盍驰往油画院,一观普法交战画图乎。其法为一大圜室,以巨幅悬之四壁,由屋顶放进光明入室。人在室中,极目四望,则见城堡、冈峦、溪涧、树林森然布列;两军人马杂沓,驰者、伏者、奔者、追者、放枪者、燃炮者、搴大旗者,挽炮车者,络绎相属。每一巨弹坠地,则火光迸裂,烟焰迷漫。其被轰击者,则断壁危楼,或黔其庐,或赭其垣。而军士之折臂断足、血流殷地、偃仰僵仆者,令人目不忍睹。仰视天,则明月斜挂,云霞掩映;俯视地,则绿草如茵,川原无际,情景靡不逼真,几自疑身外即战场,而忘其在一室中者。迨以手扪之,始知其为壁也,画也,皆幻也。(《庸庵文外编》卷四)

薛福成在编辑《庸庵文外编》时,特从出使日记摘录此则,盖寓有深意矣。作者在中法战争之际参与海防工作,"闻法人好胜",但现在"何以自绘败状,令人丧气若此",原来是"昭炯戒,激众愤,图报复也"。从文字角度看,全文仅用了四百来字,不但清晰形象地描绘了普法交战的油画画面,而且还抒发胸臆,寄托劝诫之情,内容丰富,叙述简洁,体现出桐城古文文字雅洁的艺术境界。然而作者又间或穿插骈偶、排比句式,恰当地渲染了文章的激情,为冷静、不露声色的桐城旧文中所罕见者。

另外,《白雷登海口避暑记》是颇为别开生面的一篇,文章云:

余初来此,神气洒然,如鸟脱樊笼而翔云霄之表。所居高楼,俯瞰海湄,夜卧人静,洪涛訇隤,震耳荡胸,涤我尘虑。少焉风止日出,波澜不惊,西望辽夐,想象亚墨利加大洲,如在云烟杳霭中,未尝不觉宇宙之奇宽也。于是携侣扶筇,任意所之。见有驶电气车者,夷然登之。风驰云迈,一瞬千步。制造之功,逾于火轮。数百年后,其将行之我中国乎?俄而下车,步往长堤,听西人奏乐,披襟以当海风。或遥睇水滢,而羡鸥鸟之忘机;或旁盼钓徒,而悯众鱼之贪饵。于斯之际,蠲烦涤嚣,心旷神愉。窃意世间所谓神仙者之乐,不过是也。

暑移神倦,浩歌以归,归而倚枕高卧,亦得佳趣。梦中如游邃古之世。既觉,偶睇窗外,海景奇丽,皓曜万重,恍睹金璧世界。盖日将西匿,倒景入海也。无何,暝色已至,秉烛朗诵杜子美诗十余首,以畅余气。如是者旬余始返。其诸所访名迹尚多,不尽记。

这是薛福成文集中少有的轻松愉快的记游之文。他描述了英国一处海滨休假处的迷人景致,从文章看来,薛福成完全是情不自禁,其陶醉沉迷之情弥漫于字里行间,而白雷登海口的景致亦被描写得生动妩媚、清逸绝伦。其文笔灵动、想象自由,以奇偶错踪、声采炳焕的面貌,超越了桐城散文清、简、疏、瘦的美学樊宥。最后,作者还意犹未尽,进而写到深夜的美梦和幻觉,淋漓尽致地渲染了雷登海口无与伦比的吸引力,真所谓"远游无处不销魂"。

黎庶昌曾论当时文章变迁,说:"道光末年,风气萧然,颓放极矣,湘乡曾文正公始起而正之,以躬行为天下先,以讲求有用之学为僚友劝","其幕府辟召,皆极一时英俊,朝夕论思",遂"各自发摅,风气至为一变"(《庸庵文编·序》)。薛福成作为"曾门四弟子"之一,以自己的经世之文实践了曾国藩"文章因时而变"的理想,其文章在思想通达,表现新的时代气息上对桐城古文的发展是有所贡献的。

第四节　其他作家:吴敏树

吴敏树(1805—1873),字本深,号南屏,别号柈湖渔叟,又号乐生翁。湖南巴陵(今岳阳)人。敏树幼年羸弱多疾,八岁始入塾就读,先后从学于乡儒孙万伟、秦维城。道光二年(1822),补县学生,与同里方大淳共治经学。读《左传》、《国语》、《史记》、《汉书》,皆能会其意。学诗,与邻友毛西垣相唱和。道光十二年(1832),乡试中举,道光二十四年(1844),赴京会试,道光二十八年(1848),官湖南浏阳县训导。咸丰元年(1851),因与地方官意见相左,已自免归,遂不复措意于仕途,潜心于诗、古文之学,自谓:"幸以闲放,得纵意为文。"①

敏树早年即肆力于古文,雅不愿专力于四书章句,穷皓首于场屋帖括之术。偶从塾童《古文观止》见明归有光古文数篇,心甚异之,遽求其集于长沙,不得,托书贾购之吴中。既得,辄手不释卷,把玩吟哦,择其尤可喜者,别录成册,且以意评骘之,是为《归文别钞》。及赴京会试,所携《归文别钞》为杨彝珍、梅曾亮所见,梅氏乃桐城文派嫡传弟子,时于京城讲倡古文义法,鉴文论道以归文为尚。及见敏树手录归文,甚为推许,一时京城文人争相奇异,而求识敏树,于是京城盛传敏树能古文。曾国藩时任翰林院庶吉士,敏树与之订交亦在此时。

咸丰初,曾国藩率湘军东抗太平军,敏树先后两次面晤曾氏,曾氏坚请敏树入幕共事,敏树皆婉辞。同治七年(1868),敏树买舟东游,沿江而下,游庐山、石钟山、大小孤山及杭州西湖等江南名胜后抵达南京。曾国藩时任两江总督,兵权在握,声名显赫。敏树既至,曾氏大欢,亲迎至府,

---

① 吴敏树:《柈湖文录序》,见《柈湖文集》卷三,长沙思贤讲舍本,1893年刊刻。敏树古文著作版本有两种,一是敏树生前手定家刻本《柈湖文录》,八卷,二百二十六篇;一种是长沙思贤讲舍本《柈湖文集》,十二卷,二百三十九篇。后一种版本是在敏树辞世二十年后,由王先谦主持刊刻的,所收篇目在家刻本的基础上,有所增加。本文引文据《柈湖文集》。

延为上宾。曾府幕僚,皆一时之选,争与敏树订交;歌诗唱酬,极一时之盛,海内目为观止。

同治十一年(1872),湖南通志局聘敏树主持编修《湖南通志》,续修《沅湘耆旧诗文集》。时敏树已年逾花甲,且疾病缠身,为造福桑梓,惠及后代,敏树毅然抱病赴任,待名贤旧交集于长沙,修志之事略具端倪后,始归家养病。翌年五月,敏树久病不愈,自度终不起,屡念修志之事中辍,复决意履任长沙。同年八月,敏树于通志局辞世,终年六十九。《清史稿》卷四百八十六、《清史列传》卷七十三皆有传,郭嵩焘《吴君墓表》、杜贵墀《吴先生传》、刘声木《桐城文学渊源考》皆有敏树生平可按。

敏树为文根植经史,一生著述既博且深,有《诗国风原指》六卷、《论语考异订》八卷、《孟子考义发》十三卷、《史记别录》二卷、《柈湖文集》十二卷、《柈湖诗录》六卷等。

一、文章·事功

敏树以古文名家,每有所作,一纸风传天下,生前即有稿本、抄本流落人间。面对世人之誉,敏树惕然置之,泰然处之,《柈湖文录序》有云:

> 文章名于天下,官位下于一时,此非世人之所争有也;虽争之故有不能得者。而余以柈湖穷老之叟,几几有之,余之所惧而不敢以自轻者以此也。

世人之所争者,官位也;争之固有不能得者,文名也。学而优则仕,仕而优则文,此乃读书人追求的理想境界,其间"学"、"仕"、"文"三个环节,环环相扣,顺序颠倒不得,敏树以荒郊野老而暴得文名,故心有所惧。也正因为此,敏树至为珍视自己的文名。孰料敏树于今文名寂寞,今人所编文学史、文选,鲜有提及者。究其因,殆敏树所处时代,新旧混沌未开,一切融而未凝,流质多变;一切胶着难分,不新不旧,不古不今。传统意义上的文统、道统俱衰,加之稍后五四新文化运动又起,文体日新,白话文大行于天下,当其时,传统文化地位尚岌岌可危,又何况古文之一末事。在这样一个时代,言必称古,不免显得不合时宜。也许正是由于这种不合时宜,使得今天的文学史家在敏树的作品里找不到他那个时代的特点。但是,作出这一判断时,我们运用的显然是今人的标尺,不符合"了解之同情"的原则。我们应当把敏树放回到他那个文学场景中,来理解他为人与为文的不得已。

盖文人之"文",内源于自我之学养,外莫不受所处地域文化之泽被。湖南地处内陆,与沿海江浙相比,民风多刻厉内忍,少人文沾被。有人如此评价湘地人文地理氛围:"重山迭岭,滩河峻急,而舟车不易为交通;顽石赭土,土地刚坚,而民性多流于倔强。以故风气锢塞,常不为中原人文所沾被。"①历史上此地乏儒少士,数百年间,无闻于学界科场。及至清季道、咸二朝,洪、杨军兴之后,湘人迅速崛起,除部分通过科举正途入仕外,相当数量的人是通过非正途的政治军事手段进入权力轴心。同是湘人的谭嗣同描述了这一历史奇观:"自有湘军以来……四五十年中,布衣跻节镇,绾虎节,以殊勋为督抚提镇司道,国有庆,拜赐恒在诸侯群牧上,生拥位号,死而受谥者,凡数百人。"②湘人以此种方式致身显赫,与江浙士人安身立命之术大异其趣。

江浙士人在清初受到了清政权的残酷迫害,从而与政统渐趋疏离,不少士人或以游幕为生,或以隐居著书度日,他们尽管与政统疏离,却能坚守道统、文统,甚或以道统、文统对抗政统,在一定程度上传续了中国传统士人的独立精神。湘人与江浙士人价值取向的差异,恰恰反映了中国传统"道统"、"政统"、"文统"的疏离。

湘人群体以军功致显,湘人本身却并非耍拳弄棒的武人,相反,湘军大多数核心将领为舞文弄墨的乡里儒生,与江浙士人相比,湘人群体更注重事功,采用修德与治术相结合的方法来消弭道统与政统日渐疏离的隔

---

① 钱基博:《近百年湖南学风》,岳麓书社1985年版,第1页。
② 谭嗣同:《谭嗣同全集·忠义家传》,中华书局1998年版,第41页。

阁,从事功、经济的角度去验证"道"的功用。也即从形而上的"道"处着眼,在形而下的"事功"处落脚。

吴敏树生为湘人,且与湘军精英曾国藩、刘蓉等人皆有往还,理应在价值取向、文化认同上与湘人群体保持一致,事实并非如此。且看敏树《恬园游记》,是文为敏树随郭嵩焘等人游罢恬园之所作,文中有云:

> 吾湖南习俗朴厚,其人幸有气力,自完其疆,又能出为国家平时之难。乃今长沙都邑,雄富壮观,其人新骛华靡,骎骎乎前日淮海之风矣!恬园主人虽称豪,故喜为山中之乐,无金玉锦绣优伶歌舞之习。(《柈湖文集》卷十一)

敏树于笔墨间流露出对湖南民风由朴厚到华靡的担忧与惋惜。湘人谭嗣同有过与敏树相同的忧虑:"狃于积胜之形,士乃嚣然喜言兵事,人颇、牧而家孙、吴,其朴拙坚苦之概,百不逮前;习俗沾溉,且日以趋于薄。读圣人之书,而芜其本图,以杀人为学,是何不仁之甚者乎?"①可见,曾国藩、胡林翼、左宗棠作为湘人群体的政治偶像,其成功致显之途足以宣导一地之士风,转移一方之民俗。敏树生当其时,自甘沉寂,孜孜于文,矻矻于学,远非急于事功之辈所可比拟。

从地域文化的角度讲,湘楚文化自然不同于以江浙为中心的吴越文化。尽管敏树生于湘楚之地,却心仪于吴越文化,这可从敏树文章中捕捉到有关信息。对敏树文章观产生过重大影响的归有光的文集,是敏树遍求长沙书肆不果后,在吴中购得的。另外,敏树家有一房客,屠翁禹甸,吴中洞庭人,常年客居巴陵,赁敏树家房舍,做布匹生意。由是,敏树自幼与吴客熟识。在敏树的眼中,屠氏"恂恂长者,行步从容,不类贾肆人举止,遇人无少长,莫不敬礼,言惟恐伤之"(《屠禹甸夫妇八十寿序》,《柈湖文集》卷八)。在敏树看来,吴中不仅是"士大夫文章之林薮"(《屠禹甸夫妇八十寿序》),就连居四民之末的商人,也举止儒雅,而非见利忘义,言语间

---

① 谭嗣同:《谭嗣同全集·忠义家传》,中华书局1998年版,第41页。

流露了对吴越文化的欣羡。

敏树还于文章中数次提到：巴陵之洞庭湖与吴中太湖之洞庭山同以"洞庭"命名，并非偶然，据古地志，洞庭湖中之君山有穴，潜通吴中太湖之包山，包山亦名洞庭山。敏树虽称"其语荒渺"（《屠禹甸夫妇八十寿序》），但传说中的巴陵与吴中地脉相通，为敏树对吴越文化的认同提供了佐证，难怪他一再称引这一荒渺的传说。

咸丰初年，曾国藩率湘军东击洪杨军，克岳州，下武昌，当其时，曾氏横槊临风，意气风发。敏树见召于岳阳楼上，曾氏与之殷勤道故，坚邀敏树入幕共事，敏树当面拒绝，事后复撰《上曾侍郎书》，详陈所以然。对于洪杨军，敏树尽管仍以"贼"呼之，至于分析洪杨军兴之因，敏树所论石破天惊，识见之高，远非庸儒鲰生所可比：

> 窃以从来盗贼之祸，皆有非常饥馑为之驱合，天之所助，非人与谋。而数年以来，贼虽未除，而风雨时调，年谷乃更丰。贱民之乐祸者，有悔于其心，而胁从者多自出其从义之乡，争愿奋于行间，见死而不畏沮，此岂非天之所为耶？（《上曾侍郎书》，《桦湖文集》卷六）

因饥馑而造反，是天逼民反；风调雨顺，年谷丰盈，而民仍造反，是官逼民反。前者属偶然，百姓一旦衣食无忧，自然不愿冒死造反；后者属必然，即便民反被一时平定，新的民反还会发生。敏树在这段文字中两次提到"天"字，第一个"天"，是自然之天，而第二个"天"，是天意之天。我们不能说敏树对洪杨军有同情之心，可以判断的是，他对导致民反的原因有自己独立的认识。同时，这在一定程度上消解了曾国藩"讨贼"的合法性。尽管敏树出于客套，大大渲染了曾氏的事功：

> 先生道德文章，高绝今世，而前日立朝之风，天下人所仰望而欣喜者，固足以树立于千秋矣。又驱氛埽逆，赫然成此中兴之功，释甲解鞍，还归庙堂，究时俗之患源，振海内之昏散，其为鸿名巨烈，岂三代下人常常睹见者哉？（《上曾侍郎书》）

道德、文章、功业三者得其一,足以彪炳千古,致身不朽,曾国藩三者占尽,洵可以圣人目之,成为天下士人仰望膜拜之偶像。当其时,天下士人争赴曾门者,几同过江之鲫,敏树则表现了不同于众人的价值取向:

> 敏树材薄质衰,不敢图附青云,犹冀于宽闲无虞之日月,尽意文字间,纪述歌谣,稍尽见闻悲喜之实。盖时之方昌,虽一二小儒文墨之气,必不汗杂淫厉,而益有振兴隆上之风,汉唐中兴之时也。(《上曾侍郎书》)

对于以文干禄者来说,文是进身致显之阶,完全可以得鱼忘筌,没有人会以文人自居。敏树居然将为文视为自己的终身从事的事业,在当时,文如果称得上是一种事业,那也是惠不及身,垂诸子孙的名山事业,敏树的这一选择,意味着他要忍耐清贫和寂寞。

二、道·势

敏树卓然独立于讲求事功的湘人群体之外,并非刻意特立独行,以邀世名。细绎敏树之文,可以发现,敏树身体力行,意在恢复古人士道之尊严,用以改变士人竞相趋附权贵之时弊。敏树这一心思,可以从他写给杨彝珍的几封信中看出。彝珍字性农,亦为湘人,与敏树同声相求,敏树与之交,言不顾忌,意恐不尽。尝为一意,修书往返,至再至三,务求言尽意畅。彝珍偶过长沙,投刺旧识陈吉安,陈氏方为长沙郡守,接连两次不见答复,彝珍遂径往造访。敏树得知此事,以为彝珍所为不合古道:

> 性农学于古人,则当从孟氏之道,立身名于时。而今也师宋钘之余,教以强说为高,行无益之谋,而滋俗人之议,甚可怪也。不观孟子乎。孟子陈先王仁义,运天下如反掌。当世之人,苟得而用之,其利

泽于人,至无穷也。然而王公卿相非先礼焉,弗往见也。其人苟自可就见者,虽先礼焉,犹弗见也。孟子岂不欲以其道救当世之急哉?所以然者,身不重则道不尊,虽日持道以强语于人,犹暗投夜光而遭按剑,于世奚益,而于己甚伤,故弗为也。夫当世之人稍贵达者,其庭下走趋之人必多,彼直以一世之人皆然,无有异者,故其居己甚恃,而视人也甚轻,亦势使然也。(《与杨性农书》,《桦湖文集》卷六)

敏树此番议论,拈出"道"与"势"二字,如何平衡"道"与"势"的关系,是自古以来传统士人倍感棘手的问题。《孟子·尽心上》云:"古之贤王好善而忘势,古之贤士何独不然? 乐其道而忘人之势,故王公不致敬尽礼,则不得亟见之。见且由不得亟,而况得而臣之乎?"很明显,孟子是将"道"置于"势"之上了,孟子并且竭力反对"枉道而从彼势"。"道"比"势"尊,毕竟是传统士人的一厢情愿,在现实中,尽管"势"对"道"有所忌惮,但"势"凌驾于"道"之上的格局,历来没有改变过。这就存在一个问题,即士人如何在"势"与"道"的对立中维护"道"的尊严,使"道统"得以承续? 唯一的方法就是通过个人的自尊、自爱来尊显他们所代表的"道",此外别无他途。

敏树穷研《孟子》,发为此论,意在借孟子已确立的道尊于势的传统,来树立士人的尊严,矫正士人"枉道从势"的时弊。清代以来,方面大员多张大幕,网络诸方士人,科途失意的士人也多以游幕为生计。在幕府中,幕主与幕宾基本上是平等的关系,一方面,作为幕主的官员礼贤下士;另一方面,士人高自标置,维护着自身的人格尊严,在这里,道与势维持着一种微妙的平衡关系。清季,幕府职能的急剧扩张,传统意义上的人才储备库,变成了一个职能复杂的办事机构。在幕府中,传统的宾主平等关系也被上下级的隶属关系所取代。这时期的几个大幕,如曾国藩幕府、李鸿章幕府都具有这样的特点。士人为生计所迫,不得已而游幕其中。更有人将游幕视为通向仕途的捷径,曲学阿世,至此,道与势已完全失衡。目睹这一变化,敏树至为痛心:

夫当世之人稍贵达者,其庭下走趋之人必多。(《与杨性农书》)

世风衰薄,士率千百人无一二能自树立者,大都仰人气息以壮容颜而已耳。(《再与性农书》)

而今之世,非工奔走善交结者,无以为也。(《与朱伯韩书》,《桦湖文集》卷七)

敏树坚拒曾国藩入幕共事之邀,个中原因恐怕在此。敏树对先贤守士风、以道抗势者,则致崇敬之情,尽表彰之意。敏树尝著文《书谢御史》,表彰湘乡先贤谢振定。谢振定,号芗泉,乾隆末年官翰林御史,因毁权贵和珅妾弟所乘违制之车,被劾夺官,世称烧车谢御史。敏树赴京会试,见湘人在京者盛称谢氏,并因与谢氏同乡而相夸耀。湘人欣羡则有之,至于起而效谢氏以道抗势之举,则皆有难色,或曰:"芗泉负学问文章,又彼时清议尚重,故去官而名益高,身且便。今我等人材既弗如,而时所重者,独官禄耳;御史言事轻,则友朋笑,重则恐触罪,一朝跌足,谁肯相顾盼耶?且家口数十安所赖耶?"(《书谢御史》,《桦湖文集》卷六)敏树闻罢,无言以对。《书谢御史》文末写道:

嗟夫!昔之士风人情,犹之今也……当芗泉先生罢官时,同朝行辈中,必有相侮笑者,讥毁者,畏罪累而不敢附和者,其家人居室必不如在官之乐者;且使先生官不罢,其进取抑未可量;一遭斥逐,终以不振,独气节重江湖间耳。然则,先生烧车之时,抑可谓计虑之不详尽者也!(《书谢御史》)

气节是士人在以道抗势的过程中体现出的精神,古之士人重气节,今之士风重官禄。重官禄者,往往弃道而附势,终其一生,官位上于一时,而气节不足称道;重气节者,见疏于朝廷,独重于江湖。保有官禄者,名利俱收,且家人衣食无忧;抱守士道者,徒有虚名,一身尚且不保,又何况妻孥。

明乎此,无怪乎时人以为谢御史可羡不可学。敏树为文,结语处常多费思量,此文以反语收绾,看似写谢御史之失察,意在刺士风之浇漓,读来至为沉痛。

敏树尝于挚友罗念生处得见明人周顺昌墨迹,顺昌,字忠介,以抗忤太监魏忠贤而名震天下,更有五人者,仗义市井间,见戮而不辞,士风民气,空前弘扬。敏树瞻观顺昌墨迹,想见其为人,感慨万端:

  忠介为人胸中高洁,无纤毫尘累,而严凝寒厉之气,与其时节气候光景以俱出。夫其皎皎污朝,蒙患难而明不可息,犹可以物色想似之;而吴中有五人者,起市井而烈天壤,皆舍其性命,以殉一清白之孤臣;亦若雪之与月,相助而为光也。呜呼!岂不异哉!今之有重于古人者,得其楮墨辄宝之;况其文词,如见其人,与其事,若是《寒月》之诗乎?而余所得其患难中数行与人之牍,百世之下,诵其言,可以起顽懦也!(《罗念叟所藏周忠介寒月篇便面真迹跋》,《桙湖文集》卷五)

敏树早年既抱定士道尊严之心,遂决计不靠趋走权门、谒见达官以求显达。癸巳丙申之岁,敏树至京师参加会试,天下举子云集京师,大多汲汲于走谒显贵,以求援引。独敏树神定气闲,心无旁骛。其后,自述当时心迹:

  时余方诩诩挟文卷自好,私愿观览天下英贤,以壮其意。顾独谬妄,喜自矜重,不肯望门陈谒,以此寂无知遇。当时同乡喜名之人,或务为收召联络,欲邀致之,乃至变色相拒。所以然者,彼非有道义文章,足为一世楷模之实,乌足走趋天下士耶。(《再与性农书》)

敏树京师罢归,以大挑选授浏阳县教谕,旋自免去。敏树平生一仕,出入之间,无不严守士道之尊。他在《又与性农书》中略叙其事云:

弟平生拙于为人，实亦非区区自守者。顾喜直恶恶，动与物忤，从前为浏阳学官，以争论圣庙祭祀事取怒于人，致诬讦之上官，弟亦遂其去计，力阻诸生之为我愤者，即日便归，而讦者亦自失也。（《又与性农书》，《柈湖文集》卷六）

敏树谢绝声华，抱道归隐，但并没有"柴扉昼闭"，过着完全与世人隔绝的生活。敏树称自己并非区区自守者，应是自知之言。敏树尽管择友谨慎，一旦订交，却能以诚相待，推心相许。郭嵩焘称敏树"惠施而博与，尤笃于故旧，所与交尽始终之义，无相违异。以所能引逮后进，倾怀与之，必及其成乃已"（《吴君墓表》，《柈湖文集》卷首），殆非虚语。与敏树过从甚密者，除杨彝珍外，尚有毛西垣、李公盖、郭建林等人，但能相与析疑义、赏奇文者，不可谓多。敏树于《与朱伯韩书》中谈到僻地交友之难：

乡居地且僻陋，人文殆绝，每有撰作，读者莫知其意。况能相与劝勉，期至于古人乎？（《柈湖文集》卷七）

朱伯韩即朱琦，敏树会试京师时，朱琦任职御史台。时敏树能古文之名传遍京师，朱琦主动与敏树订交。已而敏树罢归乡里，复致书朱氏，倍言交友之难，兼表为文之志，竟不获回问，此有悖古人交友尽始终之义，敏树感触良深：

用此观之，人之情竟何如哉？眼前官职声名，小欲过我，便须深心避之，无得轻与酬酢。何则？彼诚有不能忘者，而又以我为不忘彼也。（《再与性农书》）

《中庸》有言："虽有其位，苟无其德，不敢作礼乐焉；虽有其德，苟无其位，亦不敢作礼乐焉。"从道统的角度看，士之有"德"而无"位"者，欲行其道于天下、彰显其"道"之尊，难矣！历来守道之士多，而行道之士少，敏树所谓"身不重则道不尊"是也。

三、文气·文派·风神

敏树曾言:"论文与语道,非二事也。"(《刘霞仙中丞游君山诗跋》,《桦湖文集》卷五)又云:"窃惟古文云者,非其体之殊也,所以为之文者,古人为言之道耳。抑非独言之似于古人而已,乃其见之行事,宜无有不合者焉。"(《与杨性农书》)是敏树论文守文道合一之说,其论韩欧古文,详申其说:

> 古之文者,岂为其言语殊异,特高于众人之为者哉?自唐韩子文章复古,始号称古文。至宋欧阳氏复修其业,言古文者必以韩、欧阳为归。然二公者,其持身立朝,行义风节何如哉?岂尝有分毫畏避流俗,不以古人自处者哉?故得罪贬斥而不悔,丛谤集逌而不惧,而文章之道,故有浩然盛大者焉。(《与朱伯韩书》)

韩愈曾论述过文统与道统的关系:"愈之为古文,岂独取其取句读不类与今者邪?思古人而不得见,学古道则欲兼通其辞,通其辞者,本志乎古道者也。"(《题哀辞后》,《昌黎先生集》卷二十二)尽管韩愈一再强调古道为本,古文为末,他显然是将古道与古文视为两个独立的存在,朱熹认为韩愈等古文家"裂文与道为二物",而"道无适而不存者也,故即文以讲道,则文与道两得而一以贯之,否则亦将两失之矣"①。敏树以为"论文与语道,非二事也",言说理路与朱熹暗合,如此便走出"载道"、"贯道"的窠臼,识见不可谓不高。

韩愈追溯道统,尧舜周孔而下,截断众流,止于孟子。孟子首倡养气之说,后人于文、道、气三者之间又有一番申说。唐人梁肃云:"文本于道,失道则博之以气。气不足则饰之以辞。盖道能兼气,气能兼辞,辞不当则

---

① 朱熹:《与汪尚书书(己丑)》,《晦庵先生朱文公文集》卷三十,四部丛刊本。

文斯败矣。"①明人方孝孺也说过类似的话："道者,气之君;气者,文之帅也。道明则气昌,气昌则辞达。"②敏树论文亦主文气之说:

> 夫文章之道,主乎其气,气竭矣,虽欲强而张之,不可得也。气诚不馁而盛矣,虽欲强而抑之,亦不可得也。气盛而用之其学与其才,故其文莫高焉。(《与朱伯韩书》)

文气必须以道来支撑,方能浩然、沛然,至大至刚,充塞天地之间,而不为外物所挫。宋人王十朋《蔡端明文集序》云:"文以气为主,非天下之刚者莫能之。古今能文之士非不多,而能杰然自名于世者无几,非文不足也,无刚气以主之也。孟子以浩然充塞天地之气,而发为七篇仁义之书;韩子以忠犯逆鳞、勇叱三军之气,而发为日光玉洁表里六经之文。故孟子辟杨墨之功,不在禹下;而韩子觝排异端,攘斥佛老之功,又不在孟子下,皆气使之然也。"于此可知,士能以道抗势,支撑这一独立精神的正是至大至刚、充塞天地之间、而不为外物所挫的浩然之气。为文如此,为人亦然。敏树在《与朱伯韩书》中略述其心志:

> 今年四十,濩落无成,大者不望见用于时,犹愿发挥文字有传于后。何则?其才之与学,虽已薄陋,而其矫厉自直之气,差欲不后于古人,养而充之,当有所至。

敏树以文自许,以文自期,远事功而息心,自砥砺以养气。在天下文人争赴曾国藩门下之时,敏树能独自树立,不以趋附为能事,这不能不说是其"矫厉自直之气"所使然。

自乾嘉以来,治古文者莫不震于桐城之名,拘其说而不能自脱。曾国藩虽据于高位,论文谈艺尚自称私淑桐城姚鼐,何况纭纭众文人。事实

---

① 梁肃:《补阙李君前集序》,《全唐文》卷五百十八,清刻本。
② 方孝孺:《与舒君》,《逊志斋集》卷十一,四部丛刊本。

上,桐城文派至咸同之际已奄奄无生气,因曾国藩为其张本,一时间有中兴之象。曾氏颇思振起桐城文派,发而为论,不甘于亦步亦趋,因循前人,"至湘乡曾文正出,扩姚氏而大之,并功、德、言于一涂"①。后人甚至认为聚集在曾国藩周围的文人集团"此又异军突起而自为一派,可名为湘乡派"②。尽管后人可以目之以"派",在曾氏则断不敢自树旗帜、另立门户。但另一方面,曾氏却不妨不取其名,而有其实。扯桐城的大旗,招自己的兵马。

敏树对曾氏的这一用意看得非常清楚,曾氏在《欧阳生文集序》中梳理桐城源流,将敏树亦视为派中之人。敏树辞而不受,并作文《与筱岑论文派书》详陈已说:

> 文章艺术之有流派,此风气大略之云尔。其间实不必皆相师效,或甚有不同,而往往自无能之人,假是名以私立门户,震动流俗,反为世所诟厉,而以病其所宗主之人。如江西诗派始称山谷、后山,而为之图,列号传嗣者,则吕居仁,居仁非山谷、后山之流也。今之所称桐城文派者,始自乾隆间姚郎中姬传,称私淑其乡先辈望溪方先生之门人刘海峰,又以望溪接续明人归震川,而为《古文辞类纂》一书。直以归、方续八家,刘氏嗣之,其意盖以古今文章之传,系之己也。如老弟之所见,乃大不然。姚氏特吕居仁之比尔,刘氏更无所置之。其文之深浅美恶,人自知之,不可以口舌争也。(《桦湖文集》卷六)

敏树发为此论,时人当目为狂悖之论,敏树不避世人之讥,将心中所思、目中所见,化诸文字,一吐为快,言人欲言,道人未道,其间元气淋漓,凛凛然充塞天地之间。文人分流派,立门庭,自古已然,清人王夫之《姜斋诗话》有云:"建立门庭,自建安始。曹子建铺排整饰,立阶级以赚人升堂,用此致诸趋赴之客,容易成名,伸纸挥毫,雷同一律……标一成之法,扇动

---

① 黎庶昌:《续古文辞类纂·序》,王运熙主编《中国文论选》近代卷(上),江苏文艺出版社1996年版,第374页。
② 钱基博:《中国文学史》,中华书局1993年版,第942页。

庸才,且仿而夕肖者,原不足以羁络骐骥,唯世无伯乐,则驾盐车上太行者,自鸣骏足耳。"夫之、敏树可引为同调。

细绎敏树文字,其所以反对文人分派立门,原因有二:一者,敏树以为"文必古于词,则自我求之古人而已,奚近时宗派之云。若果是,是文之大厄也"(《梅伯言先生诔辞》,《桦湖文集》卷十二),"乌有建一先生之言,以为门户途辙,而可自达于古人者哉",古来文成一家者,皆"自其心得之于古,可以发人,而非发于人者"(《与筱岑论文派书》,《桦湖文集》卷六)。这里,敏树强调揣摩古人为文之道,是心与心之间的体悟乃至交汇,这一过程因人而异,没有程式可循。因此,希望依附于一个帮派,借助一位前辈的经验,悟得古人为文之道,这种想法,大谬不然。敏树有《杂说》一篇,颇能与前说相应:

  药生于山,而求药者于市,市故药之聚也,而市者常伪以乱真。又药所名产之处,其人多粪种以售,故药弗得良。而人往往采药于山,谓之生药,常胜市者。又有号草药者,俗相传取诸草名,不在《本草经》者,以治疾尤有奇效。客有谓吴子曰:"甚哉!药之难知也。今何不尽访诸草药,而著名之以利人乎?"吴子曰:"不然。夫草药唯无名而人独私传之,则人且种之而且伪之矣。"嗟夫!药不可得良也,而唯无名者之求;则神农、黄帝以来采药之教非与?(《桦湖文集》卷二)

敏树并未明言这则杂说的寓意,明白了他对文派的批评,再读这则杂说,我们会幡然有所顿悟,药分山中之药、市中之药,犹如文有自得于古人之文,也有受文派门庭约束之文。自得于古人者好比自己采药于山中,所得之药才能称为良药,受文派门庭约束之文好比买药于市中,所得皆伪药。文不能以流派相约束,正如药不能入于《本草经》一类的药典,入于药典之药,徒为作伪者提供依据,受流派约束之文,有的只是匠气,缺的却是灵气。

再者,敏树认为以文派相煽者,有厚诬古人之嫌。树立宗派者,往往起古人于地下,以为宗主,广招时人为之拥趸,流风余波,与其宗派成立之初所宣称者,大相径庭,面目全非。正如吕本中作《江西诗社宗派图》,自黄庭坚以下,列陈师道等二十五人"以为法嗣",而吕本中等人才能远在黄陈二人之下,如此,岂不"病其所宗主之人"。

显然,敏树对文派采取较偏激的批评态度,是因为他目睹了延续百余年的桐城文派给文坛带来的流弊,欲起而补救之。桐城中人多奉归有光文为圭臬,敏树亦好归氏文章,尝手抄归氏文,揣摩吟哦,须臾不离。但敏树极为厌薄时人以摇曳取媚为归体:

近时为古文以仿归氏,故喜为闲情眇状,摇曳其声,以取姿媚,以为归氏学《史记》之遗,而文章始衰矣。余是以有《史记别钞》之选,欲正之也。(《记钞本震川文后记尾》,《栟湖文录》卷四)

桐城末流,以摇曳为能,奄奄欲尽,了无真气,敏树以扶持正气为己任,斷斷争辩,不愿与伍。且不论其客观效果如何,单是他特立独行的气概,不禁使人遥想当年韩愈辟佛之壮举。

敏树为文若为人,沉思独往,字字着力,且力避生涩,平易近情。曾国藩评敏树文章虽有溢美,却也中肯:"大集古文,敬读一过,视昔年仅见零篇断幅者,尤为卓绝。大抵节节顿挫,不衿奇辞奥句,而字字若履危石而下,落纸乃迟重绝伦,其中闲适之文,清旷自怡,萧然物外;如《说钓》、《杂说》、《程日新传》、《屠禹甸序》之类,若翱翔于云表,俯视而有至乐。国藩尝好读陶公及韦白苏陆闲适之诗,观其博览物态逸趣横生,栩栩焉神愉而体轻,令人欲弃百事而从之游,而惜古文家少此恬适之一种,独柳子厚山水记破空而游,并物我而纳诸大适之域,非他家所可及。今乃于尊集数数遘之,故编中虽兼众长,而仆视此等尤高也。"(《复吴南屏书》)

曾氏看重敏树闲适之文,应是知者眼光。曾氏所举《屠禹甸夫妇八十寿序》,作为一篇请托之文,容易落入俗套,敏树写来却开阖自如,情韵悠远,风神兼备。文章首句"巴陵洞庭,天下壮区也",起句峭峻,不类寿序常格。接着引出吴中太湖之洞庭山,逸趣盎然,由水而山,由山而人,娓娓道来,丝丝入扣。敏树于本应收缩处,又驰骋文思,绵邈杳远,不绝如缕:

吾闻洞庭之山,为峰七十有二,登而瞰太湖三万六千顷,其光景气象,视吾岳阳之邱,宜有胜焉者。山中多奇花异果,供采撷,四时而有也。晴和佳日,翁与媪扶杖偕行,乡之父老儿童相迎问,笑语山水间,亦可以乐而弥永其年矣。(《屠禹甸夫妇八十寿序》,《桦湖文集》卷八)

文章运笔收放自如,尺幅间春云舒卷,飘逸清旷。敏树文章之清逸,还体现在他的山水游记中。其中诵在人口者,有《游大云山记》、《新修吕仙亭记》、《君山月夜泛舟记》等。在《游大云山记》中,敏树描摹自大云峰巅所观之景,读之使人骋目驰怀:

下视万山如走马,如驱羊,如滚波涛,如千万人军,旌旗鼓戈,鱼丽鹅鹳,升坛而指麾。自巴陵、临湘、通城、平江四县之山,咸在肘下。而西望洞庭,烟洲草渚,隐约可辨,沙川油川,左右绕若双带焉。(《游大云山记》,《桦湖文集》卷十一)

桐城姚鼐《登泰山记》,典要雅洁固有之,气势笔力则逊于敏树此文。敏树在摹景状物之余,时而生发议论,立论高远、洒脱飘逸,《新修吕仙亭记》有云:

盖仙者可以不学,而意亦不能无之。若山川奇异幽远之乡,使出世之士,俯仰其间,必将有恍惚从之者。果有与无,俱不足论也。(《新修吕仙亭记》,《桦湖文集》卷十一)

敏树以孤介之性,处山水之乡,笑傲烟霞,徜徉游钓。无俗务之扰,有山水襄助。故其文恬淡闲逸,风神摇曳。郭嵩焘《吴君墓表》云:"(敏树)以为诗书六艺皆文也,其流为司马迁,得迁之奇者韩氏耳,欧阳公又学韩氏而得其逸。而自言得欧阳氏之逸。"郭氏此论本自敏树《记抄本震川文后记尾》,其中有敏树自评:"宋有欧阳子,宗韩子,而风神独妙,又非韩之所有!余身居野逸,为文不免类欧。"(《桦湖文录》卷四)郭氏于其中绅绎出一个"逸"字,来概括敏树文章特点,与曾国藩持论相同。"逸"与敏树所谓"风神"相似而又有区别:风神之"风"犹言"风力",主刚;风神之"神"犹言"神韵",主柔。风神犹言"气韵",指的是风韵飘逸、神理自然、刚柔兼济的艺术境界。显然,"逸"不足以涵盖"风神"的意蕴。韩愈文章,力有余而韵不足;欧阳修文章,风力、逸韵两者兼具。敏树以"风神"衡文,整秩文统,越六家而上承文忠,虽不免自负,但敏树独自面对的是一个绵延百余年的文派,若不破其文统,提出自己的为文主张,便很难从根本上矫其文弊,正其文风。

唐人李翱,毕其一生,究心于道,戮力于文,因与韩愈同时,文章光焰不复特出。敏树独能发其文之幽光,引以为同道。李翱有文《寄从弟正辞书》,敏树其中有这样一段文字:"汝勿信人号文章为一艺,夫所谓一艺者,乃时世所好之文,或有盛名于近代者是也。其能到古人者,则仁义之辞也,恶得以一艺而名之哉?仲尼孟子殁千余年矣,吾不及见其人,吾能知其圣且贤者,以吾读其辞而得之者也。后来者不可期,安知其读吾辞也,而不知吾心之所存乎,亦未可诬也。"敏树在《书李翱文后》这样写道:"李翱之文章甚高,其自许亦至……观翱之所以为文与其自力于道者,其于自处不肯居韩子下,亦明矣。余独悲夫翱之道不用于时,其文显于后世,虽显矣,卒能熟而复之者,几人哉?则翱之信于己而必于人者,可谓艰且孤矣!"后人视敏树亦当如敏树视李翱。

第四章　古文的余响

第一节　沈曾植、马其昶

一、沈曾植：集清学之大成

沈曾植(1851—1922)，字子培，号乙盦，晚号寐叟，此外用过的别号达七十余个①，浙江嘉兴人。清光绪六年(1880)进士，官刑部主事。康有为主张改革，曾植赞助他开强学会于京师，光绪二十三年丧母，康往唁，曾植劝他再上万言书，言变法自强。光绪二十四年三月南归，五月，湖广总督张之洞聘其往武昌主两湖书院史席。八月，政变作，未被祸及。母丧服满后，历任江西按察使、安徽提学使、署布政使、护理巡抚。宣统二年(1910)辞官归里。清亡后，以遗老居上海。丁巳，为人所挟持，北上参与溥仪复辟之役。事败归上海。壬戌十月病卒，年七十三。其生平事迹，除见载于《清史稿》本传外，尚有其门人谢凤孙所撰墓志铭、王蘧常所撰《嘉兴沈乙盦先生学案小识》、《沈寐叟年谱》以及宋慈抱、王森然等所撰传记。

沈氏在近现代史上主要以其学术研究著称于世。平生著作有目可稽

---

① 参见许全胜《沈曾植年谱长编》，华东师大古籍所博士学位论文。

者,达四十八种之多①。唯当时梓行者仅《岛夷志略广证》、《寐叟题跋》、《海日楼诗》等少数几种,其余多散佚②。

关于沈曾植的学术研究,《清史稿》本传有一颇为简括的介绍:

> 居刑曹十八年,专研古今律令书,由《大明律》、《宋律统》、《唐律》上溯汉、魏,于是有《汉律辑补》、《晋书刑法志补》之作。曾植为学兼综汉、宋,而尤深於史学掌故,后专治辽、金、元三史,及西北舆地,南洋贸迁沿革。

曾植学识渊博,主张经世致用。居沪期间,王国维为作《寿序》,论及清代学术三变:顺、康是致用(经世)之学,雍、乾以后为专门(稽古)之学,顾亭林和戴东原、钱竹汀乃世所公认的清学盛况的开创者和代表人物。道、咸以降,学术趋新,途辙已变;今日(清末民初)"时势又巨变矣,学术之必变盖不待言。世之言学者,辄伥伥无所归,顾莫不推嘉兴沈先生以为亭林、东原、竹汀者俦也",是以沈氏为集清学之大成;且特别指出沈氏"忧世之深,有过于龚、魏;而择术之慎,不后于戴、钱",最足以表现王国维的推许之情、真切之见③。如沈氏者,虽学涉多端,各自专门,而并非主张纯学术,亦不过如历代先贤,以修身治国为其职志。即如其最所擅长的西北舆地之学乃"边疆多故"而"期应世变"之学,此前人已经指出者④;时人或专就其政治态度立论,而称之为"终为浙江守旧派最后之大人物,并为旧时代旧人物之鲁殿灵光"者⑤,则显然不确。

作为学者,沈氏"尚实学,不屑于词章","余事为文","有作即斥

---

① 王蘧常:《沈寐叟年谱》,商务印书馆1938年版。
② 据钱仲联1990年12月为《沈曾植海日楼文钞佚跋》所写的引言,见《文献》(季刊)1991年第3期,第166页。
③ 王国维:《沈乙盦先生七十寿序》,《观堂集林》卷二十三,《王国维遗书》(二),上海书店出版社1996年版,第582—586页。
④ 宋慈抱:《嘉兴沈曾植传》,见《沈曾植集校注》附录,中华书局2001年版。
⑤ 王森然:《沈曾植评传》,见《近代二十家评传》,书目文献出版社1987年版,第28页。

弃"①,所作文不自贵重,生前也未曾结集出版,致使身后仅以学著称而不以文章名世。沈氏传世文章以书画、碑帖之题跋数量最多,影响最大,其次则为读书治学之随笔札记,亦洋洋大观。这两类文字曾由后人整理为《海日楼札丛》《海日楼题跋》,合订一册出版②。

《海日楼札丛》八卷,乃其一生读书治学的心得,涉及的方面极其广泛,大致来说,包括了群经诸子、历史地理、诗文词曲、书法绘画以及佛道二藏,广博和精深的程度也都是同时代的学者中少见的。其第七卷多关文学。沈氏能以所学所养沉潜人生,从而形成自己独特的文学睿解和洞察力。在历代诗人作家中,他对陶渊明独多解会,一卷之中评陶即有十三处之多。如对《陶诗酬丁柴桑》中"飡胜如归,矜善若使"一句,仅以"可爱"二字评之;又如评《陶诗形影神》说:

> "贵贱贤愚,莫不营营以惜生。"公之惜生,甚于人也。不尔,何五情热之有?"憩荫若暂乖,止日终不别。此同既难常,黯而俱时灭。身没名亦尽,念之五情热。"极沈郁之思。"日醉或能忘,将非促龄具!立善常所欣,谁当为汝誉?甚念伤吾生,正宜委运去。纵浪大化中,不喜亦不惧。应尽便需尽,无复独多虑。"顿挫怫郁,力透纸背。

亦只系一二语略加点缀;至如《陶诗〈于王抚军座送客〉》一条云:

> "逝止判殊路"四句。出处殊途,兴亡异感,虽流连于樽俎,修契阔于风云,芳草为萧,素丝染色,此之为别,岂复常情!是故即事多欣,非人谁与之心也。言哀必叹,离世长往之志也。目送情随,二句中含无限感慨。(《海日楼札丛》卷七)

这一段则大加发挥。诸如此类,都足以令读者见到沈氏的学养、审美

---

① 王蘧常:《嘉兴沈乙盦先生学案小识》,卞孝萱、唐文权编《民国人物碑传集》卷六,团结出版社1995年版,第447页。
② 钱仲联辑:《海日楼札丛》(外一种)(即《海日楼题跋》),中华书局1962年版。

风尚,以及个人遭际在其中所起的作用。显然,这样的文字,不可能是纯客观的研究、探讨与评说,而是如同作者的文学创作一样,是其思想心灵的个性化的表达。

《海日楼题跋》共三卷,其中尽多谈书法、论碑帖的不刊之论,专门之学;然而其中也偶有些笔端颇带感情的篇章,如《俞策臣先生画册跋》一文就是:

> 右俞策臣先生画六页,咸丰辛酉,居南横街老屋东厢时作也。先生讳功懋,号幼珊,以优贡知县,需次上都,适馆余家。余时年十二,从先生授《小戴礼》、唐人诗歌。先生甚受余也,而未尝勤勤督课。率禺中出游,夜漏下乃归,归而与戟廷兄纵谈朝士见闻,兵事胜败,阛阓优伥,游侠戏乐,诙嘲跌宕,穷日夜不倦。兄出即作画,画能兼习诸家法,墨法深厚,而青绿著色尤巧密,钱湘吟侍郎激赏之。居半载,从侍郎适南楚。濒行,余流涕牵衣不忍别,先生留是册以慰余也。后先生令粤东,戊寅、辛巳,余适粤再相见,得尽观所藏,书画杂糅,多伪品。乃知先生画固得自天才,非关学力。是时先生好为诗,出入温韦,多才语;而画不数作,意气亦非复从前豪荡矣。甲申、乙酉之间,罢官归,未几而卒。吾乡近日画史,殆无有能知先生姓氏者。光绪丁未新正,曾植敬识。(《海日楼题跋》卷三)

因画忆人,因人抒情,作者早年的生活场景也得以短暂闪现。在对习画、赏画经历的叙述与评说中寄寓其怀旧笃亲之情,堪称题跋文中的佳作。除上述札记、题跋之文外,沈氏亦有碑传、书信等文传世,下面且引一段今人所辑的《业师两先生传》:

> 高隽先生,讳伟曾,杭州仁和人。咸丰辛亥举人,屡上春官不第……先生馆余家,在同治壬戌秋癸亥春,不及一年。为余开笔师。然平生诗词门径,及诸辞章应读书,皆禀先生指授,推类得之。先生多交游,暇则蝇头字钞张天如《通鉴纪事本末》、谷氏《明史纪事本末》

论,余因是知明季复社文学。是时王砚香先生馆舅家,二先生日为诗词唱和,余私摹仿为之,匿书包布下,先生察得之,笑且戒曰:孺子可教,俟他日,此时不可分心也。而余知杭、厉自此始。

　　先生自馆登车,余送于门,宾客多,不得儳言。余流涕,先生顾余亦流涕,至今情状在目前。辛巳秋,访问先生,已归道山矣。无子,遗稿不可问。闻晚多病,怀抱颇不佳。①

此段回忆早年家塾的"开笔"老师,平缓质直的语调中时露追怀之情。文章多选取小事加以表现,诸如"暇则蝇头字钞张天如《通鉴纪事本末》、谷氏《明史纪事本末》论","日为诗词唱和,余私摹仿为之,匿书包布下,先生察得之,笑且戒曰:孺子可教,俟他日,此时不可分心也",这些看似平淡而实蕴涵丰富的细节,刻画出一位勤谨的塾师形象。作者晚年写作此文时,很自然地赋予这些细节以极深厚的意蕴:"余因是知明季复社文学","而余知杭、厉自此始"。正是老师的潜移默化,给学生留下了美好记忆。下文章写老师离别的时候:"先生自馆登车,余送于门,宾客多,不得儳言。余流涕,先生顾余亦流涕。"寥寥数语勾勒出师生告别的场景,尤其"余流涕,先生顾余亦流涕"一句,极贴切地写出孩子对恩师的依恋和老师受到孩子感染的实况,可谓一篇之中的传神之笔。

沈氏是一位毕生钻研古典的学人,他的弟子说他"喜周诰、殷般诘屈,及老、庄、列瑰玮"。的确,他喜欢这些高典巨册,也习惯了这些著作的文字风格。要在他的文章中多找些平易流畅的文字,并非易事。沈氏散文的总体风格也确如其弟子的论断,是"雅近皇甫持正、孙可之"一流②。在《定庐集序》中,沈氏自叙其学问与文章渊源时曾说:"曾植少孤,独学无友。所由粗识为学门径,近代诸儒经师人师之渊源派别,文字利病得失,多得之武进李申耆及吾乡钱衎石先生文集中。两先生,吾私淑师也,而钱

---

① 钱仲联辑录:《沈曾植海日楼佚碑传》,《文献》(季刊)1993年第2期,第145页。
② 王蘧常:《嘉兴沈乙盦先生学案小识》,卞孝萱、唐文权编《民国人物碑传集》卷六,团结出版社1995年版,第448页。

先生同乡里为尤亲。"①这里所说的钱衎石,名仪吉,字衎石,乾嘉后期著名学者。又据他在《沈达夫先生墓志铭》中称:"桐城方(苞)、姚(鼐),实一代文章之正轨,而治其学者,不能无体下之讥,学不足则然。常州恽子居,吾乡钱衎石先生,近日湘乡曾文正公,皆得学本于古人,用以剂方、姚,入其室而不践其迹者也。"②虽然所说是其同门学长的取法对象,而实际上也是他自己夫子自道其入门途径。

二、马其昶:桐城末叶

马其昶(1855—1930),字通伯,晚号抱润翁,安徽桐城人。少承家学,师事桐城派作家方宗诚、吴汝纶。年未冠,经吴汝纶介绍,谒风池书院山长张裕钊,潜思求学,屡得新益。长期教习乡里,研治群经子史,旁及佛典,声名日起而淡于仕进,屡拒荐举。后以学部主事充京师大学堂教习。不久回皖,任安徽高等学堂监督。1914年再至北京,主法政校务,并备员北洋政府参政院参政。因反对袁世凯称帝,拒绝参加筹安会。1916年,清史馆聘为总纂,主修儒林、文苑及光、宣大臣传。后以老病归里,卒于家。传记资料主要有陈三立、王树楠等所撰墓志铭等。

马其昶以学文而进于治经史,后兼肆力于诸子百家,旁及佛道二藏。著作达三百余卷,于经著有《易费氏学》、《毛诗学》、《尚书谊诂》、《礼记读本》、《大学中庸孝经谊诂》多种,于史则撰《桐城耆旧传》、纂《清史稿》、编《左忠毅公年谱》;更有《老子故》、《庄子故》、《屈赋微》以及《金刚经次诂》等。

马其昶早年即以古文创作得名,与姚永概、林纾同为桐城派末期代表人物。姚、林卒后,他更被视为桐城派殿军。作为桐城后学,他学文当然是以桐城一派家法为宗,如方宗诚教他"宜本经史体诸躬,旁及大儒名臣

---

① 钱仲联辑录:《沈曾植海日楼文钞佚序》(中),《文献》(季刊)1990年第4期,第189页。
② 钱仲联辑录:《沈曾植海日楼佚碑传》,《文献》(季刊)1993年第2期,第135页。

所论著",吴汝纶也教以"多读周秦两汉时古书";张裕钊更进而教之曰:"文之道至精,古之能者,义不苟立,词不苟措。陈义必取其最高而尤雅者;造言必深古,不使片词杂乎凡近,其句调声响,必在在叶乎铿锵鼓舞之节。"又说:"培其源无速厥成!善学者宜俟其自至。"①也都还是桐城的一贯血脉。其昶所著《抱润轩文集》,有宣统元年(1909)石印十卷本,1923年家刻二十二卷本。

清末民初,时异势变,中西文化文学观念处于急剧的碰撞交流期中,马其昶生当此际,仍然秉承桐城文家固有理念,主张义理、考据、辞章合一,强调文章经世致用,可谓典型的传统功利主义文学观的翻版。他在《桐城古文集略序》中说:"昔戴存庄孝廉与方柏堂先生编桐城文录未就,其昶僭不自揆,有志重辑。惧其复蹈前所陈者之失也。凡所取录义主于备文献,又必其理高而辞尤雅者。"(《抱润轩文集》卷三)所谓"备文献"、"理高"、"辞尤雅"者是分别从考据、义理、辞章三方面而言,他要求三者必备,体现了桐城文派的一贯主张。

作为一位处于大变动时代的传统士大夫文人,马其昶与现实社会颇显隔膜。但在清帝退位前,他也曾就国事发表过很中肯的见解。如《宣统二年上皇帝疏》(《抱润轩文集》卷八)论列朝政更革,能够说出"凡事务其虚名,而百姓受其实祸"的见地,又如下面一段:

夫变法大事也;举宪政,尤创举也。今欲变法而创古今未有之举,而上下承以敷衍之心,臣诚不知其可也。旧政之失,失之因循;新政之失,失之纷扰。日日为民所以生,而实迫之以死。何则?苛敛重而民不堪命也。

这里议论朝廷视民如草芥,批评的锋芒是很尖锐的。接下去又说:

今贝勒载洵、载涛慨欲救危亡,以练兵为急务。兵事变化,必资

---

① 马其昶:《书张廉卿先生手札后》,《抱润轩文集》卷三,上海古籍出版社2002年版,第7页。

> 实验,非可座谈;出洋考察,匆遽一过岂遂得其深际?彼邻邦接待之优崇,皆其外交之机智,争欲售船炮于我耳。而海军一经开幕,用费既广,用人尤多,急功喜事之徒,可以坐致通显,自必肆其营求……聚无数急功喜事之徒,奉一年少之王公,而握全国之军政,臣草泽奸雄有以轻量朝廷而生其觊觎矣。

这一段话尤其说得尽情尽理,清楚明白。虽然他的立意在保持清帝的统治,而洞微烛隐,深中肯綮,的确表现作者见识的不凡和笔端的大胆。在此疏的结尾他又说:

> 臣窃恐他时称变之作,不在海疆而在内地,不在兵寡而在民穷;不在取财之不足而在用财之太奢。至于立宪政,开国会,诚大事之所趋,不患其不行,而第患行者之徒务虚名,有宪政有国会而其祸更烈。

这些话对于清廷来说都可谓是风雨欲来之前的忠言。而其昶在当时忠于清室,固亦无可厚非。虽未提出什么有效的建议,却显示他关注国事的热忱。

马其昶的文章对于民生疾苦也多所关心。在《上于方伯论清赋书》中说:"今天下惟农民至苦耳,士大夫惟务本业者至拙耳,聪明才智之士皆不事此,朝廷之所注意经营者亦不在此,而独至于筹国计、裕度支、剥肤敲髓,仍在此至苦至拙之人……悲哉!民也。当我公实为邦伯之时而犹若此,复何望乎?"又说"惟于综核名实之中稍寓薄敛恤农之意,宽一分即民受一分之赐"(《抱润轩文集》卷四)。作者痛心于横征暴敛,使民生陷于疾苦,寓意减轻赋税,人民得以休养生息。

其昶虽然于政治并不热衷,但对于中外争端事件的评论,也显示了他的爱国主义感情。如所作《赠太仆寺卿南昌知县江君家传》(《抱润轩文集》卷八),称赞南昌知县江召棠拒绝帝国主义分子的无理要求,以死殉国的凛然大义,也谴责了法国传教士的横行霸道,可称名篇①。

在政论文章以外,其昶的史论文章也多有佳作。如《李泌论》评说唐代奇才李泌,对于他的"结回纥大食云南与图吐蕃"的战略政策予以充分的肯定,文末说:"呜呼!先王政教之不明久矣,夷遂得乘虚而觊觎中国。不求自强以胜之之术,持忿而与之战,天下遂不胜其斗争之苦。忍一时之辱以连和,彼利吾之怯,愈益肆其侵暴而快所欲。然则求所以弭夷患而又不劳吾民者,殊未有全策也。顾安得如泌者与之深计天下事哉?"(《抱润轩文集》卷一)对当时中国的形势分析透彻入微而又切中时弊。再如《荀卿论》、《读鲁仲连邹阳传》也都是借论古人以表达自己对现实世界的见解。陈三立评其《荀卿论》说"古之人持说立教不一其端,要皆为发愤救时而设文,能观其大通,气息亦厚"(《散原精舍诗文集·集外文》)。正是对于历史和现实的深刻观察和理解,使他的史论文章具有极强的现实针对性。

其昶于文长于碑传、史论,其他文体亦有佳作。其为文根基六经,取法古人而善学之。钱基博在《现代中国文学史》中曾经以马氏的《吴先生墓志铭》与同为吴汝纶弟子的贺涛同题之作加以比较说:"其昶综括一生,笔力坚净;拗峭之笔,饶有妩媚,浏亮之词,妙能顿挫;不为雄迈驱驰,而为瘦削拗折,是诚得王安石学韩愈之神者。"确是很深刻而富有启发性的见解。如其昶所作《送毛实君序》一篇,陈三立以"兴寄悠然"四字评之。其中一段云:"丰城毛实君孝廉,入都道吾邑,凭吊乎先民之遗烈,留两月方去,幸而辱交于余。告我曰:'西江有陈伯严三立者,洞庭之阳有程伯翰颂藩者,皆今之才贤人也。'更为我言其它高材方闻之彦,殆六七人。惜乎!吾不得与数子者游处而君且去也。风雨如晦,鸡鸣不已。余能无思乎?抑余读风诗曰'朋友攸摄,摄以威仪'然后乃益知《伐木》诗人之所云。"(《抱润轩文集》卷五)若取此文与王安石的名作《同学一首别子固》并观,当可见两文如出同一途辙。马氏的散文创作缺乏雄丽奇伟的风格,而于

---

① 漆绪邦、王凯符:《桐城派文选》(安徽人民出版社 1984 年版)、林非的主编《中国散文大辞典》(中州古籍出版社 1997 年版)均以此篇为马氏的代表作。

欧、曾舒徐简婉,王安石的简净拗折独有会心,其文章风格偏于阴柔之美。陈赣一曾说:"马通伯、姚叔节皆渊雅淹博,论者谓马追惜抱、姚法望溪。"这是很准确的评价(《新语林·文学》卷三)。

其昶三十岁以后因经世、学文等目的而转向学术研究,于传统四部之学皆有专著。所以其文集中学术之文颇多见解超迈、笔力简古的佳作。他的这类文章大多篇幅不甚长,往往高屋建瓴,条理清晰,精义屡现;考证而不显繁琐,论说而不至芜杂。如《屈赋微序》(《抱润轩文集》卷三),先考定屈原作品的篇目,次探讨屈赋的主旨,都是极易流于苛碎的内容,而马氏手中,却能做到"考据而不芜,说理而不腐,抒情而不佻,就文艺言,就学术言皆可以作为模范,而更是'桐城'本色"①。其他此类文章如《风俗论》、《为人后辨》、《为人后者其妻为本生父母服辨》、《葬期论》、《读封禅书》、《庄子故序》、《周易费氏学序》都属此类。其师吴汝纶曾称赏《为人后辨》一文"折衷至当,通变称情,可谓深知礼意";又称其《为人后者其妻为本生父母辨》为"义精辞足,似望溪集中文字"(《抱润轩文集》卷一)。总之,其昶论学之文既能见解深入,又文辞简约,条理通畅,与乾嘉以来的经师儒生的考据、语录俱各不同,洵为学术文的典范。

马其昶热心乡邦文献,曾辑有卷帙浩繁的《桐城古文集略》,从青年时就有撰述《桐城耆旧传》的打算,经二十余年终于成就。全书十二卷,纵贯明清五百年史实,涉及九百余人物的生平行实,不单是一部具有社会史、文化史意义的史学著作,同时也是值得珍视的史传散文。

以马其昶为代表的一批清末民初作家,在后来新文学的史家那里都是需要否定的人物。这些面向旧时代的人物确实无力挽狂澜于既倒,也越来越少有可供他们经营的世务。但在旧文学所独擅的领域,后人不能不承认马其昶等人还算是做出了一个相当精彩的收场。

---

① 吴孟复:《桐城文派述评》,安徽教育出版社1992年版,第170页。

第二节　晚期桐城派：姚氏兄弟

一、姚永朴：殚精学术，平正肫厚

姚永朴(1862—1939)，字仲实，晚号蜕私老人，安徽桐城人。姚莹之孙。光绪二十年(1894)中顺天乡试举人，"不乐仕进，一意殚精学术"①。早年与其弟姚永概、姑夫马其昶等治古文辞于乡里，后从吴汝纶、萧穆、郑杲等人游，专治经。历任广东起凤书院山长，山东、安徽等省高等学堂及北京大学教授。民国初，教育总长张一麐以硕学通儒征，不就。清史馆长赵尔巽礼聘清史馆纂修，许之，成《清史稿》四十余卷。1919年秋浦周氏创办宏毅学舍，聘为教务长。1925年举为安徽大学校长，力辞不获，乃就大学教授。1936年谢病归乡里。抗战爆发后，避难至桂林。1939年病逝于桂林寓舍。著有《尚书谊略》、《蜕私轩诗说》、《论语直解》、《十三经举要》、《群经考略》、《史学研究法》、《诸子考略》、《群儒考略》、《惜抱轩诗训纂》、《文学研究法》、《旧闻随笔》、《蜕私轩集》等，共数百余卷。生平事迹见王蘧常《桐城姚仲实教授传》及姚墉《姚仲实行述》②。

永朴称其"少时有志于诗古文辞而苦才弱，年二十有五，北行过上海，遇萧敬孚先生谆谆然勖以经史之学，既抵都，复与迁安郑东甫游，于是锐意治经。"③其弟姚永概称"仲实专志读经三十余年"(《〈蜕私轩集〉跋》)，可见永朴平生用力所在。《蜕私轩集》中亦多治经论学之文。

---

① 王蘧常：《桐城姚仲实教授传》，姚永朴《文学研究法》，黄山书社1989年版，第1页。
② 原载《国史馆馆刊》第一卷第三号，收入卞孝萱、唐文权编《民国人物碑传集》卷十一，团结出版社1995年版。
③ 姚永朴：《答胡敬庵书》，《蜕私轩集》卷四，1921年秋浦周氏刻本。《萧敬孚先生传》(《蜕私轩集》卷四)亦曾记述此事。

永朴治经,"不立门户,视唐如汉,视宋元明亦如唐,博稽而约取,会通众说,有不安乃下已意,盖传经者,必守师说,治经则取其通而已"(姚永概《〈蜕私轩集〉跋》),"说经实事求是,无门户之习,论诸子百家亦然"(周明泰《〈蜕私轩集〉序》)。永朴自己亦云:"苟其说可以明经,斯已耳,夫何门户同异之足言?"晚清以后,学者多主沟通汉学宋学,永朴亦不能自外于此潮流:"夫治经之学,不越二家,守汉儒之训诂名物而无取专已守残,宗宋儒之义理而力戒武断,操斯术也以往,其于圣人之意,虽不中,或不远与?"(《蜕私轩读经记序》,《蜕私轩集》卷二)故能无门户之见。

这里之所以论及永朴治学门径,乃是因为由此可对《蜕私轩集》中诸多说理论学之文得一"同情之理解"。盖自曾国藩倡"古文之道,无施不可,但不宜说理耳"(《复吴南屏书》)之说后,吴汝纶、张裕钊等人大体上也都持相同的见解。吴汝纶在《与姚仲实》中说:"说道说经,不易成佳文。道贵正,而文者必以奇胜。"姚永概亦云:"纪事之文尚易,而议论转难,盖议论必多发古人所未得,又其说非关系乎宇宙,能自成一家言,不为工也,以才笔自雄,徒辞费耳。"(《文学研究法》)盖义理以能成一家言为难,若道理普通寻常,则易堕入陈腐,文境难以出奇。

然如前所述,永朴治经重在求会通,并不以发明已意为主旨。《群儒考略序》云:"人本有高明沉潜之殊,故持论不得不异,而诸家之学稽其所长,固可得圣人之一体而皆有补于世,故历代传之而不容废。"(《蜕私轩集》卷二)诸家之学之所以可以会通,即在于它们都是"圣人之一体",求其会通之处,亦即在求"圣人之意",此"圣人之意"万古长存,不因时代兴废而丧失价值。故永朴又云:"窃谓吾辈读百家书,但当舍短取长,畔吾道以从之,固不可必峻诋之,微论彼所自得之处,实即不悖于圣人之处,故能长存天壤。"(《答疏通甫书》,《蜕私轩集》卷三)读书自得之处,不在于标新立异,而在于"不悖于圣人"。

另外,永朴论文,又并不以"奇"为贵,若初学者骤希乎奇崛之境,其流弊不可胜言。"然则吾人今日从事于此,以奇者为宗?抑以正者为宗乎?"(《文学研究法》)答案不言自明。吴汝纶说"道贵正,而文者必以奇胜",实则永朴所求正在"道"之正,所不欲正在"文以奇胜"。"奇"易流于险僻,

"正"则平实通达。

明乎此,则可以论永朴说理论学之文矣。永朴义理之文,其长处正在平正通达,不作惊人之论。虽少树立,然亦无奇怪险僻之病,故多朴雅可诵。如《读荀子》:

> 吾尝因是博观二子之书,孟子于五经盖无所不学,而所长在诗书,荀卿于五经亦无所不学,而所长在礼乐。故孟子七篇引诗书为说者数十,而于诸侯之礼既以为未之学,于周室班爵禄又以为其详不可得而闻,其尤著者,论助彻之法惟引大田之诗以为证,顾乃不及于周礼;荀卿之所论说,则半载于礼经。由是观之,二子之学,诚有如扬雄所谓同门异户者,然而是皆周先王所施于太学以造士而孔子所尝论述者也。今之学者,自束发受书以来,于二子之说盖莫不诵而师之矣,不能由其所不同者以求其所谓同者,乃龂龂焉夺彼予此,不亦慎乎?(《蜕私轩集》卷二)

分辨孟荀异同,条理清晰,文气肫厚,最后仍归结到"由其所不同以求其所谓同",更可见永朴论学之一贯宗旨。

除说理论学之文外,《蜕私轩集》中大部分则为叙事之文。永朴著有《史学研究法》,又曾应聘为清史稿纂修,于史家撰述义例多有心得:

> 夫传状之文,贵能纪其人之大节,故功在社稷者,其州郡之设施略焉;功在州郡者,其乡里之行谊略焉,非惟叙事之体,苟详于其小则大者转以不显焉耳。惟纪录之书可以巨细兼采,即言论足取,亦得并录以资观法。此二者之体,所以能并存不废也。要必以有裨于人心风俗为义,岂徒曰广见闻资采撷而已哉?(《桐城耆旧言行录序》,《蜕私轩集》卷二)

"非惟叙事之体,苟详于其小则大者转以不显焉耳",也即桐城派以"义"生"法"之一例。《蜕私轩集》外,永朴另有《旧闻随笔》一书,网罗旧闻,此即永朴所谓"纪录之书"。二者之体迥不相侔,永朴可谓深明史法者。

《蜕私轩集》中传状之文,许多篇末即表明"上之史馆",这类文章确实多"纪其人之大节"。不过永朴一生几乎没有仕宦经历,故集中为"功在社稷者""功在州郡者"所作之文较少,其较著者为《光禄大夫刑部尚书薛公行状》(《蜕私轩集》卷四),此文平实典正,盖纯乎史体耳。其余则多为记述师友交游之作。永朴既以"有裨于人心风俗为义",且又生逢乱世,故特重士人品行名节之表彰,用其门人周明泰的话说,即是"所纪述大抵忠节之流,与严穴之绩学力行者"(《〈蜕私轩集〉序》)。这类文字常常借一两个生动的场景和事件描写,使其人之行谊气节跃然纸上,如屡为论者所称的《萧敬孚先生传》:

> 在上海凡数四十年,四方贤公卿下逮游客,语及见闻洽熟,必曰萧君。先生即笃意文献,见有力者必诱之刊书,所刊数十种,皆躬为任雠校,不取酬。初先生尝从市中得邵阳魏公光焘先世遗稿,其家无副本,闻之,辇金以求。先生笑曰:"父祖之业,固宜传之子孙,何言财乎!"卒归其书。及光绪末,先生老矣,而家益贫,总办制造局不相知,夺其事。会魏公总督江南,过上海,首诣先生,纵谈三日。总办大惊,急谢过,增俸至倍。先生叹曰:"是谓我将不利于若而货之也。"仍受故俸,而称其长于魏公。人以为长者。(《蜕私轩集》卷四)

钱基博评此文曰:"其文随手起落,不为张皇,坦迤平直中,自然感激顿挫,不如(似)并世诸公之好做段落,狠其容,亢其气,硬断硬接;而我用我法,余味曲包,此真姚鼐血脉。"①洵为确评。又如《王君竹舫传》:

> 合肥李公尝召君,君语使者曰:"相国以堂事召,义不能不往,顾吾士也,方今士见相国者,礼卑诎已甚,吾耻之,子幸为我白相国。"李

---

① 钱基博:《现代中国文学史》,岳麓书社1986年版,第183页。

公故疾世之以儒鸣者,闻君言,疑之,然已前召,即好谓之曰:"若士也,士惟楫耳。"君如所戒往,李公迎笑曰:"闻子儒人,真儒邪?抑伪儒邪?"君敛容对曰:"如晋之者,何敢言真儒,然至以儒伪,晋之虽不肖,所不敢出也。"李公大笑曰:"子非真儒,固不能为是言。"卒厚礼而遣之。(《蜕私轩集》卷四)

行文不枝不蔓,文辞清通简洁,而人物之性情自然浮现,确是桐城家法。在对话中刻画人物神情声口,自然生动,更可见作者描写功力。

永朴另外一些追怀童年往事或记叙家人合离的文章,往往更紧密地结合着个人的身世之感,叙事与抒情融洽无间,显得更加凄恻动人,如《西山精舍图记》:

> 大母居宅西偏,庭中杂植梅杏荼蘼、丹桂诸花,一岁中红紫常不绝,每风日稍佳,吾父必奉酒为大母寿。永朴兄弟辄以次立捧壶觞,或眺之门外,则采几仗从焉。长孙女岁时来宁,则大母为加餐,逮去,恒愀然。永朴兄弟以事入城,届期反,反或日暮,大母辄遣人走迎数里。每行抵家逾山角枫林,则见灯光荧荧然,所畜犬闻人声惊吠,大母必隔溪遥讯,知已归乃喜……壬辰夏永朴授经旅顺,去家数千里,宵深兀坐,怆思往事,而记其略如此。(《蜕私轩集》卷五)

记闾巷家人琐事,纯然白描,而情自然寓于其中,真挚动人,得归有光之风神,此亦桐城派之家法。又如《斗影图记》:

> 一日府君取苏子瞻十六快事,授山阴冯世定小白为图,于是肯堂图平生所历之境十有二,名曰去影,而名所题诗为回风集。兄踵为之,得图八,亦各缀以诗,肯堂曰:"此之谓斗影,其诗为横风集可也。"是时,大母萧太恭人年逾八十,府君连得两幼子,兄妹侍侧,永朴及伯姊叔弟岁时来觐,安福频年丰稔,案牍清简,公馀惟以文藻相娱娭,颇极一时之盛,闻者叹慕。自辛卯大母弃养,兄旋以喀血卒,庚子府君

遂终于竹山,今服阕年余矣。追思曩人零落殆尽,而肯堂卧归通州,经岁不相见,欲如畴昔从容文艺间,何可复得。人生聚散欣戚不常如此,然则兄之惓惓往事,乌能已哉。方图之成,叔弟肯堂马通伯各有记,永朴第撰诗一章。癸卯秋从兄子案上重见之,日月几何,遽为遗泽,展阅之余,蘁然涕落。(《蜕私轩集》卷五)

以"斗影图"引发出今昔沧桑之感及追思亡兄之情,虽前后时间跨度极大,然气盛脉通,毫无嘽缓衰沓之态,转接处亦浑然无迹。至情不可已处,则直抒胸臆,情既真则不为芜累,气既洁则不觉激越,可谓哀而不伤矣。篇末则追叙重见图之事,文气复又振起,余韵悠然。

永朴又著有《文学研究法》,可谓古文理论集大成之作。钱基博称"自上古有书契以来,论文要旨,略备于是焉",吴孟复则以为"考镜源流,平章得失,自成体系,上与《文心雕龙》媲美"(《桐城文派述论》),评价均甚高。虽不免有溢美之词,然亦可见其在论者心目中的地位了。

二、姚永概:俊逸而轨于法

姚永概(1866—1923),姚永朴之弟,光绪十四年(1888)中戊子科乡试举人,后屡试礼部不中。自其父殁后,绝意进取,曾选授太平县教谕,又举博学鸿儒,皆不就。民国总理段祺瑞曾以高等顾问官聘,亦辞谢。早岁从王先谦、吴汝纶等先生游,并与兄永朴及两姊夫马其昶、范当世商讨文史。光绪末年,各省皆兴学,永概遂殚心教育。充为高等学堂教务长,改师范学堂监督。永概深负才望,安徽大吏"有大计辄就决于君,是非得不谬,乡里往往被其惠,而谤议亦滋起,于是君益无浩然用世之志矣"[①]。民国后应北京大学之聘为文科学长,徐树铮创办正志学校,又延为教务长。兼充清史馆协修。有《慎宜轩文集》、《慎宜轩诗》及《慎宜轩笔记》若干卷,又著

---

① 马其昶:《姚叔节墓志铭》,《抱润轩文集》卷二十二,1923年京师刻本。

有《孟子文法读本》、《历朝经世文钞》及《初学古文读本》等。生平事迹见马其昶《姚叔节墓志铭》、姚永朴《叔弟(姚永概)行略》①。

永概自述云:"余少治经义,为之不工,窃好古文"②,后来便专力于诗文。吴孟复比较姚氏兄弟时曾说:"永朴笃志于学,尤专于经;而永概则留心时务,兼工诗文"(《桐城文派述论》),言简意赅。"留心时务"故往往"议论雄辩"③,这也影响到两人文章风格之不同,永朴之文肫厚,而永概之文则俊逸。永概自叙其"年二十余,以文谒吴至父先生,先生独赏其气俊逸"(《赠张仰韩序》,《慎宜轩文集》卷四),姚永朴亦曾记此事:"吴先生尝称其诗文才气俊逸,足使辞皆腾踔纸上,虽百钧万斛而运之甚轻也。"④"俊逸"二字,足为永概文之定评。

这也可以从永概古文取法之途径看出。永概自称其古文初"取法苏氏,已而乃知苏氏非文之至者,有慕于昌黎"(《赠张仰韩序》,《慎宜轩文集》卷四),这便与桐城派正统有所不同了。一般认为,桐城古文多取法于欧、曾及归有光,故往往平正雅洁有余,奇崛豪放不足。姚永概转而着力于苏轼及韩愈,宜乎其文章以"俊逸"取胜。

这在《慎宜轩文集》里的议论之文中表现得最为明显。永概既是个"留心时务"的人,曾被友人目为"异日必为陈同甫"(《邓绳侯母疏太孺人七十寿序》,《慎宜轩文集》卷四),故往往喜欢在文章中发议论,或许这也可能与其受苏轼的影响有关亦未可知。虽然在其核心思想方面,永概并未超出古文所载之"道"的范围,然而永概的议论却并非是纯粹和抽象的义理("圣人之意"),而是确确实实由时事的刺激而发,这也是他和永朴区别之所在。这方面的代表便是《慎宜轩文集》卷首七篇《辛酉论》,马其昶称其"皆有关风教"(《姚叔节墓志铭》)。其中第四篇《从众》对民国议会选举之法提出疑义,第五篇《谊利》引"李完用卖韩"、"德皇战败"等外国近世史事为例,说明"利"当从"道"求之,而在这方面中胜于西,其他几篇皆

---

① 姚永朴:《蜕私轩续集》卷三,《民国人物碑传集》卷十一。
② 姚永概:《赠张仰韩序》,《慎宜轩文集》卷四,1912—1949 年间刻本。
③ 姚永朴:《叔弟(姚永概)行略》,《民国人物碑传集》卷十一,第 739 页。
④ 姚永朴:《叔弟(姚永概)行略》,《民国人物碑传集》卷十一,第 738 页。

类此。撇开具体观点是非不论,从中均可见永概对时事的关怀和忧虑。而在其他一些书、序等文字中,也可常常看见永概对时事新知的批评,如《邓绳侯母疏太孺人七十寿序》中就谈及对当时女学的看法,《与陈伯严书》(《慎宜轩文集》卷四)则论及甲午以来中学西学地位升降之趋势。另外,像《读秦风》、《读封禅书》(《慎宜轩文集》卷一)这样的文章,也不同于永朴集中题目相近的论学之文,而毋宁说更近于王安石苏轼一类的史论。至于像《杂说》(《慎宜轩文集》卷一)这样引寓言入文,则很容易让人联想到韩愈。凡此种种,都表现出纵横驰骤之态,意气风发,文辞腾踔,与桐城传统古文似乎俨然分道扬镳了。

然而永概论文并不废法度。《马冀平诗序》称对方诗"才气奔轶而一轨于法"(《慎宜轩文集》卷四),《复海城于君书》(《慎宜轩文集》卷四)则云对方之文"光气郁勃不可遏而井井有法度"(《复海城于君书》,《慎宜轩文集》卷四),可见永概论文之标准,亦可视为夫子自道。"俊逸"而又"轨于法",则永概仍是在桐城派自身的传统中求变化,下面这段话更能看出永概对桐城家法的传承:

> 孙可之自谓得昌黎之秘,喜用生字创句,只觉桠牙纸上,岂若昌黎奇崛而自妥贴哉?奇崛者在意与章,字句抑其次也。湘乡兼取汉赋以入文,取其气可也,若字则有可以入文者,有不可以入文者,不可不察也。然亦惟汉赋而止矣,魏晋以下必不可,何也?气卑而自字未必古也。(《复海城于君书》,《慎宜轩文集》卷四)

所谓字"有可以入文者,有不可以入文者",所遵循的仍是桐城派"雅洁"的故训,故对曾国藩尚有所不满。其实永概之文也并不追求标新立异,故为惊人之语,所以林纾称其文"不矜奇立异,而言皆衷于名理,是固能祢其祖矣"[①]。所谓"俊逸"仍主要是就文气言之,并不以"矜奇立异"

---

① 林纾:《慎宜轩文集序》,《畏庐三集》,商务印书馆1927年版;上海书店1992年影印本,第5页。

"用生字创句"为贵。大抵文主豪放者,往往也容易泥沙俱下,或于文辞不加拣择,或捋扯字句,只有像姚永概这样,用"雅洁"之义法加以规范,才不会有此弊,才能成"俊逸"之格。

"俊逸"表现在碑铭传状之文上,便成神情毕肖气韵洒脱之作,如《方澍园丛园家传》中记方澍园事:

> 君少就学,日诵数百言,为诸生教授,士远归之,隔江之铜陵尤多,有名于其邑半居君门。乡试屡荐之中式,君亦不屑意。辛卯已毕初场,忽赁驴游清凉山雨花台,赋诗嘲入场者如楚囚。及撤闱知四书文已为主试所录,索二三场卷不得,人皆惜之。君反笑曰:"吾送儿来,岂计与少年争得失耶?"(《慎宜轩文集》卷六)

写其睥睨自喜通脱放达之性情,跃然纸上。又如《李结传》:

> (李结)家世贾盐,居扬州,与四方豪杰长者相识,好为骈俪之文,诗法汉魏,而刻意崭险,时时出语苦冷类长吉。长老或怪,颇戒之,弗止也。以优贡生乡试中辛卯科江西举人……安福谢涵能诗文,性狂褊,不自检饬,操土语,佶屈难通晓。家贫蹶于试,乡里少年群谩之,出门他试,辄龃龉无见礼者。一日遇结于试屋中,语合意,往还流连,各赋诗以别。结既中式,涵复斥,结贻书慰涵,且资之钱财。涵既困久,得结益自发抒,踊跃狂喜,逢人道李结不释口。其友桐城姚永概从习结名,心异结之为人。永概以甲午冬来扬州,遇歙县许德凝询谢涵,叩其何以识涵,则结乃其姊夫,结往往与言涵善属词也。方大喜,谓可因缘见巧,则泫然曰:"结死矣!"年二十有六。(《慎宜轩文集》卷五)

文辞亦复生动,而迂曲有以过之,吴孟复称为"迂回顿折,巧于见意,耐人寻味"(《桐城文派述论》)。盖此类文章所记人事为落拓豪放一类,与永概气质亦相近,故"俊逸"之格适足以副之。另外一些文章则能于平淡

中见波澜,澹宕有致而情韵尤深,如《金子善权厝志》:

> 子善多艺,能书似香光,画仿王翚,然皆不见知于时以卒……君虽不遇,而客侯官严又陵家十馀年,又陵深知君,尝劝君鬻画京师,君笑不应。又陵曰:"是何伤?食己力非不义也。"强为定酬价,然君闭门绝交游。间遇名公贵人,谈谫谨呼,瞠不发一语。朋好故旧来劝画,辄不索钱,故贫如故。君病归,又陵寄资且曰:"吾在,决不令先生向陶胡奴乞米也。"既卒,复厚赙。逾三月,又陵亦卒。(《慎宜轩文集》卷十)

既写金子善之耿介,又写严复遇友之厚,互相映照,情致深远,见于言外。而文辞章法则一如桐城家法,简淡雅饬。陈衍所谓"其文迂回蓄缩,务使词尽意不尽,以至词意俱不尽,此桐城文派家法"(吴孟复《桐城文派述论》),大概指的就是这样的文章。此外如《陈伟卿传》写陈伟卿买地葬亲事:"君举戊子乡试,与余同试礼部,寓邑馆京师,每偕登小楼望西山,暮色至无所见乃罢。其后君归,余留北方,寄余书曰:'思葬亲,择地一区,种桑百株,不求进士矣。'后值试,果不来。"(《慎宜轩文集》卷五)文笔疏淡,而情韵曲包,自然动人。

除叙事之文外,永概尚有一些山水游记,亦颇有特色。如《竹山城西小潭记》:

> 竹山,古上庸也……十月既望,始出西城,半里,有田数丘,竹树葱倩,芙蓉初华,傍山古庙数间,一壁已圮,供世所祀二郎神像蜀守李冰父子也。复沿山行,闻幽邃中水声淙然,曲折寻之,得小潭不盈亩,瀑下注清澈可喜。有鸟翠衣朱喙,见人惊起东西投。久之,上抢集岩石,向人鸣不已。潭中有鱼藏石隙,转石求之,倏尔他逝。因坐潭上,澹然忘归。时闻小舟桨声,乘水下驶,指顾已远。(《慎宜轩文集》卷十一)

其清冷幽深之处,明显取法于柳宗元。永概曾将柳宗元之山水游记与韩愈《画记》相提并论,说"子厚柳州近治山水可游者记亦非周秦人不能为,与《画记》正可相敌"(《慎宜轩笔记》卷九),可见永概亦倾心于柳宗元。

最后简要地说明一下姚氏兄弟在散文史上的地位。这不得不从曾国藩说起。钱基博认为桐城派"能平易而不能奇崛……曾国藩出而矫之,以汉赋之气运之,故能卓然为一大家,由桐城而恢广之,以自为开宗之一祖"(《现代中国文学史》),也即"湘乡派",大致符合事实。一般论者也视湘乡派为桐城派之流裔,曾国藩为桐城派中兴之主。而吴孟复则认为,"桐城"自"桐城","湘乡"自"湘乡","曾国藩正是在'桐城派'最主要的一点上,改变了'桐城派'的精神面貌。"所谓"最主要的一点",也即桐城派"雅洁柔婉"的特征。(《桐城文派述论》)在吴孟复看来,这乃是桐城派之所以成为桐城派的本质所在,失去它,桐城派也就不成为桐城派了。清末湘乡派影响极大,"连桐城文人吴汝纶父子也向风景从","当然,'桐城派'也并没有完全消失,其不同于吴汝纶而仍守方姚之传者,主要是马其昶及二姚"。(《桐城文派述论》)不管我们怎么看待桐城派与湘乡派的关系,在以姚氏兄弟和马其昶为代表的后期桐城派那里,古文风格又从曾国藩的奇崛宏肆复归到桐城正统的平易雅洁,这已成为众多学者的共识。有些论者甚至认为,这一转变在吴汝纶那里就开始了。[1]

从我们前面的论述来看,这一论断也可以得到印证。姚永朴在《文学研究法》卷四《奇正》中即表示奇境难以骤得,文章仍以"正"为宗。姚永概文虽以"俊逸"称,而且师法韩愈,但仍然遵循桐城法度,特别是在字句的雅洁方面。两人文章风格虽有差异,但大体上仍然不出桐城派固有的传统。

---

[1] 参见黄霖《中国文学批评通史——近代卷》,上海古籍出版社1996年版,第204~207页;关爱和《二十世纪初文学变革中的新旧之争——以后期桐城派与"五四"新文学的冲突与交锋为例》,《文学评论》2004年第4期。

第三节　林纾与严复

一、林纾：古文的末路

林纾(1852—1924),原名群玉,自琴南,号畏庐,又自署冷红生,晚称蠡叟、补柳翁、践卓翁、长安卖画翁,福建闽县人。早年从同县薛锡极读欧阳修文及杜甫诗。后读同县李宗言家所藏书,不下三万卷,强记多闻,有狂生之目。光绪八年(1882)举人,应礼部试不遇,一生未仕。后客居杭州,光绪二十三年(1897),与精通法文的王寿昌合译法国小仲马《巴黎茶花女遗事》,一时风行全国。光绪二十六年(1900)入京,任五城中学国文教员,得与吴汝纶遇,所作古文为其所推重,声名益起。因任京师大学堂讲席,与桐城马其昶、姚永概等交好。辛亥革命后,章太炎弟子入北京大学,不得志而离校,后入徐树铮所办正志学校讲授古文。礼部侍郎郭曾炘曾以经济特科荐,辞不应。晚年在北京专以译书售稿与卖文卖画为生。平生著译宏富,除翻译西洋小说一百多种外,文有《畏庐文集》、《续集》、《三集》,诗有《畏庐诗存》、《闽中新乐府》,自著小说有《京华碧血录》、《巾帼阳秋》、《金陵秋》等,笔记有《畏庐漫录》、《畏庐笔记》、《畏庐琐记》、《技击余闻》等,传奇有《蜀鹃啼》、《合浦珠》、《天妃庙》等。还有古文研究著作《韩柳文研究法》、《春觉斋论文》以及《左孟庄骚精华录》、《左传撷华》等。另编选《中学国文读本》若干。《清史稿》卷四百八十六有传,陈衍另撰有《林纾传》①。

就林纾在当时的影响而言,他主要是以翻译西洋小说而闻名,但他自身仍是以古文家自命。林纾做古文比他译小说态度要严肃得多。国学扶

---

① 汪兆镛编:《碑传集三编》,《清碑传合集》(五),上海书店1988年影印本。

轮社曾选取清朝文家诸作,预备结集出版,林纾亦名列其中,但收入的多是林纾所译小说的序言,大概其小说较之其古文风行更广。林纾对此深感不安,去信加以说明:"纾虽译小说至六十余种,皆不名为文。或诸君子过爱,才我小序入集,则吾丑益彰,羞愈加甚。"于是拣出几篇古文,要求对方"将已录之拙作削弃,厕此数篇","虽非佳作,然亦丑妇之涂抹者也"。由此可见林纾对待其小说与古文的不同态度。① 林纾自己写作古文,"矜持异甚。或经月不得一字,或涉旬始成一篇。独其译书,则运笔如风落霓转","历年淘汰,成文集四卷"②。

林纾论文,以《左传》《史记》、韩愈、欧阳修为法程③,又云"余固悉心于韩、柳、欧三家者,其余诸家,略一寓目而已"。④ 眼界甚高。他称韩文"抑遏蔽掩","能敛气而蓄势",又云"韩文于人之不留意处留意,于人留意处转吞言咽理为不尽之词,耐人寻味。"而"善韩者,惟欧",即欧阳修之文,在他看来也是变韩愈"吞咽之法为跌宕之风神"⑤。所谓"抑遏蔽掩"、"敛气蓄势"、"吞言咽理",意思都大致相近,也即强调文章结构的离合变化,富于波折含蓄之态。林纾自己也以其文能受到"抑遏蔽掩"的评价而自喜:"光绪中桐城吴挚甫先生至京师,始见吾文,称曰是抑遏掩蔽能伏其光气者。"⑥

集中此类文章如《送杨昀谷太守入蜀诗序》,先言昀谷"以秋官坐曹五年",为"国敝民困,不得食沧而为盗其骈戮于市者,多不见教而诛"心伤,以见昀谷虽居曹仍不忘百姓之"仁"。如此,接下来写昀谷上任后必有一

---

① 林纾:《与国学扶轮社诸君书》,原载1922年上海文明书局版《康南海林琴南尺牍》,收入《林纾诗文选》,商务印书馆1993年版,第274页。
② 朱羲胄编:《春觉斋著述记》,世界书局1949年版,上海书店1991年影印,卷三第30页引陈希彭《十字军英雄记序》。
③ 林纾:《桐城吴先生点勘史记读本序》,《畏庐续集》,上海:商务印书馆1927年版,上海书店1992年影印;《左传撷华序》、《百大家评选韩文菁华录序》,《畏庐三集》,商务印书馆1927年版,上海书店1992年影印。
④ 林纾:《欧孙集选序》,《春觉斋著述记》,第13页。
⑤ 林纾:《论古文虽为艺学然纯正者乃可载道》,《林纾诗文选》,第78页。
⑥ 林纾:《赠马通伯先生序》,《畏庐文集》,商务印书馆1923年版,上海书店1992年影印,第25页。

番作为,拯救黎民于水火,自是顺理成章。然而笔锋一转:"今以太守莅蜀,蜀民之困宁有异于天下之困?吾恐昀谷之不乐,将不异于其居曹也",则写出昀谷一片仁爱之心,并不以官职升迁而有所改变。后面又写"连帅监司"之掣肘,感慨"昀谷虽仁,顾能与此泯泯汶汶者争民命于呼吸之间以成吾仁乎",客观形势之困难亦以和盘托出。结尾云"蜀帅果能知人而善民,昀谷之来得郡必矣",期待之外又含有讽谏之意。文章处处扣住昀谷之"仁",又处处写出实现这一"仁"所面临的困难和阻力,两者相互交推摩荡,文章亦因此显得姿态横生,其得力于韩文之处显而易见。(《送杨昀谷太守入蜀诗序》,《畏庐续集》)惜乎此类文章并不多见,而其他赠序类文字则往往堕入俗套。

林纾游记之文,则取法柳宗元,他自称"余平生心醉者,韩、柳、欧三家,而于柳之游记,颠倒尤深"(《柳河东集选本序》,《春觉斋著述记》)。如《游方广岩记》:

> 岩上石华钟乳之属,岁久凝结斑勃,咸有所肖,惟龙尾泉一道,细点滴沥,经岁弗涸足异焉。夜宿阁上,微风起于枫楠之颠,和以泉溜,终夕清越可听。晨起度舍身崖寻泉源,见巨石经宙,若剖卧钟之半,平置岩顶,水漫其上,约其流趋钟纽而下,盖石状凹而锐前,泄泉处势微洼,因风洒析散而为珠帘也。(《畏庐文集》)

色古词茂,状物写景皆逼肖入微。又如《记云楼》:

> 万竹扫天,中无杂树,幽闃露微,迳青湿如新过雨,泉声潇潇泻竹根而下,小溪宛转,抱竹南逝,丛苇覆翳,不知其流所极。竹断处见天如覆盂,不半里风筱作声,又入幽闃中矣。竹身大可盈握,细叶触风,仰见碎光摇动者,天也。洗心亭面北而搆,寒泉前渟如镜,细藻盈回,水底缕缕可数。泉脉西来绝骎,坠落其中,如鸣佩环。一径北趣入苍碧中,始见杂树,或篁或杉或梗之属,交植不辨柯叶。(《畏庐文集》)

移步换景,层序宛然。文笔细腻幽峭,清冷处自有柳州风神。写洗心亭及其下之寒泉,再写泉"北趣入苍碧中",远近有序,色调清丽,颇合画境,这与林纾精研画理有关,则可以说是他独具的特色了。①

不过,最能体现林纾古文特点和成就的,还是他的叙事之文,尤其是那些描写家庭亲属日常琐事的文章最为动人。张僖在《畏庐文集序》中说:"畏庐文字,强半爱国思亲作也。"林纾自己也说:"纾生平无富贵之交,故显者之事迹多不见之吾文,然哀悼亲属,动必有文。"(《叔母方孺人事略》,《畏庐续集》)在林纾看来,"古文中叙事,惟叙家常平淡之事为最难着笔。"(《孝女耐儿传序》)这方面《史记·外戚列传》和归有光给他启发甚多,特别是其叙悲生情之处②,认为归有光文章"最足动人者,无过言情之作,是得于《史记》之外戚传,巧于叙悲,自是震川独造之处"(《震川集选序》,《春觉斋著述记》)。加之作者"(畏庐)忠孝人也,为文出之血性","以血性为文章",故其"叙悲之作,音吐凄梗,令人不忍卒读"。(张僖《畏庐文集序》;高梦旦《畏庐三集序》,《畏庐三集》)如《先妣事略》:

> 壬午纾领乡荐春官报罢,宜人见纾归喜甚,竟不及下第事,壬辰纾复北行,宜人忽梦纾病于析津,遽起开门,见月乃觉其梦,即亦弗寝,日上移榻廊隅,望门待邮者。二日析津书至,无病,而宜人惫矣。高氏妹尝语纾曰:"母恋兄意殊不在得官。兄南归多以五月,苍霞之洲,大水新落,家具杂沓横亘,日影停窗纸上。母指麾家人,为兄解装庋书籍,往来笑悦,兄忆之耶?"呜呼!无母之戚,则妹言愈弗堪矣。(《畏庐文集》)

写其母为其整理行装之事,而借其妹之口托出,更觉哀恻。又如《苍霞精舍轩后记》:

---

① 关于林纾游记中的"画意",可参见夏晓虹《林纾的古文与文论》,《文史知识》1991年第3期。
② 林纾:《春觉斋论文·述旨》,《论文偶记·初月楼古文绪论·春觉斋论文》,人民文学出版社1998年版,第43~44页。

屋五楹,前轩种竹数十竿,微飔略振,秋气满于窗户,母宜人生时之所常过也。后轩则余与宜人联楹而居,其下为治庖之所。宜人病常思珍味,得则余自治之。亡妻纳薪于灶,满则苦烈,抽之又莫适于火候。亡妻笑,母宜人谓曰:"尔夫妇呶呶何为也?我食能几,何事求精?烹饪亦岂有古法耶?"一家相传以为笑。宜人即逝,余始通二轩为一,每从夜归,妻疲不能起,余即灯下教女雪杜诗,尽七八首始寝。亡妻病革,屋适易主,乃命舆至轩下,借鞯舆中扶掖以去,至新居十日卒。孙幼榖太守、力香雨孝廉即余旧居为苍霞精舍,聚生徒课西学,延余讲毛诗史记,授诸生古文。间五日一至,栏楯楼轩,一一如旧。斜阳满窗,廉幔四垂,乌雀下集,庭墀阒无人声。余微步廊庑,犹谓太宜人昼寝于轩中也。后轩严密之处,双扉闿焉。残针一已锈矣,和线犹注扉上,则亡妻之所遗也。(《畏庐文集》)

林纾曾指出归有光《项脊轩志》"有'轩'字为主人翁,则人事变迁,家道坎壈,皆归入此轩,作睹物怀人写法"(《春觉斋论文·述旨》,《论文偶记·初月楼古文绪论·春觉斋论文》)),不难看出,《苍霞精舍轩后记》即是借鉴了这一写法。文章以细节和琐事营造浓郁的追忆氛围,感情仍一本于真挚,故并不妨碍其打动读者。

除此之外,林纾文集中还有许多记述孝行节义的文章,用他自己的话来说,"吾文犹引重之马,所载以行远者,必忠孝节烈之人"(《许节母张夫人传》,《畏庐三集》)。自然,这些文章大多透出林纾迂腐顽固的一面,并无可观之处。其中有时代刺激的因素,但是也可以从中看出林纾的道德激情,所谓"出之血性"亦以指此。《清史稿》本传就称林纾"任侠尚气节,嫉恶严。见闻有不平,辄奋起,忠悫之诚发于至性",有时候这种激情落在不那么陈腐的忠义节气(即所谓"爱国思亲"中的"爱国"一面)上,则反能使文章分外生色,如《徐景颜传》:

徐景颜,江南苏州人,早岁习欧西文字,肄业水师学堂,每曹试必第上上。筝琶箫笛之属,一闻辄会其节奏,且能以意为新声。治《汉书》绝熟,论汉事,虽纯史之家无能折者。年二十五,以参将副水师提督丁公为兵官。壬辰,东事萌芽。时景颜归,辄对妻涕泣,意不忍其母。母知书明义,方以景颜为怯弱,趣之行。景颜晨起,就母寝拜别,持箫入卧内,据枕吹之,初为徵声,若泣若诉,越炊许,乃斗变为惨厉悲健之音,哀动四邻。掷箫索剑,上马出城。是岁遂死于大东沟之难。(《畏庐文集》)

写徐景颜临行时情景,简劲有力,其中自有一股英烈勃郁之气。于传主死事,则一笔带过,气盛之时戛然而止,则结句亦有金石之声。若冗笔描摹,则前文之文气势必难持而易泄,由此可见作者深明叙事详略之法。

另外一篇自传性质的名作《冷红生传》,亦可见林纾之性情:

冷红生,居闽之琼水。自言系出金陵某氏,顾不详其族望。家贫而貌寝,且木强多怒。少时见妇人,辄踧踖隅匿,尝力拒奔女,严关自捍,嗣相见,奔者恒恨之。迨长,以文章名于时,读书苍霞洲上。洲左右皆妓寮,有庄氏者,色技绝一时,夤缘求见,生卒不许。邻妓谢氏笑之,侦生他出,潜投珍饵,馆僮聚食之尽,生漠然不闻知。一日群饮江楼,座客皆谢旧昵,谢亦自以为生既受饵矣,或当有情,逼而见之,生逡巡遁去,客咸骇笑,以为诡僻不可近。生闻而叹曰:"吾非反情为仇也,顾吾褊狭善妒,一有所狎,至死不易志,人又未必能谅之,故宁早自脱也。"所居多枫树,因取"枫落吴江冷"诗意,自号曰"冷红生",亦用志其癖也。生好著书,所译《巴黎茶花女遗事》,尤凄惋有情致,尝自读而笑曰:"吾能状物态至此,宁谓木强之人果与情为仇也耶?"(《畏庐文集》)

钱基博称"纾之文工为叙事抒情,杂以恢诡,婉媚动人"(《现代中国文学史》),即指此类文章而言。姚永概为《畏庐续集》作序,云"文各肖其性情以出而后其言立",又言林纾文"虽取法韩柳,而其真仍不可掩阏",也是有感而发。

林纾文章既根于性情,"出于血性",林纾本人又译过大量西洋小说,自己也写小说,则其古文带有小说气也是自然而然的事了。钱基博所谓"婉媚动人"、"清劲婉媚"也包含有这方面的含义。章太炎曾对此有强烈的批评:

> 并世所见,王闿运能尽雅,其次吴汝纶以下,有桐城马其昶为能尽俗。下流所仰,乃在严复、林纾之徒。复虽辞饬,气体比于制举,若将所谓曳行作姿者也。纾视复又弥下,辞无涓选,精采杂污,而更浸润唐人小说之风;夫欲物其体势,视若蔽尘,笑若龋齿,行若肩,自以为妍,而只益其丑也;与蒲松龄相次。①

"浸润唐人小说之风",可以说是点到了林纾的痛处。在章太炎看来,桐城派"犹有坛宇,不下堕于猥言酿辞,兹所以无废也",故仍称"马其昶为能尽俗"。确实,对于强调"气清体洁"的桐城派来说,小说气是绝不能带入古文中的。在这一点上,已能看出林纾和桐城派的差别。

其实,林纾古文取径入手之处,即与桐城派有着相当大的差别。桐城派主要取法于欧、曾、归、方平易雅正的一路,林纾则悬的甚高,浸淫揣摩于《史记》、韩、柳多年。尽管林纾承认"能解韩文而不能为韩文"(《百大家评选韩文菁华录序》,《畏庐三集》),集中近于韩、柳之文者亦不在多数,但对其文章风格的影响还是很明显的。即使其取法归有光的"叙悲"之作,情感浓烈处亦与桐城派有别。王枫即敏锐地注意到,林纾虽不能为韩愈的雄奇之文,但由于浸淫于韩文甚深,故转入阴柔一路时必然造语丽重。② 又加上其个人性情气质的原因,所以形成了其独特的文章风格。而从某种意义上说,这种风格与"小说之风"也确有相通之处。

同时,林纾本人也并不愿被视为桐城派中人,甚至文字言语间对桐城

---

① 章太炎:《与人论文书》,舒芜等编《近代文论选》(下),人民文学出版社1999年版,第448页。
② 王枫:《林纾非桐城派说》,《学人》第九辑,江苏文艺出版社1996年版,第613~614页。

派不无微词。① 林纾曾云:"古文固无所谓派,袭其师说用以求炫于世,门户始立古文之道转从而衰。"(《答甘大文书》,《畏庐三集》)又云:"古文无所谓派,犹之方言不能定何者为正音,亦惟求其近与是而已。"(《桐城派古文说》,《林纾诗文选》)在林纾看来,古文自有其正统在,学者循其途辙即可,不必以某某门派家法自限:"夫文安得有派,古学者得其精髓,取途坦正,后生遵其轨辙而趋,不知者遂目为派,然则程朱学孔子,亦特谓之曲阜派耶?"(《震川集选序》,《春觉斋著述记》)这正统,也就是"左庄马班韩柳欧曾"之一线谱系,桐城派亦不能自外:"韩、欧之法程自在,何必桐城?即桐城一派,亦岂能超乎韩、欧而独立耶?"则学习古文,自当溯源而上,超越桐城,也即"论文不能不取法乎上"之意。(《春觉斋论文·述旨》,《论文偶记·初月楼古文绪论·春觉斋论文》)

如前所述,林纾自己写作古文取径甚高,故对桐城派的一些弱点也看得比较清楚,如云"桐城诸文学欧阳而仅得其淡,故气息柔弱","桐城之短,在专学归、欧"(《文微》,《林纾诗文选》),又称"姚(鼐)文最严净,吾人喜其严净,一沉溺其中,便成薄弱"(《桐城派古文说》,《林纾诗文选》),而他也自视甚高,曾自称"六百年中,震川外无一人当我者"②,我们不必认同林纾的过于自负,但其古文确实能自成一格,不为桐城派所限,这在前面已经说过了。③

林纾以古文正统的接续者自居,然而在晚清民初整个社会急剧转型过程之中,又不得不面对古文日益衰落的事实。曾经属于维新派的林纾,

---

① 关于林纾与桐城派的关系,王枫《林纾非桐城派说》中有相当精辟的分析,下面的论述受其启发颇多,特此说明。
② 林纾给李宣龚的信,转引自钱钟书《林纾的翻译》,《七缀集》,上海古籍出版社1985年版,第90页。
③ 但问题还有另外一面,林纾虽然不愿囿于桐城家法,而以接续正统自居,然而在时人心目中,恐怕在当时仍有很大影响的桐城派才代表了古文的正统。至于他大量翻译西方小说,更是一般的桐城文家不可能也不屑于去做的。所以在章太炎眼里,反而是"犹有坛宇"的马其昶得到比林纾更高的评价(《与人论文书》)。新文化运动兴起以后,林纾孤军奋战,陈独秀就嘲笑林纾,说"现在桐城派古文正宗马(其昶)先生也看不起他这种野狐禅的古文家"(《答臧玉海通信》,《新青年》第七卷第三号,1920年2月)。林纾因而面临着"旧派"资格不够的问题。参见罗志田《林纾的认同危机与民初的新旧之争》(《权势转移:近代中国的思想、社会与学术》,湖北人民出版社1999年版)。

早在辛亥革命以前就已认识到"存名失实之衣冠礼乐、节义文章,其道均不足以强国",强国靠的是"实业",并且把自己的翻译事业也视为一种"实业"。① 1909年,林纾受到莎士比亚虽好言神怪仍受到西人重视这一事实的启发,意识到"政教两事,与文章无属……文章徒美,无益于政教",隐隐有为"无用"的文章辩护之意,至少文章在人闲暇时可供人"娱悦心目"。(《〈吟边燕语〉序》,《春觉斋著述记》)其时,古文在教育界虽仍有相当地位,但随着科举制度的终结以及报章之文的迅速崛起,古文的应用领域实际上在日益缩小。民国初年章太炎弟子钱玄同、黄侃等入主北大,以致林纾、马其昶、姚永概等人最终离校,这对林纾的打击非常大。② 并使得林纾发出"古文之敝久矣"、"世变日滋,文字固无济于实用"(《送大学文科毕业生诸学士序》,《畏庐续集》)的感叹。林纾的愤懑之情溢于言表,在多篇文章中对章太炎等大加挞伐,称其为"庸妄钜子","庸妄之谬种"。不过,林纾主要仍是从文章的角度,批评其"以捃扯为能,以钉饾为富","意境义法,概置弗讲"(《与姚叔节书》,《畏庐续集》),"用险句奇字,以震眩俗目"(《慎宜轩文集序》,《畏庐三集》),完全不涉及汉宋义理之争,亦可见其用力所在和自我的角色定位。与此同时,林纾面对的压力不仅来自章太炎的魏晋文章,也来自报章之文。1915年发表的《古文谭》在讽刺章太炎等不讲"意境义法","猎采古之字句","用换字之法避熟字而用生字",令"望者骇慄";也提到了报章之文的冲击:"殆报馆一兴,则非数千百言不名为文,而文中杂以新名词,为文家所不经用之字,相沿遍于天下"(《古文谭》,《国学杂志》第一号,1915年)。1916年出版的《春觉斋论文》中也说:"至于近年,自东瀛流播之新名词,一涉文中,不特糅杂,直成妖异,凡治古文,且不可犯。"(《论文偶记·初月楼古文绪论·春觉斋论文》)到了1918年,他虽然还对章太炎一派"割裂古字,填写古字"、"啸引徒类,谬称盟主"耿

---

① 林纾:《〈爱国二童子传〉达旨》,朱羲胄编《林畏庐先生年谱》,世界书局1949年版,第33、34页。
② 此事已有多人论及,主要材料可参看沈尹默《我和北大》(收入陈平原、夏晓虹编《北大旧事》,三联书店1998年版)及钱基博《现代中国文学史》相关部分。当代学者也经常提到此事,如陈平原《新教育与新文学》(《中国大学十讲》,复旦大学出版社2002年版)、罗志田《林纾的认同危机与民初的新旧之争》。

耿于怀,但已"无暇与之争",并称"此辈尚非废书不观者",似有宽让之意;让林纾更为痛心疾首的是"报馆文章"风行所带来的后果:"所苦英俊之士,为报馆文字所误,而时时复挟入东人之新名词",又说"新名词何尝无出处?……惟刺目之字,一见之字里行间,便觉不韵"(《〈古文辞类纂选本〉序》,《春觉斋著述记》),还是从文章外在形式美感的角度对其加以否定。林纾强调语言的美感和义法的谨严,不喜"新名词"入文不足为奇。他的这一立场基本上没有变化,无论是攻击章太炎一派的魏晋文章,还是以梁启超为代表的"报章之文",都是站在这一立场上发言。

所有这些来自外在的压力,反而在某种程度上促使林纾将古文家注重"义法"的传统与西方的纯文学观念结合了起来。林纾对"欧人之论美术者,木匠也,画工也,刻石也,古文家也""深以为是"(《春觉斋论画》,《林纾诗文选》),虽然欧人所谓"古文"与他的古文未必是一回事;"宋儒语录,为理岂浅;顾乃不能为有声之文。故西人归古文于美术,此中正须锻炼之法"(《书黄生札记后》,《畏庐续集》)。讲求"锻炼之法"是为了使文章获得一种声调之美。1917年,面对刚刚兴起的新文学运动,林纾一连写下了两篇文章,援引西方的纯文学观念,为古文争取最后的生存机会。他知道古文不能写"普通文字",希望人们将其尊为"夏鼎商彝"①;又说"方今新学始昌,即文如方姚,亦复何济于用?然天下讲艺术者,仍留古文一门,凡所谓载道者,皆属空言,亦特如欧人之不废腊丁耳"②。

---

① 林纾:《论古文白话之相消长》,《中国新文学大系·文学论争集》,良友图书印刷公司1935年版,第78、80页。
② 林纾:《论古文之不宜废》,《民国日报》1917年2月8日。这里说"凡所谓载道者,皆属空言",可以看作是在对现实环境清醒认识后所发出的沉痛之言。胡适曾说"林纾的攻击新思潮","是中了'文以载道'的话的毒"(《五十年来中国之文学》,《胡适学术文集·新文学运动》,中华书局1993年版,第100页),后人也多认同胡适的论断,不过此说值得商榷。在林纾看来,"论文而及于神味,文之能事毕矣","不知言神味者,论行文之止境也;至于明道、立教、辅世成俗,则道德发为文章之作用"(《春觉斋论文·应知八则·神味》,《论文偶记·初月楼古文绪论·春觉斋论文》第86、88页),道德义理只是作为行文之助,重心仍是在"文"上,这也是古文家一贯的论调,林纾能以西方纯文学的观念来看待古文,亦有赖于此。林纾的卫道热情以及对新思潮的攻击,主要仍是出于现实的刺激和个人的性情,和他的文学观念并无太大的直接关系。《答大学堂校长蔡鹤卿太史书》(《畏庐三集》)实际上是将古文不可废与新道德不合伦常分开论述的,又见《与唐蔚芝侍郎书》(《畏庐三集》)。

林纾"不晓时变,姝姝守一先生之言,力持唐宋以与崇魏晋之章炳麟争,继又持古文以与倡今文学之胡适争,丛举世之诟尤,不以为悔"(钱基博《现代中国文学史》),如此坚定的姿态,不能说与其接续千年古文之一脉的责任感没有关系。然而,林纾虽以较新的西方纯文学观念为古文辩护,但古文乃至文言文引以为自豪的"美感",在新文化人看来,乃是铺张堆砌,是"沾沾于声调字句之间",是"文胜质"①,正是有待扫除的对象。而其时他们关注的也不是文章美感的问题,而是如何用白话文来明白清楚地表情达意。富于文学性的白话散文的建立,仍有待于来者。不过绵延千年的古文,到林纾这里终于只能是及身而绝了。

二、严复:逻辑文的先导

严复(1853—1921)原名宗光,字又陵,后改名复,字几道。福建侯官人。年幼家贫,同治五年(1866)考入福州船政学堂,同治十年(1871)毕业后在军舰上实习。光绪三年(1877)被派遣赴英国格林尼茨海军学院学习。光绪五年(1879)毕业回国后入福州船政学堂教习。李鸿章在天津创办北洋水师学堂后,被任为总教习。由于无科第出身,仕途不利,期间曾屡次参加乡试,均不中。甲午战争后,与夏曾佑等在天津创办《国闻报》,发表《论世变之亟》、《原强》、《救亡决论》等一系列文章,并开始翻译《天演论》。光绪二十六年(1900)义和团运动爆发后避居上海,殚心译著,所译书风行海内。宣统元年(1909)聘为学部名词馆总纂,旋被赐文科进士出身。民国成立后历任京师大学堂总监督(校长)、总统府顾问等职,1915年被列为筹安会发起人。晚年归病乡里。译著有《天演论》、《原富》、《群学肄言》、《社会通诠》、《法意》、《穆勒名学》等,诗文生前不曾结集,后人辑有《严几道诗文钞》,今有《严复集》。《清史稿》卷四百八十六有传,陈宝琛撰有《清故资政大夫海军协都统严君墓志铭》。

---

① 胡适:《文学改良刍议》,《新青年》第二卷第五号,1917年1月。

严复以翻译名世,所译书不仅名理深邃,且文辞渊雅,陈宝琛称其"以瑰辞达奥旨"(《清故资政大夫海军协都统严君墓志铭》,《严复集》第五册),吴汝纶则称《天演论》"骎骎与晚周诸子相上下"(《〈天演论〉序》,《严复集》第五册)。虽然梁启超批评他"文笔太务渊雅,刻意摹仿先秦文体,非多读古书之人,一翻殆难索解"(《绍介新著·〈原富〉》,《新民丛报》第1期),但严复不为所动,他认为"理之精者不能载以粗犷之词,而情之正者不可达以鄙俗之气"(《与梁启超书》,《严复集》第三册)。在严复看来,"精理微言,用汉以前字法、句法,则为达易;用近世利俗文字,则求达难"(《〈天演论〉译例言》,《严复集》第五册),故采用先秦文体乃是为了求是求达,实是迫不得已。严复于先秦哲学用力颇深,曾评点《老子》,并云"中国哲学有者必在《周易》、《老》、《庄》三书"(《致熊季廉书》),以西方哲学"证诸吾古人之所传,乃澄湛精莹,如寐初觉",又称西方名学,"是固吾《易》、《春秋》之学也"(《〈天演论〉自序》,《严复集》第五册)。可见,至少在严复本人来看,采用先秦文体译书乃是因为先秦哲学与西学在学理上可以相互沟通,更多的仍是出于求名理之准确透达的考虑。

从严复对西学的选择和翻译来看,这里的"名理"主要来自于英国经验哲学。受其影响,强调从实际自然事物的观察和体验入手,通过归纳获得公则,再以这些公则为基础来指导对世界和社会的认识,便成为严复的论学思路的主要特点。用严复自己的话说就是"仰观俯察,近取诸身,远取诸物,如西人所谓学于自然者"(《〈阳明先生集要三种〉序》,《严复集》第二册),如《群学肄言》中的一段译文:

> 望舒东睇,一碧无烟。独立湖塘,延赏水月;见自彼月之下,至于目前,一道光芒,滉漾闪烁。谛而察之,皆细浪沦漪,受月光映发而为此也。徘徊数武,是光景乃若随人。颇有明理士夫,谓此光景为实有物,故能相随,且亦有时以此自诩;不悟是光景者从人而有;使无见者,则亦无光,更无光景与人相随。盖全湖水面受月映发,一切平等;特人目与水对待不同,明暗遂别——不得以所未见,遂指为无——是故虽所见者为一道光芒,他所不尔,又人目移位,前之暗者,乃今更

明,然此种种,无非妄见。以言其实,则由人目与月作二线入手,成角等者,皆当见光;其不等者,则全成暗(成角等与不等,稍有可议,原文亦不如此说)。惟人之察群事也,亦然:往往以见所及者为有,以所不及者为无,执见否以定有无,则其思之所不赅者众矣。

胡适曾对此段文字大加赞赏,认为"这种文字,以文章论,自然是古文的好作品;以内容论,又远胜那无数'言之无物'的古文;怪不得严译的书风行二十年了"(《五十年来中国之文学》,《胡适学术文集·新文学运动》)。似乎并未搔着痒处。原文写景之细致,全赖观察之精密,又以光的反射原理来解释所观察的现象,而结末"惟人之察群事也亦然"则又将其提升至认识社会的层面。下面将会看到,严复自己写的许多文章正是按照这一思路来结构的。

王栻在谈到严复戊戌政变前文章的风格时曾说他"特别好征引并纵论外国史事、外国习俗,好谈天演之学,好以'物理'释'政理'等等"(《严复在〈国闻报〉上发表了哪些论文》,《严复集》第二册),是很精到的观察。以"物理"释"政理"也即是从自然科学的公则规律出发来理解政治和社会问题。比如《原强》即以治"群学"为修齐治平之根本,而"欲为群学,必先有事于诸学。"此"诸学"即数学、名学、力学、质学,及天学、地学、生学、心学等自然科学。(《原强修订稿》,《严复集》第一册)而《论中国之阻力与离心力》则表现得更明确,全文即是以物理学上的阻力和离心力理论来解释中国的社会现状,并称"持此说以论群学,则其验尤不爽"(《论中国之阻力与离心力》,《严复集》第二册)。

因此,严复讨论社会政治问题都本诸科学名理。1902年他在给张元济的信中曾批评晚清的"政本艺末"说,认为"其曰政本而艺末,愈所谓颠倒错乱者矣……是故以科学为艺,则西艺实西政之本"(《与〈外交报〉主人书》,《严复集》第三册)。其后又云:"伟哉科学!五洲政治之变,基于此矣。盖自古人群之为制,其始莫不法于自然。"(《政治讲义·自叙》,《严复集》第五册)《论今日教育应以物理科学为当务之急》标题即透露出全文主旨:"欲变吾人心习,则一事最宜勤治:物理科学是已。"虽然严复不再写

《论中国之阻力与离心力》那样把自然科学和社会现实简单加以比附的文章,但他讨论社会和政治问题,仍然是把它们纳入到一定的科学(包括社会学、经济学)公则中来理解。如《读新译甄克思〈社会通诠〉》(《严复集》第一册)就是用甄克思的"宗法社会"概念来探讨中国救贫的出路和困难。

严复的西学素养和翻译实践不仅塑造了他的文章的思维方式,同时也改变了它们的文体特征。严复早年没有受过系统的古文辞训练,虽然才识为人称道,但在曾纪泽眼里,"于中华文字未甚通顺"(《出使英法俄国日记》),郑孝胥亦称"观又陵文,天资绝高,而粗服未饰"(《郑孝胥日记》)。他后来给吴汝纶写信,说自己"与文章一道,心知好之,虽甘食耆色之殷,殆无以过。不幸晚学无师,致过壮无成"(《与吴汝纶书》,《严复集》第三册),并不完全是谦辞。另外一方面,严复自英国回国后,"自思职微言轻,且不由科举出身"(严璩《侯官严先生年谱》,《严复集》第五册),曾数次参加乡试,"发愤治八股,冀以科第显"(钱基博《现代中国文学史》)。因而严复早年的文章有较重的八股气就不足为奇了,章太炎说"复虽辞饬,气体比于制举"(《与人论文书》),可谓目光如炬。

不过正如钱基博所说,"语言文章之工,合于逻辑者,无有逾于八股者也……有袭八股排比之调,而肆之为纵横跌宕者,康有为、梁启超之新民文学也。有用八股偶比之格,而出之以文理密察者,严复、章士钊之逻辑文学也"(《现代中国文学史》)。同出自八股,而在严复笔下能成为"文理密察"之"逻辑文学",其实和严复的西学素养不无关系,因英国经验哲学本身就强调逻辑之严密和例证之翔实。比如广为时人称颂的《拟上皇帝书》:

> 以中国之大,而辱于日本,意者其将知外情而深以不振为忧,而力图其所谓自奋者乎?此所以东事以还,外人之于中国,观听之深,十倍于曩者。凡吾朝野上下之举动意象,莫不深诇而详论之。何则?望之深故察之审也。然而以彼为有爱于中国者,则又非也。不爱则何为而深望之?曰:惧中国之终于不振,致启戎心,破各国平权之局,兵事大起而生民涂炭也。盖今日各国之势,与古之战国异。古之战

国务并兼,而今之各国谨平权。此所以宋、卫、中山不存于七雄之世,而和兰、丹麦、瑞士尚瓦全于英、法、德、俄之间。且百年以降,船械日新,军兴日费,量长较短,其各讲于攻守之术也亦日精,两军交绥,虽至强之国,无万全之算也。胜负或异,死伤皆多,且难端既搆,累世相仇,是以各国重之。使中国一旦自强,与各国有以比权量力,则彼将阴消其侮夺觊觎之心,而所求于我者,不过通商之利而已,不必利我土地人民也。惟中国之终不振而无以自立,则以此五洲上腴之壤,而无论何国得之,皆可以鞭笞天下,而平权相制之局坏矣。虑此之故,其势不能不争,其争不能不力。然则必中国自主之权失,而后全球之杀机动也。虽然,彼各国岂乐为是哉!争存自保之道,势不得不然也。臣故曰:各国深望中国自强,望之深,故察之审也。(《严复集》第一册)

吴汝纶曾盛赞此文,"以为王荆文公上仁宗书后,仅见斯文而已。虽苏子瞻尚当放出一头地,况余子耶?""篇中词意,往复深婉",又云"其文往复顿挫,尤深美可诵"(《吴汝纶致严复书》,《严复集》第五册)。郑孝胥也说"观所为《上皇帝书》,文词深隽,诚雅才也"(《郑孝胥日记》)。所谓"深婉"、"往复顿挫",即指其文气曲折委备,巧于过渡衔接,分头并进,而无不尽之意,这些特点于此段文字亦可见之,此实得力于制举之文。段中"惧中国之终于不振,致启戎心,破各国平权之局,兵事大起而生民涂炭也"一句以下,条分缕析,亦与八股文"破题"后"起讲"相类。分析古今中外情势之变迁异同,亦如治棼丝而不乱。同时又层层设问,层层解答,抽丝剥茧,思理绵密,并辅以中外史事以为例证,则作者之论断自然水到渠成。严复以讲求逻辑和实证的西学改造中国传统的八股文体,这可以说是他对近代文体变革做出的一个重要贡献。

庚子以后,梁启超的"新文体"迅速崛起,成为报章文字的主流文体。梁启超的报章之文多属政论文,文字平易畅达,情感恣肆充沛,又多用源自日本的新名词。严复为文既以名理为体,以逻辑为用,故对于梁启超式的"新文体"并不欣赏。他在给张元济的信中说:"今世学者,为西人之政论易,为西人之科学难。政论有骄嚣之风,如自由、平等、民权、压力、革命皆是。科学多朴茂之意,且其人既不通科学,则其政论必多不根,而于天演消息之微,不能喻也。此未必不为吾国前途之害。故中国此后教育,在在宜著意科学。"(《与〈外交报〉主人书》,《严复集》第三册)明显即是针对"新文体"而发。严复后来政论文写得也不多,相比较而言,像《论铜元充斥病国病民不可不急筹挽救之术》(《严复集》第一册)、《论中国救贫宜重何等之业》(《严复集》第二册)这样讨论实业问题的文章倒有不少。而不多的政论文,如前所述,也大都根于科学而立论。前者自不必说,后者也处处能显示其逻辑严密的特点,而有科学朴茂之风。

同时,严复对当时大量来自日本的新名词也有很多微词。严复在翻译时即特别重视概念的界定,"一名之立,旬月踟蹰"(《〈天演论〉译例言》,《严复集》第五册)。为此他多采用先秦文体或自出机杼,比如以"自繇"译"自由",以"计学"译"经济"等。在他看来,"新名词中有是非相杂而误人不浅者,如云:热心热血之类"(《瘉懋堂主人答于君书后书》,《中外日报》),有"二字连用,于辞为赘"者,如"宪法",以为"今日新名词,由日本稗贩而来者,每多此病"(《宪法大义》,《严复集》第二册)。他也看到像"经济"这样的新名词虽与古义不符,然在报章传播中其义渐变,"扩而充之,使于前指俗义,无所不包,是亦未尝不可","但我辈所言政治,乃是科学。既云科学,则其中所用字义,必须界线分明,不准丝毫含混"(《政治讲义·自叙》,《严复集》第五册),可见仍是出于其以科学为本的一贯思路。不过,伴随着"新文体"的巨大影响,许多新名词已深入人心,成为日常词汇,像严复并不认同的"宪法"一词即"输入以来,流传已广,且屡见朝廷诏书,殆无由改,只得沿而用之"(《宪法大义》,《严复集》第二册),他自己也不能摆脱这一潮流。事实上,严复晚年写的许多文章,如《说党》、《〈民约〉平议》等已经在大量使用诸如自由、平等、民权、权利这样的新名词了。

尽管比起梁启超的"新文体",严复这种讲求逻辑和名理的文章不能算是晚清文章的主流①,然而它们仍对后来者(如章士钊)有较大的影响。罗家伦曾把严复和章士钊同归入"逻辑文学"一派②,胡适也认为章士钊的文章"与严复最接近"(《五十年来中国之文学》,《胡适学术文集·新文学运动》),钱基博则更明确地说:"中国言逻辑者,始于严复,而士钊逻辑古文之导前路于严复,犹之梁启超新民文体之开先河自康有为也。"(《现代中国文学史》)由此亦可知严复的散文在近代散文史上自有其一席之地了。

---

① 严复曾云:"言论界饮冰势力最巨,南海文笔沉闷,远不逮之,至如鄙人更当避舍。"(《与熊纯如书》,《严复集》第三册)大体符合事实,不全是谦虚。其实严复对自己的报章之文和其他散文并不太看重,"平生所作报端文字,向不存稿"(《与熊纯如书》,《严复集》第三册),生前亦未曾结集出版。文章中提到"报章",也多为贬义。究其原因,可能是因为报章文字和其他散见文章易成为"缘物之论","缘物之论,所持之理,恒非大公,世异情迁,则其常过,学者守而不化,害亦从之。故缘物之论,为一时之奏札可,为一时之报章可,而以为科学所明之理必不可。"(《译斯氏〈计学〉例言》,《严复集》第一册)要明科学大公之理仍有待《计学》这样的专书。实则严复的散文仍多是本以科学"大公"之理而作,但亦由此可见译书和作文在其心目中位置之高下轻重了。

② 罗家伦:《近代中国文学思想之变迁》,《新潮》第二卷第五号,1919年12月。

第四节　陈三立、陈衍与唐才常

一、陈三立：格严气遒

陈三立(1852—1937)，字伯严，晚号散原，盖取《庄子》"樗散"之意①。江西义宁(今修水县)人。光绪八年(1882)举人，十五年(1889)成进士，授吏部主事。散原与谭嗣同、丁惠康(或另为陶葆康)、吴保初同列"四公子"或在此时。光绪二十一年(1895)，其父陈宝箴任湖南巡抚，推行新政。三立往侍父，襄与擘划，办时务学堂，算学馆，《湘报》，开矿，办工厂，罗致谭嗣同、梁启超、黄遵宪、熊希龄、徐仁铸等效力陈宝箴麾下，使湖南风气为之一变。戊戌政变起，被加上"招引奸邪"的罪名，与父亲一起被朝廷革职，"永不叙用"，陈氏"一生政治抱负遂尽于此"②，后随父返江西，居西山"崝庐"。辛亥革命后，卜居宁、沪、杭各地，所与往来者无非遗老。1932年"一·二八"日军侵占上海闸北，陈三立居牯岭，日夕不宁，于邮局订阅航空沪报，每日阅读，见时局艰危，忧形于色。一夕，梦中惊呼："杀日本人！"1937年，卢沟桥事变后，五日不食，忧愤而死，享年八十五岁。传记资料有吴宗慈《陈三立传略》、宋慈襄《陈三立传》等。

陈三立是近代著名诗人，近代宋诗流派"同光体"的主要作家。生前先后出版有《散原精舍诗》二卷、《续集》三卷、《别集》一卷，前两者且不止一次再版过。其《散原精舍文集》十七卷于去世后编集，刊于1949年，云

---

① 宋慈襄：《陈三立传》，原载《国史馆馆刊》第二卷第一号，《散原精舍诗文集》附录，上海古籍出版社2003年版，第1207页。
② 吴宗慈：《陈三立传略》，《散原精舍诗文集·附录》，上海古籍出版社2003年版，第1195页。

有别集而迄未刊布①,近年上海古籍出版社出版《散原精舍诗文集》,于其集外诗文有所辑录。

陈三立在近代文学史上以诗人著称,徐一士说:"其为诗,工力甚深,神清致远,名满天下,后学所宗"(《一士类稿·谈陈三立》),堪称清末"宋诗派"最为本色当行的代表作家。陈衍所说他论诗"最恶俗恶熟"的特点(《石遗室诗话》卷一),也与"江西派"黄、陈一路最为接近。还是陈衍,这位"宋诗派"的著名理论家曾经独具只眼地指出:"陈散原文胜于诗"②,这倒很值得注意。三立的散文成就虽未必一定胜过其诗,但说他是近代散文史上不多见的优秀散文家,应无异议。

三立的文章从题材上大略可以分为几种:一是学术论说及序跋之文,一是传状碑志之文,还有一类是游记、写景文。

先说其论学之文。陈氏生平虽不以研究思想、创立学说著称,却也感应时代脉搏、关注社会现实,而形成其精深独特的思想观念。他生当时代风雷激荡、新旧交替之际,志在经国济世,然天不遂愿,抱负未展,抑郁终生。他虽是遗老,却并非顽固守旧之辈,而是一位具有维新思想的知识分子。他少年时代就和曾出使西方、任英法公使的郭嵩焘有来往;对梁启超也颇神往,在写给汪康年的信中说:"忽见《时务报》册,心气抒豁,颇为之喜……日起有功,必能渐开风气,增光上国。公度(黄遵宪)书言:'梁卓如乃旷世奇才。'今窥一斑,亦为神往矣。"(《汪康年师友书札》下册)对以传播西学著称的严复他也颇为推重。在湖南助其父推行新政时与谭嗣同、熊希龄、江标、黄遵宪、梁启超等新派人物的交往和共事,使他很自然地接受了维新派人物改良、变法思想,在许多并非论政的文章中发表他的议政之言。在为汪康年所辑《振绮堂丛书》所撰序中,昌言"君子之道,莫大乎扩一世之才,天涵地蓄,不竭于用;傲然而上遂,滂然而四达,统伦类,师万物,而无失其宗"(《散原精舍文集》卷四),主张于中外之学兼收并蓄而务

---

① 吴孟复曾言:陈氏文"未收入集者颇多",参见《桐城述论》第九章,安徽教育出版社1992年版,第188页。
② 黄濬:《陈石遗先生谈艺录》,《散原精舍诗文集·附录》,上海古籍出版社2003年版,第1252页。

求实效,其见解堪称通达。

他强调士大夫应具有参与社会政治时务的意识,反对因循守旧的态度。他在《书韩退之〈柳子厚墓志铭〉后》一文的开篇,对于柳宗元参与王叔文变法一事感慨系之:

> 悲哉,老子之言"不为祸始,不为福先",而曰"不敢为天下先"也!不独明天人消息之固有然也,盖亦熟于衰世情伪,生人所怯于苟且散靡陋简之天性习俗,忧患观变,痛言以戒轻犯之者。吾观柳子厚辈欲佐王叔文尽收阉宦兵柄,还之朝廷,此为安危存亡,国家切要之大计。其相与慷慨发愤,挺起犯难,务扫除奸蠹窟穴,立不世之功,而消积害巨祸,不可谓非懔然挟大义忠唐室者矣。

他一笔带过柳宗元"受祸"被贬的遭遇,提出"当时诬毁、后世谤议之者,迄千余岁不解"奇怪现象,而着力剖析韩愈所撰墓志铭中对柳宗元偏颇评价将会发生的不良影响,他紧接前文写到:

> 乃至其友,爱重如韩公,亲厚如韩公,明允察终始如韩公,为志其墓,尚称子厚"勇于为人,不自贵重"!吾恐灰志士之心,塞公尔忘私、国尔忘家之义,将不戒于受祸,不戒于当时后世诬毁谤议,而戒于韩公痛之惜之一言。

作者的这一番话表明,他并不仅仅是对前人的习熟见解表示些不苟同的看法而已,在关于这一历史人物的评价之中,明显无误地寄托的是他爱国忧时的热情和经纶世务的理想。在他的其他文章中,也多有这种议论。如《钱塘胡君墓志铭》中说:"维中国数千年政俗,类持务本抑末之说,贵农而贱商,若周时弦高、秦时寡妇清、汉时卜式有裨国家之急,儒者亦忽视之,群安于陋简,终以自敝。逮四裔通互市,挟其智术,攘以万钧之力,形见势绌,益挠靡穷蹙不可救。"(《散原精舍文集》卷九)此文表彰了清末胡雪岩等商人对国家的贡献,痛斥传统所谓务本抑商政策,可以看出作者思想的新趋向。

陈氏《文集》中还有不少这样的见解深刻、思想独特的文章。如《书晏孝子》述晏孝子母欲食猪肝,晏贫不能具,于是自割己肝,烹以食母。晏不久即死去,其事迹则受到官府表彰。作者议论说:

> 陈三立曰:忠孝之行,贞于其心,繁曲百变而将之,不惜杀身以存其亲,犹曰伤道而不可训焉。晏孝子奚为哉?……豕肝微易,致其术多矣。充晏孝子之义而效之,贫子之父母必务忍饥寒,绝嗜欲,目伺察子之有无赢乏以相保持。不则,一口腹之故,一指使之间,皆杀其子之具而有余也。而天下之为父母亦危矣哉!

此文以透辟的分析和犀利的笔锋,批判礼俗中荒诞落后的现象。再如《杂说五》载粤俗"女子相约嫁而不耦其夫,曰'十姊妹',无敢犯者",其中一女因公婆哀告而毁约生子,最终导致众女杀其子并皆自杀的悲惨结局。作者借粤客之言批评此种陋俗说:"异哉!习俗移人而夺其天性,恶知其所由然,此乃积数十百年官吏之禁防、父老之约束、荐绅先生之讽戒化诲,犹分毫莫之革而止也。"陈氏认为"广兴女学","益输万国文明,释其不可解之心,耻谬于公理,其或庶几幸而有效欤?"(《散原精舍文集》卷六)综观陈氏此类文章,对于社会之痼疾、政治之窳劣多能给予深切关注,虽然尚不能认为是合乎时势潮流的主张,却比一般改良派的认识深刻许多。这在清末民初的所谓遗老中间,不能不说是难能可贵的。

传状碑志之文在《散原精舍文集》中占了不小的篇幅。在一般应用性文章共有的体式特征之外,陈三立这类文章在思想情调表现出一个突出的特点:作者对传状碑志的主人作盖棺论定的叙述时,多着眼于人物所处的逆境和曲折的遭遇,而指出人生经历的悲剧性意蕴。如《隆观易传》写隆观易之父为里豪所诬,冤死狱中。观易憔悴郁结,三十岁而卒;《田君墓志铭》记田君力学未成,四十余抱恨死;《罗正谊传》写其人一腔抱负未曾用之于世,一旦得施,却触瘴病卒。其余《故妻罗孺人状》、《弟绎年义述》、《兴化李审言赵孺人家传》、《清故湘阴县廪贡生吴君行状》以及《书龚童子》、《书赵童子》、

《畸人传四首》等等,虽然人物身份、地位及经历的细节多不同,精神意绪却相当一致。这里显然有作者自己人生感受和审美取向的作用。

陈氏游记、写景文字,大多清丽可喜,如《樟亭记》、《花径景白亭记》可称名篇。再如《快阁铭并序》写赣江及快阁景色:"赣之水危捍而曲盘,郦氏称赣川石岨,水急行难,倾波委注是也。而泰和当赣水之冲,水沿其外郭,至是流始舒夷。波渟澜清,山川载宁,人遗其险。县城东南,形胜之盛,快阁临其上。"(《散原精舍文集》卷二)这样的笔法多得益于六朝山水文的滋养,几可媲美于唐宋柳宗元、欧阳修的佳作。

关于陈三立散文的总体艺术风格,前人多已有论及。如徐一士评为"清醇雅健,格严气遒,颇守桐城派之戒律,而能自抒所得"(《一士类稿·谈陈三立》),大体合乎实际。陈三立在《龙壁山房文集叙》中虽曾批评桐城派的"墨守之过"(《散原精舍文集》卷一),其文章也不喜标榜宗派,但从他的师承关系和个人交游看仍当是私淑桐城的。他的弟子袁思亮曾经道出这一渊源:三立之父陈宝箴曾师事曾国藩受古文法,但未及为,乃以传其子;三立又受文法于郭嵩焘,复与马其昶、范当世、姚永概等交往,其涵泓演肆,极广极精,然其得之于桐城者固有在。① 另外,从《刘斐村衷圣斋文集序》、《抱润轩文集序》以及他对马其昶、陈曾则散文名篇的评语中也可以窥见陈氏与桐城文派的若即若离的关系。总之,不管陈三立的文章是否出于桐城,他在近代散文史上都应占据一席之地。

二、陈衍:纡徐平淡

陈衍(1856—1937)字叔伊,一字石遗,福建侯官(今福州市)人。自幼在家读书,父亲督课甚严。五岁即令读《毛诗》、《春秋左氏传》,每晨必使背诵。稍长,读书一目数行,人皆惊异。二十三岁,治文字学,著《说文举例》七卷。光绪八年(1882)举人,主考官宝鋆赏其文,为之扬誉,由是名声

---

① 吴孟复:《桐城派述论》,安徽教育出版社1992年版,第187页。

大噪。光绪十二年(1886),应台湾巡抚刘铭传之聘,至基隆;不久,辞幕回福州。其后,结交维新派人物康有为、梁启超等,时与往来。光绪二十四年(1898)春,因梁鼎芬介绍,往见两湖总督张之洞,任为官报局(地方政府公报室)总纂官。光绪三十三年(1907),张之洞由湖北调京,任军机大臣兼管学部,陈衍也入京为学部审定科主事。武昌起义,回福州。1912年后,主要从事教育文化工作,相继任职北京大学、福建省通志馆、厦门大学,以及无锡国学专修学校。1937年7月卒于福州。传记资料有唐文治撰《陈石遗先生墓志铭》,陈声暨、王真等编《侯官陈石遗先生年谱》等。

陈衍以清室遗老自居,一生受知于张之洞。进入民国后,所与交游如陈宝琛、郑孝胥、陈曾寿、沈曾植、林纾等,思想上皆倾向保守,陈衍亦不例外。一生著述甚多,在经学方面,有《〈周礼〉疑义辩证》、《〈礼记〉疑义辩证》等;史学方面有《福建通志》、《闽侯县志》;文学批评方面,有《石遗室诗话》、《石遗室论文》、《钟嵘〈诗品〉评议》等;在创作方面,则有《石遗室诗集》、《石遗室文集》等;其余编著书籍尚有十余种,近年陈步编纂有《陈石遗集》三册,各种著述收录略备。

陈衍以诗著称,是"同光体"代表作家和理论家,而同光体这个名号正是由陈衍提出的。他在光绪辛丑写的《沈乙庵诗序》中说:"同光体者,苏堪与余戏称同光以来诗人不墨守盛唐者。"此派宗旨,即陈衍所倡的"三元说",以唐代开元、元和,北宋元祐的一批思想上崇尚儒家之学、技巧上以文为诗的诗人作为自己的取法的对象。这种论诗主张在陈衍的文章论中也有所体现。他论文看重学术根底,以经史考据为主要内容,以经世致用为根本目标。文章风格上,追求"实"和"质厚",具体的要求则是叙事周密详切,议论沉着痛快,大篇累幅,略无余蕴。

陈衍于1912年编成《石遗室文集》十二卷,有家刻本;后又相继编成《二集》、《三集》、《四集》,均不分卷。陈衍自己曾说:"生平无韵之文无虑二三千首。"今四集共录文二百二十余篇,是经过严格删汰后的遗存。

陈氏散文,传状碑志,书奏序跋,众体皆备;叙事议论,写景抒情,内容多样。但就总体而言,仍以人物传记类和记游写景类的文章成就最高。传记文如《张之洞传》、《刘铭传别传》、《林旭传》和《吴保初传》等文章都不长,但写得却非常传神。人物的神态举止、性格特征、精神品质、行事风格,读后几乎让人过目不忘。在《张之洞传》中,开篇写道:"之洞躯短小,不类北人。广颡伟鼻,目三棱,有光。修髯及腹,行坐揖让仪观秩然。未冠,举顺天壬子乡试第一。"语言简洁,概括准确。接着又在文中写其人的见识和眼界:"时铁路风气未开……疑阻者众。之洞以为铁路国之脉络,无铁路是人身之无脉络也,无干路是无督脉也,乃建议首办芦汉干路,而后西达秦晋,南通湘粤。"在这篇不足二千字的传记中,张之洞的能力和才智得到充分体现。作者在后记中说:"望溪守退之义法,戒文士不得私为达官立传。然列传创于司马子长,史记即文士私作,多同时人。张广雅相国在清末最有关系,见闻之真殆无如余,特援子长例为之,冒望溪之不韪,违所弗恤矣。"(《石遗室文集》卷一,《陈石遗集》)这个简短的附记很能说明陈衍作为一个头脑清醒、有正义感的文章家,对张之洞维新活动的明确支持和高度褒扬。

陈衍所著《石遗室论文》对于古代散文名著有精深的研究,他的传记文继承了古代史传的优秀传统,多注重细节描写,如在《刘铭传别传》中,开篇就这样写道:"刘铭传,字省三,安徽合肥人。面黄黑,疎麻,隆准。粤'捻匪'患,群呼'刘麻子'相惊[警]。躯不逾中人,杂立稠众中,一望辄见,若高出人表然。"(《石遗室文集》卷一,《陈石遗集》)语句简劲有力,细节准确传神,颇有司马迁《史记》列传遗风。再如《林旭传》对林旭少年才子形象的刻画是通过被招入赘这一情节表现的:"同邑沈瑜庆者,以道员需次江南。有女鹊,聪颖能文词,貌英爽,瑜庆必欲以字佳士。省墓归,从旭塾师见旭文字,异其博赡。观其少不扬,意犹豫,然终妻之。"(《石遗室文集》卷一,《陈石遗集》)这样的写法,在陈衍传记类文章(包括墓志铭"记事"、"书事")中是不少见的。

陈衍记游写景文章数量不少,质量也很高。他一生游历多,见闻广,足迹遍中国。纪游文章详于风景名胜,世情风习。其佳作如《行抵台北内山加九岸记》、《游君山记》、《归途望大别山记》、《出居庸关记》、《游明陵记》、《游西苑记》等,仅从文中标题即可看出作者的足迹所到之处。这些散文或以记景为主,或以抒情为主,大多描述生动,使读之者如同亲至,这里可以举出《登太山记》一篇为例。泰山屡为历代文人墨客所描画,陈衍对此并非不知,他在文章末尾说:"姚姬传《登太山记》力为其简,示不为题震也;东汉马第伯《封禅仪记》则郁律千余言,殚诘厥状。盖不见真面太山,无以异于众矣。当日由东道而登,与今日由南道者殊异,故不惮复详表之。"且看他从南面登山对所见树木、山石的描写:

> 中天门以下其木皆柏,无一松焉;中天门以上其木皆松,无一柏焉。柏皆数百年物,夹道蔽日,尤蒙密者称为柏洞。松寿不知若干岁,兀顶、猿臂、鹤翅、鹳啄,行列孑立,侧出倒挂于悬崖绝壁危峰之隙,人迹所不能到。全山石纹断裂,亿缝兆罅。形多正方、长方,其圆者百之一二,锐若峭者十之一二,百丈千丈者千之一二。风霜之所剥蚀,雨雷之所穿啮,礧硊崩坠于涧谷者,不可数计。(《石遗室文集》卷五,《陈石遗集》)

这一幅"松柏怪石图",既真切描摹出泰山的品性,也映衬了作者历尽沧桑后的沉郁而挺拔的人生志趣,确属陈衍散文中的精品。

陈衍所作应用文字以及表达政治见解的文章不算很多。政论文以写于1898年7月的《戊戌变法榷议》最值得重视,这组文章分别以"议相"、"议兵"、"议卒"、"议将"、"议械"、"议税"、"议农"、"议学"等为篇名,涉及甚广,见解甚精,对清末朝政变革的方方面面都提出了自己的真知灼见。文章议论风生,条理畅达,颇有唐代陆贽和宋人苏轼的遗则。陈衍以诗人而兼学者,一生论诗论学,所作集序、题跋表达其诗学主张和经学见解,数量和质量都很可观,限于篇幅,不能俱论。

至于陈衍散文的艺术特色,概而言之,在于性情之真和文字之畅。其文风平实真挚,反对雕词琢字,以深厚的学养贯通文章血脉,摆脱束缚,自然流出,纡徐平淡,亲切动人。这是他论诗的追求,也是他散文的胜处。

三、唐才常:气猛志锐

唐才常(1867—1900),字伯平,又字黻丞(亦作佛尘),别号洴澼子,另有咄咄和尚、蔚蓝、弗人、无游居士、去梦残生等别号或笔名①。湖南浏阳人。师事欧阳中鹄,与谭嗣同交谊笃厚,时人并称为"浏阳二杰"。光绪十二年(1886),县、府、道三级考试,均为第一。旋肄业岳麓书院及校经书院。十七年(1891)冬,应四川学政瞿鸿禨之聘,任教读并兼学署阅卷总校。十九年(1893)秋回浏阳,教读于欧阳中鹄家塾。次年,入武昌两湖书院。二十一年(1895),与谭嗣同一起赞助欧阳中鹄在浏阳筹办算学馆和算学社。光绪二十三年(1897),举丁酉科拔贡;三月,与学政江标等发刊《湘学报》,后又创办《湘报》,任总撰述。先后参与或发起创办湖南时务学堂、南学会、群萌学会。其先以介绍西方学术思想源流和政治制度变迁、传播自然科学知识为主,后来逐渐形成革命思想。戊戌政变发生,谭嗣同英勇就义,唐才常闻讯异常悲愤,开始实际的革命行动。于次年(1899)在上海组织"正气会",改名"自立会"。光绪二十六年(1900)八月领导起义失败被杀,年仅三十三岁。主要传记资料有康有为撰《唐烈士才常墓志铭》,唐才质编《唐才常烈士年谱》等。

唐才常少好学,尤喜读史。甲午战争后,更发愤研讨西学,熟于西方政治外交思想。在主笔《湘学报》和《湘报》时期,发表论文数十篇,宣传变法,主张"立宪"。在此期间的文章曾由弟子邹桎贤结集为《觉巅冥斋内言》四卷,在作者生前的光绪戊午(1898年)即已刊行;光绪壬寅(1902年)又有铅印本问世。后人重辑《唐才常集》由中华书局出版。

唐才常的散文作品数量不多,论文五十五篇,书信四十一通,其中以论政说理为主。他推崇西学而不废中国传统学术,在《治新学先读古子书说》一文中拿诸子著作和西方新学相对照,如说"夫胞与平权,本孔、孟公心,但一有等,一无等……《庄》、《列》、《淮南》,宗恉大同,其敝莅[㦬]其

---

① 文操:《唐才常遗著目录草编》,《唐才常集》,中华书局1980年版,第280~296页。

身,尘埃其世,近佛理,亦近格致家之论地球恒星及万物质点"(《唐才常集》)。类似的文章还有《〈朱子语类〉已有西人格致之理条证》,作者并不讳言这是比附,倒是自己说明写作此文的目的在于:"今以西人之说,因类比附,则太璞精金,光华迸露,于斯可见天地自然之理,无判中西,无殊古今。"(《唐才常集》)今人或许会对他的这种主张不以为然,如果承认一种新学说体系之兴起,必于旧学说有所取资,方能易于流传和普及,则他的这种做法也就未可厚非。

唐才常不满八股辞章之学,早年作有《古之学者为己今之学者为人说》,后来更有《时文流毒中国论》,激烈批评士大夫受科举取士制度的毒害,表达自己与衰世陋习的决裂。为学主实用,重自得,"不强其学于一己,以求实际,恶能群其学于天下,以济时艰?"(《唐才常集》)所以他的文章多是开通民智、针砭痼疾之作。如《历代商政与欧洲各国同异考》比较就中西商业政策的异同,批评中国"自秦以来,商政废弛"的历史状况;《钱币兴革议》、《中国钞币必如何定制综论》两篇原是当时学堂的策题之文,唐才常能根据自己对西方经济学的领会作出深刻的分析,可视为汲取新说、觉牖斯民的典范。又如《辨惑》上、下二篇以生气勃勃的文字,透彻分析当时中国的空前危机,试图以此为倡导士大夫阶层变革的契机,可谓用心良苦。

唐才常的文章大都激情外露,热血贲张。如他曾在《砭旧危言》一文中慷慨陈词:"自诛戮党人,无罪可坐,而士心解体;自皇上幽禁,伪言四起,而民心解体;自刚毅南下,搜括无遗,而官商解体。夫至天下人心,均已离散,虽日颁懿旨,自言其深仁厚泽,超越前朝……冀以弭乱安民,谁则信之?而谁则服之?"(《唐才常集》)这篇文章的矛头直指以慈禧太后为代表的守旧势力,可谓鞭辟入里,一针见血。当革命风潮山雨欲来之际,他更是用一腔热血写就了一篇壮丽的文章。

在清末主张变革的志士仁人之中,唐才常与谭嗣同历来并称。康有为曾称二人"皆挟高世之才,负万夫之勇,学奥博而文雄奇,思深远而仁质厚,以天下为任,以救中国为事,气猛志锐。二子生同闬,学相若,志相得也"。(《唐烈士才常墓志铭》)两人的思想文风确多一致,并且都明显留有学习、模仿魏源尤其龚自珍的痕迹,这也是应当指出的。

第五章　别立新宗，百家杂说

第一节　章炳麟的魏晋文

一、"有学问的革命家"

章炳麟(1869—1936)，初名学乘，后名炳麟，字枚叔，因为仰慕顾炎武(原名绛)与黄宗羲(字太冲)的学识与志向，改名绛，号太炎，另有"余杭先生"、"菿汉阁主"与"菿汉大师"等别号行于世。同治七年(1869)出生于浙江省余杭县东乡仓前镇的一个书香门第。太炎的青少年时代，基本上是在宁静的书斋里度过的。九岁起，在家从外祖父朱有虔诵习儒家经典。外祖父治学严谨，尤为讲求音义，为其此后的治学打下了良好的底子。十三岁时，朱氏归养海盐老家，太炎遂由父亲章浚亲自课读。在接下来的十年时间里，他除了继续诵读经书以外，还"涉猎史传，浏览老庄"，并系统地研读了前四史、《昭明文选》及《说文解字》、《音学五书》等各类典籍。十六岁时，曾奉父命赴县城应童子试，由于突患晕厥症而未果。加以早年读过蒋良骐的《东华录》一书，"见夫扬州、嘉定、戴名世、曾静之事，仇满之念固已勃然在胸"，所以绝意仕进。二十三岁时，追随俞樾在杭州的诂经精舍读书，长达七年之久。这是章氏学问大为精进的时期。"精研故训，博考事实"的《膏兰室札记》一书，便是他这一时期问学研读的纪录。

1894年甲午战争中清廷的惨败，深重地刺激了章太炎。他毅然走出书斋，广泛参与各种社会活动。先是加入了康有为等人组织的强学会，接着又编撰《时务报》、《经世报》等报纸，倡言维新变法，主张"以革政挽革命"。戊戌政变发生后，清政府下"钩党令"，章太炎也遭到通缉，乃避地台湾。半年后转赴日本，经梁启超介绍，结识了孙中山。不久又返归上海，参与《亚东时报》的编撰工作，一度还担任苏州东吴大学的中文教员。这时的他对于清政府已经完全失望，转为赞成革命，曾在文中直斥光绪皇帝"载湉小丑，未辨菽麦"。俞樾因此责他"不忠不孝，非人类也"。太炎则写了著名的《谢本师》一文，以作回应。1902年春，章太炎再次流亡日本。在东京，他与秦力山等人发起"支那亡国二百四十二年纪念会"，竭力宣传反满革命主张。1903年春，应蔡元培之邀，回到上海，担任爱国学社中文教员。这一期间，他写了许多政论与维新派辩论，著名的《驳康有为论革命书》即著于其时。同年6月，因替邹容《革命军》作序，而与邹容一起被清政府照会上海租界当局逮捕，在监狱里度过了三年的时光。邹容后来瘐毙狱中，章太炎则于1906年6月出狱后，在革命党人的接引下东渡日本，正式加入了同盟会，并被委任为同盟会机关刊物《民报》的主编。不久，他又与陶成章另组"光复会"，并担任会长。辛亥革命后，章太炎一度担任袁世凯的总统府高等顾问及东三省筹边使。但当他认清袁氏的真实面目后，毅然加入反袁行列。1915年，他致书袁世凯，指斥其"忽萌野心，妄僭天位，匪惟民国之叛逆，亦且清室之罪人"，为此被袁世凯软禁三年。1919年"五四"之后，章太炎的思想日趋消沉，对新文化运动甚为不满，退居苏州，专事稽古之学。1931年"九·一八"事变，章氏力主抗日，曾北上劝说张学良，虽无结果，却表现了可贵的爱国主义精神。1936年6月14日，在苏州病逝。鲁迅后来在回忆文章中称章氏为"有学问的革命家"，并指出："考其生平，以大勋章作扇坠，临总统府之门大诟袁世凯的包藏祸心者，并世无第二人。七被追捕三入牢狱而革命之志终不挠者，并世亦无第二人，这才是先哲的精神，后生的楷范"，充分肯定了他的功绩。其著作，今收入《章太炎全集》。

二、"包络一切"、"随俗雅化"的文学观念

章太炎主要是一位学者,以余力而及于文学,故而其文学观念未免要受到其治学思想的影响。章太炎的文学观念是十分宽泛的。他将一切议论、撰述甚至一般记录性的文字,统称之为"文"。在《国故论衡·文学总略》里,他指出:

> 或言学说、文辞所由异者,学说以启人思,文辞以增人感,此亦一往之见也。何以定之?凡云文者,包络一切著于竹帛者而为言,故有成句读文,有不成句读文。兼此二事,通谓之文。局就有句读者,谓之文辞;诸不成句读者,表谱之体,旁行邪上,条件相分,会计则有簿录,算术则有演草,地图则有名字,不足以启人思,亦又无以增感,此不得言文辞,非不得言文也。

既然"一切著于竹帛者",皆可通称之为"文",那么在他看来,像司马相如的《子虚》、《上林》,扬雄的《甘泉》、《羽猎》、《长杨》诸赋,以及左思的《三都赋》、郭璞的《江赋》与木华的《海赋》等,它们或"原本山川",或"极命草木",虽无作者本人明显的感情蕴涵其中,做不到"以哀乐动人",但因为"奥博翔实,极赋家之能事",故而可以一并看做是文学作品。章太炎这种"论文学者,不必以兴会神旨为上"的观点,曾为鲁迅所批评,以为将文字记载与文学创作混为一谈。因为铺张扬厉的文字堆积,虽极奥博之能事,若无作者本人心灵的真情灌注,则不一定有多大的文学价值。这表明,章太炎依然是以一个乾嘉派学人的传统眼光来看待文学的,所以其中包络甚广。晚近以来受西方思潮影响强调以情动人的近代文学观念,尚未纳入他的视野。

章太炎论文,推崇魏、晋而鄙薄唐、宋,他在《国故论衡·论式》里指出:"夫雅而不核,近于诵数,汉人之短也;廉而不节,近于强钳,肆而不制,

近于流荡,清而不根,近于草野,唐、宋之过也;有其利无其病者,莫若魏、晋。"并以为,"魏、晋之文,大体皆埤于汉,独持论仿佛晚周。气体虽异,要其守己有度,伐人有序,和理在中,孚尹旁达,可以为百世师矣。"章氏所以对魏晋文章评价如是之高,也还是因为要写好魏晋文章,就必须学有根底,"然则依放典礼,辩其然非,非涉猎书记所能也。循实责虚,本隐之显,非徒窜句游心于有无同异之间也。效唐、宋之持论者,利其齿牙,效汉之持论者,多其记诵,斯已给矣;效魏、晋之持论者,上不徒守文,下不可御人以口,必先豫之以学。"他主张修辞必本乎小学,所以欲造辞须先求故训,能穷理然后能为玄言。也是在《与邓实书》里,他明确表达了自己的这一观念:"文生于名,名生于形;形之所限者分,名之所稽者理;分理明察,谓之知文。小学既废,则单篇狐落;玄言日微,故俪语华靡,不揣其本而肇其末,人自以为卿、云,家相誉以潘、陆,何品藻之容易乎?"所以对于同时代人的文章,太炎甚少许可。对于整个有清一代文人,也仅仅推重汪中与李兆洛。至于为时人所十分看重的魏源、龚自珍等人,在太炎的眼中,以为浅俗鄙薄至极,所谓"夫文质相扶,辞气异于通俗,上法东汉,下亦旁皇晋、宋之间;而文士以为别裁异趣,如汪中、李兆洛之徒,则可谓彬彬者矣。魏源、龚自珍,则所谓伪体也。"但即使是汪中、李兆洛,依然有其不足之处——"将取千年朽蠹之余,反之正则;虽容甫、申耆,犹曰'采浮华,弃忠信'尔"。

这里实际上可以见出章氏衡文论人的取舍之道,那就是文学必须"文"与"学"相兼,缺一不可,而"近代学者率椎少文,文士亦多不学",故可取者寥寥。晚近以来风靡一时的魏源与龚自珍的文章,之所以被他斥为"伪体",也是出于同样的原因:"源故不学……凌乱无序,小学尤疏谬",龚自珍则"剽窃成说而无心得……后生信其诳耀以为巨子;诚以舒纵易效,又多淫丽之辞,中其所嗜。"

在具体论文时,章太炎还谈及为文的雅俗之道。对于文章之"雅",他尤为重视,多次在不同的场合中做过强调,例如他对于自己得意的文章,自认为"闳雅";对于同时代的王闿运稍稍许可,以为其人为文"能尽雅";称徐、庾之文为魏晋文章之末流,乃言"淡雅之风,于兹沫矣"。至于如何才能使文章做到"雅",太炎以为:"抒所欲言,成章以达;而汰其虚字,不厕笔端,则尽雅矣。"他早年所写的《文学论略》一篇中,有一大段文字专门论及了文章的雅俗问题:

> 或曰:子前言一切文辞体裁各异,故其工拙亦因之而异,今乃欲以书志疏证之法释之于文辞,不自相剌缪耶? 答曰:前者所说,以工拙言也。今者所说,以雅俗言也。工拙系乎才调,雅俗者存乎轨则。轨则之不知,虽有才调而无足贵;是故俗而工者,无宁雅而拙也。雅有消极、积极之分。消极之雅,清而无物;欧、曾、方、姚之文是也。积极之雅,闳而能肆;扬、班、张、韩之文是也。虽然,俗而工者,毋宁雅而拙;故方、姚之才虽驽,犹足以傲今人也……若不知世有无句读文,则必不知文之贵者,在乎书志疏证。若不知书志疏证之法可释于一切文辞,则必以因物骋辞,情灵无拥,为文辞之根极。宕而失原,惟知工拙,不知雅俗;此文辞所以日弊也。

很明显,章太炎的雅俗观,是和他宽泛的文学观念一体化的。所以他一反前人但论纯诗文作品之雅俗的做法,而以为即使素来被认为是不登大雅之堂的小说公牍、书志疏证、典章学说、历史杂文这一类文字,皆可以论雅俗,它们或者追求质直的文风,或者"不以谲怪恢奇相尚"。至于他提出"俗而工"不如"雅而拙"的看法,正表明了其本人对于"雅"的一贯强调。就是在这同一篇文章里,他还辩称文章所以为"雅",即在于其能"合格",所谓"上准格令,下适时语,无屈奇之称号,无表象之言词"。其实,章氏的"雅"文学观念,正是儒家正统文论里所谓"辞达而已矣"这一观点的变相阐释,即都是追求文不掩质,而把专事藻饰、刻意为文的"骋辞"之作视作为"俗"的。

三、"守己有度,伐人有序"的魏晋文章

章太炎一生经历丰富,著作甚为繁杂。单就其体裁而言,举凡论学专著、论政长文、随笔札记、书函通电、演说访谈,无不赅备。其风格也多样杂出,蔚为大观。门弟子黄侃后来曾论太炎文,以为:"先生持论议礼,遵魏晋之笔;缘情体物,本纵横之家。可谓博文约礼,深根宁极者焉。"①这可以说是深相知者之言。

太炎年轻时,曾因精研《左氏春秋》而为当时的两湖总督张之洞所赏识。但素以儒学正统自居的张之洞对于太炎文风深致不满,以为:"此君信才士,然文字谲怪。余生平论文最恶六朝;盖南北朝乃兵戈分裂,道丧文弊之势,效之何为?凡文章无根柢词华,而号称六朝,以纤仄拗涩字句,强凑成篇者,必斥之。"由此,也可以看出太炎的独特文风,能迥出于时代潮流之外而自成一格。既然推崇魏晋文章,太炎自己为文自然也极力追摩魏晋,力求文质兼备而文不掩质,调和雅俗而以雅为则。对于自己的文章,章氏曾在《与邓实书》里,有过这样的表白:"仆之文辞,为雅俗所知者,盖论事数首而已。斯皆浅露,其辞取足便俗,无当于文苑。向作《訄书》,文实闳雅,箧中所藏,视此者亦数十首。盖博而有约,文不掩质,以是为文章职墨,流俗或未之好也。"章氏所谓的"论事"之文,即是早年所写的一些与人论战及评论时事的文章。这些文章大多都刊载于当时的报纸上,而为其赢得了广泛的赞誉。

例如名震一时、直接引发了《苏报》案并最终使章氏身陷囹圄的《序〈革命军〉》一文,其中有云:

> 夫中国吞噬于逆胡二百六十年矣,宰割之酷,诈暴之工,人人所身受,当无不昌言革命。然自乾隆以往,尚有吕留良、曾静、齐周华等持正议以振聋俗,自尔遂寂泊无所闻。吾观洪氏之举义师,起而与为

---

① 但植之:《章先生别传》,《追忆章太炎》,中国广播电视出版社1997年版,第4页。

敌者,曾、李则柔煦小人,左宗棠喜功名、乐战事,徒欲为人策使,顾勿问其题非枉直,斯固无足论者。乃如罗、彭、邵、刘之伦,皆笃行有道士也。其所操持,不洛、闽而金溪、余姚。衡阳之《黄书》,日在几阁。孝弟之行,华戎之辨,仇国之痛,作乱犯上之戒,宜一切习闻之。卒其行事,乃相缪戾如彼。材者张其角牙以覆宗国,其次即以身家殉满洲,乐文采者则相与鼓吹之。无他,悖德逆伦,并为一谈,牢不可破。故虽有衡阳之书,而视之若无见也。然则洪氏之败,不尽由计画失所,正以空言足与为难耳。

今者风俗臭味少变更矣。然其痛心疾首,恳恳必以逐满为职志者,虑不数人。数人者,文墨议论,又往往务为温藉,不欲以跳踉搏跃言之,虽余亦不免是也。

嗟乎！世皆罢昧而不知话言,主文讽切,勿为动容。不震以雷霆之声,其能化者几何？异时义师再举,其必堕于众口之不俚,既可知矣。

这些文字感情激越,气势磅礴,在当时真可以说是惊世骇俗、振聋发聩,极大地发挥了替革命宣传的作用,也因此为清朝统治者所憎恨万分。无怪后来曾奉袁世凯之命幽禁章太炎的北洋爪牙陆建章对人说:"太炎先生不可得罪,用处甚大,他日太炎一篇文章,可少用数师兵马也。"再如写于1908年的《复吴敬恒书》,在《民报》第十九号上刊登后,脍炙人口一时。其文云:

呜呼！外作疏狂,内贪名势,始求权藉,终慕虚荣者,非足下乎？康长素得志时,足下在北洋,拜其门下而称弟子,三日自匿,及先生既败,退而噤口不言者,非足下之成事乎？为蔡钧所引渡,欲诈为自杀以就名,不投大壑而投阳沟,面目上露,犹欲以杀身成仁欺观听者,非足下之成事乎？从康长素讲变法不成,进而讲革命；从□□□讲革命不成,进而讲无政府。所向虽益高,而足下之精神点污,虽强水不可浣涤。仆谓足下当曳尾涂中,龟鳖同乐,而复窃据虚名,高言改革,惧丑声之外露,则作无赖口吻以自抵谰。引水自照,当亦知面目之可羞矣。

足下始学批尾家当,中则葆爱对策八面锋之伎俩,最后效村学究,持至简且陋之教科书以自豪。今者行役欧洲,已五年矣。仆以为幡然如蜕,当有以愈于畴昔。及观足下所著,浮夸影响,不中事情,于中国今日社会情形,如隔十重云雾。有所记叙,则犹二簧之演历史也;有所褒贬,则犹儿童之说是非也。盖曩日之以《经世文编》、《校邠楼抗议》汲汲然求术于众者,今则变相如是。吾于是知纵横捭阖之徒,心气粗浮,大言无实,虽日日在欧洲,犹不能得毫毛之益也。

像"欲诈为自杀以就名,不投大壑而投阳沟,面目上露"诸句,真可以说得上是诛心之论,曾为青年时期的鲁迅所激赏。至于写于1908年7月的《再复吴敬恒书》,文风依然,嬉笑怒骂,庄谐杂出。其中的"善箝而口,勿令舐痈;善补而袴,勿令后穿"等妙语,虽不免有刻薄之嫌,而巧设妙譬,穷形尽相,简直呼之欲出。鲁迅曾评之为"所向披靡,令人神旺",在当时即已为人们所广为传诵。这些战斗性的文章,章太炎后来在自己亲手刻印的《章氏丛书》里,却都一一删掉了——"大约以为驳难攻讦,至于忿詈,有违古之儒风,足以贻及多士的罢"。鲁迅对此甚感惋惜,以为,"战斗的文章,乃是先生一生中最大,最久的业绩,假使未备,我以为是应该一一辑录,校印,使先生和后生相印,活在战斗者的心中的。"

需要说明的是,尽管章氏的文章后来被人称为"魏晋之笔",但他前后的文风并非一贯,而是有一个显著的变化过程,即早年追摩韩愈,到中年以后才转趋魏晋。章太炎本人曾在《自述学术次第》里,讲述了自己文风转变的过程:

余少已好文辞,本治小学,故慕退之造词之则。为文奥衍不逊,非为慕古,亦欲使雅言故训,复用于常文耳……三十四岁以后,欲以清和流美自化,读三国两晋文辞,以为至美,由是体裁初变。然于汪、李两公,犹嫌其能作常文,至议礼论政则踬焉。仲长统、崔寔之流,诚不可企。吴魏之文,仪容穆若,气自卷舒,未有辞不逮意窘于步伐之内者也……余既宗师法相,亦兼事魏晋玄文,观夫王弼、阮籍、嵇康、裴颜之辞,必非汪(容甫)、李(申耆)所能窥也……曾涤生窥摹陆公,颇富简约,其辞乃如房行制义,若素窥魏晋南朝诸奏,则可以无是过矣。由此数事,中岁所作,既异少年之体,而清远本之吴魏,风骨兼存周汉,不欲纯与汪、李同流。然平生于文学一端,虽有所不为,未尝极意菲薄。下至归、方、姚、张诸子,但于文格无点,波澜意度,非有昌狂佴规者,则以为学识随其所至,辞气从其所好而已。

由此可见,于具体的写作实践中,太炎是力求将"奥衍不逊"与"清和流美"两者既相调和又不偏于一隅的。一方面借鉴魏晋文章的清远,同时又辅之以先秦两汉文章的风骨。在这一段话里,还值得我们注意的是,"亦欲使雅言故训,复用于常文耳"一句,它可以说是太炎终身为文所一直坚持的文章之"道",也是人们认为其文章晦涩难懂的一个根本原因。因为章氏自承为汉学的自觉绍述者,所以他眼中的"雅言故训",自然是越古越雅。他的文章中往往大量充满了各类古字、生字与僻字,尽管章氏自我辩解说:"六书本义,废置已夙。经籍仍用,通借为多。舍借用真,兹为复始",但不顾约定俗成的语言体式而一味"用真"、复古,就必然会导致其文风虽古奥醇雅而佶屈聱牙,令人不忍卒读,大大地降低了其影响力与普及性。正如后人所评:"然尽雅而不便俗;后生小子读其文者,罕能竟焉。徒震其高名,相为矜耀而已。"[①]

如果我们不计其古奥奇谲的用字,平心而论,章太炎的文章的确达到了他那个时代的高峰。其文风渊雅、音声浏亮,论辩责难,攻守兼备,颇得魏晋文章之风致。姑举其《变法箴言》文中一段为例:"若夫疆蒌未亏,人民未变,鬼神未亡,水土未绁,糟者犹糟,实者犹实,玉者犹玉,血者犹血,酒者犹酒,而文武恬熙,举事无实,枭狐窃柄,天与之昏,是为大乱之既成。于斯时也,是天地闭、贤人隐之世也。"再如其在1903年《苏报》案发生下

---

① 钱基博:《现代中国文学史》,中国人民大学出版社2004年版,第80页。

狱后所写的《狱中答新闻报》的最后一段：

> 去矣，新闻记者！同是汉种，同是四万万人之一分子，亡国覆宗，祀逾二百，奴隶牛马，躬受其辱。不思祀夏配天，光复旧物，而惟以维新革命，锱铢相较，大勇小怯，秒忽相衡，斥鷃井蛙，安足与知鲲鹏之志哉！去矣，新闻记者！浊醪夕引，素琴晨张，郁素霞之奇意，入修夜之不旸。天命方新，来复不远，请看五十年后，铜像巍巍立于云表者，为我为尔，坐以待之，无多聒聒可也。

说话的气势是何等的酣畅淋漓、豪情万丈！另如《哀陆军学生》、《革命之道德》等文，皆铿锵有力、风骨凛然，孚尹旁达而伦脊分明，与魏晋文章神似。

章太炎自己最为赏识的是其《訄书》这一类文章，认为它们"博而有约，文不掩质"，达到了所谓"闳雅"的标准。例如《訄书》中的《平等难》、《族制》、《商鞅》、《独圣》诸篇，另外像《秦政记》、《五朝学》、《征信论》、《建立宗教论》诸篇，皆如是。这些文章，虽每每因饰词用事过于偏僻，致使文意晦涩，但也往往能独出己见，令人耳目一新。试举其《秦政记》一文中的一段为例：

> 末俗以秦皇方汉孝武，至于孝文，云有高山大湫之异。自法家论之，秦皇为有守。非独刑罚依科也，用人亦然。韩非有言曰：明主之吏，宰相必起于州部，猛将必发于卒伍。夫有功者必赏，则爵禄厚而愈劝；迁官袭级，则官职大而愈治。汉武之世，女富溢尤，宠霍广以辅幼主。平生命将，尽其嬖幸卫、霍、贰师之伦，宿将爪牙，若李广、程不识者，非摧抑乃不用。秦皇则一任李斯、王翦、蒙恬而已矣。岂无便僻之使、燕昵之谒邪？抱一司契，自胜而不为也。孝武壹怒，则大臣莫保其性；其自太守以下，虽直指得擅杀之。文帝为贤矣，淮南之狱，案诛长吏不发封者数人，迁怒无罪，以饰己名。世以秦皇为严，而不妄诛一吏也。由是言之，秦皇之与孝武，则犹高山之与大湫也；其视

孝文,秦皇犹贤也。

秦始皇之暴政,昭昭详载于史书。对于其人其事的评价,在两千年的传统历史上,几成定论,很难再发挥出什么新意来。而太炎则由"用人"一端出发,对秦始皇与汉武帝、汉文帝作了自己的独特比较,有理有据,陈义甚高。这样的翻案文章,真可以说得上是以掣云之笔,而发千古未有之覆。尽管太炎最后得出的"其视孝文,秦皇犹贤也"的结论,人们未必都能心悦诚服地完全接受,但这种持之有故、不落空言的文风,于太炎而言,是较为一贯的。

"守己有度,伐人有序,和理在中,孚尹旁达",是章太炎对于魏晋文章的评价,同样也可以用来评价章氏自己所写的文章。他把以论理辩难见长的魏晋文章与近代以降新出现的报刊政论文章巧妙地融汇在一起,形成了近现代之际富于特色的"魏晋文章":析理绵密,如剥茧抽丝,文气遒劲,而掷地有声。单就其文脉而言,虽洸洋恣肆,却并不纷然杂糅;而是众派汇流,帖然有序。这些都是章氏的"魏晋文章"之最大特色。章氏生前高自标置,对于同时代人所著文章甚为不屑,对于唐宋以来的历代名家之作也很少假以辞色,私心以"将取千年朽蠹之余,反之正则"而自许。如果站在传统文评的立场上,就文言文写作本身而言,章氏的这种自负是有充分理由的。

第二节 王闿运、刘师培等的骈文

骈文自魏晋六朝时期大盛以来,至中唐由于韩愈起而提倡古文遂交了末运。此后在将近一千年的文学史上,骈文虽时有作者,但备受鄙视,被斥为"率不过嘲风雪、弄花草而已"(白居易《与元九书》),因而低迷不振。即使是清代初年思想较为通达的魏禧,虽力诋古文之弊,依然以为:"魏晋以来,其文靡弱,至隋唐而极,而韩愈、李翱诸人,崛起八代之后,有以振之,天下翕然敦古。"(《论文篇》)这种"一边倒"的局面一直要到清代中叶嘉庆年间,才有所改观。当时有阮元、李兆洛等人对于桐城派古文的一统天下深致不满,于是着意提倡骈文,以图相与抗衡。阮元的《文言说》、《书梁昭明太子文选序后》、《与友人论古文书》、《四六丛话序》等文,都替骈文正名,声称"为文章者不务协音以成韵,修词以达远,使人易诵易记,而惟以单行之语,纵横恣肆,动辄千言万字,不知此乃古人所谓直言之言,论难之语,非言之有文者也"。这就在"文统"方面给予桐城派以极大的打击,为骈文的"合法化"创造了极为有利的条件。李兆洛亦曾编纂《骈体文钞》一书,名重一时。其《骈体文钞序》称:"自唐以来,始有古文之目,而目六朝之文为骈俪,而为其学者,亦自以为与古文殊路。既歧奇与偶为二,而于偶之中,又歧六朝与唐与宋为三。夫苟第较其字句,猎其影响而已。则岂徒二焉而已,以为万有不同可也……文之体,至六代而其变尽矣,沿其流极而泝之,以至乎其源,则其所出者一也。"这是从文体的发展进化方面,将骈文与散文相提并论,以为二者可以等量齐观。此后,一些古文作者,也开始写骈文,如方东树、梅曾亮、刘开等人。尤其是刘开,不光写骈文,还写专文为骈文争取地位,其《与王子卿太守论骈体书》云:"夫文辞一术,体虽百变,道本同源,经纬错以成文,玄黄合而为采。故骈之与散,并派而争流,殊途而合辙。千枝竞秀,乃独木之荣;九子异形,本一龙之产。故骈中无散,则气壅而难舒;散中无骈,则辞孤而易瘠。两者但可相成,不能偏废。"与阮元一样,刘开也是探本溯源,以为骈散兼备实为文体正宗,合之则并美,离之则两伤。以此之故,骈文在晚清时期一度呈现出中兴的气象。

晚近以来,以骈文名家者,主要有王闿运、刘师培与李详等人。

王闿运(1833—1916),原名开运,字壬秋,一字壬父,湖南湘潭人,出身于地主兼商人家庭。因曾自题居所为"湘绮楼",所以世人又称其为湘绮先生。王闿运六岁丧父,从母亲蔡氏及叔父王麟学习,九岁即读完五经,以神童而远近闻名。自称在十四五岁左右,已"文翰颇翩翩"了。十九岁时,以文名而补诸生。年方二十,在湖南长沙创立城南书院,教授门生子弟。咸丰七年(1857年),王闿运在长沙举乡试,中第五名举人。两年后到北京参加会试,却落榜。王氏早年受经世致用学风影响,鄙薄理学,故而虽有文名,但对于"帝王之学"素所爱好。曾国藩镇压太平天国期间,他曾多次上书献策,得到了曾的重视,却终因意见不合而罢。同治四年(1865年)冬,他隐居湖南衡阳石门,专以著述为事。六年以后,不甘寂寞,一度赴京会试,又一次落榜,从此再未去应试。光绪二年(1876年)秋,迁居长沙,开始撰写著名的《湘军志》。在利用两年的时间完成大部分书稿后,他又应四川总督丁宝桢之邀,到成都主持尊经书院。此后辗转于四川、湖南、江西等地,或为幕客,或从事讲学。光绪三十六年(1908年),清廷特授他为翰林院检讨。辛亥革命前夕,又特加为翰林院侍讲。1914年,应袁世凯之邀到北京,就任国史馆馆长一职,但不久即见机辞归。1916年卒于长沙,生前曾自作挽联云:"春秋表未成,幸有佳儿传诗礼;纵横计不就,空留余韵满江山。"王闿运一生博览群书,又得享高年,故而著述甚多。除了像《庄子注》《尚书笺》《春秋公羊传笺》这一类专门性的古籍笺注外,另有《湘军志》《湘潭县志》《桂阳州志》等史志撰述,以及《湘绮楼词》《湘绮楼诗文集》《湘绮楼日记》等著作,大体皆浑成自然,而不拘俗套,为时人所称道。

在近代文学史上,王闿运主要以诗名。其五言古诗极力追摩汉魏六朝,纯任性情,讲求兴发感动。虽因一味拟古而不免招"假古董"之讥,但在晚近诗坛自是一大家。其文在当时亦为人所称扬,《清史稿·儒林传》称他"潜心著述,尤肆力于文。溯庄、列,探贾、董,其骈俪则揖颜、庾"。

王闿运论文,鄙薄韩愈,以为时人所推崇的韩愈之文,"其实乃起承转合之法耳,固无足论"。至于韩愈本人提倡的所谓"遗貌取神"地学习古人,更不足法,"夫神寄于貌,遗貌何所得神?"王闿运之所以也主张要摩拟古人,是因为古人之文,修辞而能达,所谓"古之文则圣圣同揆,后之人则世世殊风"。但拟古必须精心揣摩,由貌入神,"不学古何能入古乎?古之名篇,乃自相袭,由近而远,正有阶梯;譬之临书,当须池水尽墨;至其浑化,在自运耳。晋人行草,大抵相类;汉、魏之文,约略大同。知此可以学古矣。"为此,他专门编选《八代文粹》一书,以作"羽翼六经"之用。在为该书所作的序里,他称"夫词不追古,则意必徇今;率意以言,违经益远";并明确指出,自己编选此书的动机在于:"要以截断众流,归之淳雅。使词无鄙倍,学有本根。高陈皇古之讦谟,下亦稗官之谈中。俾夫横议,不犯清尘。庶作者有达义之能,学者识立诚之效。"

王闿运既有这样的论文主张,自己在写作实践中也竭力贯穿实行。例如其平生最为得意的《秋醒词序》一文:

> 戊戌中秋既望之次夕,余以微倦,假寝以休。怀衿无温,憬焉而寤。方醒之际,意谓初夜;倾听已久,乃绝声调。揽衣出房,星汉照我。北斗摇摇,庭院垂光。芳桂一枝,自然胜露;秋竹数茎,依其向月。青扉半开,知薄寒之已入。垩墙如练,映苔地以逾阴。象床低彩凤之帏,金釭续盘龙之焰。罗帱轻扬而已惊蚊宿,琐窗无听而坐闻虫语。湛湛之露,隔鸳瓦而犹凉。瑟瑟之风,送鸡声而俱远。辽落一声,旁皇三叹。岂象罔三求之后,将钧天七日之终?怃然自失,旋云有得矣。嗟乎,镜非辞照,真性在不照之间;川无停流,静因有不流之体;然则屡照足以疲镜,长流足以损川;推移之时,微乎其难测也。且齐有穿石之水,吴有风磨之铜,油不漏而炷焦,毫不坠而颓秃,积渐之势也。笋一旬而成竹,松百年而穿天,迟速之效也。人或以百年为促,而不知积损之已久。或以耄期为寿,而不知佚我之无多。是犹夏

虫之疑冰，冬鹬之忌雪矣。一年已来，偶有斯觉；未觉之顷，相习为安。况同景异情，觉而仍梦；庸得不即机自警，依影冥心者哉！于斯时也，从静得感，从感得空；意御列风之是非，乘轩云而升降，接卢敖之汗漫，入李叟之有无；犹陈思之等鱼山，茂陵之叹敝屣也。俄而侍娃旋起，闺人已觉，一庭之内，群籁渐生；似华胥之顿还，若化城之忽返；是知安闺房者，苦人之扰天；栖空山者，必静而慕动。神仙纵可以学至，倘非智慧之士所得而息机焉。居尘途而谈玄寞，在金门而希隐遁，悬车之愿徒设，拂衣之效无闻。与夫北山轩眉，终南捷仕，牛巢论禅代之事，武陵知汉晋之迁，亦有欣哀，未容相笑也。若出而思隐，将隐而思出乎？子思所以有素行之箴，许行所以有一瓢之累也。但幸契遐心，堪祛劳虑，信有为之如六，悟还真之用九。盖梦在百年之中，而愁居七情之外，由是澄心眇言，然脂和墨，聊赋其意，命曰《秋醒词》。浣笔冰盂，叩声霜磬。飞萤入户，引幽想以俱明；早雁拂河，闻秋吟而不去。人间风月之赏，别有会心；道场人天之音，切于常听也。

这篇文章，正是沿着他自己所谓的"欲从韩愈以追西汉，逆而难；若自诸葛忠武曹武王以入东汉，则顺而易"的路径而来的。全文有古风而无拟古气，如行云流水，行止自在，雅正朴茂，而机杼独出。世传曾国藩对于此文极为称道，以为其作者为文有"慧业"。

近人刘麟生评说："王氏为清代文学之殿军，其骈文亦可称为古今骈偶之结局，至其所为笺启小简，骈散兼行，自然工致，亦小品文字之雄矣。"①如其《致樊藩台》一书，文云：

> 樊山仁兄先生台席：四十年倾仰，一日披襟，各放光明，互相标榜，人生此乐，天下无双。七日九面，已防人妒，翩然引去，信其宜矣。及至仙宫飞盖，灞上停骖，黯然有离别之思，忽而生贪痴之恋，金仙著于细软，泥絮逐夫春风，谁之咎哉？公所致也。晚浴温泉，固嫌粉汗；

---

① 刘麟生：《中国骈文史》，东方出版社1996年版，第112页。

明驰渭驿,似听歌声。九日兼程,遂投华馆,入山三日,遍历五峰。西岳之奇,异于恒代,拟难巧似,意不能该,古无名篇,今何敢作?然韩毕告哀之处,郦杜设险之词,及至身经,乃知过实,此行上下,绝不艰危。午诒同行,可以面问。天移节候,地主之施,玉盆未冰,莲花馀雪,貂狐不御,松桧犹春,夜夜月明,峰峰雾散,恐大雪气应,阳和变寒;日行五十,还于客馆,然镫始照,递简已来,发函跪送,嘉词络绎,他所未论,诗则无焉。假以时日,恐犹难副。何则?科举废,故留此硕果。昔游祝融,屈于邓弥之;囊论华诗,唯推魏承贯。三十年攻苦,只成《登岱》一篇,今日惊人,欲出谢朓之上,既难急就,又恐过时。加以大敌在前,众人拭目,诚非薄拙,所可自期?惟以郡县迫促,官差倚马,辄写和一词,并《岳词》一首,聊以报命。明日瞻望茫然,午诒亦却遄还,面申鄙款。相见甚易,弥祝珍颐,行筐纸穷,不尽觊缕。

虽本是短笺,但语短情长,曲尽声韵谐和与词义对仗之美。另有《与孺人》一书,写中年夫妻远别后的彼此思念之情,情辞宛转,流丽动人。太平天国运动期间,王闿运身在广州,撰有《到广州与妇书》,时人赞之曰:"辞章之美,情必状貌以写物,辞必穷力而追新",以为与鲍照的《登大雷岸与妹书》差堪比拟,其中有云:

异物恒产,来自番舶,土人所甘,良亦奇诡。菜必生辛,羹必稠甜。若夫槟榔酸涩,蕉子甘烂,薯重十斤,芥高七尺,君迁小柿,新会大橙,不含霜雪,多复腐皱。腌橄榄以盐豉,取蚁粪为奇南,榕树不可爨,木棉不可絮。奇器巧制,则故贱其值;水火菽粟,则尽昂其价。陆生所记"南越之境,五谷无味,百花不香"者,信非他方之所取也。冬至初过,桃荣梅落,余花生红,多不辨名;但有其质,聊无其姿,亦何取于长春乎?邦人市海鲜,别为厨馆,则有鲨鱼之翅,海蛇之皮,章举马甲,鱼逐鱼夷天蚝,咸蟹龙虾,雄鸭腊鹑,腥秽于市井,纷错于楼馆者,不可胜计。又俗好烧炙,物喜生割,操刀持叉,千百其徒,乞人待肉食而餐,宾筵以多杀为豪;婚礼烧猪,辄列数百。俗无羞耻,取归以得女为奇;床笫之私,守宫之验,明告六亲,夸以为荣。知礼之家,亦复随俗。亦既觏止,我心则降,此犹可笑叹者也。

文中写到广州的风物民情,完全是以一个异乡人的眼光出之,故而不免有"奇诡"、"笑叹"之苛评;但由于作者观察细微,取材殊类而极意描摹,所以文章亦显得清奇可喜。就文体本身而言,已非纯粹的骈体,而是骈中有散。其缺点在于刻意为文,雕琢过甚,缺乏自然之致。王氏文章的另一大弊病在于,其骈文率多模仿之作,虽然有时几乎达到了可以以假乱真的程度,终觉缺乏时代气息与个人特色。所以文字虽工,然而若与六朝骈文相较,自不免落于下乘。例如其模拟庾信的《哀江南赋》而叙写太平天国之乱的同名文章,连所押之韵也是庾信赋里的原韵,其中云:

岂知山川黯黪,戎师远略,攻即墨而不下,望楚师而气索,遂开网于前禽,乃落帆于黄鹤,奔腾而班马群惊,蹴踏而洞庭波浊,洎日躔之在尾,劇武昌之高垒,米无陶侃之船,炬绝都官之雉,防开地道,兵虚背水,重镇之忘忽焉,诸侯之师摇矣。

像这样的文章,虽描摹逼真,但终究缺乏鲜明的时代色彩。读者若不知其叙写的是太平天国之乱,则指之为对历史上任何一场战乱的描绘皆可矣。《湘绮楼诗文集》里,此类文章甚多,像《专仿大雷寄妹书》、《专仿玉台新咏序》、《采芬女子墓志铭》诸文,都是如此。王闿运死于1916年,时值"五四"新文化运动酝酿发动之前夜。他的辞世,正好为一种旧的文学体制风格作了收束。由于其人之文章体式与文思运作均不出旧文学传统的藩篱,所以后人称王闿运"为有清一代学士文人最后之灵光"[1]。这可以说是平准之论。

刘师培(1884—1919),又名光汉,字申叔,一字鲁源,别号左庵,出生

---

[1] 王森然:《近代二十家评传》,书目文献出版社1987年版,第9页。

于江苏仪征一书香门第,自曾祖起,历代都是恪守乾嘉汉学传统的知名学者,尤以家传《春秋左氏传》之学而著称。曾祖文祺、祖父毓茂、伯父寿曾,在《清史·儒林传》里都有记述。父亲贵曾,也以经术而闻名于时。刘师培幼年聪慧,博闻强记,年仅十二岁,即读完四书五经。及其稍长,又遍览家中藏书。1901年考中秀才,次年中举人。1903年赴京参加会试未中,由京返乡时滞留上海,结识了章太炎、蔡元培等"爱国学社"诸成员。受其民族主义思想的浸染,一变而为赞成革命。于是改名光汉,以示自己"攘除清廷,光复汉族"的决心,并撰写《中国民族志》、《攘书》等小册子在上海出版,倡言排满。1904年,担任《警钟日报》社主笔,并加入光复会。次年春,因报社被封,而与陈独秀、章士钊等人一起到芜湖皖江中学与安徽公学任教。1907年,应章太炎之邀东渡日本,加入同盟会,成为《民报》的主要作者之一。随后,结识了日本社会党人北辉次郎、和田三郎等人。受他们影响,刘师培开始热衷于无政府主义学说。先是与张继在东京举办"社会主义讲习会",接着又与妻子何震一起创办《天义》半月刊与《衡报》等刊物,进行无政府主义宣传。不久,因与同盟会成员发生矛盾,遂为两江总督端方乘间收买利用,并追随端方先后至天津、四川等地。武昌起义爆发后,四川响应,端方遇刺,刘师培幸免于难,转至成都的四川国学院任教员。一度至太原充任军阀阎锡山的高等顾问。1915年,受杨度、孙毓筠之招,加入为袁世凯复辟帝制鼓吹的"筹安会",撰写《君政复古论》等文为袁氏鼓吹。袁世凯失败后,刘师培退处天津。1917年,受北大校长蔡元培之聘担任中国文学门教授,一度兼任《国故月刊》的总编辑,以"昌明中国固有之学术"为名,而与新文化运动相抗衡。1919年因病去世。其全部著作,后人辑为《刘申叔先生遗书》而刊行于世。

刘师培论文,甚为推重乡先辈阮元的以俪辞韵语为文言之说。他曾在阮元《文言说》一文的基础上,作《广阮氏文言说》一文,以为:"文也者,别乎鄙词俚语者也。《左传》曰:'言之无文,行之不远'。又曰:'非文辞不为功'。言语既然,则笔之于书,亦必象取错交,功施藻饰,始克被以文称。故魏、晋、六朝,悉以有韵偶行者为文,而《昭明文选》,亦以沉思翰藻为文也。"另外还著有《文说》、《文章源始》、《文笔诗笔词笔考》诸文,论文大率都以《昭明文选》为本,注重骈偶声韵。加以刘师培本人学识渊博,小学功底甚为扎实,故而又主张"积字成句,积句成文。欲溯文章之缘起,先穷造字之源流"。这种以小学为文章根基、以骈文为文体正宗的观点,与阮元的主张如出一辙。近人因此称其文为仪征派,以与其时笼罩文坛的桐城古文派相区别。

刘师培早年提倡民族革命,力主排满复明,光复汉人正统,其时的文章立意,大率不离于此。如《书曝书亭集后》一文,完全是"夺他人之酒杯,浇胸中之块垒"之作,文云:

> 秀才朱氏博极群书,虽考古多疏,然不愧博物君子。夫朱氏以故相之裔,值板荡之交;甲申以还,蛰居洛诵,高栗里之节,卜梅市之居,东发深宁,差可比迹。观于《马草》之什,伤满政之苛残;《北邙》之篇,吊皇陵而下泣。亡国之哀,形于言表;此一时也。及其浪游岭峤,回车云朔,亭林引为知己,翁山高其抗节;虽簪笔佣书,争食鸡鹜;然哀明妃于青冢,吊李陵于胪台,感慨身世,迹与心违;此一时也。至于献赋承明,校书天禄,文避北山之移,径夸终南之捷;甚至轺车秉节,朵殿承恩,仕莽子云,岂甘寂寞;陷周庾信,聊赋悲哀;此又一时也。后先异轨,出处殊途;冷落青门,忆否故侯之宅;萧条白发,难沾处士之称。此则后凋松柏,莫傲岁寒;晚节黄花,顿改初度者矣。秋风戒寒,朗诵遗集,因论其行藏之概,以备信史之采焉。

此类文章,因为思想进步,辞义畅达,所以颇多可观者。但到了后期,由于刘师培政治立场反复多变,先是以"暗探"的身份效命于清廷,继而又以"劝进"之名奔走于袁世凯。其时所作文章多篇,虽才情不减,文风故然,但终不免令人有明珠暗投之憾。即如其为袁世凯称帝而作的劝进文章《君政复古论》,在当时,便有人将之与汉代扬雄替王莽所作的《剧秦美新》相提并论。其中有云:

> 夫民生有欲,假物斯争。好恶无节,致乱之源。然峻城十仞,楼

季弗逾;铄金百镒,盗跖不搏。盖必争之情,民无恒具。无翼之利,众所弗干。先王因民之情以为之节。名以定分,分以止争,爰峻其防,俾无或溃;譬之户必有牖,器必有范。襄陵之浸,制以金堤;骎驾之马,驱以衔策;所以重齿路之防,定逐鹿之份,成长久之计,定永年之功也。是以大宝之位,必属大德之君。斗筲之器,不经栋梁之任;薮泽之夫,弗希云龙之轨。下无觊觎之望,上无偏谬之授,人心专壹,风化以淳,观化上机,于是乎在。抚民定业,恒必由兹。遭时垝绝,诸夏无君,元后之尊,下侪匹竖。九服之广,民无定主。火泽易位,数见换易。荡涤等威,堕损威重,改玉改行,习为固常。用是徒步之人,绳枢之子,曾无体睿之明,合元之德,十室之资,百乘之赋;拔于陪隶之中,俯越什佰之际,挟负舟之力,忘折足之凶。功逊强晋,不戢请遂之图;地劣荆楚,思假九鼎之问。则是神器可以力征,而天钧可由窃执。是必分威共德;祸成于偶国;比知同力,衅兆于土崩,虽无下人伐上之疴,必有炕阳动众之应。

由于该文是为一代窃国大盗袁世凯的复辟帝制辩护,完全是逆历史潮流而动,所以当袁世凯失败后,刘师培本人也因此落得个臭名昭著、为世人所鄙薄的下场;但若单就骈文写作本身而言,文中固然也有诸如"是以大宝之位,必属大德之君"的传统滥调套语,而整体看来,洋洋洒洒,辞采渊懿,声情并茂,显示了作者本人深厚的文字驾驭功力。以故,人们往往原谅其出处不慎、反复多变的道德人品,而对其文学才华与学术成就深致赞赏。

近代骈文名家,另有李详其人。李详,江苏扬州人,廪生出身。虽有文名而到处游幕为业,一生遭遇坎坷。晚年乃任教于东南大学,主讲六朝与唐代文学。其人论文主张,与刘师培颇为接近,承阮元《文言说》之余绪,而奉《昭明文选》为文章根本,以为:"六朝俪文,色泽虽殊;其潜气内运,默默相通,与散文无异旨也。其散文亦为千古独绝。试取《三国志注》、《晋书》及《南》、《北》两史、郦善长《水经注》、杨衒之《洛阳伽蓝记》与释氏《高僧传》等书读之,皆散文之至佳者;至今尚无一人能承其绪。盖误以雕琢视之,而未知其自然高妙也。"(《江都王翰棻论文书》)李详的骈文,在当时与为官北京的另外一位骈文家王书衡齐名,有"南王北李"之称。他虽曾自陈:"仆论骈文,以自然为宗,以单复相间为体,以貌为齐梁伪体为戒",并推重汪中,自以为"能寻得容甫所出之途而改辙辟之,我行我法,何尝于容甫集中作贼",但其为文喜雕琢辞藻,尤喜堆砌典故,文气不免因此有所滞涩,而缺乏汪中文章那种自然流动之韵味。他曾在为友人顾硕所写的《顾石孙四十生日寿序》一文中,寄托了个人的身世之慨,其中有"余钳舌弭谤,危行仄视,裁量月旦,扬抑时流。片言积忤,诮安国之寒灰;微文见刺,近支离之攘臂"诸句,辞意恻婉,一时广为传诵。

第三节　俞樾与八股时文

八股文,也叫八比文,或称四书文、制艺、制义,又与古文相对而称为时文。它渊源于唐、宋之际,明代大盛,至清代而达到了顶峰。一般认为,唐代的帖括与宋代的经义是八股文的最早前身。明太祖洪武三年,八股文开始正式被用于科举取士,一直到1902年才由当时的清政府宣布废除。在长达五百多年的时间段落里,它成为当时读书人的主要晋身之阶,所以在文学史上的影响也甚大。八股文在写作程式方面有着各种极为严格的规定,譬如它通常由破题、承题、起讲、入题、起股、出题、中股、后股、束股、收结等部分组成,又有对偶、排比、押韵等要求。此外,还限定作者不能随意发挥个人见解,而必须阐发儒家经义,即所谓"代圣贤立言"。周作人曾以为,八股文集合古今骈散的菁华,是中国文学的结晶;而清代的八股文,"实行散文的骈文化,结果造成一种比六朝的骈文还要圆熟的散文诗,真令人有观止之叹"①。其所以如此者,即在于其时的古文大家如姚鼐、方苞、刘大櫆等人,他们在写作古文的同时并不排斥时文,而几乎都无一例外地遵守"以古文为时文,以时文为古文"的原则。刘大櫆甚至以为:"夫文章者,艺事之至精,而八比之时文,又精之精者也。"(《徐笠山时文序》)以故,八股文在清代臻于极致。

清末民初时期,以八股文写作而著称者,有俞樾、陈康祺诸人,其中以俞樾最为卓著。

俞樾(1821—1906),字荫甫,浙江德清人。因曾在苏州寓所春在堂之西北隅修筑园林"曲园"作为自己的养憩之地,所以自号曲园叟。晚年又自称曲园居士、曲园老人,学界则多称其为曲园先生。他本出身于书香门

---

① 周作人:《论八股文》,《中国新文学的源流·附录》,河北教育出版社2002年版,第61页。

第,祖、父辈在当时俱有文名。俞樾自幼聪慧,"少时即斐然有著述之志"。六岁时母亲开始为他口授诗书,九岁即已读完《四书》。道光十年(1830年),随父侍读于常州新安,粗通群经大义。道光十六年(1836年),被选为秀才。次年秋赴杭州应省试,名列副榜第十二名。清道光三十年(1850年)中进士,因作诗首句为"花落春仍在",为试官曾国藩所赏识,由此得以进入翰林。俞樾对此事终生不忘,故将自己的读书之所取名为"春在堂",以示曾国藩的知遇之恩。后历任翰林院庶吉士、翰林院编修、河南学政等官职。1857年,被劾为所拟试题割裂经文而罢职,从此绝意仕途,专心著述讲学,服膺于高邮王氏父子之学。先后主讲苏州紫阳书院、上海求志书院及湖州菱湖书院、德清清溪书院等处,并担任杭州诂经精舍院长达三十余年。晚年足迹几乎不出江、浙一隅,当时的名公巨卿都甚为礼重,而其人"时以巾服从游,往来如处士"。俞樾可以说是晚清时期最负盛名的经学家。他对先秦儒家经典及诸子学说颇有研究,推崇汉代许慎、郑玄的治学态度,"然为学固无常师,左右采获,深疾守家法、违实录者"。① 所著《诸子平议》、《群经平议》、《茶香室经说》、《古书疑义举例》诸书,都影响甚大。此外,其他著述也甚丰,有《春在堂杂文》三十七卷,《春在堂诗编》二十卷,《右台仙馆笔记》十六卷以及《茶香室丛钞》等一百零六卷。光绪二十五年(1899),他曾将自己的著述汇刻为《春在堂全书》共五百卷。

俞樾素以朴学大师为世人所知,其文名反而被掩盖。再加上他的弟子章太炎也曾说过"其文瀸滥,不称其学"的话,这句近乎一笔抹杀的评判,由于章氏在近代的盛名而广为流传。因此之故,对于其文,后世甚少推许者。事实上,俞樾的文章在当时似乎并不乏知音。我们只要看他在《春在堂随笔》里不无自负地写道:"余生平谬以文字受海内名公钜卿之知,虽云过当,然或者尚有以致之也",即可得知。

由于向被视为经学家而非文学家,俞樾为文反而能够不拘一般文学家写作之格套,而往往独出机杼,表露性情,以致有将他与袁枚相比附者。

---

① 支伟成:《清代朴学大师列传》,岳麓书社1986年版,第230页。

但俞樾在"抒写性灵之外,往往济以学术,故不入随园末派"①。除了一般性的随笔、札记、联语等外,他在八股文体写作方面尤为擅长,自言"自幼所作四书文不少千余篇",俨然晚近时期一制义大家。在为课读孙辈俞陛云等人所编写的《曲园课孙草》一书里,收录了自己亲笔撰写的八股文章多篇。虽是属于启蒙性质,当时却流传甚广,才情与功力俱见。即如其《不以规矩》一文:

> 规矩而不以也,惟恃此明与巧矣。
>
> 夫规也、矩也,不可不以者也;不可不以而不以焉,殆深恃此明与巧乎?
>
> 尝闻古之君子,周旋则中规,折旋则中矩,此固不必实有此规矩也。顾不必有者,规矩之寓于虚;而不可无者,规矩之形于实。奈之何以审曲面势之人,而漫曰舍旃舍旃也。
>
> 有如离娄之明,公输子之巧,诚哉明且巧矣。
>
> 夫有其明,而明必有所丽,非可曰睅而视之已也,则所丽者何物也?
>
> 夫有其巧,巧必有所凭,非可曰仰而思之已也,则所凭者何器也?
>
> 亦曰规矩而已矣。
>
> 大而言之,则天道为规,地道为矩,虽两仪不能离规矩而成形。
>
> 小而言之,则袂必应规,袷必如矩,虽一衣不能舍规矩而从事。
>
> 孰谓规矩而不可以哉?
>
> 而或谓规矩非为离娄设也,彼目中明明有一规焉,明明有一矩焉。则有目中无定之规矩,何取乎手中有定之规矩?
>
> 而或谓规矩非为公输子设也,彼意中隐隐有一规焉,隐隐有一矩焉。则有意中无形之规矩,何取乎手中有形之规矩?
>
> 诚如是也,则必无事于规而后可,则必无事于矩而后可。夫吾不

---

① 汪辟疆:《近代诗人述评》,《中国近代文学论文集(1949—1979)》,中国社会科学出版社1984年版,第23页。

规其规，何必以规？吾不矩其矩，何必以矩？而不然者，虽明与巧有存乎规矩之外，如欲规而无规何？如欲矩而无矩何？

诚如是也，则必有以代规而后可，则必有以代矩而后可。夫吾有不规而规者，何必以规？我有不矩而矩者，何必以矩？而不然者，虽明与巧有出乎规矩之上，如规而不规何？如矩而不矩何？

夫人之于离娄，不称其规矩，称其明也。人之于公输子，不称其规矩，称其巧也。则规矩诚为后起之端。然离娄之于人，止能以规矩与之，不能以巧与之也，则规矩实为当循之准。不以规矩，何以成方圆哉？

按照八股文的出题程式，这是一个单句题，源出于《孟子·离娄上》中的"离娄之明，公输子之巧，不以规矩，不能成方圆"一句。孟子的原意在于以此来论证国君实行儒家"仁政"的必要性，所谓"不以规矩，不能成方圆……不以规矩，不能平治天下"。俞樾此文，并没有背离孟子的原意，而正是对于孟子思想的演绎生发。它以"规矩而不以也，惟恃此明与巧矣"一句为破题，与文章的题目"不以规矩"看似相反，实则相成。先从"实"与"虚"两个方面总论"规矩"，然后又分别论述"规"与"矩"在具备"明与巧"的情形下似乎可以不以，因为"规矩诚为后起之端"。但紧接着，又指出"离娄之于人，止能以规矩与之，不能以巧与之"。这样，便很自然地得出结论"规矩实为当循之准"。最后又以反问句收束全文，强调："不以规矩，何以成方圆哉？"文章的写作始终紧扣题面，层层衔接，句句紧逼，似出读者之意外而终不离作者之意中。

俞樾以为："教初学作文，不外'清醒'二字。一篇之意，反正相生，一线到底，一丝不乱，斯谓之'清'。其用意遣词，务使如白太傅诗，老妪能解，斯谓之'醒'。然清矣，醒矣，而或失之于太薄，则亦不足以言文。所以失之薄者何也？无意无辞也。"其实，不独是教初学作文如此，俞樾所写的大部分八股文章，都力求"清醒"："清"则章法不乱，"醒"则显豁易懂。也因此，他的文章中所用的典故史实，率皆为一般读书人所谙熟；而遣词造句，也极为明白晓畅，力避生僻艰涩。但俞樾同时也意识到，若一味追求"清醒",又有流于"太薄"的弊端,即文章浅俗而无余味,所以必须以"意"与"辞"相辅。这样,既"清醒"又有"辞意",能闳于中而肆于外,文章自然也就成功了。再如其为人称颂一时的《西子》一文,其中有云:

> 西子者,国色也。夫色如西子茂矣、美矣,蔑以加矣,亦千古奇女子哉!
>
> 且自"螓首"、"蛾眉"一诗,为千古赋丽人者之祖,自此以往,"彤管"争芳,"绿衣"竞宠矣。
>
> 然而佳人难再,亦如国士无双,彼美人兮不御铅华,自成馨逸,一朝选在君王侧,今日并为天下春,其惟西子欤?
>
> 今夫天下,多美妇人,自昔云然矣。褒姒在周,抑何善笑;骊姬入晋,更乃工啼。丽矣乎?曰:丽也。然而芳尘已远,不知胡天胡地。楚王幽梦,幸神女于巫山;屈子远游,聘宓妃于洛浦。艳矣乎?曰:艳也。然而词客寓言,未免疑云疑雨。

此文本由《孟子·离娄下》中的"西子蒙不洁,则人皆掩鼻而过之"一句敷衍展开。文中征引《诗经》典故,并援引历史事实,虽然仍旧是"代圣贤立言",并无多少新义可见,而在板正严肃的八股文体中能出以如此的绮辞丽语,不仅不让人感到轻薄浮滑,反而觉得饶有情趣,耳目一新。俞樾所以能如此者,也还是与其本人一贯较为开放的文学观念密切相关的。他虽为朴学大师,但并无多少道学气息,对于一向为正统读书人所鄙薄的民间通俗文学素所爱好,曾改编通俗小说《三侠五义》为《七侠五义》。在为该书所作的序言里,俞樾极意称赏其"笔意酣恣,描写既细入豪芒,点染又曲中筋节……闲中着色,精神百倍",并许之为"天地间另是一种笔墨"。他还曾为时人余莲村编纂的《劝善杂剧》作序,以为"谁谓周郎顾曲之场,非即生公说法之地乎?"既然"顾曲之场"可以转变为"说法之地",那么,"说法"也就不一定非要板着面孔正襟危坐,而无妨以"顾曲"之道轻松为之,所谓"天下之物最易动人耳目者,最易入于人心……君子观于此,可以得化民成俗之道矣"。所以,他的八股文章虽在封建正统道德方面中规中矩，但于具体的写法上，却往往不乏旁逸斜出之笔，很好地收到了"闲中着色，精神百倍"的效果。譬如他曾做过一篇《皆雅言也，叶公》的八股文。这本是个有一定难度的截搭题目，即题目中的两句话，分别出自《论语·述而篇》的第十五章与第十六章，相互之间没有逻辑上的关联。而俞樾在文章的破题与承题部分写道："明圣训之有常，而楚大夫又可记矣。夫雅言而曰皆，则诗书礼之外，夫子固不言也。彼叶公者，又何以书哉？"一正述，一反问，这就将互不关涉的两者巧妙地衔接在一起。在起讲部分，进一步加强这两者之间的联系，所谓"衍洙泗之传，固征经训；而驰潇湘之誉，亦具卿材，吾党奉圣言为依归，而此外有人，未可以彼哉、彼哉一例而外之也"。紧接着在以大段文字阐述了孔子的"雅言"及其授受之道后，文章的后半部分，又以叶公"曾奉圣人之教"来紧扣题意：

> 乃自鲁昭公之二十六年，周王子朝奉周之典籍以奔楚，于是向也周礼在鲁者，今也周礼在楚矣，自兹以来，楚之人文日盛，方城汉水间，彬彬乎大有人在，如叶公者，殆亦其一乎？
>
> 论叶公之早岁，免胄以见国人，素著循良之望，是其人固彼都所接重者也，岂如斗谷于菟，但着方言之异。论叶公之晚年，致故而旧私邑，克敦退让之风，是其人亦吾徒所深许者也。当与左史倚相，同等大雅之堂。
>
> 然则叶公固楚之良也。吾夫子至楚之时，叶公或亦仰窥其丰采，而窃聆听其雅言乎？
>
> 夫雅言传于东国，获麟绝笔之后，自成文学之宗。而叶公来自南方，攘羊证父之读，曾奉圣人之教。

最后，文章又以两句话来作收束："此所以问孔子于子路？子路乃置子不答：殆以其人其言，不过在南人有言之例，吾夫子之雅言，固不足以语之也。然而，夫子又不能无言矣。"这就十分具体地落实到《论语·述而篇》的原章句"叶公问孔子于子路，子路不对"。从章法上来说，丝丝入扣，处处照应。即就文字本身着眼，也显得活泼简练，妙趣横生，而毫无板滞之处,在"代圣贤立言"的同时,也很好地传达了作者个人的性情与才华。

近代文坛上稍值一提的八股名家,还有陈康祺其人。

陈康祺,浙江鄞县人。清代同治年间考中进士,曾担任郎中等官职。他博学多识,在当时也以八股文写作而著名,其最负盛名的八股文章是《学而时习之》,取义于《论语·学而篇》,主旨在于劝学。试截取文章片断如下:

>为学而惮其苦,圣人以"时习"诱之焉。夫以学为苦者,非学中人也,子故有望于时习者耳。
>
>若曰,今人后古人而生,乃不啻先古人而没,斯非善效古人者矣。盖与古人争千古,在争百年,在争一日。
>
>志士多苦心,故志士惜日短尔。今使苦境莫如学也,安有终其身于学中者哉。
>
>举未历之程,迫以相期,何怪其闻而生畏也。譬之户庭,裹足者优游不得,路一日不用苦其塞,道一日不学苦其迷。则如居处之无时可离者,学是也。执未尝之味,曲以相告,无惑乎淡然若忘也。譬之甘旨,枵腹者餍饫未由,人一日不食苦在饥,人一日不学苦在愚。则如饮食之无时可缺者,学是也。
>
>学非可以艰苦辞也,而在课之以习;习非可以勤苦间也,而在策之以时。

该文的可贵之处在于,它没有一般八股文章所常有的"载道"气息,思想较为开明通达;并且运用多个比喻,寓含劝诫,层层深入,情理兼备。就八股文写作本身而言,也是严格遵循写作程式的八股之正体。它以为学之"苦"为中心,系统阐发"学而时习之"的道理,最后得出结论:"嗟乎!疑为苦者,殆无学者之见也;觉为苦者,犹甫学者之情也。而岂时习之心乎。"主旨明确,充分体现了八股文作家们所提倡的"一字立骨"之心法。在晚近以来的八股文中,自是一佼佼者。

总体看来,八股文虽然在清代达到了极致,涌现出了许多名家名作;但自鸦片战争以后,随着国势的衰落,八股文也相应走上了渐趋没落的道路。即使偶有个把像俞樾、陈康祺这样的特出之士出来,也只是为八股文在近代的回光返照曲尽其责,终究回天乏力。事实上,在风云激荡的近代社会,不仅陈腐古板的八股文写作已与危机四伏的现实情状严重脱节,而且八股取士制度本身更是成为扼杀人才、桎梏思想的囚笼。这一点,即使是八股出身、身居高位的曾国藩也不讳言,以为:"自制科以《四书》文取士,强天下不齐之人,一切就琐言之绳尺,其道固已隘矣。"同时代的李长源也在其《考试论》一文里,尤为愤慨地指出:"中国之士,专尚制艺,上以此求,下以此应。将其一生有限之精神,尽耗于八股、五言之内,外此则不遑涉猎,及夫登第入官,上自国计民生,下至人情风俗,非所素习,措置无从,皆因仕学两途,以致言行不逮。"无论八股文在中国文学史上曾经有过怎样的辉煌,就"有限之精神,尽耗于八股"而言,毕竟得不偿失。正是在这些有识之士们的大声疾呼之下,光绪二十七年(1901)十月,清廷终于下诏正式废除八股文取士制度。至此,八股文终结了它在中国历史上五百多年的生命。

第四节　郭嵩焘、李慈铭的日记杂说

撰写日记,古已有之。不过,古人往往视之为余事,即便偶有所作,亦不甚用力。将日记作为著述之一种,加以苦心经营,还是近代以来的事。虽然作者"志在立言",行文难免有粉饰、做作之处,但由于他们都有一定的社会地位及较高的文化修养,加之阅历不凡,因此其日记多具有历史与文学的价值,颇值得后人寻味。这里先从郭嵩焘谈起。

郭嵩焘(1818—1891),字伯琛,号筠仙,晚号玉池老人,又称养知先生。湖南湘阴人。年十八,游岳麓书院,结识刘蓉、曾国藩,"切劘以道义,于书靡不通究"(王先谦《兵部左侍郎郭公神道碑铭》)。1847年中进士,授翰林院庶吉士,遭忧归。后太平军起,嵩焘游说曾国藩出山,并有设厘捐、办水师之议。1862年起授苏松粮储道,再擢广东巡抚,后以与左宗棠不睦,被劾去职。1875年,擢兵部侍郎、使英钦差大臣,后兼使法,1879年回国。著有《礼记质疑》、《大学中庸质疑》、《订正家礼》等,而尤以日记为世人所知。今人辑有《郭嵩焘日记》、《伦敦与巴黎日记》、《郭嵩焘等使西记六种》等。

嵩焘为同光之际著名的洋务派人士,思想卓特、目光敏锐,被称作"封建末世士大夫阶级中最早主张向西方寻找真理的人物"。[1] 在多数士人仍沉浸在"天朝上国"的迷梦中时,他就已清醒地认识到时局变易,不能再以旧日之"夷狄"视当今之泰西。因此,了解西方、重新建立国人对外部世界的认识,就成为当务之急。在评价魏源的《海国图志》时,他说:

> 传曰:知己知彼。知彼者,知其情之所注与势之所极,以考求其强弱之由,而推极其顺逆得失之机;知己者,知吾所以应之,不独胜负

---

[1] 钟叔河:《论郭嵩焘》,《伦敦与巴黎日记》,岳麓书社1984年版,第22页。

之数决之已也。缓急轻重,一随其时与事之宜,内审之心,以静持之。夫非有异术也,明理而已矣。魏氏之言曰:同一御敌,而知其形与不知其形,利害相百焉;同一款敌,而知其情与不知其情,利害相百焉,诚为至论。①

面对"前古未有之局",必须"通其情,达其理",才能办好洋务,一味闭关排外,只能徒招羞辱。因此,当"滇案"发生,清廷命郭嵩焘出使英国、代表清廷"致歉"之时,虽士林视为大辱、嘲骂不绝,他却坦然答道:"苟利于国,不敢避就。身之不恤,何有于名?主忧臣辱,在此行也",以行动实践了自己打开眼界、认识西方的主张。

嵩焘本为训练有素之学者,旅次中得以近观域外风土,所记尤为细密,加之心态平和,于所见西人长处多能给予客观之评价。如其称英国舰船进退有度,"彬彬然见礼让之行焉,足知彼土富强之基之非苟然也";又如其赞赏香港学校,"其规条整齐严肃,而所见宏远,犹得古人陶养人才之遗意。中国师儒之失教,有愧多矣,为之慨然"②,均不失为清醒而中肯的见解。也正因为如此,当这些途中日记编为《使西纪程》先行出版之后,便受到保守派的严厉攻击,"人人唾骂,日日奏参"③,遭到奉旨毁版的厄运。然而清议汹汹,反倒更衬托出郭嵩焘见识的高明。

到英国之后,郭嵩焘更注意切身实地探求"夷情",公使身份也使他有机会广泛接触英国社会。虽然他不通英文,且已年近六旬,仍求知不倦,每日所记辄数千字,涉及西方文明的各个层面,成为近代重要的思想文化史料。

与当时多数走出国门的中国人一样,郭嵩焘首先惊异于欧陆工业文明的发达。他游历了英法德等国的一些工业重镇,于枪炮、船舶、钢铁、铁路、矿产、通讯等近代工业门类的生产情况,均有详尽记述。如其描述德

---

① 郭嵩焘:《书海国图志后》,《养知书屋文集》卷七,1892年刻本。
② 郭嵩焘:《伦敦与巴黎日记》,岳麓书社1984年版,第31页。
③ 梁启超:《五十年中国进化概论》,《饮冰室合集》文集之三十九,中华书局1989年影印本,第43页。

国克虏伯兵工厂转炉炼钢,颇能体现近代工业大生产的气势:

> 惟炼钢二厂,向颇闻知其法,至是始一见之。并引煤气,鼓之以风,火力逾倍猛烈。其一大炼:悬巨桶铁架中,桶式横受,下腹赢而上缩,首尾皆翘起。尾通二管,一引煤气,一纳风。和煤与铁置桶中,而引煤气熔化,鼓风内灌,以助火力。用铁铫安柄万[逾?]丈,一人执之,以试钢候。再行猛风鼓之,令桶首起立而风管纳风上激,其势溃薄,铁火星从桶口腾出如散花,即钢成矣。乃引机器转铁桶,至桶口前倾之,顷刻盈十余桶。(《伦敦与巴黎日记》)

在感慨泰西工业强盛的同时,郭嵩焘也注意到,"日新不已"的科学技术与西人勇于探求未知世界的科学精神,才是推动工业文明迅猛发展的直接动力。因此,他在日记中也记录了许多科技见闻。例如贝尔发明电话不久,郭嵩焘就进行了饶有趣味的亲身体验:

> 近年卑尔所制声报,亦用电气为之……两端为木杵圆柄,纳电线其中,约长三寸许。上有圆盘,径二寸许,凡两层。内层缩小五寸许,上为圆孔,径八寸。衔马牙铁饼其中,薄仅如竹萌之半。上下并贴薄锡,中安铁柱,用电线环绕之。安置柄中,铁饼距铁柱中间不及一秒……令德在初居楼下,吾从楼上与相语,其语言多者亦多不能明。问在初:"你听闻乎?"曰:"听闻。""你知觉乎?"曰:"知觉。""请数数目字。"曰:"一、二、三、四、五、六、七。"(《伦敦与巴黎日记》)

尽管郭嵩焘并不能完全理解这些"格致之学"的原理,但这并不妨碍他承认近代科学的伟大:"电气行而天地之机庶几发泄无余矣!"他没有像那些鄙陋士夫一样将声光电化斥为"奇技淫巧"之术,而是以"穷究其理"的精神客观记录西方科技的进步,这正体现了他开明、理性的文化心态。

不仅如此,郭嵩焘并没有停留于对西方工业的赞叹。相反,他认为仅仅看到西方物质文明的发达、进而认为依靠"造船、制器、练兵"就足以自强的观点,是"徒能考求洋人末务而亡其本"(《伦敦与巴黎日记》)。早在出使之前所写的《条议海防事宜》中,他就已经明确指出:"窃谓西洋立国有本有末,其本在朝廷政教,其末在商贾。造船、制器,相辅以益其强,又末中之一节也"(《郭嵩焘奏稿》),提出了向西方学习"政教"的主张。因此,出使英国之后,他就更加关注西方政经制度的优长。通过实地考察,他发现英国"以行商为制国之本",务使民富而后国强,而这背后又有"君民兼主国政"的一套民主政治制度作为保障:

> 西洋君德,视中国三代令主,无有能庶几者;即伊、周之相业,亦未有闻焉。而国政一公之臣民,其君不以为私。其择官治事,亦有阶级资格,而所用必皆贤能,一与其臣民共之。朝廷之爱憎无所施,臣民一有不惬,即不得安其位。自始设立议政院,即分同、异二党,使各竭其志意,推究辨驳,以定是非,而秉政者亦于其间迭起以争胜。于是两党相持之局,一成而不可易。问难酬答,直输其情,无有隐避,积之久而亦习为风俗,其民人周旋,一从其实,不为谦退辞让之虚文。国家设立科条,尤务禁欺去伪。自幼受学,即以此立之程,使践履一归诚实。而又严为刑禁,语言文字一有诈伪,皆以法治之,虽贵不贷。朝廷又一公其政于臣民,直言极论,无所忌讳。庶人上书,皆与酬答。其风俗之成,酝酿固已深矣。(《伦敦与巴黎日记》)

英伦之所以君民一心、国力日盛,人才辈出、"为天地之精英所聚"(《伦敦与巴黎日记》),原因即在于此。他对英国的议会制度极感兴趣,多次旁听议会讨论。在对以"巴力门"(Parliament,议会)、"买阿尔"(Mayor,民选市长)为代表的英国宪政进行深入思考之后,他对两千年来的封建专制制度提出了大胆的质疑:

> 其初国政亦甚乖乱。推原其立国本末,所以持久而国势益张者,则在巴力门议政院有维持国是之义,设买阿尔治民有顺从民愿之情。二者相持,是以君与民交相维系,迭盛迭衰,而立国千余年终以不敝。

人才学问相承以起,而皆有以自效,此其立国之本也……中国秦汉以来二千余年适得其反,能辨此者鲜矣!(《伦敦与巴黎日记》)

其思想显然已逸出了一班洋务派的常轨,而具有早期维新主义的色彩。

嵩焘早年即以文名,"词翰之美,将为文苑传人"(刘蓉《复郭伯琛孝廉书》)。奏议中即有《条议海防事宜》、《办理洋务宜以理势情三者持平处理折》等名篇。钱基博称其文"理足辞简,特寓拗折劲悍之意于条达疏畅之中,坦迤之中自有波峭","得王安石之峭劲,而锋欲敛,畅而不流,拗以出遒"(《近百年湖南学风》),实未为过誉之辞。游记如《戒坛记》等亦为后人所称赏。① 其旅西日记虽以简洁畅达之说明文见长,但亦不乏清新雅致的小品,其中记水晶宫观烟火一节,可谓上佳之写景文:

> 坐定,月出,极望数十里不见星火。俄而爆声发,直上如箭,约及数十百丈,散为五色繁点……或如繁星;或如孤月直上;又如气球,随风横行至十余里,其光转绿,转红,又转白,如日光射人,月明亦为所夺。已而光渐微,则一光圆中又裂为五色,圆光四出相激,又散为小圆光。其平地中万火俱发,有叠至四五层者,其光亦数变,约刻许乃息。

> 忽爆声从地发,直冲而上,如万爆轰裂,现火牌楼一座。忽又爆声齐发,现宫殿一座,矗立山端,众树环之,言此温则行宫也……忽又爆声齐发,现君主一像,颇酷肖之。忽又爆声连发,直上丈许,横出又丈许,成白色一道;忽奔腾而下,如瀑布之坠于崖端,火光四扬,远望之疑为水气之喷薄也。忽又爆声连发如转珠,少顷,现出五色花亭一座,忽又爆声连发,亦如转珠,现出五色大球一颗,腾空圆转不息,尤为奇绝。忽又爆声自地直冲而上,散为千万爆声,其光如金蛇万道腾跃……往复六七次,如火龙之旋转,左右两座相为冲击,真奇观也。

---

① 黄濬:《花随人圣庵摭忆》(一),山西教育出版社、山西古籍出版社 1999 年版,第 187 页。

(《伦敦与巴黎日记》)

如果说郭嵩焘的使西日记,是以彰显近代开明士人直面西方世界、承认文化差距的绝大勇气而为今人所激赏,那么,李慈铭的《越缦堂日记》则是以承载了有清一代正统士大夫的文化余脉而被世人所重视。

李慈铭(1829—1894),字爱伯,号莼客,晚署越缦老人,浙江会稽人。慈铭自幼天资聪绝,"年十二三即工韵语","长益覃思劬学,于书无所不窥"。① 然科场蹭蹬,乡试屡不中,遂入赀为户部郎中。同治九年(1870)始中举。光绪六年(1880)五十二岁始成进士,归本班。光绪十六年(1890)改授山西道监察御史。慈铭以诗文鸣于时,著述甚丰,有《十三经古今义汇正》、《越缦经说》、《说文举要》、《后汉书集解》及诗词若干,后人辑为《越缦堂文集》、《越缦堂读史札记》等。其治学之集大成者,则为《越缦堂日记》。是书为李氏积数十年心力而成,起自咸丰四年(1854),迄于光绪二十四年(1894),凡七十余册,诚为日记中少有之鸿篇巨制。

慈铭此书以丰赡驳杂著称,诚如鲁迅所言:"上自朝章,中至学问,下迄相骂,都记录在那里面。"②而其中的读书笔记,尤为士林所推重。慈铭不能做官而能读书,随手披阅,于经史子集以及诸般杂书多有涉猎。每读一书,即为笔记,"撮其指意,钩元挈领,采撷其英华;起废箴盲,纠绳其谬误。略如四库全书提要之例,而详瞻过之"。③ 虽有言辞过苛之嫌,但迭有创见,显示出作者的深厚学养与独特史识,成为研究古籍与学术史之重要参考。例如张之洞的《书目答问》,自问世之后,备受赞誉,一纸风行,成为晚清重要的学术入门书。慈铭则评之曰:

> 今日阅之,所取既博,条例复明,实为切要之书。惟意在自炫,稍病贪多,非教中人之法。又经学诸门,所注太略。甲部为读书先务,既欲以诱人,宜最其菁华,条注书名之下,使人知涂辙所先,不可不

---

① 平步青:《掌山西道监察御使督理街道李君莼客传》,《碑传集补》卷十。
② 鲁迅:《华盖集续编·马上日记》,《鲁迅全集》第三卷,人民文学出版社1981年版,第308页。
③ 王存:《征刊越缦堂日记启》,《越缦堂日记》,商务印书馆1933年版。

读。至其例以低一格者为次,然如惠松崖氏之《周易述》及《易汉学》,江鲸涛氏之《尚书人注音疏》,乃古训专门;桂未谷氏之《说文义证》,为古义荟泽;皆学问之渊海,考据之辖键,稍知学者,宜首从事,而皆列之低格。于集部出入尤多不搞也。①

百字之间,即已点明此书之短长。其眼光之老辣,殆非率尔操觚者可比。

不仅如此,慈铭既以日记为著述,加以刻意经营。于是往往以评点他书为发端,托出自家心得。其间精辟之论,如碎珠片玉,俯拾皆是。如其评《明儒学案》云:

> 南雷于此书用力甚勤,诚为有明一代道学之囊括。然其意专主阳明之学,故虽先时之薛河东吴崇仁,同时之罗太和,群推为程朱嫡嗣者,亦致不满之辞。然阳明功业文章,自足照耀千古,其于理学别提良知二字,独辟宗门,虽事由心悟,非取新异,且以矫正末流,亦非无功,要成其为一家之言则可,标以为千圣之的则不可。前人论阳明,惜其多讲学一节,固非定论,吾独惜其口说之太多耳……盖自南宋以后,儒者皆不喜实学而喜空言,遂各标一说以思自异。于是性情之字,出主入奴,理气之篇,殚麻罄竹。心意忽先而忽后,知能或合而或离,究其指归,要无真得。其实由凡入圣,合智与愚,则《论语》之居敬,《大学》之慎独,《孟子》之养气,三言已尽,人人可为,何必衍支蔓之浮辞,师禅宗之语录,徒形扞格,适堕机锋。而积习相沿,贤者莫免,虽以阳明之杰出,犹入太极之圈中。②

对黄宗羲的学问背景以及阳明心学的价值,多有客观评价,而于宋明儒学之流弊,亦有深刻的阐发,从中不难见出作者注重考据、力戒空疏的

---

① 李慈铭:光绪己卯(1879)二月二十四日,《越缦堂读书记》,上海书店出版社 2000 年版,第563页。
② 李慈铭:《越缦堂读书记》,上海书店出版社 2000 年版,第 473~474 页。

朴学立场。又如日记中论及清代学人：

> 考据之学，愈后而愈精，然非心细而识高，不能独出己见也。国朝全氏、钱氏、王氏之学，可谓精矣！全与王钱，虽取径不同，钱又非王所及，要其考证皆有独绝处。惠氏[栋]史次于经，而两汉致力亦甚深；何氏[焯]、陈氏[景云]、姚氏[范]尤非三君之匹，其校正马、班、范、陈四史之功亦不可没也。然如《汉书》宋景文校本之伪，钱氏亦不能辨之，全氏《鲒埼亭集外编》中列其五可疑，而伪乃灼然矣。梁刘之遴传中载《汉书》古本，王氏亦信之，桂氏[馥]《札朴》中深以无可考见为恨，邵氏[晋涵]《南江文钞》中列其五谬，而妄不待攻矣。[邵氏说即四库之提要也。提要史部多出邵手，今《南江文钞》中惟刻史记、汉书、后汉书提要三首，而官本已多删节矣。]盖王钱俱未及见也。《汉书》古本之妄，全氏《经史问答》中已发其端，以此知谢山史学之不可及。惟其喜言道学，薄视马班，所指摘两家史裁之疏，皆拘于宋人义法之说。其言分传合传之不当，又未免以时文法律之。然钱氏能知《史》、《汉》之用意而尤轻视范《书》，惠氏亦致不满，而王氏独深知其佳处。宋儒如王厚斋尤极诋陈《志》，何氏、钱氏始力为表微，益见读史之难耳！（光绪元年三月二十六日，《越缦堂日记》第二十二册）

此段指示考据之难，兼及全祖望、钱大昕、王念孙各家学术特色，言简意赅，要而不繁，非浸淫其中、亲身体会甘苦者，断难道出。也正反映出作者博通经史、长于概括的治学风格。杨树达称慈铭"乃承钱[竹汀]洪[筠轩]之流而为有清一代之后殿者也"（《〈越缦堂读史札记〉序二》），殆非谀辞。此类札记在《越缦堂日记》中还有不少，多已脱离书评之体而成为独立的文章，将之视为具有个人特色的学术史著述，亦未尝不可。是书历来为学界所重，原因多在于此。

除于研治学术颇有助益之外，《越缦堂日记》还有相当的史学价值。入京以后，李慈铭多与高官显宦、学者名流往还，日记中于朝野见闻、朋踪聚散、乡土风貌、社会变动均有翔实记述，保留了许多史料。如其记光绪年间浙江富商胡雪岩之阜康银号倒闭一事：

> 光绪九年十一月初七。昨日杭人胡光墉所设阜康钱铺忽闭。光墉者，东南大侠，与西洋诸夷交。国家所借夷银曰"洋款"，其息甚重，皆光墉主之。左湘阴西征军饷皆倚光墉以办。凡江浙诸行省有大役、有大赈事，非嘱光墉，若弗克举者。故以小贩贱竖，官至江西候补道，衔至布政使，阶至头品顶戴，服至黄马褂，累赏御书。营大宅于杭州城中，连亘数坊，皆规禁籞，参西法而为之，屡毁屡造。所畜良贱妇女以数百，多出劫夺。亦颇为小惠，置药肆，设善局，施棺衣，为饘粥。时出微利以饵士大夫，杭士大夫尊之如父，有翰林而称门生者。其邸店遍于南北，阜康之号，杭州、上海、宁波皆有之，其出入皆千万计。都中富者，自王公以下皆寄重资为奇赢。前日之晡，忽天津电报言南中有亏折，都人闻之，径往取所寄者，一时无以应，夜半遂溃，劫攘一空。闻恭邸、文协揆皆折阅百余万。亦有寒士得数百金托权子母为生命者同归于尽。今日闻内城钱铺曰"四大恒"者，京师货殖之总会也，以阜康故，亦被挤危甚。此亦都市之变故矣！（光绪九年十一月初七，《越缦堂日记》第四十一册）

查同时翁同龢日记云："京都阜康银号，大贾也，昨夜闭门矣。其票存不可胜记，而圆通观粥捐公项六千两亦在内，奈何奈何！"相较之下，慈铭所记显然更为详尽，而晚清官商勾结、世风日颓之状，亦历历毕现。

不仅如此，慈铭一生困于场屋，久居冷署闲曹，日记中不免多伤时骂世之语。论者多谓慈铭"性狷介，又口多雌黄"、"憎其口者恶之"（《清史稿》卷四十四），实不知慈铭之骂，非纯为私怨小隙，当以清季社会之真实写照观之。其抨击科举之污浊腐败，颇能切中时弊：

> 而言事者尚以分别正途为大经济，以重用进士为极治平，不知所谓正途进士者，即不识字之翰林中所黜落者也。语其学则不辨唐宋，语其行则不判方圆，语其文则不究焉哉乎也为何义。其童而习者，破

句之四书;其长而效者,录旧之墨卷。其应试也,怀挟小书,钻营关节;其应制也,指画肥字,研磨墨光。自以为周孔不及知,钟王不及讲。庙堂以此求宰相,家塾以此希圣贤,是岂一朝一夕之故哉! 以予闻近日翰詹大考者百六十人,试进善旌赋,无一人知旌字为何义者。其部院考差之人所作四书文,以应道光时吴越童子之试,无一人可录取也。呜呼,今日之捐班军功,吾不忍论之矣! 明人谓三十年不科举方可议太平,予谓必不得已,则灭天下举额、学额各三之二,而停选翰林者三十年,庶渐可言品节,言政事,言文学也。(光绪元年六月初八,《越缦堂日记》第二十三册)

又如日记中所载京官向外吏求馈之陋规,即所谓"答外官"者,亦可见当时官场风习,足补正史之阙。

说经证史、读书记事之外,《越缦堂日记》中也不乏性情之文,而以游记为多,"其间小品别裁,自成馨逸"(王存《征刊越缦堂日记启》)。除日记之外,另有《萝庵游赏小志》,为慈铭杂著之一种,亦仿日记之体而为抒写越中景物之作,尤为晚清山水小品中之可观者。如记丁未十月游显圣寺,"是日微阴,山色澹然,红叶未脱。绕寺竹荫,曲折几一里许,青篱白泾,暗泉徐鸣,最为佳境。寺门林影参差,万山玉峙,钟鱼梵呗,悠扬入云。"又如记甲寅三月游柯山,"一路山色浓蔚,林采晶碧,夕阳晃晃,金翠万层,是吾乡山水中极着色画也。"其笔致随意点染,清新秀丽,颇具情致。作者于写景之余,间记社会风俗。其所记越中灯事,辞采华瞻,颇近赋体:

辛丑八月,宣宗六旬万寿,越中张灯特盛。时太平日久,海内富乐,越人渐习华侈,与苏杭埒,极力绘日月之光,报功德之盛。城中江桥笔飞坊至东昌坊大街,十里廛肆鳞栉,各出灯样,以工巧相尚。鸾回鹤耸,云贯日华。又尽出奇器宝物,青鼎绿彝、玉屏珠帘,以及古书名画、珍禽异兽、瑰草奇花之属,无不护以栏楯,夹道列观。入夜则星火渐繁,笙歌迭起,而各寺庙中复结彩台舞榭,标云矗霞,敷金散艳,绛天百仞,繁耀缀空。游人多饰香车宝马,一片光明锦绣中。钗钿咽衢,褂襦薰巷,真谢康乐所谓路耀便娟,肆列窈窕者。予时与诸弟各以健仆一人肩之而游。每过一肆,主肆者辄抱入栏内,争进茶果,至三更而归。盖吾越繁盛之观,极于此矣! 至九月,英夷陷宁波,犯余姚,越人仓皇四遁,久而始定……再至庚申六月,文宗三旬万寿,则越中已为贼所扰,烽火危急,不能复举此议。①

慈铭以工骈文著称,所谓"沉博绝丽"(《清史稿》卷四十四),于此亦可见一斑。且抚今追昔,读之亦可知道光同治廿年之间,盛衰相去已如霄壤,盖终不脱史家笔法也。

---

① 李慈铭:《萝庵游赏小志》,《笔记小说大观》卷二十七,江苏广陵古籍刻印社1984年版,第224页。

第五节　章士钊的政论文

　　章士钊(1881—1973),字行严,又字行年,笔名章邱生、黄中黄、青桐、秋桐、孤桐等,湖南长沙善化人。士钊出身于书香门第,幼时读书颇用功,"夜午不肯息,明发同鸡荒"。① 1901年赴武昌,寄读于两湖书院,结识黄兴,为莫逆之交。翌年,入南京江南陆师学堂。后与同学三十余人转入上海爱国学社,走上"废学救国"之路。1903年6月任《苏报》主笔,放言排满革命,引起震动一时之"苏报案",后又与陈独秀等创办《国民日日报》。1905年赴日,渐悟党人无学,无裨于革命,思想遂一转而为"苦学救国",始习英文。1907年赴英国求学,入阿伯丁大学,习逻辑、政治、法律诸科,期间常为国内报刊撰稿,于立宪政治尤多发挥。1912年回国,主持同盟会喉舌《民立报》笔政,因意见与党人多有龃龉,遂与王无生创办《独立周报》,欲"以不偏不倚之说进之"。② 二次革命失败后亡命日本,与陈独秀、杨永泰等创办《甲寅》月刊,鼓吹两党政治,反对袁氏专权,颇多精辟之论,一时风行海内。1917年任北大教授,主讲中国古代逻辑思想史。其后浮沉于宦海,先后任护法军政府秘书长、段祺瑞政府司法总长兼教育总长等职,思想渐趋于保守,曾以"整顿学风"为名,压制女师大学生运动。期间出版《甲寅》周刊,卫文言、斥白话,诋排新文化运动。既而段祺瑞政府垮台,士钊亦随之蹉跌不振,逐渐淡出思想界。先后著有《大革命家孙逸仙》、《中等国文典》、《甲寅杂志存稿》、《逻辑指要》、《柳文指要》等。

　　章士钊议论不随流俗,"务持独立二字不失"③,每有所论,辄头角高张,耸动一时。清帝退位,共和初兴,党争日炽,乱象渐起。士钊独取英伦议会政治精神,提倡"党德",主张政党应容忍反对党之存在。发为《政党

---

① 章士钊:《近诗废疾·初出湘》,《文史杂志》第一卷第五期,重庆独立出版社1941年版。
② 秋桐:《发端》,《独立周报》第一期,1912年9月22日。
③ 孤桐:《与杨怀中书》,《甲寅周刊》第一卷第三十三号,1926年3月13日。

政治之唯一条件》,其中有云:

> 兹条件者,即英儒梅倚所言"听反对党意见之流行"是也。昔政党之制,行于英伦已三百年,而欧洲大陆尚无此物。欧陆学者恒为推究英伦养成此制之原因,则其所得者非他,即下院议事法程,恒设法保护反对党,使得尽情攻击政府是也……是故欲谋政治上和平之改革,两党相代以用事,非认反对党之所为为有益于国万万不可。且政党不单行,凡一党欲保其势力之常新,断不利他党之消灭,而亦并不利他党势力之微弱。盖失其对待者,已将无党之可言,他党力衰,而己党亦必至虫生而物腐也。以故两党同活动于政治范围之内,谁得国民多数之信用,即谁主持国事,失势者则立于其下而监督之,并准备完整,随时可以居中用事。而政党亦自明其地位,国民之拥护,一旦失去,则飘然下野,无所用其踌躇,亦无所容其惭阻,其所持之态度亦如前之反对党焉。如是互相更迭,而国政即其道而进步。(《民立报》1912年1月7日)

其后,章士钊又于此反复申论,鼓吹不遗余力。无如中西政情迥异,党争愈烈,于是又出"毁党造党"之说,以求根本解决。其要旨在于将现有各党之机构一举毁坏,一若民国尚无此物产生,而召集各派魁侣于政治研究会,于国中所有重大问题一一彻底研究,而以正反两面意见为基础,分为两派,如此可得理想之两党政治。① 其思虑不可谓不周,无如偏于空想,且意态过于超然,尤招致同盟会激进分子诟病。后张振武案起,舆论大哗,咸谓杀振武者袁总统。国会亦群情汹汹,欲提案以劾之。士钊独不然,据以临时约法,提出:"张振武案之责任,当归于陆军部长,而不当归之于总统。盖总统在责任内阁之国,当然不负责任,而此次军令实由段总长署名,故责任当课于其身也。"(《张振武案解决法》,《民立报》1912年8月22日)意谓临时约法既定行政责任仅由内阁负之,则参议院万无归罪虚

---

① 见《政党组织案》、《毁党造党说》、《毁党造党之意见》、《毁党造党之意见二》等文。

设之总统,而践踏己所手创约法之理。此论虽于法理无可辩驳,且深得英人尊重程序之法治精神真谛,却益遭党人之杯葛。士钊遂去《民立报》,另创《独立周报》以张己论,言论流布更广,"语语为人所欲出而不得出,其文遂入人心,为人人所爱诵"(钱基博《现代中国文学史》)。

1914年,章士钊创办《甲寅》,以英美自由主义政治哲学为依据,发挥"有容"、"调和"之说,掊击专制,针砭政局,声势较前尤盛。有名篇《政本》、《读严几道民约平议》、《政力向背论》、《调和立国论》等,阐明现代议会政治中,政党不应谋求大权独揽,而应在各派之间寻求平衡与调和。其文曰:

> 为政有本,本何在?曰在有容。何谓有容?曰不好同恶异……
> 吾历史上之革命,非能有良政略,必掊其恶者而代之,非能创一主义,必革其无者而以行之,徒以暴政之所驱,饥寒之所迫,甚且阴谋僭志之所诱,遂出于斩木揭竿之举,以遂其称王称帝之谋。其成也,彼乃复为专制如故;不成,则前之专制者,又特加甚,首难者死,余戢戢如犬羊,伏不敢动,惟所践踏。举数千年之政争,不出成王败寇一语。其中更无余地,可使心乎政治者,在国法范围之中,从容出其所见,各各相衡,各各相抵,因取其长而致于用,以安其国,以和其人。无他,专制好同之弊中之也。

寥寥数语,便揭出中国专制政治恶性循环之内在原因,在于治者之"好同恶异",甚至连革命党亦不能避免此病,"且挟其成见,出其全力,以强人同己,使天下人才尽出己党而后快"①,遂致失败,其论可谓深中腠理。由此章士钊又指出:"调和者,立国之大经也。"值此乱世,暴力革命实不足取,唯一之解决办法在于"使全国人之聪明才力,得以迸发,情感利害,得以融和,因范为国宪,演为国俗,共通趋奉,一无诈虞"②。如此方可使国家政治摆脱动荡,走上轨道。时值袁世凯悍然解散国会、废除临时约

---

① 秋桐:《政本》,《甲寅杂志》第一卷第一号,1914年5月10日。
② 秋桐:《调和立国论》,《甲寅杂志》第一卷第四号,1914年11月10日。

法,而民党亦摩拳擦掌、图谋再起之际,章士钊之论无偏党之怀,虽不见容于两造,却适足代表一部分理性之舆论,直为"社会陈情而已"(《本志宣告》,《甲寅杂志》第一卷第一号)。

后筹安会起,杨度、孙毓筠等挟美人古德诺之说以倡帝制,一时甚嚣尘上。章士钊遂作《共和平议》、《帝政驳议》、《民国本计论》等文,撷引西儒席兑、蒲徕士、梅倚之说,于古氏之论一一攻之。如古氏曾云"继承确定一节,实为君主制较之共和制最大优胜之点",章士钊则驳之曰:

> 继承一家之事,其法一纸书耳,有何难定。倘若古氏曾参两拿翁之朝,而以斯说进,拿翁决不难惟命是从,惟其君统及身而灭,拥此"金简石室"之书,足覆瓿耳,何益于用?又倘若古氏曾掌克林威尔之书记,而以斯说进之,克氏竟以此而自帝,姑无论其子力次尔自然承袭,初无待以法定之,然一传而绝,有同暴秦二世,则所恃以正其子孙帝王万世之业者,又焉往哉?夫古氏以君主说尝试于吾,不能详陈斯制之如何为利,及其如何而得巩固,而徒取君制大定后之一继承问题,待至建都习礼,菹韩醢彭,徐徐引数四老人,以为太子羽翼,默示微讽,而不虞其后时者,张皇号召,一若此谋若臧,万事都了者然,使人感情瞀乱,轻重倒置,以侥幸其说之见录于世,是诚孙卿所谓䛁怪狡猾之人者矣。①

其文繁征博引,言必有据,自古氏立论得意处徐徐驳之,其举重若轻、潇洒自若之态,自与当时一班浅薄无学、一味谩骂者全然不同。

章士钊论政,长于以理服人。他学有所本,兼之深通欧西政情,于西哲白芝浩、戴雪、涂格维尔诸人之理论化用自如。因此,对现代宪政理论理解之深刻,较之当时拾取日人牙慧而略知皮毛者,高出不止一筹。不仅如此,士钊高明之处,还在于明了书生论政,易流于迂阔无实。因此文中只谈学理,不开药方,以免授人以柄。曾云:"愚言调和,论其理也,未著其

---

① 秋桐:《帝政驳议》,《甲寅杂志》第一卷第九号,1915年8月31日。

方也。吾惟问调和之理,是否可通,并不问调和之方,将于何出。前者逻辑之事,后者医术之事,愚此论乃慕倍根,并不自称扁鹊也。"①其于舆论界中之自我定位,颇为冷静清醒。其文进退有据,颇能体现英国政论杂志不动声色、冷眼旁观之绅士风,实得益于此。

章士钊能与太炎同执民初政论文之牛耳,言论风动天下,除识见不凡之外,文辞亦多有可称之处。他自幼熟读唐宋八家、桐城湘乡之文,就中尤嗜柳宗元。颇知文章家法,而以"洁"字为论文主的:

> 子厚《答韦中立书》,自道文章甘苦。有曰:"参之《穀梁》以厉其气,参之《孟》《荀》以畅其支,参之《老》《庄》以肆其端,参之《国语》以博其趣,参之《离骚》以致其幽,参之《太史》以著其洁。"夫于气则厉,于支则畅,于端则肆,于趣则博,于幽则致,于洁则著,相引以穷其胜,相济以尽其美,凡文章之能事,至此始观止矣。就中洁之云者,尤为集成一贯之德,有获于是,其余诸德自帖然按部而来,故子厚殿焉。愚见夫自来文家,美中所感不足,盖莫逾洁字之道未备。韩退之《致孟东野书》,一篇之中,至连用"其"字四十余次,此科以助词未甚中程,似不为过。苏子瞻论文,谓宜求物之妙,使了然于口于手。此独到之间,恒人所无。然东坡之文,往往泥沙俱下,气盛诚有之,言宜每不尽然。可知心知其境为一事,至焉与否又为一事,文之欲洁,其难如此。
>
> 然则为之之道奈何?曰:凡式之未慊于己意者,勿著于篇。凡字之未明其用者,勿厕于句。力戒模糊,鞭辟入里,洞然有见于文境意境,是一是二,如观游涧之鱼,一清见底,如察当檐之蛛,丝络分明,庶乎近之。愚有志乎是,宁云已逮,然文中不著不了之语,命意遣词,所定腕下必遵之律令,不轻滑过,卒而见质,意在而口不能言其故者甚罕。凡此皆愚粗有心得之处,所愿与同道之士共起追之。是究如何?亦洁字诀已亦。②

---

① 秋桐:《调和立国论》,《甲寅杂志》第一卷第四号,1914年11月10日。
② 章士钊:《文论》,《甲寅周刊》第一卷第三十九号,1927年1月8日。

此处章士钊之所谓"洁",大致可分三层理解。

一为字句之洁。章士钊早年曾作《中等国文典》一书,本西文之法则,案诸汉文,分析词性,制定文律,为当时较优之文法书。因此章士钊文章亦注重锻炼字句,务求文字之干净利落、文法之严谨周密。罗家伦曾说他"文字的组织上又无形中受了西洋文法的影响,所以格外觉得精密",①确是的当之论。又章士钊因曾受逻辑学之训练,而尤重名实之辨:"是故逻辑论法当首定用语之范围,范围不同,同一用语而为意自异,此不可以不察也。"②章士钊尝于"共和"、"政党"、"国体"、"宪法"等政学根本概念,一一加以辨正。其文云:

> 今之最时髦之名词,莫若共和,而最烂污者亦莫共和。若军队之放纵者,曰此共和也;学生之放纵者,亦曰此共和也……记者曰:共和者,乃政府之一种形式也。国采代议政体而戴一总统为首领,是谓之共和,无他说也。万不可以作寻常状物之词到处滥用。服从之反面,本有他字,何必以此代之。须知共和国民应尽之职,实无以异于他种国民。欲放纵则放纵耳,欲淫欲则淫欲耳,何必假此高而不切之名以济汝之恶也?③

可见其慎于立言作界,不仅出于论理推演之需要,亦由于与国民思想关系甚大也。因之,士钊极为注意译事,常为一词之译法,与人反复辩难,乐而不疲。此种推敲精神,正与侯官严氏相近,而为士钊文章精密处之所在也。

二为表意之洁。民初政无常轨,论政者以个人私利故,动辄玩弄辞令,立论依违两可之间,以谋见风使舵之利,士钊于此深恶之。因此,其表达文义讲求直截了当、说理透辟,务使辞达而已,所谓"力戒模糊,鞭辟入里"是也。如其驳斥帝制之说,文曰:

---

① 罗家伦:《近代中国文学思想的变迁》,《新潮》第二卷第五号,1920年9月1日。
② 行严:《统一联邦两主义之真诠》,《民立报》1912年4月4日。
③ 行严:《共和》,《民立报》1912年2月27日。

今之主张毁弃共和者,大抵蔽罪于中国人民程度不足。是说也,愚屡有驳论,散见本志诸篇。略谓程度云者,乃比较之词,非绝对之义。吾国民智之低,诚不足语于普通选举之域,而谓国中乃无一部优秀分子,可得入于参与政事之林,无论何人,所不能信。果其足信,则专制政治,亦莫能行。何也?为专制者,终不得不恃人以为治也。故愚理想中之立宪政治,初不以普通民智为之基,而即在此一部优秀分子之中,刱为组织,使之相观相摩,相质相剂。此其基本人物,与世俗所称开明专制,不必有殊。其绝明无翳之界,则专制下之人才,皆如狙如傀儡,而一入于真正立宪之制,即各抒其本能,保其善量已耳。虽不必全体,从其多者而言之,此义不可没也。至于普通人民,其智未足以言政,即于政制,无所可否于其间。吾国由君主变为共和,彼盖视为无择,善为政者亦惟相其所宜,使之智量日即于高而已。若以人民全体为一标准,而疑多数拙劣分子所不能了解之事,即不能行于少数优秀分子相互之间,以致优秀者失其磨荡之力,而本质以隳,拙劣者以无人提携诱掖,永远末由自拔,甚宜其慎也。①

其论廉悍有力,直指对方要害,要言不烦,毫无拖泥带水、模棱两可之病,确称得上一"洁"字。

三为章法之洁。结构紊乱,思路不清,历来为政论文之大忌。随着近代学人对欧西思想的重视,议论文中逻辑性也逐渐增强。士钊素重逻辑,尝云:"盖逻辑不讲,百学不兴,百废莫举"。② 因此其作文章法亦最严谨,"条理可比梁启超,而无他的堆砌"③。行文条分缕析,不支不蔓,层层递进,所谓"如剥蕉然,剥至终层,将有见也"④。遂成为当时"逻辑文学"之代表。其《学理上之联邦论》中有云:

---

① 秋桐:《共和平议》,《甲寅杂志》第一卷第七号,1915年7月10日。
② 行严:《论逻辑》,《民立报》1912年4月18日。
③ 胡适:《五十年来中国之文学》,《胡适文集》第三卷,北京大学出版社1998年版,第234页。
④ 秋桐:《政本》,《甲寅杂志》第一卷第一号,1914年5月10日。

  理有物理,有政理。物理者,绝对者也,而政理只为相对。物理者,通之古今而不惑,放之四海而皆准者也。政理则因时因地容有变迁。二者为境迥殊,不易并论。例如十乌于此,吾见九乌皆黑,余一乌也,而亦黑之,谓非黑则于物理有违,可也。若十国于此,吾见九国立君,余一国也,而亦君之,谓非立君则于政理有违,未可也。何也?立君之制,纵宜于九国,而未必即宜于此一国也。或曰,自培根以来,学者无不采经验论。此其所指,似在物理,而持以侵入政理之域,愚殊未敢苟同……其所以然,则科学之验,在夫发见真理之通象;政学之验,在夫改良政制之进程。故前者可以定当然于已然之中,后者甚且排已然而别创当然之例。不然,当十五六世纪时,君主专制之威披靡一世,距此以前,政例所存,罔不然焉。苟如论者所言,是十七世纪后之立宪政治,不当萌芽矣,有是理乎?①

其文章脉络分明,大多如此。因此,士钊名文虽多系长篇大论,但都文气畅达,结构谨严,读之不觉疲倦。傅斯年称之为"螺旋式的文字",②确实道出了章文逻辑性强的特点。

可见,士钊所称"洁"字,已非"峻洁"一义所能概括,而更多体现了现代逻辑思维的特点。所以,他的文章与一般拟古派不同,可以称为"欧化"的古文。这种"欧化",在胡适看来未免不够彻底,"只在把古文变精密了;变繁复了;使古文能勉强直接译西洋书而不消用原意来重做古文;使古文能曲折表达繁复的思想而不必用生吞活剥的外国文法"。③ 但在当时,却无疑是文言政论的一大进步,足以代表时代的精神。流风所及,黄远庸、李大钊、高一涵、陈独秀、张东荪、李剑农等人均趋向于此,以严谨、精密、富于逻辑性的文风,共同造就了民初至五四时期政论文学的高潮。

---

① 秋桐:《学理上之联邦论》,《甲寅杂志》第一卷第五号,1915 年 5 月 10 日。
② 罗家伦:《近代中国文学思想的变迁》,《新潮》第二卷第五号,1920 年 9 月 1 日。
③ 胡适:《五十年来中国之文学》,《胡适文集》第三卷,第 234 页。

第六章　维新派与新文体

朱熹依据文章与时代变化之关系,将文章分为三类:治世之文、衰世之文、乱世之文。并认为文章之盛衰与国家之盛衰并不同步,乱世之文,如《战国策》之类,其英伟之气自不能为纷乱之世道所遮蔽。甲午战争以后,晚清已不能以衰微喻之,列强环伺,瓜分豆剖,乱世之相,已然明了。康有为、谭嗣同、梁启超等文人生逢乱世,良知不泯,盘郁生气,发而为文章,文章遂焕然而有英伟之气,扫尽古来文章演进之陈弊,开辟近代文学进化之轨辙。

第一节　康有为：文章非末事，中有济世策

一、"圣人"康有为

康有为(1858—1927)，又名祖诒，字广厦，号长素，又号更生等，广东南海人。祖赞修，举人，官连州训导，治程、朱理学。父达初，膺江西补用知县。有为年十一，失怙，随祖父读书。康氏世以理学传家，及有为已为士人十三世。康家原有藏书楼"澹如楼"，其叔祖康国器曾官至广西布政使，晚年还乡又建二万卷楼，藏书数万卷，颇多说部、集部及翻译西书。有为年十四返乡，坐拥书城十余年。有为恣情读书之余，又患"窥书甚多，见闻杂博，而无师承门径，唯凭好学而妄行，东寻西扯，苦无向导"。年十九，从大儒朱次琦就学于礼山草堂。次琦(1807—1881)，字稚圭，一字子襄，世称九江先生，亦南海人。于经史、掌故、性理、辞章之学，旁及金石书画，罔不穷精极微。其于经学主融汉、宋，论学则"主济人经世，不为无用之空谈高论"①。其后近三年间，有为异常勤奋，天明即起，夜深方寝，日读书以寸记。

尽管九江论学通脱，使有为于八股制艺之外，另觅一致身圣贤之途，但长期青灯默照，苦修自守，不免有难窥涯涘之叹。有为于《我史》光绪四年(1878)自记："至秋冬时，四库要书大义，略知其概，以日埋故纸堆中，汩其灵明，渐厌之，日有新思，思考据家著书满家，如戴东原，究复何用？"②此念既生，有为竟自脱离师门，于光绪五年正月入西樵山白云洞道观"习静"。适逢翰林编修张鼎华偶来游山，两人得以相与议论，张氏因与有为

---

① 楼宇烈整理《康南海自编年谱》(外二种)，《康有为学术著作选》，中华书局1992年版。
② 《我史》，《戊戌变法》史料丛刊，中国史学会编，神州国光社1953年版。

意见不合,遂"大声呵诋,拂衣而去"。此一声呵诋不啻当头棒喝,喝退有为入心之飞魔,将有为从无何有之乡拉回尘世。张鼎华,字延秋,广东番禺人,儿时有神童之誉,年十三即登科入仕。后入军机处,参与国家大政。鼎华于帝国政治及中外时事了然于胸。有为自结交鼎华方寓目于晚清帝国之政治、中外交涉之端绪。

有为所居之乡与香港仅咫尺之隔,其弱冠之前对香港竟一无所知,所谓"殊类异路,心不相慕"(《焦氏易林·屯》)是也。大约受鼎华之影响,有为始注目西书,并于出西樵山后不久,有香港之游,且眼界为之一开:"薄游香港,览西人宫室之瑰丽,道路之整洁,巡捕之严密,乃始知西人治国有法度,不得以古旧之夷狄视之。"有为于西人之治术既耳闻目验,退而始探究其所以然。于是四处访求西书。

光绪八年(1882),有为赴京应顺天乡试,铩羽而归。有为并不愤愤,反倒借机游览形胜,结识名流。更在归途中过访扬州、南京、上海。有为既观故都之凋敝,复见上海租界之繁盛,心灵所受震动有过于香港之游。"见西人殖民政治之完整,属地如此,本国之更进可知,因思其所以致此者,必有道德学问以为之本原,乃悉购江南制造局及西教会所译出各书尽读之。"(《南海康先生传》)上海江南制造总局译印西学新书,三十年间售出不到一万二千册,而有为购以赠友及自读者,达三千余册,为该局售书总数四分之一强。至此有为治学、为文路径为之一变。

光绪十三年(1887),国事日非,有为开始接触实际政治,并以自己学习所得教授生徒,著书立说。同年,他赴京师应顺天乡试,又落第。鉴于中法战争后,国势日蹙,乃于9月发愤上万言书《上清帝第一书》,提出"变成法,通下情,慎左右"。书虽为顽固派所阻,未得上达,但朝野震动。次年归粤后,学海堂学生陈千秋、梁启超执弟子礼来请教,有为对他们"所挟持之数百年无用旧学,更端驳诘,悉举而摧陷廓清之"①。陈、梁闻所未闻,遂退出学海堂,从有为学习。有为于光绪十六年开万木草堂,讲义理之学、经济之学、考据之学、词章之学,从学者日益增多。

---

① 梁启超:《三十自述》,王文光等《饮冰室文集点校》,云南教育出版社2001年版,第2223页。

光绪十八年(1892),有为中举人。次年,会试落第。这年下半年中日战争爆发,中国战败,洋务破产,举国悲愤。光绪二十年春,有为与梁启超一同入京参加会试,正值全权大臣李鸿章与日本签订和约,割辽、台,并偿银二万万两,举国哗然。有为以一昼二夜草疏万数千言,合十八省举人集议于松筠庵,参与上书联名者达1200余人,是为"公车上书"。上书后几日,会试榜发,有为中进士第八名,授工部主事,并未赴任。有为其后于两月中又连上两书,对变法内容、步骤作具体补充,仍不得上达,遂南归。

1898年正月初三,有为被邀至总理衙门,李鸿章、翁同龢、荣禄、廖寿恒、张荫桓等问以变法之宜。次日,康又进呈《日本变政考》及《俄彼得变政记》。初八日又应诏上统筹全局折,复又上一书。自光绪十四年至此共上清帝七书。4月28日康有为被光绪帝召见。至9月29日奉光绪帝密诏离京,共九十日,是为"百日维新"。

戊戌变法失败后,有为流亡国外。1911年辛亥革命胜利后,有为在日本,坚持反对民国,遭到孙中山指责。1913年因母丧归国,移居上海。1917年6月,长江巡阅使兼安徽督军张勋拥清废帝复辟,有为至京,任弼德院副院长。张勋复辟失败,有为去青岛。晚年在上海办天游学院,讲授国学。

二、因循与变化

有为为文数量甚多,且极富探索精神,然其并无意似刘勰般抽丝剥茧,归纳分析,构建文章理论体系。即便如此,我们仍可通过《康子内外篇》之《知言篇》,《万木草堂遗稿》之《修词》篇,《教学通议·言语》篇,以及《南海师承记》中《讲诗学》、《讲宋以后迄今之诗学》、《讲骈体诗赋源流》诸篇,《南海先生口说》中《文章源流》、《文学(并讲八股源流)》、《论文》、《骈文》、《赋学》、《八股源流》等文字,扪得有为文章之学。

有为论文,从根源处着眼。以为"古人言语文章无别"(《南海先生口说·文章源流》)。自孔子提出"正名"开始,言语与文章出现分化。在《教学通议·言语》篇中,有为梳理出从言语到文章的转换线索,首先阐述"定名":"凡以言语为用,必有定名,天下同一,而后可行";继而描述"尚雅",并指出正是由于"尚雅"促成了文学的诞生。"尚雅"即重视文采,讲究修词。

如何修词,有为以为"文有自然之法,有创造之法"(《南海先生口说·文章源流》)。"元气"、"心声"、"阴阳交感"是"自然之法";而创造之法则在程式上,在收于《万木草堂遗稿》卷六下的《修词》篇中,有为开篇即说:"修词之家,禀经制式,酌雅制言。"所谓"禀经制式",即以古代经典著作为规范,选定文章的体制、体裁。所谓"酌雅制言",即按照雅洁要求,选用有文采的言词。可见,"制式"、"制言"是有为论文的两个重要概念。

就制式而言,有为以为除参考经典,承认桐城派主张外,繁简是否得当显得尤为重要。在文章繁简论上,有为主张繁简当因文而异。他认定"简要,欲其易诵也;繁条,欲其易备也",强调"文章之妙,全在说而不说,说而又说"(《万木草堂遗稿·修词》)。有为认为,文章本来就是"以曲为主",形式的繁简应当随内容和技法而用,不必囿守于"法度"。文章的繁简从根本上说,取决于作者的思想感情和被表达的实际内容。

就制言而论,有为认为"辞达"是关键,而"辞达"的基础在于积学。有为有言:"未有不读书而能文者。""积学"又有"积理"和"积词"两个层次。所谓"积理"就是积累识见,所谓"积词"就是积累言词。两者相辅相成,密不可分,"理犹根本,词犹枝叶"(《万木草堂遗稿·修词》)。要处理好"积理"与"积词"的关系,必须学用结合,古为今用。

"积词后贵修词","修词"的目的在于"辞达"。"修词"以"辞达",途径有四:一是"修词立其诚"。有为认为"情欲信,词欲巧",只有"情"与"词"统一,"信"与"诚"和谐,才符合要求。二是"文宜学文笔文调,深奥之字不贵也"。有为认为"若专觅字典书所无之字,浏览不终篇,人已厌矣"。三是"惟古之词必己出"。有为认为学古人,应"师其意而不师其形",学古人之言不应照搬,而应"入己口气",做到"神理与之相合,而其迹不可得而寻","以词掩意,大不可也"。四是修词必须重视词之神味。其神味不仅包括词义色彩,也包括用词习惯、古今之别、雅俗之殊等。由以上可以看出,"制式"与"制言"皆有法可循,而文学"造之法"在定法之外,还需要"入己口气",熔古创新。

有为品论文章,喜与人之心性相绾合。以为文有文品,人有人品,窥文品可知人品,《康子内外篇·知言篇》云:"凡文字之美恶,不易知也。各有其心术之本,不可不察也","凡人有忠爱之心缠绵于中,其发于言也,必谆谆繁复,重碎叠叠,其不可已也。有裁制之蕴结于心,其发于言也,必言简短朴,剪裁刚断,其有节也。此发于心形于外者也,不可强为也"(《康子内外篇·知言篇》)。在《人境庐诗草序》中,有为通过介绍黄遵宪正直磊落的为人,指出公度乃"嵚崎磊落,轮囷多节,英绝之士",才能写出"跌宕多姿"、"卓荦绝俗"的诗文。

有为讲究"文势",欣赏恢宏博大、深厚雄直的壮美文风。认为"诗文皆要有文境,文境浓奥,亦有文势"(《南海先生口说·骈文》),而取势的方法则在于"论文如蓄水,蓄极而泄则有势"(《南海先生口说·论文》)。

有为的文章理论及创作实践既符合因字而生句,积句而为章,积章而成篇的传统写作规律,又具有"变化气质"的变革思想,成为梁启超等人"新文体"文章风格的先导。有人在评论近代新文化流派时说:"有开通俗之文言者,曰康有为、梁启超。有创逻辑之古文者,曰严复、章士钊。有倡白话之诗文者,曰胡适。五人之中,康有为辈行最先,名亦极高;三十年来国内政治学术之剧变,罔不以有为为前驱。而文章之革新,亦自有为启其机括焉!"[1]有为在《广艺舟双楫·原书》谈书体之变:"以人之灵而能创为文字。则不独一创已也。其灵不能自已,则必数变焉。故由虫篆而变籀,由籀而变秦分,由秦分而变汉分,自汉分而变真书,变行草。皆人灵不能自已也。书学与治法,势变略同。前以周为一体势,汉为一体势,魏晋至今为一体势。皆千数百年一变。后之必有变也。可以前事验之也。"在《广艺舟双楫·体变》亦云:"人限于其俗。俗各趋于变。天地江河,无日不变","散文篆法之解散,骈文隶体之成家,皆同时会,可以观世变矣","若后之变者,则万年浩荡,杳杳无涯,不可以耳目之私测之矣"。值得注

---

[1] 钱基博:《现代中国文学史》,上海书店出版社2004年版,第242页。

意的是,有为在《体变》中将书体之变与文体之变相比附,可见有为革新之文学观。

三、经世与为文

现存康有为散文三百余篇,大致可以分为政论、杂文、游记、科学论文四类。其中戊戌变法之前的作品,体现了他勇于革新的精神,具有积极的思想意义和社会价值,是其散文的精华。

康有为的政论写作,是他政治活动的重要组成部分。这些政论大胆地指陈时弊,阐述政治主张,具有丰富的思想内容和强烈的战斗精神,最能体现他的创作风格。其中最重要的是给皇帝上的长篇奏折,以及1913年刊登在他自己主办的《不忍》杂志上的长篇论文。在《上清帝第五书》中,康有为论到当时世界形势的巨变和在朝官僚们的愚昧无知时说:

> 大地八十万里,中国有其一;列国五十余,中国居其一。地球之通自明末,轮路之盛自嘉道,皆百年前后之新事,四千年未有之变局也。

接着指责在朝大臣们的顽固昏庸,处处因循守旧:

> 顷闻中朝诸臣,狃承平台阁之习,袭薄书期会之常,犹复以尊王攘夷,施之敌国,拘文牵例,以应外人,屡开笑姿,为人口实。

又抨击当时大臣们昧于时事:

> 至西政新书,多出近岁,诸臣类皆咸同旧学,当时未有,年耄精衰,政事丛杂,未暇更新考求;或竟不知万国情状,其蔽于耳目,狃于旧说,以同自证,以习自安。故贤者心思智虑,无非一统之旧说;愚者

骄倨自喜,实便其尸位之私图。有以分裂之说来告者,傲然不信也;有以侵权之谋秘闻者,懵然不察也。语新法之可以兴利,则瞋目而诘难;语变政之可以自强,则掩耳而走避。

至于政治,更是:

贿赂昏行,暴乱于上。胥役官差,蹙乱于下。乱机遍伏,即无强敌之逼,揭竿斩木,已可忧危。

而朝廷官僚们的精神状态,尤其令人气愤:

顾见举朝上下,相顾嗟呀,咸识论亡,不待中智。群居叹息,束手待毙。耆老仰屋而咨嗟,少壮出门而狼顾。并至言路结舌,疆臣低首,不惟大异于甲申,亦且迥殊于甲午。无有结缨誓骨,慷慨图存者。生机已尽,暮色凄惨,气象如此,可骇可悯,此真自古所无之事。夫至于公卿士庶,偷生苟活,侯为欧洲之奴隶,听其犬羊之刲缚,哀莫大于心死,病莫重于痹痨。

接着,康有为便大声疾呼,为光绪皇帝大敲警钟:

皇上远观晋宋,近考突厥,上乘宗庙,孝事皇太后,即不为天下计,独不计及宋世谢后签名降表,徽钦移徙五国之事耶!

这样敢于指陈利害,敢于对当时土崩瓦解的政治局面予以揭露,敢于毫无顾忌地指出将要遭到亡国惨祸,在当时除了康有为,恐怕是没人有如此的胆识。

这份奏折是因为1897年德国人侵占胶州湾而作的,康有为沉痛指出:"二万万膏腴之地,四万万秀淑之民,诸国眈眈,朵颐已久;慢藏海盗,陈之交衢;主者屡经抢掠,高卧不醒;守者袖手熟视,若病青狂;唾手可得,俯拾皆是,如蚁慕膻,闻风并至,失鹿共逐,抚掌欢呼。其始壮夫动其食指,其后老稚亦分杯羹,诸国咸来,并思一脔。"致使中国之形势,"譬犹地雷四伏,药线交通,一处火燃,四面皆应。胶警乃其借端,德国固其嚆矢耳"。如果任此瓜分豆剖下去,则"恐自尔以后,皇上与诸臣,虽欲苟安旦夕,歌舞湖山而不可得矣,且恐皇上与诸臣,求为长安布衣而不可得矣"。作者还指出,造成这种恶果的根源,皆在中国自身之贫弱,不能与列强相抗;中国也不是没有自强的愿望,但是没有找到自强的根本途径。"固日言自强,而弱日甚,日思防乱,而乱日甚者何哉?盖南辕而北辙,永无税驾之时;缘木而求鱼,决无得鱼之日。"他认为最有效的办法是"采法俄日以定国是","大集群才而谋变政","听任疆臣各自变法"。此书在《湘报》发表后,谭嗣同为其作跋语,称"言人所不敢,其心为支那四万万人请命,其疏为国朝二百六十年所无也"。

这一时期,康有为的文章都有明确的针对性,驳斥顽固派恪守祖训,而为变法维新张本。尤其是他敢于直面外强侵凌、内政腐败的现实,即使在上皇帝书中也不讳言。在《上清帝第一书》中,他就尖锐地指出:"且见方今外夷交迫,自琉球灭、安南失、缅甸亡,羽翼尽剪,将及腹心。比者日谋高丽,而伺吉林于东;英启藏卫,而窥川滇于西;俄筑铁路于北,而迫盛京;法煽乱民于南,以取滇粤;教民、会党遍江楚河陇间,将乱于内。"然而,"臣到京师来,见兵弱财穷,节颓俗败,纪纲散乱,人情偷惰,上兴土木之工,下习燕游之乐,宴安欢娱,若贺太平"。当此剧变,却未闻皇太后、皇上"有恐惧责躬,求言恤民之特诏"。接着剀切陈述列强蚕食国土、压榨人民的惨状及可能造成的严重后果,同时指出,皇太后、皇上"临政之日不为浅矣","乃事无寸效,而又境土日减,危乱将至者何哉?""得毋皇太后、皇上志向未坚,无欲治之心故耶?"圆明园"自英夷烧毁,础折瓦飞,化为砾石",乘舆临幸,目睹残破,理应勃然奋起,思报大仇,"然亦未闻有兴发耸动之政焉"。又指出,"圣意勤勤,而为足振弱者,不变法故也"。然后因势利导,提出"变成法、通下情、慎左右"等具体主张。

著名的《公车上书》,即他的《上清帝第二书》写作于1895年马关条约签订之时。全书洋洋洒洒一万八千余字,义正词严,气势磅礴。康有为痛切指出割让台湾将留下无穷后患:"割地之事小,亡国之事大,社稷安危,在此一举!"要求皇上"下诏鼓天下之气,迁都定天下之本,练兵强天下之势,变法成天下之治",其宗旨则以变法为归。此书虽仍未得上达,但不久即在上海石印出版,又经"索稿传抄,天下墨争磨",很快哄传国内,振动群伦。刘锡爵、雯如甫为该书出版作的序说:"此书传之外邦,知中国之尊崇圣教,人心固结,上虽易与,而下则众志成城,未易囊括。且利病所在,了如指掌,鼎新革故,井井有条。诚如此,中国必骤然而起,勃然而兴,纵横天下尚且不难,何患乎外侮之侵寻不已哉!"

感情充沛,气势磅礴,是康有为散文最突出的特点。康氏是一位具有饱满的政治热情的改革家。他对民族危亡的痛切感受,对于变法图强、振兴民族的热望,都无法使自己保持一种平静的心态。在文章中,无论是对时弊的抨击,还是对改革政见的陈述,无不充满激情。而且,康有为作为维新派的杰出代表,当他处于改革运动的盛期,又充满着自信和勇气。那种以天下为己任的豪情壮志和无所畏惧、锐意改革的战斗精神,发而为文,意气风发,议论纵横,表现为一种不可阻挡的磅礴气势。他写于1895年的《强学会序》是一篇传诵一时的名文。文章开头即痛陈中华民族正面临"俄北瞰,英西睒,法南瞵,日东眈"这样一种即将被帝国主义列强所瓜分的危局。接着便历数世界历史上因守旧不变而"或削或亡"的史实,让人们认识到:"举地球守旧之国,盖已无一瓦全者"的道理。但处于危如累卵局势下的国人却"屏卧于群雄之间,鼾寝于火薪之上"而不知恐惧,不思振作,"政务防弊而不务兴利,吏知奉法而不知审时,士主考古而不主通今,民能守旧而不能行远",因循守旧之风弥漫国中,根深蒂固。倘不改革,则"吾为突厥、黑人不远矣"。为了使国人认识到问题的严重性,丢掉一切幻想,准备变法图强,作者又列举堪虞、印度亡国之后的悲惨遭遇,以为借鉴,并设想中华民族亡国之后将会"肝脑原野,衣冠涂炭",使"三州父子,分为异域之奴;社陵弟妹,各衔相关之戚"。作者以此警醒国人,可谓振聋发聩。此序既表现了作者统观全局的远见卓识,又充满着他对民族危机的忧患意识和痛切感受。文章写得有激情,有气势,其说服力和感染力都是很强的。梁启超回忆说:康有为"痛陈亡国以后惨酷之状,以激励人心;读之者多为之下泪,故热血震荡,民气渐伸"(《戊戌政变记——改革起源》)。

与充沛的情感、磅礴的气势相联系,康有为在思想情感表达上追求尽情尽兴,宣泄无遗,无拘无束,酣畅淋漓的效果。康氏曾自评其诗曰:"志深厚而气雄直。"①这也是他散文的特点。这种雄直的风格,来自作者的深厚之志。当其首倡变法时,维新志士怀着满腔热情,奔走呼号,既充满自信,又无所畏惧。这种热心于改革又勇于改革的精神,使他们放言无忌,敢于直陈己见,表现出一派雄直之气。为了宣传自己的政治主张,维新志士们也需要对上上下下,反复说明自己的政见,这也要求他们把事实摆足,将道理说透,所以在文章中,言事则务求其详细,说理则必求其透彻,正如梁启超在论及其师之文时所指出的那样:"每论一学,论一事,必上下古今,以究其沿革得失,又引欧美以比较证明之。"②康有为几次给光绪帝的上书,都表现出这样的特点。如上文所引著名的《公车上书》,不但铺叙危局,直陈时弊,陈述政见酣畅淋漓,而且文章写得挥洒自如,洋洋四千余言,纵横捭阖,反复申说,联翩而下,一气呵成,堪称近代散文史上的一大奇观。

康有为十分重视外国的政治变革,收集资料,编撰成书,在上书中充分利用这些材料,反复申说变法则强盛、不变则弱亡的道理,有理有据,因此具有很强的说服力。在《上清帝第六书中》,他概括说:"臣闻方今大地守旧之国,未有不分割危亡者也。有次第胁割其土地人民而亡之者,波兰是也;有尽取其利权一举而亡之者,缅甸是也;有尽亡其土地人民而存其虚号者,安南是也;有收其利权而后亡之者,印度是也;有握其利权而徐分割而亡之者,土耳其、埃及是也。我今无士、无兵、无饷、无船、无械,虽名为国,而土地、铁路、轮船、商务、银行,惟敌之命,听客取求,虽无亡之形,而有亡之实矣。后此之变,臣不忍言!观大地诸国,皆以变法而强,守旧而亡,然则守旧开新之效,已断可睹矣。以皇上之明,观万国之势,能变则

---

① 康有为:《梁启超写南海先生诗集序》,陈永正编注《康有为诗文选》,广东人民出版社1983年版,第572页。
② 梁启超:《康南海先生传》,王文光等《饮冰室文集点校》,云南教育出版社2001年版,第1942页。

全,不变则亡,全变则强,小变仍亡。皇上与诸臣诚审其病之根源,则救病之方,即在是矣。"这些介绍西国及日本情况的书籍,在"百日维新"期间对光绪皇帝起了很大的鼓舞和指导作用。据说光绪皇帝对他进呈各书,爱不释手,反复阅览。读到高兴的时候,每每击节叫绝;读到悲哀的地方,常常叹息流泪。

康有为散文的语言,也呈现出从传统古文向新文体过渡的特色。与桐城派古文所推崇的"雅洁"风格不同,康氏的散文语言像他的思想那样丰富驳杂而又充满活力。文章中骈散杂糅,无一定格。又常在散体中夹杂韵语,用一连串排比、对偶的句子,连类引发,使文章读来铿锵有韵,气势充沛。钱基博在《现代中国文学史》中说他"发为文章,则揉经语、子史语,旁及外国佛语、耶语,以至声光化电诸科学语,以冶为一炉,利以排偶,桐城义法至有为乃残坏无余,恣纵不傥"。

他善用比喻。常以治病喻治国,以人需随季节变化而更换衣服,比喻国需随时事不同而力行新法。例如在《上清帝第一书》中,他说:"夫人有大疬恶疾不足患,惟视若无病,而百脉俱败,病中骨髓,此扁鹊、秦缓所望而大惧也。""大厦将倾而处堂为安,积火将燃而寝薪为乐,所谓安其危而利其灾者,譬彼病痿,卧不能起,身手麻木,举动不属。非徒痿也,又感风痰,百窍迷塞,内溃外入,朝不保夕,此臣所谓百脉败溃,病中骨髓,却望而大忧者也。"《上清帝第二书》又说"方今当数十国之觊觎,值四千年之变局,盛暑已至而不释重裘,病症已变而犹用旧方,未有不死竭而重危者也"。为了说明问题,他经常组合多种事物,反复类比。在《上清帝第六书》中,为说明变法必须先从定国是入手,他说:"夫国之有是,犹船之有舵,方之有针,所以决一国之趋向,而定天下之从违者也。若针之子午未定,舵之东西游移,则徘徊莫适,怅怅何之?行者不知何从,居者不知何往,放乎中流而莫知所休,指乎南北而莫知所极。以此而驾横海之大航,破滔天之巨浪,而适遭风沙大雾之交加,安有不沉溺者哉!"

三、康有为的另一副笔墨

康有为一生写下了大量信函、序言。这些文章篇幅短小,体裁解放,自成一格。它们不拘时,不泥古,意到笔至,挥洒自如。既不同朴学家的论文那样朴质无华,又不同于桐城派古文的恪遵义法。往往散体中夹以排偶,有时还夹杂一段韵语。

如《朱九江先生佚文序》,散体中间以排偶,文意畅达。

> 当是时,汉学方盛,恆钉为工,猎琐文而忘大义,矜多闻而遗躬行。先生夐识高行,独不蔽于俗,厉节行于后汉,探义理于宋人。既则舍康成、释紫阳、一以孔子为归。其行,如碧霄春云,悬崖峭壁;其德,如粹玉馨兰,琴瑟彝鼎;其学如海,其文如山,高远深博,雄健正直,盖国朝二百年来,大贤巨儒未之有比也。

又如《诗集自序》,散体中忽杂韵语。

> 故志深厚而气雄直者,莽天地而独步,妙万物而为言,悱恻其情,明白其灵,正则其行,玲珑其声,芬芳烈馨,秾华远情,中和永平,澹泊而不厌,亭立而不矜,迤灏而渊亭,月明而山行,石破而天惊。时或风雨怒号,金铁飞鸣,山水妙丽,天日晶晴;或万马战酣,旌旗飞紫;或广殿排仗,冕旒严凝;或岩藤落叶,面壁老僧;或万花放晓,士女春盈……

除此之外,康有为还善于用形象的笔墨,来刻画人物、事态以及一些抽象的事理。在《人境庐诗草序》中,他是这样描摹黄遵宪与吴德潇的风度神采的:

> 吾游上海,开强学会,公度以道员奏派办苏州通商事,挟吴明府

德潇叩门来访,公度昂首加足于膝,纵谈天下事;吴双遣澹然旁坐,如枯木垂钓。之二人也,真人也,畸人也,今世寡有是也。闻公度以属员见总督张之洞,亦复昂首足加膝,摇头而大语。

几句话就写出人物的性格,颇为传神。

又如写黄公度诗的境界和风格:

公度之诗乎,亦如磊砢千丈松,郁郁青葱,荫岩竦壑,千岁不死,上荫白云,下听流泉,而为人所瞻仰徘徊者也。

康有为的此类散文感情充沛。如《京师强学会序》,痛陈国家如遭列强瓜分,所能产生的后果:

吾若不早图,倏忽分裂,则桀黠之辈,王谢沦为左袵;忠愤之徒,原却夷为皂隶。伊川之发,骈阗于万方;钟仪之冠,萧条于千里。三州父子,分为异域之奴;社陵弟妹,各衔乡关之戚。哭秦庭而无路,餐周粟而匪甘。矢成梁之家丁,则螳臂易成沙虫;觅泉明之桃园,则寸埃更无净土。肝脑原野,衣冠涂炭。嗟吾神明之种族,岂可言哉!岂可言哉!

据说读者多为此文感染,以致泪下如雨。情感在康有为文章中的作用由此可见一斑。

康有为流亡海外十六年,写了大量的游记。其中一部分由上海广智书局于1905年出版,一部分收入台湾蒋贵麟编的《康南海先生游记汇编》。

据林克光先生在《革新派巨人康有为》中所作的统计,康有为在流亡期间共写有意大利、法兰西、瑞士、奥地利、匈牙利、德国、丹麦、瑞典、比利时、荷兰、英国、希腊、保加利亚、塞尔维亚、满地加罗(摩纳哥)、西班牙、罗马尼亚、挪威、葡萄牙、印度、土耳其、缅甸、暹罗(泰国)、巫来由(马来西

亚)、加拿大、巴西等列国游记。在康有为的诸多游记中,也不乏优美的写景文字。如《希腊游记》:

吾自雅典乘汽车至可连士,易汽船,穿内海二千里,至北极之可孚岛。群山连亘,突兀起伏,变化波峭,雄秀奇妙,亭亭媚妩,宇内少有其比。惟意大利、挪威、及吾江浙与日本,间少近之。其在北者少粗豪,群山奔走,龙飞凤舞,至极南之端,以渐淘汰其粗,则秀美而峭特,独臻其胜。东坡诗所谓:"端庄杂流丽,刚健含婀娜"矣。况又与海波相映带,遥遥二千里,如美人照镜、罗袜凌波。

第二节 谭嗣同:文章无古今,功夫在熔铸

一、侠者谭嗣同

谭嗣同(1865—1898),字复生,号壮飞,又号华相众生、通眉生等,湖南浏阳人。父亲谭继洵曾做过户部员外郎、湖北巡抚等。嗣同少年失母,备受庶母折磨,"吾自少至壮,遍遭纲伦之厄,涵泳其苦,殆非生人所能忍受,濒死累矣,而卒不死。由是益轻其生命,以为抉然躯壳,除利人之外,复何足惜。深念高望,私怀墨子摩顶放踵之志矣"①。他五岁师事毕莼斋启蒙,十岁从浏阳学者欧阳中鹄学。欧阳中鹄服膺明末清初学者王夫之、黄宗羲、刘继壮等,且经验数学,探讨自然科学,对嗣同影响甚大。其后随父往来湖北、京师各地,结识著名镖客大刀王五,从学剑术。梁启超说他"少倜傥有大志,淹通群籍,能文章,好任侠,善剑术"②。

从1884到1893年的十年中,嗣同出于经国济民的宏愿,屡次参加科举考试,但始终未能及第。科举道路偪骞不通,促使他开始反思科举制度,思想也随之产生了新的萌芽。在应付科举考试的同时,嗣同四处游历,遍访名山大川,接触社会,了解民众疾苦。在学问上,嗣同则系统钻研中国古代典籍,阅读黄宗羲、王夫之的著作,思想从此"翻然该图"。1893年夏,嗣同于上海偶遇传教士傅兰雅,开始接触西方文化,他认识到"今之时,中西争雄,中国日弱而下,西人日强而上","故西学之天文历算,皆革古法,钦天监以之授时而不闻差忒。革而当,圣人之所许也"。③

甲午战争是嗣同思想发展的转折点。得到《马关条约》签订的消息,嗣

---

① 《仁学》,蔡尚思、方行编《谭嗣同全集》,中华书局1981年版,第289页。
② 梁启超:《谭嗣同传》,王文光等《饮冰室文集点校》,云南教育出版社2001年版,第116页。
③ 《石菊影庐笔识》,蔡尚思、方行编《谭嗣同全集》,中华书局1981年版,第131、129页。

同悲愤至极,失声痛哭,痛斥清廷"竟忍以四百兆人民之身家性命,一举而弃之"。① 面对神州将亡的严峻现实,嗣同终于猛醒:"因有见于大化之所趋,风气之所溺,非守文因旧所能挽回者。不恤首发大难,画此尽变西法之策"。② 他益发提倡新法,呼号变法,提出奋兴商务、开采矿产、发展工业、改定厘税等主张,又在浏阳建算学社,抽算学馆,成为湖南全省新学之滥觞。

1895年嗣同到上海拜访康有为未遇,1896年4月在北京初会梁启超,听梁氏介绍了康有为的学说和政见。不久,梁启超南下上海办《时务报》,嗣同则奉父命以同知入赀为候补知府,驻留南京,利用闲暇,精研佛学,博览释典,著为《仁学》。1898年初,嗣同应邀回到湖南,襄办新政,创立南学会、保卫局、《湘报》等,协办时务学堂,成为湖南新政得力的领导者和组织者之一。

1898年4月,光绪颁布"定国是诏",推行新政,嗣同被征入京,授官四品卿衔军机章京,与杨锐、林旭、刘光第等同参新政。康有为有所奏陈,辄经四人进呈。政变发生后,拒绝出逃,说:"不有行者,谁图将来;不有死者,谁鼓士气","各国变法,无不从流血而成。今日中国未闻有因变法而流血者,此国之所以不昌也。有之,请自嗣同始!"(梁启超《谭嗣同传》)乃慷慨赴死,年仅三十四岁。

二、融通与继承

嗣同一生精力所萃,并不在翰墨文章,偶一为之,却能涵泳古今,贯通中西,自成风格,对于新文体之出现,亦有涓涓之功。

嗣同在《三十自纪》中追溯了自己学文的经历:"嗣同少颇为桐城所震,可以规之数年,久自以为似矣,出示人,亦以为似。诵书偶多,广识当世淹通专壹之士,稍稍自惭,即又无以自达。或授以魏、晋间文,乃大喜,

---

① 《上欧阳中鹄书》,蔡尚思、方行编《谭嗣同全集》,中华书局1981年版,第155页。
② 《上欧阳中鹄书》,蔡尚思、方行编《谭嗣同全集》,中华书局1981年版,第168页。

时时籀绎,益笃耆之。由是上溯秦、汉,下循六朝,始悟心好沉博绝丽之文。""昔侯方域少喜骈文,壮而悔之,以名其堂。嗣同亦既壮,所悔乃在此不在彼。窃意侯氏之骈文特伪体,非然,正尔不容悔也。所谓骈文,非四六排偶之谓,体例气息之谓也,则存乎深观者。既悔其所为,又悔其成集。子云抑有言,雕虫篆刻,壮夫不为。处中外虎争文无所用之日,丁盛衰互纽臂力方刚之年,行并其所悔者悔矣,由是自名壮飞"。嗣同在《论艺绝句》第一篇的附注中又说:"文至唐已少替,宋后几绝。国朝衡阳王子,膺五百之运,发斯道之光,出其余绪,犹当空绝千古。下此若魏默深、龚定庵、王壬秋,皆能独往独来,不因人热,其余则章摹句效,终身役于古人而已。至于汪容甫,世所称骈文家,然高者直逼魏、晋,又乌得仅目曰骈文哉;自欧、曾、归、方以来,凡为八家者,始得谓之古文,虽汉、魏亦鄙为骈俪,狭为范以束迫天下之人才,千夫秉笔,若出一手,是无方者有方,无体者有体,其归卒与时文律赋之雕镌声律、墨守章句、局限辕下而不敢放辔驰骋者无异,于是鸿文硕学,耻其所为,而不欲受其束迫,遂自甘绝于古文,而总括三代两汉,咸被以骈文之目,以摈八家之古文于不足道。为八家者,不深观其所以,而徒幸其不与争古文之名,遂亦曰此骈文云尔。呜呼!骈散分途,而文乃益衰,则虽俊发如恽子居,尚未能蠲除习气,其他又何道哉!"

桐城文体规矩义法,作文直同作时文律赋,嗣同斥其为"狭为范以束迫天下之才",同时提出"骈散合一"之主张,要求为文者须纠正时下古文之枯弊,辞藻富赡。于奇句单行中,不妨杂以骈句,以增强文章艺术性。嗣同对王船山、魏源、龚自珍之文章予以肯定,服膺其匡济时艰之主张,及革新时弊之愿望;称其作品"独来独往,不因人热",语言风格多具独创性,且包蕴既博且深。嗣同尚推重汪中文章,乃是有取于汪中能突破齐梁骈俪之束缚,行文若风行水上,情志无碍。

基于这样的文学主张,谭嗣同早年为文,多沉博绝丽,气概雄浑,流丽生动,骈散并行,疏密有度。例如《与沈小沂书》:

今年春暮,江南看杨华,风日俱素,正复类之。目力故胜,静且加明,初可十许丈,久之辨及百丈,内外平视,亦二三十丈,何时不有游丝,静便了了尔许。囊及足下讨论,苦乏精彩,正坐不静耳。夫侃侃之余,曷尝不遗物外已,摄心一粟?然遇于所触,歌哭纵横,独抽之茧,那复成绪。当此之时,自觉鞭之不痛,杀之无血,莫悲于心死,而身死次之,此既为哀感中伤,心不若人矣。

这段文字,写自己在途中睹物思人,回忆当年和朋友论学之事,写景叙事,不事模拟,富有生活气息,遣词造句,一任自然,不拘骈散。

三、熔铸与创新

甲午战争后,嗣同文风又有变化,嗣同《与唐绂丞书》谈及自己学风、文风之变:"三十以前旧学凡六种,兹特其二。余待更刻。三十以后,新学哂然一变,前后判若两人。三十之年适在甲午,地球全势忽变,嗣同学术更大变,境能生心,心实造境。天谋鬼谋,偶而不奇。"自此以后,嗣同开始倡导文体解放。当其时,报章文体甫兴,旧派文人已极尽诋毁之能事,以为"报章繁芜阒茸,见乖往例",则无异"下里之唱,闻鼓镛而惶惑;眢井之蛙,语溟瀚而却走"。嗣同则起而为之辩护。在其写给汪康年的信中说:"居今之世,吾辈力量所能为者,要无能过撰文发报之善矣,而遇乡党拘墟之士,辄谓报章体裁,故所无有,时时以文例绳之,嗣同辩不胜辩,因为一《报章总宇宙之文说》以示人,在湘中诸捷给口辩之士,而竟无以难也。"在《报章文体说》中,嗣同把报章文体作一明确阐述。首先,他盛称报章内容之丰赡:"皋牢百代,卢牟六合,贯穴古今,笼罩中外。"接着,他把文章体例划分三类:一曰"名类",包括"记"、"志"、"论说"、"子注";二曰"形类",包括"图"、"表"、"谱";三曰"法类",包括"叙例"、"章程"、"计"。关于这"三类十体",他指出:

胪列古今中外之言与事,则纪体也;缕析其名与器,则志体也;发挥引申其是非得失,则论说体也;事有未核,意有未曙,夹注于下,则子注体也;绘形势,明交限,若战守之界线,货物之标识,则图体也;纵之横之,方之斜之,事物之比较在焉,价值之低昂在焉,则表体也;究极一切品类,一切体性,则谱体也;宣撰述之致用,则叙例体也;径载章程,则章程体也;勾稽繁琐,则计体也……

嗣同把报章文体推崇为"经国之大业,不朽之盛事"。此一文体不受古文"义法"之限制,起讫自由,滔滔直泻,叙事则寻源竟委,力求翔实,说理则杂引中西,务阐幽微。嗣同本人亦积极从事报章体文章的写作。嗣同返湘后,即主办《湘报》,撰《湘报后叙》,提倡"假民自新之权以新吾民",主张通过创学堂、学会、报纸,宣传新政、新学,不仅在湖南一省,而且"将以风气浸灌于他省"。随即在不长的时间内,在《湘报》等刊上发表了一批独具特色的宣传维新变法的文章。《湘报后叙》、《群萌学后序》、《论学者不当骄人》、《试行印花税条说》、《论湘粤铁路之益》等,是其中的优秀篇章。在这些文章中,作者热情宣传新学,提倡变法,介绍西方科学文化知识,批判落后的封建思想,充满了勇于变革的战斗精神。语言质朴晓畅,条理清晰,具有丰富的情感和充沛的气势,文中时杂以俗语、俚语、外国词语,清新活泼而富有生命力。

如《论湘粤铁路之益》,开宗明义:"今日之世界,铁路之世界也。有铁路则存,无则亡,多铁路则强,寡则弱……曩知美洲孤立于西半球,而欧、亚而往,非数十海程莫达者,今且陆行不二十日可周绕地球,而美、欧、亚三洲遂接轸,如在户庭间。壮哉观乎!是于地球寒热温五带之外,加束一铁路之带矣。"然后说明在中国与在湖南建铁路之益,条分缕析,简明扼要,文辞生动,引人入胜。

如《群萌学会叙》,先讲湖南省会由于各种学会的开办而文化日辟,接着说:"独吾浏阳乃至今而不有学会。不有学会,是新学无得而治也。治而不能联群通力,犹不治也。今夫有物百钧,一人举之不足,数人、数十人举之,斯举之矣。有草一莛,孺子折之有余,束数十、数百万莛,壮夫莫谁何焉。有书万卷,十年读之,莫能通其意,数十、数百人分任之,可计日而毕业矣。万事万物,莫不以群而强,以孤而败,类有然也。"接连使用三个比喻,连贯而下,形象有力,后面自然得出结论。

再如《记官绅集议保卫局事》:"故世变至无常,而官者至不可恃者也。官以遵奉朝旨为忠,以违抗朝旨为罪,不幸复有台湾、山东之事,官惟有袱被而去耳,岂能为我民而少迟回斯须哉? 斯时也,则任外人之戎马蹴踏我,任外人之兵刃脔割我,谁为我父母而护翼我? 谁为我长上而捍卫我? 虽呼天抢地于京观血海之中,宛转哀号,悔向者之不早自为谋,而一听之官之非计,岂有及哉! 岂有及哉!"理明义显,情真语切,启发觉悟,激励人心。

嗣同思想激进,文锋犀利,阐幽发微,昌言无忌,较康梁尤有战斗力。其著名的政论《仁学》虽系学术著作,但在写作上显示出典型的"报章文体"的特点。其《自序》说:

> 吾自少至壮,遍遭纲伦之厄,涵泳其苦,殆非生人所能任受。濒死累矣,而卒不死,由是益轻其生命。以为块然躯壳,除利人之外,复何足惜。深念高望,私怀墨子摩顶放踵之志矣。二三豪俊,亦时切亡教之忧,吾则窃不为然。何者? 教无可亡也。教而亡,必其教之本不足存,亡亦何恨? 教之至者,极其量不过亡其名耳。其实固莫能亡矣。名非圣人之所争,圣人亦名也。圣人之名若姓皆名也。即吾之言仁言学,皆名也。名则无与于存亡,呼马,马应之可也;呼牛,牛应之可也。道在屎溺,佛法是干屎橛,无不可也。何者? 皆名也,其实固莫能亡矣。惟有其实而不克传其实,使人反瞀于名实之为苦。以吾之遭,置之婆娑世界中,犹海之一涓滴耳,其苦何可胜道! 窃揣历劫之下,度尽诸苦厄,或更语以今日此土之愚之弱之贫之一切苦,将笑为诳语而不复信,则何可不千一述之,为流涕哀号,强聒不舍,以速其冲决网罗,留作券剂耶? 网罗重重,与虚空而无极。初当冲决利禄之网罗,此冲决俗学若考据、若辞章之网罗,此冲决全球群学之网罗,此冲决君主之网罗,此冲决伦常之网罗,此冲决天之网罗,此冲决全球群教之网罗,终将冲决佛法之网罗。然真能冲决,亦自无网罗;真无网罗,乃可言冲决。……今则新学竟兴,民智渐辟,吾之地球之运,

自苦向甘,吾惭吾书未厌观听,则将来之知解为谁,或有无洞抉幽隐之人,非所敢患矣。

文章于雄辩中寄寓激情,文字亦是古今杂糅、浅显通俗,一连串的排比句增强了文章的气势,作者以冲决一切网罗的精神,冲决了传统古文的一切"义法"、"家法",使文体获得了空前的解放。

《仁学》锋芒所向,振聋发聩:"二千年来之政,秦政也,皆大盗也;二千年来之学,荀学也,皆乡愿也。惟大盗利用乡愿;惟乡愿工媚大盗。"又说:"法人之改民主也,其言曰:'誓杀尽天下君主,使流血满地球,一泄万民之恨。'朝鲜人亦有言曰:'地球上不论何国,但读宋明腐儒之书,而自命为礼仪之邦者,即是人间地狱。'夫法人之学问,冠绝地球,故能唱民主之义,未为奇也;朝鲜乃地球上最暗弱之国,而亦为是言,岂非君主之祸,至于无可复加,非生人所能忍受耶?"

《仁学》宣扬民主平等思想,强调个性解放。"存天理灭人欲",宋明理学以下视为当然,嗣同则认为"无人欲则天理亦无从发现",强调"人欲"之自然性与合理性:

> 男女构精,名之曰淫,此淫名也。淫名,亦生民以来沿习既久,名之不改,故皆习谓淫为恶耳。向使生民之初,即相习以淫为朝聘宴飨之巨典,行之于朝庙,行之于都市,行之于稠人广众,如中国长揖拜跪,西国之抱腰接吻,沿习至今,亦孰知其恶者? 乍名为恶,即从而恶之矣。或谓男女之具生于幽隐,人不恒见,非如世之行礼者光明昭著,为人易闻易睹,故易谓淫为恶耳。是礼与淫但又幽显之辨,果无善恶之辨矣。向使生民之始,天不生其具于幽隐而生于面额之上,举目即见,将以淫为相见礼矣,又何由知为恶哉?

中国小农经济,自给自足,自我封闭,嗣同将其视为一种"柔静"、不求进取、不能富国富民的经济模式,而只有借鉴西方发达国家的经济模式,允许资本家自由设厂、开矿、通商贸易,广泛使用机器生产,发展先进的科

学技术,中国才能赶上欧美各国。他说:

> 有矿焉,建学兴机器以开之,凡辟山、通道、浚川、凿险咸视此;有田焉,建学兴机器以耕之,凡材木、水利、畜牧、蚕织咸视此;有工焉,建学兴机器以代之,凡攻金、攻木、造纸、造糖咸视此。大富则设大厂,中富附焉,或别为分厂。富而能设机器厂,穷民赖以养,物产赖以盈,钱币赖以流通,己之富亦赖以扩充而愈厚。

《仁学》当时虽未发表,但每成一篇,嗣同就与梁启超"辄相商榷",又"以示一二同志",故梁启超、唐才常等均受其影响。政变后,梁启超在日本将其印行,对孙中山领导的资产阶级民主革命运动起过一定的激励作用,对后来的青年革命家陈天华、邹容等思想的形成,产生过重大影响,同时确立了他在中国近代思想史上的重要地位,使他成为十九世纪末叶"维新运动时期第一流思想家"。

就文章体势而言,其《自序》说:"所惧智悲未圆,语多有漏。每思一义,理奥例赜,垒涌奔腾,际笔来会,急不暇择,修词易刺,止期直达所见,文辞亦自不欲求工。"总之,纵横捭阖,气势磅礴,条理明晰,词语显豁,偶比时见,骈散并作,融儒、佛、耶语及西方社会科学、自然科学新名词于一炉而冶之,不避重复杂沓。其第十二节:

> 不生不灭有征乎?曰:弥望皆是也。如向所言化学诸理,穷其学之所至,不过析数原质而使之分,与并数原质而使之合;用其已然而固然者。时其好恶,剂其盈虚,而以号曰某物某物,如是而已。岂能竟消磨一原质与别创造一原质哉?⋯⋯譬于陵谷沧桑之变易:地球之生不知几千几百变矣;洲堵之壅淤,知崖岸将有倾颓;草木金石之质日出于地,知空穴之终就沦陷;赤道以旋速而隆起,即南北极之所翕敛也;火期之炎,冰期之冱,即一气之所舒卷也。故地球体积之重率必无轩轾于昔时;有之,则畸重而去日远,畸轻而去日近,其轨道且岁不同矣。譬如流星陨石之变:恒星有古无而今有,有古有而今无;

彗星有循椭圆线而往可复返,有循抛物线而一往不返。往返者,远近也,非生灭也;有无者,聚散也,非生灭也。木星本统四月,近乎多一月,知近度之所吸取。火木之间,依比例当更有一星,仅惟小行星武女等百余,知女星之所剖裂。即此地球亦终有陨散之时,然地球之所陨散,他星又将用其质点以成新星矣。王船山之说《易》,谓一卦有十二爻,半隐半见;故大易不言有无,隐见而已。孔子之论礼,谓殷因于夏;周因于殷;故礼有不得,与民变革损益而已。凡此诸体,虽一一佛有阿僧祇身,一一身有阿僧祇口,说亦不能尽。

胡适最喜欢这节文字,他说:"谭嗣同的《仁学》,在思想方面固然可算是一种大胆的作品,在文学方面也有代表时代的价值。""这一节不但材料可以代表当时的科学知识,他的体例也可以代表当时与二十年来的新文体。嗣同自己说的骈文的体例与气息,在这里也可以看得出来。"[①]

---

① 胡适:《五十年来中国之文学》,《胡适作品集》卷八,远流出版事业股份有限公司1986年版。

第三节　梁启超：养淋漓之元气，开文章之新体

一、集大成者梁启超

梁启超(1873—1929)，字卓如，号任公，又号"饮冰室主人"。广东新会人。启超少年接受传统教育。随母亲识字。四五岁，启超即从祖父学《四子书》与《诗经》。六岁从父亲学习中国略史与《五经》。祖父与父母对启超的教育，均注重知识与品德之双重修养，尤重励志之训。祖父"日与言古豪杰哲人嘉言懿行，而尤喜举亡宋、亡明国难之事津津道之"①。启超天资聪颖、勤勉向学。八岁随父亲学写文章，九岁即能写出洋洋洒洒的千字文。十岁起先后拜周惺吾、吕拔湖、陈梅坪、石星巢诸儒为师，赴广州参加童子试，虽未被录取，却因途中赋诗，而获"神童"之誉。十二岁启超考中秀才，十七岁中举人，名噪一方。1887年，启超进入学海堂问学。学海堂不习八股，而专授汉儒考据之学，及经史、词章、宋儒性理之学。启超至是乃决舍帖括，对中国古代学术文化产生浓厚兴趣。在传统学术方面打下了丰厚坚实的基础。

1890年，启超初次进京会试，并未及第。启超从上海转道，得见上海制造局翻译的各类新书，并购回徐继畬《瀛环志略》。《瀛环志略》在启超面前打开了一个认识外部世界的窗口。启超读此书"始知有五大洲各国"。并促使启超思考中国在世界之地位与处境，此后贯穿他一生之国家观念与忧国意识即萌蘖于此时。六年后，启超在《适可斋记言记行序》中回忆道："启超自十七岁颇有忤于中外强弱之迹。"自此，启超萌生了了解西学的强烈愿望，企图通过了解西人"沿革递嬗之理，通变强盛之原"，"以

---

① 梁启超：《三十自述》，《饮冰室合集》第二册，中华书局1989年版。

审中国受弱之所在"①。

同年秋,启超在陈通甫引荐下结识了向皇帝上书请求变法的奇人康有为。经过一席讲论,启超遂感觉"冷水浇背,当头一棒,一旦尽失故垒,惘惘然不知所从事且惊且喜,且怨且艾,且疑且惧,与通甫联床竟夕不能寐",于是,启超拜当时尚为秀才的康有为为师。在《三十自述》中,启超对康有为给予自己的影响作了高度评价:"性平知有学自兹始。"第二天"再谒","请教为学方针"。"自是决然舍去旧学,自退出学海堂,而间日请业南海之门。"投身康门,是启超一生道路的重要转折点。这一选择使启超由醉心金榜题名、期待光宗耀祖的旧式士大夫开始了向吸纳现代思想文化、关心国家前途命运的新型知识分子的转化。从此,梁启超最关心的不再是个人的仕途,而是国家与民族的命运。他的天性,他自小从父辈那里接受的爱国思想与济世理念也在此找到了孕生的土壤。

启超入万木草堂后,系统学习今文经学,广泛涉猎西方各种思想和学说,树立了匡时救弊、变法强国的坚定信念,为其一生的政治和学术活动打下了思想基础。1895年春,启超和康有为同赴北京参加会试。在北京,启超和康有为一起组织了轰动朝野的"公车上书",明确提出"拒和"、"迁都"、"变法"等政治要求。从此,"康梁"之名立,启超的名字和19世纪末到20世纪初的整个中国历史文化的变化发展结下了不解之缘。

从1895年"公车上书"起,到1929年1月29日在北京协和医院病逝的三十多年时间内,启超一直是中国政治和文化领域的风云人物。无论是公车上书,还是戊戌变法、立宪运动、辛亥革命、护国讨袁、抵制张勋复辟,启超总是以其勃勃英姿,击浪潮头,甚至出生入死而引起全国乃至世界的关注。无论是创办《时务报》、《清议报》、《新民丛报》、《国风报》等报刊,还是珠江时务学堂或四处宣传演讲,奔走呼号,都是为了使中华民族真正成为主宰世界运命的主人。他在阐述自己的主张时,思想深刻新颖,行文平易畅达,感情充沛激越,气势遒劲磅礴,风格自由洒脱,其思滚滚,其言滔滔,其辩铮铮,或奇或偶、或文或白、或中或外的语言特点风靡一

---

① 梁启超:《适可斋记言记行序》,《饮冰室合集》第一册,中华书局1989年版。

时,成为时人竞相仿效的"新民体",影响了整整一代文风,为五四新文化运动作了有力铺垫。

启超晚年致力于学术研究,其旨趣在于养成国民新元气、新精神、昌明学术、缔造新学,从而创造新中国。他提出,既要对外国文化有相当了解,也要对中国传统文化有丰富精勤的修养,从而发掘和培养中国人内发的心力。为此,梁启超以弘扬中国文化的高度责任感和创构崭新理论的巨大热情,全身心地投入到学术研究中。短短十多年的时间内,他在中国学术史、思想史、哲学史、佛教史、史学理论与方法、文化史、教育学、政治史、语言文字学、文学等方面,都取得了令人叹为观止的成就,产生了重大影响。郑振铎在《梁任公先生》一文中高度评价了梁启超的成就:"许多学者,其影响都是很短促的,廖平过去了,康有为过去了,章太炎过去了,然而梁任公先生的影响,我们则相信他尚未十分的过去——虽然已经绵延了三十余年。许多学者、文艺家,其影响与势力往往是狭窄的,限于一部分的人,一方面的社会,或某一个地方的,然而梁任公先生的影响与势力,却是普遍的,无边不届的,无地不深入的,无人不受到的——虽然有人要讳言之。"①

启超一生勤奋写作,笔耕不已,直到临终前还在编撰《辛稼轩年谱》。任公一生著述总字数,据徐佛苏先生估计约在1400万字以内,但李国俊先生统计约有1100百万字。梁启超著作最早结集出版是在1902年,由何擎一编,广智书局出版。至1937年,约有四十多种不同的梁启超的文集出版。《饮冰室合集》是最大的集子,有政论类论著310篇,学术类173篇,文艺类205篇,杂著类345篇,各类总字数920多万字。《梁启超年谱长编》摘录了启超及其师友的信札五百多封,是目前较为全面的启超研究资料。启超的文学成就,主要表现在散文创作上。而最能代表其散文创作成就、影响最为深远的,是他从1894到1905年这十年间在《时务报》至《清议报》、《新民丛报》发表的大量新体散文,如《变法通议》、《自由书》、《少年中国说》、《呵旁观者文》、《新民说》、《过渡时代论》等。这些文章,

---

① 陈引驰编《自述与印象:梁启超》,上海三联书店1997年版,第54页。

"晰于事理,丰于情感","纡徐委备,往复百折而条达疏畅,无所间断","能令读者寻绎不倦,如与晓事人语,不惊其言之河汉无涯",①从内容到形式,都给人耳目一新之感,"成为一大派别的文体"。梁氏自称这些文章为"新文体",以与当时流行的桐城古文、骈文、八股时文等旧文体相区别。因为这些文章发表于报章,而且多发表于《时务报》、《新民丛报》,故亦称"报章体"、"时务文学"、"新民体"。

启超散文,在"新文体"形成之前,曾经历过学晚汉魏晋、学桐城、治帖括的阶段。辛亥革命后,启超从海外归来,时时与林纾、陈衍、易顺鼎等人相过从,为了与这些人相应酬,"述志言情,间出骊体",亦时时喜治所谓诗古文辞,又经历一个倒退复古的阶段。但到"五四"前后,他弃政从学,为适应时代的风尚,舍弃浅近的文言,一变而为语体文。但其"文字已归恬淡平易,不复如前之浩浩莽莽,有排山倒海的气势,窒人呼吸的电力感了"②。梁氏晚年的散文,虽采用语体文,但内在精神上已没有了当年那种奔放的激情和战斗的锋芒,所以,其散文创作的黄金时代,还是"新文体"崛起与繁荣的阶段。

二、觉世与传世

在倡导"诗界革命"之余,启超同时提出"文界革命"之主张。所谓"文界革命"者,最早见于《夏威夷游记》,启超在该书1899年12月28日的日记中写道:"读德富苏峰所著《将来之日本》及《国民丛书》数种。德富氏为日本三大新闻主笔之一,其文雄放隽快,善以欧西文思入日本文,实为文界开一别生面者,余甚爱之。中国若有文界革命,当亦不可不起点于是也。"此时的"文界革命"还仅止于设想,1902年2月,《新民丛报》创刊号上开辟了"绍介新著"栏,刊登了严复译《原富》。启超同期发表了评《原

---

① 钱基博:《现代中国文学史》,上海书店出版社2004年版,第289、290页。
② 郑振铎:《梁任公先生传》,陈引驰编《自述与印象:梁启超》,上海三联书店1997年版,第54页。

富》译本的书评,指出译本"文笔太务渊雅,刻意摹仿先秦文体,非多读古书之人,一翻殆难索解"。启超认为:"著译之业,将以播文明思想于国民也,非为藏山不朽之名誉也。"他指出:"欧美、日本诸国文体之变化,常与其文明程度成比例。况此等学理邃赜之书,非以流畅悦达之笔行之,安能使学僮受其益乎?"(《新民丛报》1902年创刊号)严复对启超之批评并不心服,在《与梁启超书》中与之论辩:"若徒为近俗之词,以取便市井乡僻之不学,此于文界,乃所谓凌迟,非革命也。且不佞之所以从事者,学理邃颐之书也,非以铜学僮而望其受益也,吾译正以待多读中国古书之人。使其目未睹中国之古书,而欲稗贩吾译者,此其过在读者,而译者不任受责也。"这场论争隐然体现了一种从大众需求出发的著述态度正成为一种主流的态度。

实际上,早在1897年,启超在《湖南时务学堂学约》已经说得很明白:"学者以觉天下为任,则文未能舍弃也。传世之文,或务渊彭古茂,或务沉博绝丽,或务瑰奇奥诡,无之不可。觉世之文,则辞达而已矣,当以条理细备、词笔锐达为上,不必求工也。"(《饮冰室合集》第一册)据此可知,启超根据文章功用的不同,将文章分为"传世之文"、"觉世之文",此两类文章在文体文风上也不尽相同。启超在1902年为自己的文集所作的《序》中指出:"吾辈之为文,岂其欲藏之名山,候诸百世之后也。应于时势,发其胸中之所欲言,时势逝而不留者也。"但他又认为:即使"泰西鸿哲之著述","过其时,则以覆瓶焉可也",因为"今日天下大局日接日急,如转巨石于危崖。变异之速,非翼可喻。今日一年之变,率视前此一世纪犹或过之。故今日之为文,只能以被之报章,供一岁数月之道铎而已"。他豪迈地宣称:"若鄙人者,无藏山传世之志,行吾心之所安,固靡所云悔。"(《原序》,《饮冰室合集》第一册)可见,启超之"文界革命",是将文章从象牙塔中拉出来,参与到社会变革的洪流中来,同时将文章从士大夫手中解放出来,回到普通民众的手中。启超身体力行,积极创作与古板、僵化的传统散文风格迥异的新体散文。

启超在《新民丛报》等报刊上所发表的政论文、杂文、演说辞、人物传记等新体散文,以"俗语文体"写"欧西文思",文字平易畅达,通俗易懂;文中杂以俚语、韵语、外来词汇、外国语法,纵笔所至,不自约束;条理明晰,文风活泼,笔锋常带感情。

这类文章一经流布,时人纷纷仿效。启超自谓:"开文章之新体,激民气之暗潮。"这些散文在当时号称"新文体"。"新文体"的实质是要解放散文,打破士大夫散文的种种束缚,以通俗而富有感染力的文字来传播新思想,打动广大读者。启超所谓"文界革命"实际上包含了两个层次的革命:一是文思革命,即文章思想与内涵的革命;二是文体革命,即散文形式与语言风格的革命。章亚昕在《近代文学观念流变》中指出:"'新文体'的'平易畅达',与其说为了通俗,不如说为了化俗,不讲究形式美似乎是报章文体平民化了,其实,俗中有雅,骨子里还是近代知识分子的主体性,文章通俗不是为了取悦读者,而是为了教育读者,此乃是新型的文人之文,即梁启超所谓的'觉世之文'。"

启超所倡导的"文界革命",在文章写作目的上不为传世,而为觉世。在文章内容上要表现"欧西文思",文章形式上则追求雄放、隽快、明晰、畅达。语言力求通俗化,可兼容中西词汇语法。这些理论主张冲破了传统散文的各种清规戒律,使散文从"文以载道"和"替圣贤立言"传统格局中解放出来,成为融入社会、面向民众、内容鲜活的崭新文体。同时也使散文挣脱了桐城、八股等僵化模式,成为不拘一格、自由抒写的崭新文体。在"新文体"创作实践中,与"欧西文思"相对应的大量西方新名词,如"国民性"、"人权"、"功利主义"、"专制主义"等,得到了介绍传播。这些"新名词"的输入改造和丰富了文言的词汇系统,更新了文学语言的风格,还带来了创作主体思维方式的变革。如启超新体散文,摒弃了桐城古文所谓雅洁、含蓄的审美趣味,一任思想情感之潮水汹涌喷薄,其文风元气淋漓、神采飞扬,极具鼓动性与说服力。郑振铎认为:启超散文"打倒了所谓恹恹无生气的桐城派的古文,六朝体的古文,使一般的少年们都能肆笔自如,畅所欲言,而不再受已僵死的散文套式与格调的拘束"①。夏晓虹在《觉世与传世——梁启超的文学道路》中更对此作了高度的评价:"'新文

---

① 郑振铎:《梁任公先生》,夏晓虹编《追忆梁启超》,中国广播电视出版社1997年版,第99页。

体'对于现代语文最大的贡献,即在输入新名词。借助一大批来自日本的新名词,现代思想才得以在中国广泛传播。'新文体'的半文半白,也适应了过渡时代的时代要求。"陈平原在《中国现代学术之建立》中则指出:"晚清的白话文不可能直接转变为现代白话文,只有经过梁启超的'新文体'把大量文言词汇、新名词通俗化,现代白话文才超越了自身缓慢的自然进化过程而加速实现。"

启超的理论倡导及其创作实践有力地冲击了传统散文的固有格局与既成面貌,并在实际上形成了巨大的影响。1920 年,启超在《清代学术概论》中谈到了自己所作"新文体"的影响:"学者竞效之,号新文体。老辈则痛恨,诋为野狐。""野狐"一词,形象地概括了"新文体"给予传统文坛的强烈震撼。

三、雄直与畅达

启超散文,内容包罗万象,十分丰富,几乎涉及了当时中国社会政治、经济、军事、法律、道德、风俗、文化、科学等所有的问题,其主要内容可以概括为如下几个方面:

一是揭露和抨击了帝国主义列强瓜分中国的野心和罪行,流露出对民族危机的忧患意识,表现了作者强烈的忧患精神。他在《论中国之将强》中愤怒地控诉了帝国主义者"无端而逐工,无端而拒使,无端而揽铁路,无端而涎矿产,无端而干狱讼"的侵略行径。面对这一严酷现实,国亡无日,统治者犹不思改革以自保,作者沉痛而又哀切地向国人发出警告,并表达了自己深深的忧虑:"敌无日不可以来,国无日不可以亡。数年之后,乡井不知谁氏之藩,眷属不知谁氏之奴……不亦哀乎!"(《南学会序》)一方面痛陈危局,一方面号召人们,"洗常革故,同心竭虑,摩荡热力,震撼精神,致心归命,破釜沉舟,以图自保于万一",表现了作者热切的爱国之心。

二是对造成空前民族灾难的封建统治阶级给予无情的揭露和斥责。

在《知耻学会序》中,梁氏以犀利辛辣的笔触,对面对外敌入侵,"边民之涂炭,而不思一雪","却为小朝廷以乞旦夕之命"的最高统治者;对那些"不学军旅而敢于掌兵,不谙会计而敢于理财,不习法律而敢于司李","饱食无事,趋衙听鼓,旅进旅退,濡濡若驱群豕"的无耻官僚;对清政府的"力不能匹雏,耳未闻谈战事,以养兵十年之蓄,饮酒看花,距前敌百里而遥,望风弃甲"的反动军队,一一进行了嘲讽与抨击。

三是鼓吹变法维新,追求祖国的独立富强。他在《变法通议》等一系列文章中,有力地论证了中国变革的必要性,呼吁变法图强,振兴中华。他指出:"法者,天下之公器也;变者,天下之公理也。大地既通,万国蒸蒸,日趋于上,大势相迫,非可阏制。变亦变,不变亦变。"在《自由书·破坏主义》中更鼓吹以激进的手段破旧立新。他说:"历观近世各国之兴,未有不先以破坏时代者。此一定之阶级,无可逃避者也。有所顾恋,有所爱惜,终不能成",主张以破坏手段推进改革。只要破除保守,努力革新,中华民族的振兴就大有希望。他在《说希望》一文中满怀信心地说:"吾人之日月方长,吾人之心愿正大。旭日方东,曙光熊熊,吾其叱咤羲轮,放大光明以赫耀寰中乎!"

四是努力"倡民权"、"广民智"、"振民气"、"新民德",改造国民精神。启超作为启蒙主义思想家,他把重铸民族灵魂视为振兴中华民族的重要一环。他称自己的宣传工作是要"陈宇内之大事,唤东方之顽梦","开文章之新体,激民气之暗潮"①。他在《新民说》、《呵旁观者文》、《论中国国民之品格》等文中,深刻有力地批判了中国国民的劣根性,主张鼓民力、开民智、新民德。这一改造国民灵魂的启蒙主义思想的提出,在中国近代史上具有十分重大的意义。这一思想为"五四"以后鲁迅为代表的新文学家所接受和发展。

总之,启超"新文体"的思想内容,致力于对传统文化的批判和对西方新思想的传播,呼吁人们打破现状,寻求解放,争取进步与文明,号召人们

---

① 梁启超:《清议报一百册祝词并论本馆之责任及本馆之经历》,王文光等《饮冰室文集点校》,第751页。

为争取祖国的美好前途而英勇奋斗,具有鲜明的时代特色和丰富的社会内容,表现出不同于以往散文的崭新的思想特质。

关于新文体的特征,梁启超晚年曾经有过总结:

> 启超既亡居日本……复专以宣传为业,为《新民丛报》、《新小说》等诸杂志,畅其旨义,国人竞喜读之。清廷虽严禁,不能遏,每一册出,内地翻刻本辄十数。二十年来学子之思想,颇蒙其影响。启超夙不喜桐城派古文,幼年为文,学晚汉魏晋,颇尚矜练。至是自解放,务为平易畅达,时杂以俚语、韵语及外国语法,纵笔所至不检束,学者竞效之,号"新文体"。老辈则痛恨,诋为野狐。然其文条例明晰,笔锋常带情感,对于读者,别有一种魔力焉。①

结合启超的散文和他的自述,我们可以把"新文体"的主要特征归纳如下:

一是"畅其旨义",宣泄无遗。梁氏既投身变法维新事业,信心百倍,豪情满怀,他热情而又无所畏惧地宣传着自己的政治主张,每论一事,必反复申说,并引古今中外的事实道理以证明之,畅其旨义,宣泄无遗。无论在语言文字,还是文章结构上,都表现出无拘无束、挥洒自如、酣畅淋漓的风格,使文章具有豪壮的情志,磅礴的气势。康有为称这种风格为"雄直",正是这种勇往直前、无所忌惮的"雄直"之气和尽吐胸中之欲吐—畅其旨义的强烈的表达愿望,成为文风与文体变革的内在动力。这是从龚、魏、王韬,特别是康有为、谭嗣同以来,近代启蒙思想家的一种共同的文风。

二是笔锋常带感情。近代启蒙思想家和改革家,都以"敌无日不可以来,国无日不可以亡"的民族危机感和沉重的忧患意识,为救亡图存和民族振兴而奔走呼号。所以,人人都怀抱着愤激的情绪和热烈的情感。这种爱国主义的激情使他们无法平心静气地做那些沉静而含蓄的文章。

---

① 梁启超:《清代学术概论》,东方出版社1996年版,第77页。

"慷慨论天下事",这是自龚魏以来的风气。梁启超作为变法维新运动的杰出领袖和最有影响的宣传家,胸中郁积着那个特殊时代所赋予的激情和豪情。每发一议,辄激情浩荡,动人心魄,面对祖国的危亡,他以沉痛的情感写道:"数年以后,乡井不知谁氏之藩,眷属不知谁氏之奴,血肉不知谁氏之俎,魂魄不知谁氏之鬼。"当他向往着新生之后的"少年中国"时,他又满怀豪情地写道:

> 红日初升,其道大光;河出伏流,一泻汪洋;潜龙腾渊,鳞爪飞扬;乳虎啸谷,百兽震惶;鹰隼试翼,风尘吸张;奇花初胎,矞矞皇皇;干将发硎,有作其芒;天戴其苍,地履其黄;纵有千古,横有八荒;前途似海,来日方长。美哉,我少年中国,与天不老! 壮哉,我中国少年,与国无疆!①

这种与抒情相结合的议论,具有极强的说服力、感染力和鼓动性。

三是平易畅达,时杂以俚语、韵语及外国语法。面对更为广大的报刊读者群众,为了便于表达与接受,启超对散文语言进行了革新,以使其趋于平易畅达。他虽未彻底摆脱文言,但"时杂以俚语",吸收了群众的语言,造成一种文白间杂的浅近通俗的文言,又吸收了大量外来的新词语和外国语法(如"过渡"、"动机"、"势力"等日本语和外国人名地名的运用等),增强了文章记事述情的表现力。为了造成一种气势,或使文章富于变化,他常常运用排比、对偶、对比和比喻等修辞方法。有时破奇为偶,有时奇偶互用,使文章跌宕起伏,摇曳多姿。排比句式,在梁氏散文中大量运用,造成一种大开大阖、纵横驰骋的气势,使文章如天风怒涛,恣肆汪洋,浑无涯际。如在《少年中国说》中:"造成今日之老大中国者,则中国老朽之冤业也。制出将来之少年中国者,则中国少年之责任也……故今日之责任,不在他人,而全在我少年。少年智则国智,少年富则国富,少年强则国强,少年独立,则国独立,少年自由,则国自由,少年进步,则国进步,

---

① 梁启超:《少年中国说》,王文光等《饮冰室文集点校》,第700页。

少年胜于欧洲,则国胜于欧洲,少年雄于地球,则国雄于地球。"他还常在散文中杂以韵语,如"昨日割五城,明日割十城;处处雀鼠尽,夜夜鸡犬惊。十八省之土地财产,已为人怀中之肉;四百兆之父兄子弟,已为人注籍之奴",将韵语和偶句联用,增强了文章的节奏感,读来铿锵入耳,也增强了文章深沉激越的抒情笔调,读之令人激动。

四是纵笔所至不检束,其文条理明晰。"新文体"是一种比以往任何一种古文都自由解放的文体。梁氏为文,洋洋洒洒,"纵笔所至不检束",务求其尽意而罢,往往长至数千至数万余言。启超后来回忆说:"当《时务报》初出之第一二次也,心犹矜持,而笔不敢妄下,数月以后,誉者渐多,而渐忘其本来。"(《与严又陵书》)在得到广大读者认可以后,他便抛弃了任何顾虑及传统文法的束缚,放笔直书,无所顾忌,畅所欲言,无拘无束。这些文章虽然写得挥洒自如,随意适己,而且篇幅每每长至万言,但却并非毫无法度。为了便于读者阅读,启超非常注意文章的条理,他曾说:"于文,经纬整列曰'理',条段错紊曰'乱'。"为了防止紊乱,做到条理明晰,往往在题目之下,再列小目(小标题),小目之下,又分项申说,各自成段,"大纲小目,条分缕析"。

启超的"新文体"政论,至1905年间同盟会成立,便走上了下坡路。梁氏此时以《新民丛报》为阵地与资产阶级革命派展开论战,观点趋于保守,已经失去了战斗的意气和光彩,法律家的逻辑和立宪派的学理成为文章的灵魂,不复有当年鼓荡民气的魔力。1915年发表的名文《异哉所谓国体问题者》揭露和抨击窃国大盗袁世凯复辟帝制的阴谋,重新焕发战斗的光彩,但那已是新文体的回光返照。其革命精神,到五四白话文运动中得到了继承和发扬。

启超散文,题材广泛,体裁多样,除政论之外,还写了大量的时评、序跋、书信、传记、游记等。这些文章,涉猎极广,门类繁多,"或大或小,或精或粗,或庄或谐,或激或随"(《自由书叙言》),多方面地反映了时代精神和社会生活。特别是他在《清议报》开辟"丛谈"专栏,写了许多一事一题、一题一议的随感录、短评一类的杂文。他在"丛谈"小序中说,自旅居日本以来,"与彼都人士相接,诵其诗,读其书,时有所感触"(《自由书叙言》)便

"应时援笔",写了些"无体例、无宗旨、无次序"的短文。从内容上讲,或是对西方哲人思想的介绍,或是对异国政治人物的评论,或是对异域富有进取性国民精神的褒扬,或是对某个新名词的诠释,灵活多样,无拘无束。

此外,启超还写了一些传记性的散文。这些传记,以传主而论多为爱国志士、民族英雄和一些有影响的重要人物,如《意大利建国三杰传》、《罗兰夫人传》、《谭嗣同传》、《南海康先生传》、《李鸿章传》。有些传记的写法,采用了外国夹叙夹议的"评传"体,在体例上有所革新。总之,启超散文创作在体裁形式方面的创造或革新,对中国近代散文样式的丰富和发展,做出了他人无法比拟也无法替代的贡献。

第七章　清末民初革命派的散文

清末民初,政治危机与民族矛盾的急遽加深,使变革与革命的呼声日益高涨。这个时期,报刊数量的急速增加,为启蒙者面对广大民众、传播变革与民主思想,提供了自由广大的空间。一种面向大众、以通俗浅显为特征的报章文字,尽管不以"做文"为目的,但它们上承启蒙新文体,下启五四白话散文,语言活泼,新鲜感与鼓动性十足,是清末民初一种重要的文章样式,也是我们考察清末民初思想舆论的不可忽略的环节。

第一节　革命派与宣传文

一、陈天华、邹容：通俗的白话与白话的通俗

陈天华(1875—1905)，号思黄，又号过庭，湖南省新化县人。少时家贫，素有文才，曾先后就读于资江书院、实业学堂等。1903年，陈天华赴日留学，与黄兴、蔡锷等人组建"军国民教育会"、华兴会，并创办《二十世纪之支那》，后改名为《民报》。1905年12月8日，因在"反《取缔公约》"（即《关于清国人入学之公私立学校之规程》）运动中感到对于时局的失望，陈天华于日本大森海湾蹈海自杀。

陈天华受过科举应试教育，擅写时文，若干著述，均习惯使用浅显文言（例如辞世之前所作的《绝命辞》，以及发表在《民报》创刊号上的《论中国宜改革民主政体》等五篇文章，均为文言写作）。同时他还著有白话小说《狮子吼》、《仇史》，可算一个多产的作者。但如果就这些创作的社会影响程度而言，还是当首推其白话散文体的著作《猛回头》与《警世钟》。这两个散文长篇，在文体定位与语言风格上，最明显的特征，可谓是"说唱体"与"演讲体"、"煽动性"与"说教性"的紧密结合。

在写于1903年的《猛回头》序言中，陈天华自称其写作态度等同于"唱几曲文明戏"，[①]而后刊行广告中，亦称"是书以弹词写述异族欺凌之惨剧，唤醒国民迷梦，提倡独立精神"，正文中也有"拿鼓板，坐长街，高声大唱"之类神似弹词七字唱体的句子。不过，就文章大部分章节而言，还是散文体解说居多。行文当中不断出现的"咱家"、"列位"等称呼，正是模拟演说现场所使用的口吻，符合该文初刊于《湖南俗话报》的文体性质。

---

① 陈天华、邹容：《猛回头：陈天华、邹容集》，辽宁人民出版社1994年版，第1页。

据说本书"初版五千部,不及兼旬,销罄无余",可见当时受欢迎的程度。

另一部创作于1903年秋天的《警世钟》,当时题名上标明为"最新新闻白话演说",署名"神州痛哭人著"。1904年的排印本,封面印有"本社印送,不取分文,自己阅后,转送别人"字样,其"白话"、"演说"的文体定位与"通俗"、"教育"的创作目的,可谓披露无疑。较之《猛回头》,该篇撰述,表现的情绪更为激荡,文字更为飞扬,分别以"来了!来了!"、"不好了!不好了!"、"苦呀!苦呀!"、"恨呀!恨呀!"、"痛呀!痛呀!"、"杀呀!杀呀!"、"奋呀!奋呀!"、"快呀!快呀!"等简捷、短促的感叹句式,引发各个段落具体内容,整齐醒目。该文以"须知这瓜分之祸,不但是亡国罢了,一定还要灭种"等"十个须知"、"奉劝做官的人,要尽忠报国"等"十条奉劝"作为纲要,详细表述了自己的时局认识与政治理念。结尾又以"醒来!醒来!快快醒来!"的口号性的强烈渲染,达到自己醒世觉民的写作预期。正如《印送〈警世钟〉缘起》中所言,"欲使人人有国民思想,舍教育不为功","欲等救急之方,其必自多刻通俗之书始也"①。《警世钟》以其浅显、激烈的语言魅力,成功达成了此种功效,据说当时内地各处,"翻刻数十板。册数以百万计"②,其社会影响可见一斑。此处兹录起首两段,略窥其独特风采,以见管豹之意:

  嗳呀!嗳呀!来了!来了!什么来了?洋人来了!洋人来了!不好了!不好了!不好了!大家都不好了!老的,少的,男的,女的,贵的,贱的,富的,贫的,做官的,读书的,做买卖的,做手艺的,各项人等,从今以后,都是那洋人畜圈里的牛羊,锅子里的鱼肉,由他要杀就杀,要煮就煮,不能走动半分。唉!这是我们大家的死日到了!

  苦呀!苦呀!苦呀!我们同胞辛苦所积的银钱产业,一起要被洋人夺去;我们同胞恩爱的妻儿老小,活活要被洋人拆散,男男女女们,父子兄弟们,夫妻儿女们,都要受那洋人的斩杀奸淫;我们同胞的

---

① 陈天华、邹容:《猛回头·陈天华、邹容集》,辽宁人民出版社1994年版,第83页。
② 《警世钟》,1904年增补本卷首。转引自《猛回头·陈天华、邹容集》,辽宁人民出版社1994年版,第83页。

生路,将从此停止;我们同胞的后代,将永远断绝。枪林炮雨,是我们同胞的送终场;黑牢暗狱,是我们同胞的安身所。大好河山,变做了犬羊的世界;神明贵种,沦落为最下的奴才。唉!好不伤心呀。

邹容(1885—1905),字威丹,四川省巴县人。自称其少年经历,为"居于蜀十有六年,以辛丑(1901)出扬子江,旅上海,以壬寅(1902)游海外,留经年"①。1903年4月,邹容回到上海,5月,其著作《革命军》即由上海大同书局印行。7月,邹容因"苏报案"入狱。同案入狱者,为国学大师章太炎。1905年4月3日,邹容病死于狱中。

英年早逝的邹容,传世文章并不十分多见,其中影响最大的,当推二万余字、共分七章、被誉为中国近代《人权宣言》的《革命军》②。这一著作,情绪激昂、笔调酣畅、文字浅显、振奋人心,一时海内风靡,受到章士钊、鲁迅、吴玉章等人的高度评价。

严格地讲,就《革命军》的文字风格而言,正确的定位,应该归属为一部浅白文言作品。但其整齐排偶的句式、不可一世的气势,作为试图达到"文字收功日,全球革命潮"之功效的通俗"化民"的宣传册子,确实效果显著,"虽顽懦之夫,目睹其事,耳闻其语,则罔不面赤耳热,心跳肺张,作拔剑砍地奋身入海之状。呜呼,此诚今日国民教育之一教科书也。"③例如《革命军》第一章之《绪论》,文章起首,即纲举目张,声势夺人:

> 扫除数千年种种之专制政体,脱去数千年种种之奴隶性质,诛绝五百万有奇披毛戴角之满洲种,洗尽二百六十年残惨虐酷之大耻辱,使中国大陆成干净土,黄帝子孙皆华盛顿,则有起死回生,还魂返魄,出十八层地狱,升三十三天堂,郁郁勃勃,莽莽苍苍,至尊极高,独一无

---

① 邹容:《革命军·自序》,华夏出版社2002年版,第5页。
② 《革命军》首次于1903年5月由上海大同书局正式出版,章炳麟为之作序。第一版很快销售一空。据称仅在辛亥革命时期,就翻印20多版,总印数超过100万册。参阅冯小琴《〈革命军〉评价》,见邹容《革命军》,华夏出版社2002年版,第29页。
③ 章士钊:《读〈革命军〉》,《苏报》1903年1月9日。

二,伟大绝伦之一目的,曰革命。巍巍哉!革命也。皇皇哉!革命也。

又如第二章《革命之原因》的第一段:

革命!革命!我四万万同胞今日何为而革命?吾先叫绝曰:不平哉!不平哉!中国最不平伤心惨目之事,莫过戴狼子野心游牧贱族满洲人而为君,而我方求富求贵,摇尾乞怜,三跪九叩首,酣嬉浓浸于其下,不知自耻,不知自悟。哀哉!我同胞无主性;哀哉!我同胞无国性;哀哉!我同胞无种性,无自立之性。

这一酣畅的文气,贯穿了著作全体,语言流利浅显,几与白话无异。但类似清末民初其他此种囿于革命宣传性质的文字,其文学性显然是有限的。

应当注意的是,无论陈天华还是邹容,他们在著述中流露的强烈的种族主义与暴力倾向,是清末民初排满革命思潮涌动之下的特殊产物,具有明显的时代局限性。

二、柳亚子:报章之文与著述之文

柳亚子(1887-1958),初名慰高,字安如,后改名弃疾,并改字亚子,江苏省吴江县人。同盟会会员,近代著名文人社团南社的发起人与主持人之一,民革创始人之一,近代著名诗人与南明史专家。1903年,柳亚子加入上海中国教育会,并创办《新黎里》月刊。1905年,主编同里《自治报》(后更名《复报》)。1909年,南社成立,柳亚子担任书记员,主持出版《南社丛刻》。1912年,担任中华民国总统府秘书,因病辞职后,担任《天铎报》主笔。1923年,柳亚子发起成立新南社,被公推为社长。抗战期间,柳亚子坚持从事南明史事研究,自题其居所名为"活埋庵"。

柳亚子一生著述甚丰。1987年上海人民出版社推出的《柳亚子文集》,收入其《磨剑室诗词集》、《磨剑室文集》、《苏曼殊研究》、《南明史纲、史料》、《南社纪略》、日记、书信、年谱、自传等著作多种。

基于开启"民智"的社会目的,早年柳亚子就对通俗文学形式所具备的"感化"之功、能够"影响捷矣"的特殊社会功效比较关注。① 这一点,从他很早即开始主办报刊、从事报章写作的热情,亦可略见一斑。就文学创作而言,柳亚子比较擅长的还是旧体诗词。早岁文章写作,从整体数量上看,亦以文言为主。如收入《磨剑室文录》的1902至1918年间的文章,能够纯粹称得上为白话的,大概只能挑出《〈复报〉发刊词》(1906)、《立宪问题》(1907)、《民权主义!民族主义!》(1907)等寥寥几篇。

有意思的是,这一时期柳亚子的散文创作中,更为显著的一个特点,乃是文白文体选择与具体写作目的之间的紧密关系:当其为《江苏》、《复报》、《天铎报》等报章写作的时候,多选择使用白话抑或浅白文言;而当其为《南社丛刻》写作、抑或为友朋作序作传等私人著述的时候,则多选择使用相对古奥典雅的文言。

可以说,对于早年柳亚子,白话于他只能算作一种用于思想宣传的通俗工具,而无法构成他文学大视野中最重要的语言载体。又由于柳亚子自身文学修养与文艺禀赋的独特个性,使得他的文学风格,表现为厚重的古典与传统意味,某种程度上,他可以算作"近代文学的殿军",而非现代文学的先驱。②

这一特点,表现在柳亚子早年写作白话文章时,依然摆脱不了文言文章中引经据典的习惯,而有些早期发表的报章文章,又隐隐体现为一种"古文今译"、勉为白话的味道。试以写于1906年的《〈复报〉发刊词》,做一具体分析。③

这篇文章开篇,使用的言辞是极其口语化的:

列位请了。恭喜恭喜呀!如今不是光绪三十二年吗?我还记得

---

① 参阅柳亚子《〈二十世纪大舞台〉发刊词》、《〈稗海〉序》等文章。
② 参阅李昌集选注《柳亚子诗文选》,华东师范大学出版社1995年版,第6页。
③ 《复报》原名《自治报》,本为1905年柳亚子在黎里所创办的学生自治会报纸,每周一版。后改名为《复报》。

今年新年的时候,我们中国的男人家,穿起箭衣外套,戴起红缨的帽子,踏着乌黑的靴子,那一个不是威风凛凛,相貌堂堂。女人家呢,换了新鲜的衣服,戴了宝贵的首饰,脸上涂着粉,搽着脂,红一块,白一块。一双脚儿,包得紧紧,穿上狠小的鞋儿,那一个不是齐齐整整、袅袅婷婷?和人家见了面就说"恭喜恭喜,发财发财!"咳,兀那不是歌舞河山、颂扬神圣,一片太平的景象吗?但是,我做发刊词的,却自问没有这等好福气。自小读了几种书报,晓得了些道理,可怜我这昂藏七尺已做了亡国遗黎。从此以后,便觉得春非我春,秋非我秋,大千世界空空洞洞的,既经没有国,又那有什么新年不新年?

但在下文的继续写作中,作者开始掺入一些古雅的表达与用典:

照如今社会的程度,既然容不下你,又不肯下心低首和社会周旋,弄到这我瞻四方蹙蹙靡骋的地位,却还有痴人说梦,想靠着文字有灵,鼓动一世的风潮,那不是望梅止渴吗?……咳,这一层道理,我也岂是不晓得的,看到那五浊世界,盗泉恶木,自然一日也忍不住。

现在的朝阳鸣凤,鲁殿灵光,却已是晨星硕果,兰蕙无多了。你道可怜不可怜,可痛不可痛呢?

而最能显示作者此种写作用意与"文体"表达之间的悬殊与裂隙的,可能首推为《二十世纪大舞台》所作的发刊辞。[①] 该刊之创,在柳亚子看来,明明在于慨叹"高文典册"而"权不我操"、"阳春白雪"而"曲高和寡"的文化现状,因此,"今兹《二十世纪大舞台》,乃为优伶社会之机关,而实行改良之政策,非徒以空言自见,此则报界之特色,而足以优胜者欤!"但作者在具体行文中,大量引经据典,词句骈偶华丽,恐怕还是难免"阳春白雪"之讥的。

---

① 《二十世纪大舞台》1904年由陈去病等人在上海创刊,为中国最早的戏剧杂志。仅出两期,即被清政府查禁。

柳亚子其人,颇具诗人气质,文章写作中,亦时常激情充沛。又由于他对于骈俪文字的修辞习惯比较擅长,常使其文章气韵流动,感发人思,其煽动人心的力量,亦来源于此。

最早写于1903年的《中国灭亡小史》和《中国立宪问题》,均具备这一特点。后者更以浅白的文言结构而成,其中,连续使用的排比、反问、感叹等修辞手法,容易酝酿激荡人心、声情并茂的效果,如:

> 闻者疑吾言,将以吾为丧心病狂专制之迷梦未醒耶?将以吾为低首下心奴隶之孽苗未拔耶?将以吾为沉溺于"朕即国家"之邪说,摇惑于"臣妾亿兆"之警言,而摧折民权公理之萌芽耶?吾何敢然!吾何敢然!吾固崇拜立宪、馨香立宪、神圣不可侵犯立宪者也。虽然,吾独不愿中国言立宪,吾独不愿中国言君主立宪。

又如发表于1912年1月23日《天铎报》上的《北伐》,本来,这是一篇富有政治意图的报章文章,但在柳亚子的笔下,也表现为辞采华茂的瑰丽语言风格:

> 苟其文恬武嬉,兵骄将懦,倚长江为天堑,视金陵为乐土,则民国前途上不能逾六朝,下且有晚明、天国之忧,此非记者好作不祥之语也。北伐不成,而戈操同室,祸未有能幸免者也。语曰:"先发者制人,后发者制于人。"又曰:"两军相遇,哀者胜矣。"桓桓将帅,曷其三复是言!

当然,也正因为柳亚子行文中时常感性超乎理性这一特点,使其部分文字,在流畅泼辣之余,略约带出一些泛情而非思辨的意味,以情动人,而非以理服人。这一缺陷的扩大,有时更会流于一种空洞的口号性。这一点,也是从事早期白话文章、尤其是早期报章文章写作的作者都难以避免的常见问题。他们满足于启蒙民众、通俗教育的社会需要,而无暇顾及文学性。

在"启蒙"与"美文"之间调适成功的尝试,留给了"五四"文人。

第二节　革命派的女权言说

清末呼吁社会变革的文章,涌现出大量新名词;其中,"女权"一词最为激进,它不仅挑战了礼教道统,也开启了20世纪中国最富革命性的妇女解放思潮。

中国女权的提倡,始于晚清维新启蒙思潮,康有为、梁启超、谭嗣同等,曾猛烈抨击传统道德与习俗加诸女性的桎梏,力倡兴女学与不缠足,鼓励女性做"国民之母"。至20世纪初革命派兴起,女权更成为革命的必需选项,被视为中国社会脱离专制蒙昧、迈进"现代"的象征。

一、金天翮:敲响女界革命钟

金天翮(1874—1947),江苏吴江同里镇人,原名懋基,字松岑,号壮游;后名天翮、天羽,笔名麒麟、爱自由者、金一、天放楼主人等,是清末民初著名的诗人、翻译家和革命者。

金天翮出身于富庶家庭,肄业于著名的江阴南菁书院。他少年时代即对新学感兴趣,早年著《长江赋》《西北舆地图表》《元史纪事本末补》等,颇负时誉。参加过一次科考,不售,从此抛弃应试学问,关注经世之学,在家乡兴办学校,传授新知识。1903年,他在上海参加蔡元培创办的爱国学社,提倡民权,宣传排满,与蔡元培、章太炎、吴稚晖、邹容等"抵掌论革命"[①]。《苏报》案发生后,他参与章世钊主办的《国民日日报》笔政,并为留日学生所办《江苏》杂志撰稿,呼吁重塑"国民新魂"(《国民新灵魂》)。

[①] 杨友仁:《金天翮先生行年与著作简谱》,陈雁编校《女界钟》附录,上海古籍出版社2003年版,第116页。

金天翮既是一位热衷于革命的政治活动家,又是一位才华横溢的文人雅士,在晚清文坛享有盛誉。他翻译过日本人宫崎寅藏的《三十三年落花梦》(介绍孙中山),也是最早介绍俄国无政府主义思想的人,翻译过俄国无政府主义思想史《自由血》等。金天翮还是清末新诗坛上的活跃人物,继承"诗界革命"精神,主张打破陈规,抒写新思想和新境界,其诗集有《天放楼诗集》《孤根集》等。他曾以晚清名妓赛金花为线索,写小说《孽海花》;小说完成六回后,交由曾朴续写完成。他是中国近现代最早倡导女权的知识分子,并写下堪称中国女权运动第一部著作的《女界钟》。

《女界钟》于1903年由上海大同书局出版,上海爱国女校发行,是近代中国最早的一部充满现代理性精神的女权政论散文。

该书一开篇,作者便以诗意的语言,为我们描述了一幅西风东渐、男性觉醒而女性仍然混沌的图景:

> 梅雨蒸人,荷风拂暑,长林寂寂,远山沉沉,立于不自由之亚东大陆国,蹐处不自由之小阁中,呼吸困倦,思潮不来,欲接引欧洲文明新鲜之天空气,以补益吾身。因而梦想欧洲白色子,当此时日,口烟卷,手椰杖,肩随细君,挈带雏子,昂头掉臂于伦敦、巴黎、华盛顿之大道间,何等快乐,何等自在!吾恨不能往,吾惟以间接法知之。当十八、十九两世纪之间,击屠毒之鼓,撞自由之钟,张独立之旗,建纪念之塔,以组成绝爽心、绝快意之十数革命大活剧,于是人人有自由权,人人归于平等,此今日欧洲庄严璀烂荼火锦绣之新世界出也。推其原因,则卢梭、福禄特尔、黑智尔、约翰弥勒、赫胥黎、斯宾塞之徒所赐也。今者天旋地转,风气云行,数子之学说,汽船满载,掠太平洋而东至于中国。我中国二万万同胞兄弟沉睡于黑暗世界,觉一线之阳光入牖,熨眼起视,刺鼻达脑,万声一嚏。起步庭心,摩挲自由之树,灌溉文明之花,曰"天赋人权",曰"不自由毋宁死",曰"最大多数之最大幸福",盖日养养于心,而昌昌于口也。独我二百兆同胞姊妹,犹然前旒纮纩,桎梏疏属,冬釭诉梦,春箧言愁,绝不知文明国自由民有所谓男女平权、女子参与政治之说也。

这段话对西方文明的崇尚,对"白色子"(白人男子)生活情景的想象,呈现了一个倾慕西方文明的晚清中国男性所想象的现代西方夫妇的幸福生活,典型地体现了晚清启蒙论者普遍的对于"西方"的理想想象,以及启蒙话语"中西"、"新旧"二元论的基本形式。同时,也暗示了中国女权运动的展开将是一种男性领导、女性跟从的模式。有美籍学者曾经就金松岑此段文字所表现出的对于白人种族和西方文明幼稚的崇拜和想象,进行过不留情面的批评①。然而,即使是20世纪80年代,乃至21世纪的今天,不曾有西方生活经验、因而难以产生"后殖民"理论体验的中国人,因为现实的压抑,仍然有将西方与中国笼统对比而对西方想象失之单纯之弊。因此,我们对于晚清启蒙论者眼界的局限,大抵应该有更多的理解和同情。中国以西方思想为价值体系的启蒙运动,产生于马关条约签订之后知识分子对种族和国家巨大危机的忧患和承担中,欧洲启蒙运动以来的思想学说、法国大革命、美国独立战争及立国精神,都成为中国启蒙知识分子想象新中国的模本与依据;而天赋人权、自由、平等这些来自西方的术语,便成为晚清启蒙知识分子的价值认同,中西二元论便在这渴望变革的专制时代降临。

　　《女界钟》共九章,分别从女子的道德、品性、能力、女子的教育、女子的权利,以及女子参政和婚姻自由等八个角度,逐一论说女性屈辱地位的形成原因。金天翮依据西方性别研究理论和生理学实验数据,不仅论证了男女平等乃"天赋人权"之理,更进而指出,女子的生理条件和心理、性情,甚至优于男性——

　　　　若欧洲文明之男子,乃思想鬟绩,自扩其脑部,然后得与女子颉颃。异日者,女子教育发达,则其脑量又必加增,无可疑也。
　　　　女子于世界有最大之潜力一端,则感人之魔力是也。魔力者,以

---

① 见王政、陈雁主编《百年中国女权思潮研究》中王政、刘禾、高彦颐的对谈《从〈女界钟〉到"男界钟":男性主体、国族主义与现代性》,复旦大学出版社2005年版。

> 沉静与美妙之内心吸人于不自觉,以高尚之思想使人有莫可名言之崇拜,可望而不可即,可亲而又可敬者也。

看得出,金天翮关于女权的观点和语言,深受19世纪英国自由主义女权理论的影响,以"自由"和"平等"的人权价值为其经纬,这使《女界钟》超越了梁启超等戊戌一代启蒙论者对于女性"怒其不争"的父权式教训,而表现出某种程度的平等态度。他在剖析女性的历史和现状时,首先对于中国传统道德,尤其是男权文化对于妇女进行特殊禁锢的道德,有较为深刻的反省和批判,对于女性的卑贱和狭隘,有历史的理解和同情。譬如在谈到宋明以来相沿成习的"女子无才便是德"之道德训诫,金天翮尖锐指出,那实是"二百兆男子化身祖龙,袭愚民坑儒之手段,以毒世者"的诡辩。他说,知识和道德,本没有性别的规定,"天赋此身以俱来,无男女一也"。那么,女子的无能,全在于环境养成,是被男子逼出来的。"是故求读书而不得则相狎之伴、知情之婢、三姑六婆之交密矣;求游历而不得,则戏园之座、踏青之行、天竺落伽、借花供佛、借佛游春之思想发矣。其或拘挛成习、窒塞无知,则又徘徊灶斛,幽囚妆阁,琐琐筐箧,断断锱铢,夫家盛之以为奇节,戚族艳之以为美谈。"谈到"三从"、"七出"这些强加给女性的道德,金天翮对女子"竞业自持,跬步不敢放纵。生平束身圭璧,别无希望"的人生处境充满同情——

> 吾读闺中少妇之诗,未尝不掩卷而三叹息也……至于劣者,贫穷起交谪,姑妇生勃豀;更其卑者,不为鹣鲽容,而作牛马走。凡此种种夫妇之恶现象、劣根性,吾口不忍言,而笔不忍述也。

基于同情的叙述,使金天翮的语言在富于理性的正义力量之外,更具有一种温情。正因如此,当时的人们盛赞金为"中国的卢梭"[①]。其实,准

[①] 正如很多学者已经指出的,晚清女权论者,并不了解卢梭人权理论的男性主体性,卢梭的女性轻视并未被晚清女权论者所详察。这种笼统的理想的西方想象,确实是20世纪中国现代性追求的一种缺陷,也影响了中国现代性选择的主体意识。

确一点说,金天翮更像是中国的约翰·穆勒。穆勒出版于 1869 年的《妇女的屈从地位》,1903 年由马君武在《新民丛报》连载介绍①。这部 19 世纪英国女权主义名著,应当对金天翮产生过影响②。穆勒以天赋人权的原理,站在剖析和批判父权制的立场,对男女两性的不平等,进行了充分的论析,指出一个人群压制另一个人群的荒谬,主张女性应与男性一样享有参政、财产和工作的权利。其中,他对女性因为长期的父权制压迫而形成的"性别"弱点,不是斥责女性,而是批判社会制度的不公正,对女性异化为男性玩物具有历史的同情。倘若说,梁启超的女权论,因求诸儒学正统语言,而无法摆脱父权阴影,那么,金天翮的女权论述,其语言的"西方化",则将一种自由平等的人权观念,传递出来,具有新颖动人的力量。

金天翮此书的语言富于激情,并常常有一些精彩的格言,如"女子者,奴之奴也";"自由与平权为孪生之儿……自由起而后平权立";"婚姻者,世界最神圣、最洁净的爱力之烧点也"。他认为女性应有六大权利,即入学之权利,交友之权利,营业之权利,掌握财产之权利,出入自由之权利,结婚自由之权利,表达的是自由人权的观念,具有相当强烈的现代意识。由于革命派的女权倡导宗旨,是以建构民族国家为最终目的,因此,《女界钟》的论证语言在逻辑上有些前后不统一。婚姻自由、社交自由,经营权利,财产权利,这些女性权利的核心问题,在晚清那个国族命运岌岌可危的语境中,并不是特别重要的,对那些尚未摆脱君权父权奴役的人们来说,自由平等的理论,其实是难于消化的。甚至,我们也不妨认为,金天翮本人也未必真正看重和体验到自由平等理论对中国女权运动的意义,他只是在系统阐述女权问题时,对于所接受的西方理论笼统地和盘托出而已。《女界钟》的论证,最终偏离了自由平等的纬度,将女性革命、建设新政权,看作了女权运动的最终目的——

---

① 马君武:《女性的隶从》,见马君武《弥勒约翰之学说》,载《新民丛报》29、30、35 号,1903 年。
② 《女界钟》数次提到约翰·穆勒(作"弥勒约翰")和斯宾塞。《女界钟》的思想观念,多受二者影响,而其论述方法,与约翰·穆勒《妇女的屈从地位》相似,从剖析男权社会制度根源入手论述女性问题。

> 爱自由,尊平权,男女共和,以制造新国民为起点,以组织新政府为终局。

因此,《女界钟》在世间流传最广、对时人影响最大的,不是其中对于自由平等学说和女性权利的论证,而是其中最富政治意味、也最具鼓动性的有关"女国民"的格言:

> 女子与男子各居国民之半部分……
> 女子者,国民之母也;"天下兴亡,匹夫有责。"岂独匹夫然哉,虽匹妇亦与有责焉耳。

金天翮的这些言论,影响之巨,在晚清报刊有关女权的文字中,随处可感。

二、秋瑾:巾帼须眉的性别表述

秋瑾(1877－1907),原名闺瑾,字璇卿,别号鉴湖女侠;留学日本时改名秋瑾,易字竞雄,浙江绍兴人,生于福建,少女时代随父迁往湖南,二十岁时受父母之命嫁与湘潭富商之子王廷钧为妻。秋瑾自小受到父母良好的教育,善诗文,富远见,性情豪爽,关怀社会。她还喜欢舞剑骑马,时常换上男装外出冶游逍遥。1900年,王廷钧捐官出任户部主事,秋瑾随夫进京,不久因遇义和团事变而返乡,1903年再度赴京,与才女吴芝瑛结金兰之好,并在吴芝瑛家结交了一批富于维新思想的名流。秋瑾对平庸的丈夫十分不满,夫妻关系冷淡。1904年5月,秋瑾不顾丈夫反对,只身东渡日本自费留学。在日本,秋瑾异常活跃,她曾参与发起共爱会,创办《白话报》,参加洪门天地会。后来,在徐锡麟的引荐下,她参加了光复会,以及稍后组成的同盟会。秋瑾豪爽的性格与心理,开阔的胸襟,超群的抱负,使她内在生命中蕴藏着一般女性所少有的不安于现实、渴望展翅高飞的"男性气质"。我们从她对婚姻的抱怨,她早期诗作中"闺中无解侣","却怜同调少"(《思亲兼柬大兄》),"可怜谢道韫,不嫁鲍参军"(《谢道韫》)的感喟,即可感受到她不甘平庸、渴望"入世"的性格与心理。留学日本,无疑进入一个自由驰骋理想的天地,秋瑾以其决绝刚毅的个性,赢得同仁尊敬,被推许为同盟会浙江主盟人。1906年,秋瑾在上海发起创办《中国女报》,文言、白话兼用,极力向女性同胞宣讲女性解放的道理。

秋瑾富于才情,但从不满足于做一个上流社会的闺中才女。在20世纪初刚刚开始提倡女权的时代,凡倡女权者,莫不推崇古代杰出女性谢道韫、花木兰等;然而秋瑾并不满足于此,她为她们身为女性而遗憾:"道韫清芬怜作女,木兰豪侠终未男。"(《偶有所感》)倘若说,秋瑾婚后在湖南居住时期(约1896至1902年)的寂寞,更多是出嫁之后与丈夫之间缺少精神共鸣而引发的孤独感,其诗词所表现,也更多是没有知音的寂寞生活所带来的多愁善感:"若无子期耳,总负伯亚心"(《吟琴志感》),"闺中无解侣,谁伴数更愁","却怜同调少,感此泪痕多"(《思亲兼柬大兄》);那么,1903年到北京,秋瑾结识了吴芝瑛,并因此与京城维新派名流结交、有相当的社交生活后,她的寂寞感非但没有减轻,反而更加强烈:"高吟《白雪》谁能继?欲步阳春我自惭。""不逢同调嗟何益,得遇知音死亦甘。"(《偶有所感》)联系秋瑾的实际生活,我们可以发现,这里,她对"同调"、"知音"的呼唤,明显地,呼唤的不是女性,而是男性知己。秋瑾一生结交了好几位同性知己,无论是相知最深的吴芝瑛、徐自华,还是一见投缘的吕璧城,或者是她赏识的学生徐小淑,这些杰出女性,与秋瑾都是趣味相投的,秋瑾与她们的结交,常有相见恨晚的感受,她的很多诗作,就是与她们的唱和。但显然,这些同性知音,尽管才学见识不亚于男性,性情的豁达豪爽不输于男性,并且也都是当时女界中的活跃分子,但她们毕竟是社会生活中没有话语权的女流,仅仅与她们交接,不足以慰藉和满足秋瑾的心灵。她渴望的是由女儿身"变成"男子汉,像男性那样无拘无束地进入社会领域。不仅如此,她甚至还敦劝她的女性好友褪去女装,拿起武器加入男性行列——"闺装愿尔换吴钩"(《寄友》)。

"身不得,男儿列;心却比,男儿烈。"(《满江红》)在秋瑾的话语中,性别焦虑随处可见。有时,她有抱怨:"休言女子非英烈,夜夜龙泉壁上鸣。"(《鹧鸪天》)有时,两性处境的种种不公平,也使她对男性产生鄙夷:"肮脏尘寰,有几个男儿英哲?算只有蛾眉队里,时闻杰出。"(《满江红》)在这个男权中心的社会,女性要出人头地,则只有超越自己的性别。秋瑾有一首诗,是唱和徐小淑的。诗中她以谢道韫、班昭等才女夸赞小淑,但最终,她还是否定其"家庭苦恋太情痴"(《将赴沪别寄尘》)的女性局限,希望小淑,乃至徐氏姐妹,抛弃才女的生活方式,选择男性的方式,成为不让须眉的"女杰"——

> 素笺一幅忽相遗,字字簪花见俊姿。
> 丽句天生谢道韫,史才人目汉班姬。
> 愧无秦聂英雄骨,有负《阳春》绝妙辞。
> 我欲期君为女杰,莫抛心力苦吟诗。(《答小淑用见赠韵》)

如前所述,在家族礼教仍然分外严格的20世纪初的中国,女性要离开家庭,抛弃为母为妻的责任,只有一种选择可能被接纳,那就是拯救民族的革命。所以,做女杰,既是秋瑾所愿望的,也是她唯一的选择。秋瑾的性别焦虑,在个性心理的层面,也许可以用弗洛伊德的"阴茎嫉妒"来解释;但是在社会心理的层面,则不能不联系父权制社会为女性所规定的无可选择的选择。

秋瑾的精神渴望中,有强烈的社会参与欲望,而这,分明是强烈的对男性之肯定的期待。无论当初,还是现在,父权制社会权力结构的男性中心性质,迫使女性的社会价值,只能在"公共领域",即在男性的承认中体现。也就是说,只有当秋瑾在以男性为中心的社会生活中得到承认,拥有地位,她的孤独感才会真正消失,她的人生价值才得以实现。这是她东渡留学,积极参与革命的最深层的心理动因。她经常着男装,佩剑、习武、豪饮等刻意对男性生活方式和行为的模仿,其实也正反映出她长期以来性别压抑的释放。而她的种种"反性别"的行为,在男性中往往博得满堂喝彩,她在周围男性革命同志中的威信,也由此树立。而这,鲁迅曾非常不以为然。鲁迅向来对牺牲生命持保留态度,对鼓励别人,尤其是鼓励女性牺牲的男性,更是不满。他讽刺说,秋瑾是被她周围同志(男性)的巴掌(鼓掌)拍死的①。鲁迅的"酷评",既包含对暴力革命的保留态度,也暗含对塑造了"女侠"秋瑾的男性欲望和男性权力的不满。而鲁迅文字中对秋瑾性别的特别强调——"敝同乡秋瑾姑娘"——与晚清革命话语对秋瑾"鉴湖女侠"一类"去女性化"的流行概念,形成有趣的对比。

当然,秋瑾毕竟是女性。她发展"男性气质"以从事革命,而在面对女性同胞进行女权启蒙时,她的语言,便"恢复"了女性特质。1907年初,《中国女报》一期和二期上,秋瑾分别用文言和白话写了两篇文章,这两篇文章的语言,呈现出了不同的"性别"特征,构成一种有趣的对照。第一期的《发刊词》,用文言写成;第二期《敬告姊妹们》,以白话为之。两种语言,呈现出两种"性别"。《发刊词》曰:

> 夫今日女界之现象,固于四千年来黑暗世界中稍放一线光矣;然而茫茫长路,行将何之?吾闻之:"其作始也简,其将毕也钜。"苟不确定方针,则毫厘之差,谬以千里。殷鉴不远,观数十年来,我中国学生界之现状,可以知矣。当学堂不作,科举盛行时代,其有毅然舍高头讲章,稍稍习外国语言文字者,讵不曰:"新少年,新少年"?然而大道不明,真理未出,求学者类皆无宗旨,无意识,其效果乃以多数聪颖子弟,养成翻译、买办之材料,不亦大可痛哉!十年来,此风稍息,此论亦渐不闻;然而吾又见多数学生,以东瀛为终南捷径,以学堂为改良之科举矣……

> 要之,此等魔力必不能混入我女子世界中。我女界前途,必不经此二阶段,是吾所敢决者。然而听晨钟之初动,宿醉未醒;睹东方之

---

① 鲁迅1927年致信《语丝》编辑李小峰,内中对自己在广东被推为"革命者"大表无奈与自嘲:"……礼堂上劈劈拍拍一阵拍手,我的'战士'便做定了。拍手之后,大家都已走散,再向谁去推辞?我只好咬着牙关,背了'战士'的招牌走进房里去,想到敝同乡秋瑾姑娘,就是被这种劈劈拍拍的拍手拍死的。我莫非也非'阵亡'不可么?"见《鲁迅全集》第三卷,人民文学出版社1981年版,第446页。

乍明,睡觉不远。人心薄弱,不克自立;扶得东来西又倒,于我女界为尤甚。苟无以鞭策之,纠绳之,吾恐无方针之行驶,将旋于巨浪盘涡中以沉溺也。然则具左右舆论之势力,担监督国民之责任者,非报纸而何?

文言的正宗和雅言地位,使之成为无性别(实际是男性)的权威话语。秋瑾此文,理性而简洁,体现的是一种权威话语形象。这篇文章潜在的读者,是对民族国家有相当关怀和思考的男性知识分子,秋瑾以同道的身份,深刻的见解,反省晚清维新与启蒙运动的局限,而作为对当下女权运动的提醒。这时,秋瑾作为叙述者,是以通常男性叙述者的"无性别"意识出现的。然而刊登于第二期的《敬告姊妹们》,是用白话写成。白话的对象,是广大深居闺阃的女性。"我最亲爱的诸位姊姊妹妹呀"——秋瑾以女性之间特有的亲切的口吻,家常的口语,开始了她的叙述:

> 唉!二万万的男子,是入了文明新世界,我的二万万女同胞,还依然黑暗,沉沦在十八层地狱,一层也不想爬上来。足儿缠得小小,头儿梳得光光的;花儿、朵儿,扎的、镶的,戴着;绸儿、缎儿,滚的、盘的,穿着;粉儿白白、脂儿红红的搭抹着。一生只晓得依傍男子,穿的、吃的全靠着男子。声儿是柔柔顺顺的媚着,气虐儿是闷闷的受着,泪珠是常常的滴着,生活是巴巴结结的做着;一世的囚徒,半生的牛马。试问诸位姊妹,为人一世,曾受着些自由自在的幸福未曾呢?还有那安富尊荣、家资光有的女同胞,一呼百诺,奴仆成群,一出门,真个是前呼后拥,荣耀得了不得……却不晓得他在家里何尝不是受气受苦的!

阅读对象是女性,秋瑾的语言便姐妹情深,充满对女同胞的体恤与同情。这里,作为叙述者秋瑾,她的女性身份是如此鲜明,赋予了文章深挚的情感力量。

1907年夏,秋瑾以密谋革命获罪,死后却以女权主义者受到社会舆论表彰①。她留下的文字,成为我们认识其人及其时代的生动材料,而她的人生道路,亦被"五四"以后激进派目为"娜拉走后"的唯一选择。

---

① 秋瑾被处死后,报刊舆论一片哗然,舆论强调秋是女权主义者,以倡女权而遭极刑之冤狱,强烈呼吁政府惩办凶手。由于舆论一边倒,处理秋案的两名官吏被解职或降职。参见夏晓虹《晚清女性与近代中国》,北京大学出版社2004年版。

参考文献

出使英法义比四国日记. 上海图书集成印书局,1896.
濂亭文集(8卷). 查氏木渐斋,1882.
张廉卿先生论学手札. 九思堂书屋.
桐城吴先生全书. 王恩绂.1904.
西洋杂志(8卷). 遵义黎氏,1900.
庸盦全集. 无锡薛氏,1884.
拙尊园丛稿(6卷).1897.
曾文正公全集. 长沙传忠书局,1876.
桦湖文集(十二卷). 长沙思贤讲舍本,1893.
魏源集. 中华书局,1976.
龚自珍全集. 上海古籍出版社,1999.
杨家骆. 龚定庵全集类编. 台湾世界书局,1973.
皇朝经世文续编. 台北文海出版社影印本,1972.
包世臣全集. 黄山书社,1991.
浮邱子. 岳麓书社,1987.
柏枧山房诗文集. 上海古籍出版社,2005.
中复堂全集. 台北文海出版社,1974.
方东树. 昭昧詹言. 汪绍楹校点. 人民文学出版社,1961.
方东树. 汉学商兑. 商务印书馆,1937.
马其昶. 桐城耆旧传. 台北文海出版社,1969.
谭嗣同全集. 中华书局,1981.

十三经注疏.中华书局影印本,1980.
全唐文.上海古籍出版社影印本,1990.
丁凤麟,枉欣之.薛福成选集.上海人民出版社,1987.
漆绪邦,王凯符.选注桐城派文选.安徽人民出版社,1984.
王献永.桐城文派.中华书局,1992.
冯桂芬.校芬庐抗议.中州古籍出版社,1998.
王韬.弢园文录外编.上海书店出版社,2003.
王韬.漫游随录.湖南人民出版社,1982.
郑观应.郑观应集.夏东元编.上海人民出版社,1982.
马建忠.适可斋记言.张岂之等编.中华书局,1960.
贾植芳.中国近代散文精粹类编.上海文艺出版社,2000.
中国近代文学大系(散文卷).上海书店,1991.
王国维.观堂集林.王国维遗书.上海书店,1996.
钱仲联.沈曾植集校注.中华书局,2001.
钱仲联.海日楼札丛(外一种).中华书局,1962.
马其昶.抱润轩文集.续修四库全书本.上海古籍出版社,2002.
漆绪邦,王凯符.桐城派文选.安徽人民出版社,1984.
李开军点校.散原精舍诗文集.上海古籍出版社,2003.
汪康年师友书札.上海古籍出版社,1986.
陈步.陈石遗集.福建人民出版社,2001.
唐才常集.湖南省哲学社会科学研究所编.中华书局,1980.
姚永朴.蜕私轩集.秋浦周氏刻本,1921.
姚永朴.文学研究法.黄山书社,1989.
姚永概.慎宜轩文集.刻本.1912—1949.
林纾.畏庐文集.上海商务印书馆,1923.
林纾.畏庐续集.上海商务印书馆,1927.
林纾.畏庐三集.上海商务印书馆,1927.
林纾诗文选.商务印书馆,1993.
朱羲胄述编.春觉斋著述记.世界书局,1949.

舒芜校点.论文偶记·初月楼古文绪论·春觉斋论文.人民文学出版社,1998.

王栻.严复集.中华书局,1986.

舒芜.近代文论选.人民文学出版社,1999.

胡适学术文集.北京中华书局,1993.

章太炎.国学概论.曹聚仁整理.上海古籍出版社,1997.

章炳麟论学集.北京师范大学出版社,1982.

章太炎的白话文.辽宁教育出版社,2003.

马勇.章太炎讲演集.河北人民出版社,2004.

马勇.章太炎书信集.河北人民出版社,2003.

章太炎全集(6卷).上海人民出版社,1984.

汤国梨.章太炎先生家书.上海古籍出版社,1985.

傅杰编校.章太炎学术史论集.中国社会科学出版社,1997.

汤志钧.章太炎政论选集.中华书局,1977.

訄汉三言.辽宁教育出版社,2000.

沈茂骏.康南海政史文选.中山大学出版社,1988.

康有为学术著作选.中华书局,1992.

吴熙钊,邓中好点校.南海先生口说·文章源流.中山大学出版社,1985.

康子内外篇·知言篇.中华书局,1983.

汤志钧.康有为政论集.中华书局,1981.

康有为.广艺舟双楫.续修四库全书.子部第1089册.上海古籍出版社,1995.

陈永正编注.康有为诗文选.广东人民出版社,1983.

蔡尚思,方行.谭嗣同全集.中华书局,1981.

胡适作品集.远流出版事业股份有限公司,1986.

饮冰室合集.中华书局,1989.

王文光等点校.饮冰室文集点校.云南教育出版社,2001.

陈天华,邹容.猛回头——陈天华、邹容集.辽宁人民出版社,1994.

邹容. 革命军. 华夏出版社,2002.

柳亚子. 磨剑室文录. 上海人民出版社,1987.

二十世纪大舞台. 大舞台丛报社,1904.

江苏. 东京江苏同学会编. 1903—1904.

金天翮. 女界钟. 上海古籍出版社,2003.

民报. 1902—1906.

中国女报. 1907.

郭长海. 秋瑾全集笺注. 吉林文史出版社,2003.

清史稿. 中华书局,1976.

梁启超. 清代学术概论. 上海古籍出版社,1998.

萧一山. 清代通史. 中华书局,1984.

孟森. 明清史讲义. 中华书局,1981.

郭预衡. 中国散文史. 上海古籍出版社,2002.

钱基博. 现代中国文学史. 岳麓书社,1986.

钱钟书. 七缀集. 上海古籍出版社,1985.

陈子展. 中国近代文学之变迁·最近三十年中国文学史. 上海古籍出版社,2000.

黄霖. 中国文学批评通史(近代卷). 上海古籍出版社,1996.

任访秋. 中国近代文学史. 河南大学出版社,1988.

季镇淮. 来之文录续编. 北京大学出版社,1998.

郭延礼. 中西文化碰撞与近代文学. 山东教育出版社,1999.

郭延礼. 中国近代文学发展史. 高等教育出版社,2001.

刘声木. 桐城文学渊源撰述考. 黄山书社,1989.

姜书阁. 桐城文派评述. 商务印书馆,1930.

魏际昌. 桐城古文学派小史. 河北教育出版社,1988.

王镇远. 桐城派. 上海古籍出版社,1990.

吴孟复. 桐城文派述论. 安徽教育出版社,1992.

王献永. 桐城文派. 中华书局,1992.

吴德旋,王凯符. 后期桐城派文选译. 巴蜀书社,1997.

周中明. 桐城派研究. 辽宁大学出版社, 1999.

杨怀志, 潘忠荣主编. 清代文坛盟主桐城派. 安徽人民出版社, 2002.

许全胜. 沈曾植年谱长编. 华东师大古籍所 2004 届博士毕业论文(未刊).

王蘧常. 沈寐叟年谱. 商务印书馆, 1938.

王森然. 近代二十家评传. 书目文献出版社, 1987.

卞孝萱, 唐文权. 民国人物碑传集. 团结出版社, 1995.

一士类稿·谈陈三立. 辽宁教育出版社, 1997.

孙应祥. 严复年谱. 福建人民出版社, 2003.

王运熙主编. 中国文论选(近代卷). 江苏文艺出版社, 1996.

余英时. 士与中国文化. 上海人民出版社, 1987.

邬国平, 王镇远. 清代文学批评史. 上海古籍出版社, 1995.

周中明. 桐城派研究. 辽宁大学出版社, 1999.

尚小明. 学人游幕与清代学术. 社会科学文献出版社, 1999.

杨念群. 儒学地域化的近代形态. 三联书店, 1997.

杨怀志, 潘忠荣. 清代文坛盟主. 安徽人民出版社, 2002.

张舜徽. 清人文集别录. 中华书局, 1963.

邓云乡. 清代八股文. 河北教育出版社, 2004.

黄侃. 文心雕龙札记. 上海古籍出版社, 2000.

丁凤麟. 薛福成评传. 南京大学出版社, 1998.

李泽厚. 中国近代思想史论. 人民出版社, 1979.

林增平, 李文海. 清代人物传稿. 辽宁人民出版社, 1987.

刘麟生. 中国骈文史. 东方出版社, 1996.

王凯符. 八股文概说. 中华书局, 2000.

王森然. 近代二十家评传. 书目文献出版社, 1987.

谢樱宁. 章太炎年谱摭遗. 中国社会科学出版社, 1987.

许寿裳. 章炳麟. 重庆出版社, 1987.

章念驰. 章太炎生平与思想研究文选. 浙江人民出版社, 1986.

章念驰. 章太炎生平与学术. 三联书店, 1988.

鲁迅全集. 人民文学出版社, 1981.

陈引驰. 自述与印象. 梁启超. 上海三联书店, 1997.

章亚昕. 近代文学观念流变. 漓江出版社, 1991.

夏晓虹. 觉世与传世——梁启超的文学道路. 上海人民出版社, 1991.

夏晓虹. 晚清女性与近代中国. 北京大学出版社, 2004.

夏晓虹. 林纾的古文与文论. 文史知识. 1991.3.

陈平原. 中国现代学术之建立. 北京大学出版社, 1998.

支伟成. 清代朴学大师列传. 岳麓书社, 1986.

朱东润. 中国文学批评史大纲. 上海古籍出版社, 2001.

姚奠中, 董国炎. 章太炎学术年谱. 山西古籍出版社, 1996.

罗志田. 权势转移. 近代中国的思想、社会与学术. 湖北人民出版社, 1999.

关爱和. 二十世纪初文学变革中的新旧之争——以后期桐城派与"五四"新文学的冲突与交锋为例. 文学评论. 2004.4.

王政, 陈雁. 百年中国女权思潮研究. 复旦大学出版社, 2005.

王枫. 林纾非桐城派说. 学人(第九辑). 江苏文艺出版社, 1996.

谢飘云. 中国近代散文史. 中国文联出版公司, 1997.

林非. 中国散文大辞典. 中州古籍出版社, 1997.

后 记

2004年,受命编撰本院211项目《中国散文通史》之近代卷。

此前做过一点20世纪初小说的研究,但对晚清文学和思想史的细节,知之甚少。原打算通过做这个课题,通读19世纪中期至20世纪初散文,借此弥补自己知识的重大缺欠,亦对中国千年大变局中的思想图景有一个更加直观的把握。但2004年底提纲拟出后,大致统计了一下读书量与交稿时间,完全心虚了。以自己如此之才疏学浅、白手起家,即便现学现贩,也难以在一年多的时间里完成这个任务。况且,当时已被哈佛燕京学社录取为2005—2006年访问学人,赴美后将着手哈佛燕京的研究项目。无奈,在2005年初,联络了北京大学、中国劳动关系学院、河南大学、郑州大学和上海大学八九位治近代文学的年轻学者,请他们一起分担。这本书集众人之力完成,而我做了一回名副其实的"编者"。惭怍之余,再三告诫自己:从今往后,凡属能力以上、无法胜任的项目,一概婉拒——无论它的意义有多么重大,以免不懂装懂贻害读者。

本书除个别章节,基本按期完成,作者们在2005年底至2006年上半年陆续交稿。

2006年夏,美国访学结束,七、八两月,与家人在全美旅行,几乎走遍整个美国,每天有大量摄影材料存入笔记本电脑,为腾挪空间,屡次整理和清空硬盘文件夹。九月份回到北京,整理散文史稿时,完全傻了眼:保存在移动硬盘中的《中国散文通史》,却是不完整的第一稿;而包含了我的文稿的那个同名文件夹,则被当成第一稿删除了。为恢复笔记本硬盘数据，我不惜花费千金，却因清空次数太多、文件数量太大，除了找回一些毫无关系的残片，我的稿子永远消失了。这个事件，令我一蹶不振，重写之事也就一拖再拖。近两年，罹患疾病，镇日腰背疼痛，看书、写作异常艰难。绪论原有一万五千字，重写不足四千；第七章我负责的部分原有作家七人，重写时还想增加一二，然心有余力不足，只勉强写完两家。不过，已经丢失或打算重写的部分，有些在前辈学者既有的近代散文史论述中并无特别推介，个别还属政治禁区；而以我的资质，亦断无无知无畏、滥用文学史的权力。也许那些最终未面世的遗憾，竟是避免轻率和错误的契机呢。

全书统稿的最终完成，晚至2009年底。李静撰第一章；何宏玲撰第二章，第三章第三节；杜新艳撰第三章第一、二节；吕明涛撰第三章第四节，第六章（修改）；耿纪平撰第四章第一、四节；季剑青撰第四章第二、三节；高俊林撰第五章第一、二、三节；孟庆澍撰第五章第四、五节；赵连昌撰第六章（初稿）；秦燕春撰第七章第一节；由我撰写绪论、第七章第二节，拟全书大纲并统稿。第二章与第六章，因原稿写作风格与其他章节不符，而被改弦更张或做了重大改写；但原作者杨占军、赵连昌二位先生曾经给予本书大力支持。在此谨向全体著者致谢忱。

杨联芬

2010年元月12日于病痛与严寒中